소설 류성룡의
왜란극복기

소설 류성룡의 왜란극복기

초판 1쇄 인쇄 | 2019년 9월 20일
초판 1쇄 발행 | 2019년 9월 27일

지은이 | 이수광
펴낸이 | 박영욱
펴낸곳 | (주)북오션

편　집 | 이상모
마케팅 | 최석진
디자인 | 서정희·민영선

주　소 | 서울시 마포구 월드컵로 14길 62
이메일 | bookocean@naver.com
네이버포스트 | m.post.naver.com('북오션' 검색)
전　화 | 편집문의: 02-325-9172　　영업문의: 02-322-6709
팩　스 | 02-3143-3964

출판신고번호 | 제313-2007-000197호

ISBN 978-89-6799-496-9 (03810)

이 도서의 국립중앙도서관 출판예정도서목록(CIP)은 서지정보유통지원시스템
홈페이지(http://seoji.nl.go.kr)와 국가자료공동목록시스템
(http://www.nl.go.kr/kolisnet)에서 이용하실 수 있습니다.
(CIP제어번호: CIP2019033083)

이수광 지음

소설 류성룡의 왜란극복기

북오션
콘텐츠그룹

「임진난리도 겪었는데 이까짓 눈보라를 견디지 못하겠는가.」

다시 류성룡을 돌아봐야 할
시대 앞에 서서

　류성룡은 만년에 저술한 《징비록》에서 '일본은 다시 쳐들어온다'고 분명하게 경고했으나 안타깝게도 우리는 그의 선견지명을 살리지 못하고 4백 년 후, 일본에 국권을 침탈당하는 치욕의 역사를 겪게 된다. 그리고 지금 다시 한일 관계가 방송과 신문 1면을 장식하고 있다. 1965년 한일 외교 수교 후 최대 냉각기인 듯하다. 서로 탈출구가 없는 끝장 외교로 치닫고 있는 듯해 안타깝다. 지금 우리나라는 약 430년 전 임진왜란의 위기 앞에 선 조선을 보는 것 같다. 풍전등화와 같은 조선의 희망이 된 건 우국충정의 명재상 류성룡의 헌신과 지도력이었다. 작가인 나는 류성룡의 리더십을 공부하며 누란의 위기에 빠진 조선을 그가 어떻게 구했는지 소설화하기 시작했다.

한일 간의 여러 현안이 다시 대두되는 현대에 류성룡의 이야기는 역사의 생생한 교훈이 될 것이다. 류성룡은 임진왜란 당시 국방의 총책임을 맡아 이순신, 권율 같은 장수들을 발탁하고 선조가 명나라로 망명하는 것을 막아 전란을 승리로 이끈 주역일 뿐만 아니라 퇴계 이황의 진결(眞訣)을 고스란히 이어받은 유학의 거목이다.

오늘날 같은 정치 풍토에서 류성룡은 시대를 초월한 귀감으로 다시 떠오른다. 그는 권력을 잡았지만 남용하지 않았고, 부를 보고도 청백리로 근신했으며, 언제나 학문과 교육에 대한 열정을 버리지 않았다. 민족 지도자를 발굴하는 데 인색한 우리 역사에서 류성룡은 한국이 자랑스럽게 내세울 수 있는 역사적 정치가이자 학자라고 말할 수 있을 것이다.

류성룡은 집이 한양 동쪽에 있었기에 정적들의 탄핵을 받을 때 동인의 영수로 지목되었다. 그러나 퇴계 이황이나 율곡 이이 같은 인물들이 당파적인 활동을 하지 않았듯이 류성룡도 동인으로 거론되면서도 당색에 휩쓸리지 않았다. 오히려 류성룡은 당색에 초연하려 했고, 그런 까닭에 이산해와 대립하면서까지 서인인 송강 정철을 변호하기도 했다(이는 동인이 남인과 북인으로 갈라지는 결정적인 계기가 되었다).

류성룡은 공자의 '중용'을 실천한 사람이다. 당파 싸움이 치열한 선조 시대에 그는 오히려 정적들과 공존하려 했고, 강화론자로 몰려 극렬한 탄핵을 받기도 했다. 그런 상황에서도 그는 중용의 정치, 상생(相生)의 정치를 한 정치인이다.

류성룡은 조정에서 높은 벼슬을 했고 선조의 총애를 받아 영의정을 오랫동안 역임했는데도 가을에 식량을 대신할 수 있는 도토리를 보고 반가워할 정도로 청빈하게 살았다. 그는 말년에 탐관오리라는 터무니없는 모함을 받았을 때 송강 정철도 탐관오리라는 모함을 당하지 않았는데 자신이 그러한 모함을 받았다며 비통하게 술회한다.

류성룡은 전아(典雅)한 선비였다. 조선의 고결한 선비들을 말할
때 일반적으로 단아하다고 하는데 류성룡은 그 경지를 넘어 전아
하다는 평을 받는다. 평생 청빈하게 살면서 학문에 전념하려는 일
념으로 살았다. 그에게 벼슬은 시대가 부과한 고통이었다. 그러나
일단 임무를 맡으면 자신의 몸을 돌보지 않고 철저하게 매진하여
강력한 지도력을 발휘했다. 국가가 존립하기 어려울 정도의 위기
에 빠진 임진왜란 중에 영의정을 수년 동안 맡아 사실상 임진왜란
을 총지휘하여 승리로 이끈 국난 시대의 지도자였다.

　그의 한평생을 따라가다 보면 학문에 전념하고 부모에게 효도
하면서 충군애국하는 조선시대 선비의 일생이 손에 잡힐 듯이 느
껴진다. 또한 그의 청백리 정신과 상생의 정치는 국난을 맞이했을
때 우리의 정치가들이 무엇을 해야 하는지 적나라하게 보여준다.

　임진왜란이 발발하자 좌의정이었던 류성룡은 탄핵을 받았으나
아무 벼슬도 없이 백의종군으로 선조의 어가를 호종하여 의주까
지 피난을 간다. 이때 선조는 조선을 포기하고 명나라에 가서 의
지하려고 했으나 류성룡이 홀로 임금이 나라를 버리면 다시는 되

찾을 수 없을 것이라고 반대하여 배수의 진을 치고 일본과 싸우게 된다. 류성룡이 선조에게 압록강을 건너지 말라고 간언한 것은 임금의 안위보다 나라의 안위를 먼저 생각한 깊은 통찰에서 나온 것이다.

류성룡은 7년 동안의 혹독한 전쟁을 겪은 뒤에 《징비록》이라는 저술을 남겼다.

내가 스스로 경계하는 것은 후환을 대비하는 것일세.
나는 벌[蜂]로 하여금 스스로 독한 침을 구하게 하지 않으려네.
처음에는 도충(桃蟲)에 지나지 않지만 큰 새 되어 펄펄 날고 싶었네.
그러나 많은 어려움을 감당 못해 나는 여전히 료(蓼, 여뀌풀) 위에 앉아 있네.

《징비록》이라는 이름은 《시경(詩經)》〈주송(周頌, 주나라를 찬양하는 노래)〉의 소징(小懲)이라는 자구를 빌려온 것으로, '내가 스스로 반성하여 후환을 대비한다'는 뜻이다. 《징비록》은 단순하게 임진왜란만을 다룬 것이 아니라 임진왜란의 발발에서 종전까지 한국, 중국, 일본을 총체적으로 다룬 역저다. 아울러 다시는 이러한 전란을 당하지 않으려면 대비해야 한다는 취지에서 저술한 것이다. 그러나 우리는 대비를 하지 않았고 4백 년 후에 또다시 일본의 침략을 당해 혹독한 일제 36년을 겪었다. 그리고 일본은 역사를 반성도 하지 않은 채 다시 한국을 정치, 경제적으로 지배하려 하고 있다. 이제 모든 면에서 일본의 그림자를 벗어나, 반일(反日)을 넘어 극일(克日)로 나아가야 할 때다. 류성룡의 정신이 다시 필요한 지금이다.

류성룡이 태어난 안동 하회마을에 가면 그의 발자취가 여러 곳에 남아 있다. 그가 유년기를 보낸 양진당, 그를 기념하는 충효당, 그가 말년에 후학을 가르친 병산서원, 책을 읽고 시를 짓던 원지정사와 부용대……. 양반의 마을이자 선비의 고장인 안동 하회마을에서 류성룡의 발자취를 따라가다 보면 우리 선인들의 묵향(墨

香)이 가득한 아름다운 정취가 고스란히 느껴진다.

이 책을 읽는 독자들에게 안동 하회마을을 방문하여 진정한 선비의 품격을 만나보기를 권한다.

古云 이수광

머리말 … 5

1 • 애절한 마음을 다하여 큰 은혜에 사은하고 … 15

2 • 양진당의 천재 소년 … 29

3 • 마른내의 소년 영웅들 … 48

4 • 버들처럼 푸르고 푸른 청년 … 74

5 • 붕당과 유림의 거목들 … 120

6 • 싸우려면 나와 싸우고 싸우지 않으려면 길을 비켜라 … 167

7 • 배꽃을 닮은 여인 향이 … 187

8 • 북도에 몰아치는 피바람 … 237

9 • 바다를 누비는 영웅들 _ 270

10 • 의병이 일어나다 _ 302

11 • 행주대첩 _ 327

12 • 도요토미 히데요시와 싸운 진주의 열사들 _ 347

13 • 길고 긴 전쟁 _ 362

14 • 남쪽 고향에도 수일을 버틸 끼닛거리가 없습니다 _ 386

15 • 한산섬 달 밝은 밤에 _ 394

16 • 전원으로 돌아가는 길 _ 403

서애 류성룡의 임진왜란 비망기

1
애절한 마음을 다하여
큰 은혜에 사은하고

셋째 아들 진(袗)이 문을 열어놓은 탓인가. 먼 산자락으로 비안
개를 거느린 먹구름이 몰려오는 것이 혼암한 의식 속에서도 아득
하게 내다보였다. 살매 들린 바람에 굴참나무의 잎사귀들이 검푸
르게 나부끼고 미호리의 먼 산과 들은 수묵화를 펼쳐놓은 듯이 깊
은 정적 속에 파묻혀 있었다. 가뭇하게 어머니의 얼굴이 떠오르고
먼저 세상을 떠난 부인 이(李)씨의 얼굴이 지붕 위의 박꽃처럼 하
얗게 떠올랐다. 요즘 들어 꿈에 더욱 자주 보이는 이씨였다.

'가려는가. 아아, 정녕 가려는가. 나도 그들을 따라 이 혼암한
세상을 떠나가려는가.'

류성룡(柳成龍)은 시를 읊듯이 혼잣말로 낮게 중얼거렸다. 단정
한 의관에 하얀 수염은 영남 학맥의 종사로서 도도한 기풍을 잃지

않았으나 눈빛은 흐릿하고 정기가 사라져가고 있었다. 기운이 소진되어 아침저녁으로 문득문득 의식을 놓고는 했다. 갑자기 사방이 캄캄해져 층층 나락으로 떨어졌다가도 유난히 명경지수처럼 머릿속이 맑아질 때도 있었다. 그럴 때면 임진년 왜란에 죽은 학봉 김성일이 떠오르고 스승인 퇴계 이황의 얼굴이 아득하게 떠올라왔다. 먼저 저세상으로 간 아들 위(褘)의 얼굴도 지워지지 않았다.

아아, 위는 하늘에 무슨 죄를 지었기에 단명했는가. 이제는 더 늦기 전에 임금에게 유차(遺箚, 죽은 뒤에 올리는 상소)를 올려야 한다. 평생을 가까이서 모시면서 애증이 교차한 임금의 얼굴도 안개처럼 희미하게 떠올랐다.

서안에는 지필묵이 펼쳐져 있다. 향이는 다소곳이 앉아 있고, 아들 진과 단(端)이 무릎을 꿇고 조심스럽게 그를 응시하고 있다. 류성룡은 떨리는 손으로 붓을 잡았다. 네 살 때부터 붓을 잡았으니 이미 60년이 넘었다. 그러나 처음 붓을 잡는 것처럼 손이 떨렸다. 가만히 심호흡을 하고 마음을 가다듬었다.

"신 류성룡은 삼가 북향하여 절하옵고 머리 조아려 아뢰옵니다. 신의 나이 근년 66세로 목숨이 이미 다하여, 이치로 보아 더 연장할 수가 없는데도 의관을 보내어 병을 치료해주시는 성은을 입었으니 감격하면서도 슬프고 송구함을 금할 수가 없습니다. 감히 거의 죽게 된 즈음에야 마지막 애절한 말을 다하여 큰 은혜에 사은하고, 옛사람들이 유표(遺表)를 두어 신하로서 죽어도 군부(君父)를 잊지 않는 뜻을 가졌던 사실을 상기하여, 신이 비록 무상하나 이를 본받고자 하옵니다.”

류성룡은 일필휘지로 써내려갔다. 제갈공명이 〈출사표〉를 쓰면서 비 오듯이 눈물을 흘렸다던가. 임금을 그리며 붓을 놀리는 류성룡의 눈에서도 한 줄기 굵은 눈물이 흘러내렸다.

“생각건대 국사가 평온하고 큰 난리가 그쳤으나 남은 근심이 아직도 많으니, 성명(聖明, 임금)께서는 깊고 멀리 생각하시어 군하(群下, 아랫사람)의 정을 공평하게 듣고 아울러 세세히 살피소서. 또한 군정(軍政)을 개혁하소서. 정사를 바르게 세우고 어진 사람을 등용하여 근본이 견고해진다면 국방의 일은 다시는 걱정이 없을 것입니다. 신이 말하고자 하는 바는 오직 이뿐이고, 기타는 신의 정신이 혼미하여 아뢸 수 없습니다.”

류성룡은 글을 쓰다가 멈췄다. 손이 떨려서 더 이상 쓸 수가 없었다.

“아버님……”

단이 깜짝 놀란 듯이 류성룡을 바라보았다. 안광이 형형하여 감히 젊은 사대부들이 쳐다볼 수 없었다는 눈빛은 이제 툇마루에서 사라져가는 가을 햇살처럼 힘을 잃어가고 있었다. 단의 벗들도 류성룡의 눈에 서슬이 있다고 했었다. 단은 그러한 류성룡의 안광에 힘이 떨어진 것을 보고 슬픔을 참을 길이 없었다.

류성룡에게 유난히 사랑을 받은 셋째 아들 진은 소리를 죽여 울고 있었다. 한때 천하를 독보하던 류성룡이 이토록 비참하게 죽어가는 것이 설운 탓이리라. 류성룡은 진의 속내를 헤아리고 가슴이 타는 것 같았다.

"괜찮다."

류성룡은 손을 내젓고 다시 글을 써내려갔다.

"옛사람들은 죽음에 임하여 유표를 두어 신하의 의리를 폈는데, 신은 아득하여 정신이 이미 없어졌으므로 별로 아뢸 말씀이 없습니다. 다만 생각건대 국가의 큰 난리가 비록 그쳤지만 남은 근심이 아직도 많으니 하루아침에 혼란과 재앙이 다시 일어난다면 끝없는 욕심 앞에 어찌 장래에 무사하기를 보장할 수 있겠습니까? 오직 바라건대 성상께서는 깊고 멀리 생각하시어 덕을 닦고 정사를 바로 세워 근본을 확립하고, 공평하게 듣고 아울러 관찰하여 군정(群情)을 살피시고, 백성을 기르고 어진 사람을 등용하여 밝은 치세를 이루도록 하소서. 신이 아뢰고자 하는 바는 오직 이것뿐입니다. 말이 위축되고 정신이 혼미하여 어찌할 바를 모르겠습니다."

류성룡은 붓을 놓았다. 더 이상은 글을 쓸 수가 없었다. 가슴이 답답하고 숨이 차올랐다. 진과 단이 앙상하게 메말라 뼈만 남은 류성룡을 부축하여 보료에 눕혔다. 그때 천지를 울리는 듯한 호탕한 웃음소리가 허공에서 들려왔다. 환청이다. 누워 있거나 아득한 상념에 잠겨 있노라면 느닷없이 들려오는 삼도통제사 이순신의 웃음소리였다.

'여해(汝諧), 나도 이제 그대를 따라가야 할 것 같네.'

류성룡은 어린 시절 함께 서당에 다니던 이순신(李舜臣)의 얼굴을 떠올리면서 슬픔에 잠겼다. 여해는 이순신의 자였다. 류성룡은 어릴 때 부친을 따라 한양에 올라온 뒤에 마른내(건천동, 현재 을지로 5가)에서 이순신과 함께 1년간 서당에 다녔다. 평생을 벗으로 지낸 인물이었다. 이순신은 왜적이 마지막 물러가는 길을 끊으려다가 장렬하게 전사했다. 그가 전사하기 전에 보낸 한 통의 서찰을 보고 류성룡은 가슴이 갈기갈기 찢어지는 듯한 슬픔에 통곡을 하며 울었다.

"……오직 한 번 죽을 일만 남았습니다."

그 짧은 한마디가 비수가 되어 류성룡의 가슴에 꽂혔다. 순신은 전쟁에 승리를 해도 살기 어렵다는 사실을 잘 알고 있었다. 임진왜란이 끝나갈 무렵 유일한 후원자인 류성룡이 벼슬에서 물러나 그를 도와줄 수 없었다. 순신은 그 사실을 생각했을지 모를 일이다. 그런데 그의 죽음이 친히 목격한 것처럼 눈앞에 선명하게 떠오르는 것은 무슨 까닭인가? 나도 죽을 때가 되어서인가? 그는 저승 어디쯤에서 큰 칼을 옆에 차고 군사들을 호령하고 있을 것인가. 왜적은 반드시 다시 올 것이다. 그래서 벼슬에서 물러나 필생의 공력을 기울여 《징비록》을 저술했다. 《징비록》은 국난을 당했을 때를 대비하기 위해 후세에 남긴 처절한 기록이다.

"전투가 한창일 때 적탄에 어깨뼈를 관통당했습니다. 날씨는 더운데 항상 갑옷을 입고 있어서 상처가 곪아 고름이 흘러내리고 있습니다."

비통한 편지였다. 류성룡은 순신의 편지를 받고 울었다. 이순신이 자신의 가슴속 깊이 쌓인 울분을 류성룡에게 토로하고 있는데도 그를 도와줄 수 없었다.

무인은 공을 세워도 조정에 올라올 수가 없다. 결벽증에 가까울 정도로 청백한 이순신은 혼탁한 조정의 탄핵을 견딜 수 없었을. 것이다. 그래서 그는 죽으려고 한 것인지 모른다. 이순신을 잘 안다고 자부한 류성룡도 그의 깊은 심중을 파악할 수 없었다. 이순신의 일생은 부평초와 같았다. 무예와 병학이 세상을 경영할 만한데도 관운이 따르지 않았다. 그의 고단한 인생을 생각하자 눈시울이 젖어왔다.

류성룡은 눈을 감았다.

사대부들이 도포자락을 펄럭거리며 돌아다니고 여기저기 모여서 웅성거리는 소리가 들리는 것 같았다. 목소리는 뚜렷했으나 얼굴이 희미하여 눈을 부릅뜨자 기축옥사(己丑獄死, 정여립의 모반으로 일어난 옥사)에 걸려 죽은 자들이었다.

기축옥사는 참혹했다.

기축옥사에 연루된 자들이 자그마치 1천여 명, 형장 아래서 곤장을 맞아 죽거나 귀양을 간 무리는 얼마나 많았던가. 류성룡과 절친한 교분을 나누던 많은 사람들도 속절없이 죽었다. 류성룡은 그 생각을 하면 피눈물이 흘러내리는 듯했다. 한동안 기축옥사를 일으킨 서인들을 반드시 제거하리라 하고 이를 갈았다. 그러나 모두가 부질없는 짓이었다.

조정에서 물러나오자 모든 것이 허탈했다. 나 아니면 조정을 바로 이끌지 못하고, 나 아니면 조정을 혁신하지 못하리라는 생각은 오만이고 편견이었다. 시와 문장으로 일세를 풍미하던 정철도 이산해에게 제거되지 않았는가.

사람은 누구나 생몰한다. 덧없는 것이 인생이고, 이슬 같은 것이 목숨이다. 하늘에 뜬구름 같은 것이 부귀요, 물 위의 거품 같은 것이 명리(名利)다.

기축옥사를 주관한 서인들이 살이 떨리도록 미웠으나 이산해와 대립하면서 정철을 구명하려고 한 것도 그 탓이었다. 그 바람에 류성룡은 남인이 되고, 이산해는 북인이 되어 척을 지게 되었다. 그래도 만고에 남을 시인 정철을 위해 구명을 하려고 한 것은 천행이라고 생각했다.

후드득 빗발이 떨어지는 소리에 눈을 떴다. 한여름인데도 아스스한 한기가 느껴졌다. 비가 오고 있는 탓이리라. 열어놓은 문으로 잿빛 하늘이 보이고 후드득대는 빗줄기가 보였다. 야트막한 담장 건너 산의 연봉(連峯)들이 뿌연 빛에 둘러싸여 있었다.

비가 오는구나.

오장육부를 깨끗하게 씻어낼 듯이 비가 오는구나.

류성룡은 입 안에서 중얼거리며 흐릿한 시선으로 문밖을 응시했다. 철없는 어린 시절, 하회마을의 꽃내[花川]에서 멱을 감고 뛰어놀던 일을 생각했다. 낙동강이 마을을 휘돌아 흐른다고 하여 하회(河回)라고 불렀고, 물도리동이라고도 불렀다. 그곳에서 후학을 양성하려는 일념 하나로 여러 차례 사직상소를 올렸으나 임금은 그에게 국가를 경영해주기를 바랐다. 나라를 생각하자 류성룡의 얼굴이 다시 어두워졌다.

'붕당을 이루어서는 안 되리라.'

'붕당을 이루면 나라가 망하리라.'

송강 정철이 죽은 것도 붕당 때문이 아닌가. 금상이 승하하면 얼마나 많은 사람들이 붕당으로 죽게 될 것인가. 류성룡은 붕당만은 반드시 막아야 한다고 생각했다.

옷자락이 끌리는 소리가 들리더니 향이가 약사발을 가지고 들어왔다. 류성룡은 지그시 눈을 감았다. 늙은 류성룡에게는 과분하다 싶은 젊음이요, 아름다움이었다. 눈을 감고 있으면 향이가 가까이 와서 그를 깨울 것이고, 지분 냄새가 황홀하게 코를 자극할 것이다. 오로지 살아 있는 것을 일깨우는 것은 향이의 살내음이고, 문밖의 청정한 푸름이고, 말발굽 소리 같은 빗소리였다.

"나리."

향이가 풍성한 치맛자락을 끌고 옆에 와서 앉았다. 향이는 아직도 젊다. 희고 고운 살결에 삼단 같은 머릿결, 호수처럼 깊고 맑은 눈, 초승달 같은 눈썹, 단정하게 꽂은 비녀. 향이는 그가 44세에 얻은 부인이다. 동평부원군 장윤업(張尹業)의 여식으로 옥산 장씨다.

"나리."

류성룡이 게슴츠레하게 눈을 떴다.

"약 드실 시간이옵니다."

향이가 류성룡을 안아 일으켰다. 향이의 목소리가 옥구슬이 구르듯 청아하다. 류성룡은 향이의 부축을 받아 일어나 앉았다.

"아버님."

아들 진과 단도 뒤에서 그를 부축하고 있었다.

"비가 오느냐?"

"그러하옵니다."

진이 조용히 대답했다. 류성룡은 향이가 올리는 약사발을 입에 대고 느리게 마셨다. 그가 병석에 누웠다는 말을 들은 임금이 어의 허준을 통해 보낸 첩약을 달인 것이다. 탕약에는 감초를 처방했을 것이나 봄날의 씀바귀나물처럼 쌉쌀한 맛을 풍겼다.

임금이 보낸 것이기에 아무리 써도 뱉어낼 수 없다. 류성룡은 약을 억지로 마신 뒤에 기침을 했다. 향이가 여린 손에 명주 수건을 쥐고 입가를 닦아주었다.

후드득대던 빗줄기는 어느덧 굵어져 있었다. 하얀 물안개를 거느리고 빗줄기가 먼 산 위에서 들판을 덮으면서 달려오고 있었다.

'임진년에도 이토록 비가 장하게 내렸거늘……'

류성룡은 세차게 쏟아지는 빗줄기를 응시하면서 무연히 회상에 잠겨들었다.

임진년 사월 열사흘, 일본을 통일한 관백(關白) 도요토미 히데요시는 20만 대군을 휘몰아 노도처럼 조선을 침략했다. 흡사 일본군이 검은 먹장구름이 되어 쳐들어오는 것 같았다.

조선은 일본의 대대적인 침략에 풍전등화의 위기에 휘말려들었고, 원균과 이순신은 바다에서 왜적과 싸우다가 장렬하게 전사했다. 해전을 승리로 이끌고 전사한 순신의 죽음을 생각하자 류성룡은 또다시 가슴이 타는 것 같았다.

"영상께서 이 사람을 아껴주시는 은혜는 하해와 같사오나 장수는 죽을 곳이 정해져 있다고 들었습니다. 미거한 사람을 천거한 죄로 탄핵을 받고 영상의 직을 사임했다는 말을 듣고 이 사람은 통곡을 하고 울었습니다. 다만 위로가 되는 것은 영상 대감의 편지에서 편히 누울 수 있는 향리로 돌아가셨다는 말씀이었습니다."

구절마다 이순신의 우국충정이 피처럼 묻어나는 편지를 받았을 때 류성룡은 그가 이미 죽음을 각오하고 있다는 것을 알 수 있었다. 순신이 죽은 것은 일본의 간악한 계교 때문이다.

문득 이순신이 의금부로 압송되기 전날 밤의 일이 떠올랐다.

그날 류성룡은 피로한 몸을 누이고 일찍 잠이 들었다. 비몽사몽이었을 것이다. 류성룡이 사랑채의 서안에 책을 펼쳐놓고 읽는데 불현듯 한 줄기 서늘한 바람이 불면서 사위가 캄캄하게 어두워졌다.

'괴이한 일이로다. 어찌 날씨가 이리 변덕을 부리는가?'

류성룡은 혼잣말로 중얼거리며 등잔불에 불을 밝히고 다시 책으로 시선을 떨어트렸다. 그런데 좀처럼 글자들이 눈에 들어오지 않고 가슴이 두근거리면서 한기가 엄습해왔다. 밖에서 후드득대던 성긴 빗방울은 금세 세찬 빗줄기로 바뀌어 쏴아 소리를 내면서 쏟아졌다. 류성룡은 고개를 들고 문 쪽을 응시했다. 문 쪽에 누군가 서 있는 듯한 기분이 들었다.

"대감……."

그때 류성룡을 부르는 소리가 들렸다.

"이 소리는 순신이 아닌가?"

류성룡은 깜짝 놀라서 문을 와락 열어젖혔다. 사랑채 뜰에 삼도통제사 이순신이 종사관도 거느리지 않고 오도카니 서 있었다. 머리는 산발을 했고 옷은 남루한 흰옷이었다.

"대감……."

세차게 쏟아지는 밤비 때문인가. 이순신의 목소리는 축축하게 젖어 있었다.

"여해, 비가 오는데 웬일인가? 통제영은 어떻게 하고 한양까지 올라왔는가?"

류성룡은 귀신처럼 서 있는 이순신을 보고 놀라서 물었다.

"대감, 바둑 한 수 두러 왔습니다."

"아닌 밤에 홍두깨라더니 대체 무슨 영문인가. 어서 올라오시게."

류성룡은 이순신의 손을 잡아 사랑으로 인도했다. 이순신은 사랑으로 들어오자마자 넙죽 절을 했다.

"이 사람, 절은 무슨……."

류성룡도 황급히 맞절을 했다. 이순신은 어떻게 올라왔느냐는 류성룡의 물음에는 대답조차하지 않고 부득부득 바둑을 두자고 성화를 부렸다. 류성룡의 바둑 실력은 국수(國手)라는 말을 들을 정도로 정평이 나 있었다. 류성룡이 마지못해 바둑판을 내놓고 백돌을 잡자 이순신은 자신이 백돌을 잡겠다고 억지를 부렸다.

"허허, 별일이 다 있군."

류성룡은 고개를 절레절레 흔들었다. 그런데 백돌을 잡은 이순신은 순식간에 포석을 하여 바둑판 위에 감사(減死)라는 글자를 그렸다.

"죽음을 감하게 해달라고……?"

류성룡이 불을 뿜을 듯한 눈빛으로 이순신을 쏘아보았다.

"소인이 어찌 죽음을 두려워하겠습니까? 하나 아직 죽을 때가 아니니 그때까지라도 죽음만은 면하게 해주십시오.”

이순신이 간절한 눈빛으로 류성룡을 쳐다보았다. 류성룡이 이순신의 얼굴을 살피고 무슨 영문이냐고 손을 잡자 갑자기 그의 눈에서 피눈물이 흘러내리고 손이 짓물러 썩어 들어가기 시작했다.

“여해……”

류성룡은 깜짝 놀라 이순신을 소리쳐 불렀다. 그러나 이순신은 안개처럼 순식간에 사라져버렸다.

“여해……”

류성룡은 몇 번이나 이순신을 소리쳐 부르다가 잠과 꿈에서 깨어났다.

‘꿈이었구나.’

류성룡은 자신도 모르게 나직하게 한숨을 내쉬었다. 꿈이 어찌나 흉한지 등줄기가 축축하게 젖어 있었고 머리맡이 서늘했다. 이순신이 바둑돌로 쓴 글자, 감사라는 두 글자가 눈앞에 선명하게 떠올랐다. 이순신은 죽음을 감하게 해달라고 간절하게 원하고 있다. 죽음을 감하면 다시 복귀할 수 있을 것이고, 죽을 자리를 찾을 수 있을 것이다. 순신이 입었던 백의는 백의종군을 상징하는 것일지 모른다.

‘괴이한 일이로다.’

류성룡은 잠에서 깨어났으나 좀처럼 잠이 오지 않았다.

이순신이 백의종군할 때의 일이 떠오른 것은 그의 죽음이 임박했을 때도 같았다. 그가 죽기 전날 밤 이순신이 꿈에 나타나 하직 인사를 올렸다.

"내가 먼저 가서 바둑판 놓고 기다리겠소이다."

이순신은 다짜고짜 절을 올린 뒤에 호탕하게 웃었다. 그리고 다음 날 이순신이 죽었다는 부음을 들었다.

2
양진당의
천재 소년

경상북도 의성현 점곡면 사촌리.

수목이 빽빽하게 우거진 울창한 숲이었다. 산이 거하고 골이 깊은 숲이 아니라 의성현에서 풍산현으로 가는 들판의 길섶에 조성된 나지막한 숲이었다. 그래도 병풍 속의 심산유곡인 듯 산세가 기괴하고 풍광이 수려했다. 숲에 들어서면 별세계에 이른 듯 기이함이 느껴졌다.

유월의 햇살이 잎잎이 푸른 나뭇잎을 더욱 선연하게 하고 있는 사시정(巳時正, 아침 10시) 무렵 말을 탄 댕기머리 소녀와 말을 끄는 중년의 선비가 풍산을 향해 걸음을 재촉하고 있었다. 그들은 가로숲에 이르자 잠시 말을 세웠다. 한여름의 뙤약볕이 푹푹 내리쬐고 있었으나 사촌리의 가로숲은 서늘한 기운이 느껴질 정도로 시원했다.

"아가야, 여기서 땀을 식히고 가자."

선비가 혼잣말처럼 중얼거린 뒤에 먼저 말에서 내리고 뒤이어 소녀를 안아서 내려주었다. 사촌리에서 풍산까지는 한나절 길이다. 여기서 쉬어 가도 늦지는 않을 것이다. 선비는 애련(愛憐)한 시선으로 소녀를 살폈다. 어느 사이에 이렇게 자란 것일까. 꽃으로 치면 만개하기 직전의 봉오리요, 계절로 치면 만물이 생동하는 봄이라고 할 수 있으리라. 눈은 호수처럼 맑고 두 볼은 도홧빛으로 붉었다. 이제 이 어여쁜 딸을 출가시켜야 한다고 생각하자 선비는 가슴이 저려왔다. 소녀는 다홍치마에 노랑 저고리를 입고 있었고 머리에는 쓰개치마를 둘러쓰고 있었다.

선비의 이름은 김광수(金光粹)고 본관은 안동이었다. 진사시에 입격을 했으나 대과에 급제하지 못해 의성에서는 김 진사라고 불렀다.

"이 숲을 누가 만들었는지 아느냐?"

의관이 단정한 김 진사가 상수리나무, 굴참나무, 팽나무 등으로 이루어진 숲을 무연히 바라보다가 16, 17세밖에 되어 보이지 않는 댕기머리 소녀에게 물었다.

"모르옵니다."

소녀가 쓰개치마 사이로 얼굴을 내밀고 숲을 둘러보았다.

"고려 말에 우리 안동 김씨의 중시조 어르신께서 사촌으로 이

주하면서 서쪽이 허하면 인물이 나지 않는다는 지관의 말을 듣고 마을 뒤편에 조성한 것이다. 그때 중시조께서 말씀하시기를 2백 년 후 임인년에 우리 안동 김씨 문중에서 큰 인물이 나올 것이라고 예언하셨다."

김 진사가 숲으로 시선을 옮기면서 서글픈 표정으로 말했다. 양반이라고 해도 대과에 급제하여 벼슬길에 나서지 않으면 무위도식한다는 비아냥거림을 듣는다. 지관이 풍수지리설에 따르면 명당이라고 했고, 중시조께서 그리 말씀하셨으니 반드시 큰 인물이 나올 것이다. 그러나 그 큰 인물이 자신은 아니다. 그는 이미 40줄에 들어섰으니 학문이나 벼슬로 이름을 떨치기에는 늦은 것이다. 인물이 나온다면 가을에 혼례를 올릴 아들에게서일 것이다.

소녀는 반신반의하는 표정으로 숲을 살폈다. 보름달처럼 둥근 얼굴과 서늘한 눈매는 후덕한 용모였으나 욕심이 많아 보이기도 했다.

"아버님, 그것이 언제입니까?"

소녀가 눈을 초롱초롱 빛내면서 물었다.

"일전에 풍수에 밝은 도인 한 분이 다녀가셨다. 2~3년 안에 사촌에서 태어나는 아기가 일인지상만인지하의 귀한 몸이라고 했다. 천기와 지기가 합쳐진 정기를 받고 태어날 아이라니 귀하게 되지 않겠느냐?"

소녀는 입술을 가만히 깨물었다. 김 진사의 말이 알 듯 모를 듯했다.

"너는 류씨 댁에 시집을 가면 출가외인이니 관여할 일이 아니다만 친정에서 큰 인물이 나는 것도 나쁜 일은 아니다."

김 진사가 검은 수염을 쓰다듬으면서 말했다. 소녀는 대답을 할 수 없었다. 지금은 그야말로 시가가 될 풍산 류씨의 어른들에게 선을 보이러 가는 길이다. 다홍치마에 노랑 저고리를 입고 댕기를 땋아 단장을 했으나 긴장되고 가슴이 설레었다. 양반은 신랑이나 신부가 선을 보지 않고 중매쟁이들이 오가면서 사주로 궁합을 맞춘 뒤에 혼사를 정한다. 그런데 풍산 류씨는 굳이 신부 될 규수를 보자고 했고, 김 진사는 쾌히 응낙했다. 그 역시 딸의 지아비가 될 사위 재목 류중영을 보고 싶었던 것이다.

김 진사와 소녀는 사촌의 가로숲에서 반 식경을 쉰 뒤에 다시 말을 타고 풍산으로 향했다. 풍산 류씨가 살고 있는 하회마을은 낙동강의 지류인 화천강이 반달 모양으로 휘돌아 흐르는 들판에 있었다. 한낮이라 그런지 퇴락한 와가와 초가가 오밀조밀하게 들어선 마을은 마치 오수에 잠긴 듯 조용했다.

그들이 양진당에 이르자 류씨들이 나와서 공손하게 맞이했다.

소녀는 류씨의 대청에서 발을 친 사랑방을 향해 큰절을 올렸다. 발 건너편에 의관을 정제한 사내들이 앉아서 담소를 나누고 있었는데, 발 사이로 김 진사와 신랑 될 사람의 아버지 류 공작이 희미하게 보였다. 신랑 될 류중영은 그들과 사선으로 비껴 단정하게 앉아 있었다. 아미(蛾眉)를 살며시 들던 소녀는 신랑 될 청년과 눈이 마주치자 황망히 고개를 떨어트렸다. 얼굴이 화끈거리고 가슴이 방망이질을 쳤다. 신랑 될 사람의 눈이 불을 뿜을 듯이 강렬했다.

'임풍옥수야.'

소녀는 자신도 모르게 입언저리에 미소가 떠올랐다. 발 사이로 얼핏 보이기는 했으나 꿈속에 본 것 같은 미소년이었다.

류 공작은 소녀가 절을 마치자 만족한 듯이 고개를 끄덕거리고 내실로 들어가게 했다. 소녀는 내실에서 다시 신랑의 어머니 류 공작의 부인에게 절을 올렸다.

"아기씨가 아주 얌전하게 생겼구나."

중년 부인은 소녀가 절을 하자 기뻐하면서 말했다. 소녀는 무릎을 세우고 앉아서 다소곳이 고개를 숙였다. 중년 부인은 나이가 몇 살이고 이름이 무엇인지 묻고는 간간이 《내훈(內訓)》을 읽었는지 묻기도 했고 손을 잡아보기도 했다. 양반가의 소녀가 신랑 집에 선을 보이는 풍경은 단조로우면서도 긴장이 작은 물결처럼 출렁거리고 있었다.

소녀는 중년 부인에게 낮것(점심)을 대접받고 김 진사와 함께 의성으로 돌아왔다. 신랑 될 사람과는 한마디도 나눌 수 없었다.

소녀는 류중영과 혼례를 올리고 이듬해에 첫아들을 낳았다.

"이름은 구름을 타고 하늘을 난다는 뜻으로 운룡이라고 지을 것이다."

그녀가 아들을 낳자 시아버지 류 공작이 크게 기뻐하면서 이름을 지었다. 신랑 류중영도 아들을 안고 좋아했다. 그녀는 첫아들을 낳은 지 2년 만에 다시 태기가 있었다.

'임인년에 사촌에서 큰 인물이 난다고 친정아버지께서 말씀하셨는데……'

아이가 배 속에서 발길질을 하는 것을 느끼자 류중영의 부인 김씨는 사촌 쪽 하늘을 물끄러미 바라보았다. 사촌 쪽에서 어쩐지 상서로운 기운이 느껴지는 것 같았다.

김씨 부인은 욕심이 많은 여인이었다. 그녀는 배 속에 있는 아이가 큰 인물이 되기를 원했다. 그러려면 하회마을에서 아기를 낳을 것이 아니라 사촌에 가서 아기를 낳아야 했다. 김씨 부인은 산일이 가까워지자 류중영에게 친정에 가서 해산을 하겠다고 가만히 말했다.

"아기를 어찌 친정에 가서 낳는다는 말이오?"

류중영이 의아한 표정으로 김씨에게 물었다.

"그럴 일이 있습니다. 이유는 묻지 마시고 아버님께 허락을 맡아주십시오."

"글쎄……."

류중영은 과거 공부에 열중하느라고 여러 날이 지났으나 김씨 부인의 청을 들어주지 않았다. 그러자 김씨 부인이 다시 간곡하게 설득했다. 류중영은 마침내 부친 류 공작에게 부인이 친정에 가서 아기를 낳을 수 있도록 허락을 받았다. 김씨 부인은 무거운 몸을 이끌고 친정으로 갔다.

"해산할 달이 가까운 듯한데 어찌 친정을 온 것이냐?"

김씨 부인이 절을 올리자 김 진사가 의아한 듯이 배를 살피며 물었다. 산달이 가까운 딸이 친정을 찾아온 것은 해괴한 일이었다.

"아버님, 산달은 아직 멀었습니다. 어머님이 병중이라 간병을 하러 왔습니다."

김씨 부인은 생글생글 웃으면서 거짓말을 했다. 그래도 김 진사는 탐탁지 않은 표정이었다. 연신 수염을 쓰다듬으면서 출가한 딸의 배를 의뭉스러운 눈길로 살폈다.

"몸도 거동하기가 어려우면서 무슨 간병이냐?"

"간병이 어디 몸으로 하는 것이옵니까? 지척에 있으면서 어머님을 돌보겠습니다."

김씨 부인은 천연덕스러웠다.

"아무튼 오라비가 아기를 낳기 전에 돌아가야 한다."

김 진사가 냉혹한 표정으로 잘라 말했다.

"걱정하지 마세요. 출가외인이 잠시 다니러 왔으니 바로 돌아가야죠."

김씨 부인은 아랫배를 쓰다듬으면서 생글생글 웃었다.

"저 아이가 아무래도 수상한걸. 어릴 때부터 영악하기는 했지만 무슨 흑심이 있는 것이 분명해."

김 진사가 고개를 갸우뚱하면서 부인에게 말했다. 어릴 때부터 영악하고 욕심이 많은 딸이었다. 출가한 딸이 사촌의 정기를 훔치러 왔다고 생각하지 못했다. 사실이 그렇다고 하더라도 천연덕스럽게 웃는 딸을 박절하게 쫓아버릴 수는 없었다.

"사촌에 신묘한 기운이 서리는 것을 알고 온 것이 아닐까요?"

부인이 믿기지 않는다는 표정으로 말했다. 사촌의 김씨 일가는 임인년에 사촌에서 대성이 태어난다는 풍수설 때문에 바짝 긴장해 있었다.

"원, 이게 무슨 변괴인지……."

김 진사는 고개를 절레절레 흔들었다. 그들의 며느리도 임신을 하여 산일이 가까워지고 있었다. 김 진사는 천지간의 조화로운 기운을 출가외인인 딸의 아기에게 빼앗길 수는 없다고 생각했다. 그러나 류중영의 부인은 생글거리며 집 안을 휘젓고 돌아다녔다. 9월이 지나고 10월 초하루가 되었다. 류중영의 부인은 새벽부터 산통이 있었다. 그녀는 친정 식구들에게 들키지 않으려고 이를 악물고 억지로 산통을 참았으나 이마에서는 땀이 비 오듯이 흘러내렸다. 류중영의 부인이 산통을 시작했다는 소식이 즉시 사랑채에 알려졌다.

"내 집에서 류씨 문중의 아기를 낳게 해서는 안 된다. 속히 가마를 불러서 하회로 돌려보내도록 하라."

김 진사가 펄펄 뛰면서 추상같은 영을 내렸다. 하인들이 득달같이 가마를 대령하여 류중영의 부인을 가마에 태워 하회로 돌려보내려고 했다. 그러자 류중영의 부인은 어찌하여 딸을 내쫓느냐고 맹렬하게 항의했다.

"허허, 고것 참……."

김 진사는 혀를 내둘렀으나 매몰차게 딸을 가마에 태워 하회로 보내라고 더욱 성화를 부렸다. 류중영의 부인은 울면서 가마에 올라탔다. 가마꾼들은 산모를 태운 탓에 빠른 걸음으로 하회로 달려가기 시작했다. 그러나 그들이 사촌을 미처 벗어나지 못했을 때 양수가 터지고 말았다. 가마꾼들이 황급히 가마를 세우고 여종이 류중영의 부인을 부축하여 사촌의 가로숲으로 데리고 들어갔다. 가마를 메는 교꾼들이 친정으로 달려가 류중영의 부인이 사촌의 가로숲에서 양수가 터졌다는 사실을 고했다.

'아아, 이것이 하늘의 뜻인가?'

김 진사는 욕심 많은 딸을 하회로 돌려보내려는 일이 수포로 돌아갔다는 것을 알고는 무릎을 치면서 탄식했다. 김 진사는 부인에게 일러서 사촌의 가로숲에 가서 아기를 받으라고 지시했다. 때는 초겨울이었다. 쌀쌀한 북풍이 몰아치는 사촌의 가로숲은 나뭇잎이 모두 떨어져 나뭇가지들이 앙상하게 헐벗고 있었고, 떨어진 나뭇잎들이 수북하게 쌓여 있었다.

류성룡은 이렇게 하여 사촌의 가로숲에서 고고의 첫소리를 울렸다.

류중영의 부인 김씨의 억척으로 사촌의 가로숲에서 태어난 류성룡은 눈빛이 초롱초롱하고 이마가 시원했다. 누가 보아도 한눈에 귀골이라는 것을 알 수 있었다.

'사촌의 정기를 모두 저놈이 가지고 갔어.'

김 진사는 어린 외손자인 류성룡을 볼 때마다 자신도 모르게 탄식을 하고는 했다. 영악하고 야속한 딸이었다. 친정에서 2백 년 동안이나 기다려온 사촌의 정기를 냉큼 채어간 딸이 야속했다. 사촌의 안동 김씨 일문은 류씨들이 일부러 딸을 사촌에 보내 아기를 낳게 한 것이 아닌가 하고 의심했다. 그러나 류씨 문중은 그 일에 대해서는 까맣게 몰랐다. 김 진사의 아들은 딸이 외손자를 낳은 지 이틀이 지나서야 아들을 낳았다. 김 진사는 친손자가 마치 껍데기뿐인 것 같았고, 외손자가 정기를 모두 가져간 것처럼 느껴졌다.

"성룡이가 일곱 달밖에 안 되었는데 말을 한대요."

외손자인 류성룡이 돌도 되기 전에 말을 한다는 소문을 들은 김 진사는 가슴이 철렁했다.

'흥! 말을 조금 일찍 한다고 해서 사촌의 정기를 모두 받았다고 할 수는 없지.'

김 진사는 스스로를 달래면서 고개를 흔들었다. 하회와 사촌은 현(縣)이 다르다고 해도 한나절 거리에 지나지 않았다. 외손자인 류성룡에 대한 이야기가 들려올 때마다 김 진사는 끙 하고 앓는 소리를 해야 했다. 사람의 심리는 미묘했다. 김 진사는 사촌의 정기를 받고 태어난 류성룡의 소식을 듣느라고 항상 하회 쪽을 향해 귀를 열어놓고 지냈다.

"성룡이 글을 읽고 있습니다."

아들이 하회에 다녀와서 말했다.

"뭣이? 그 아이가 몇 살인데 벌써 글을 읽는다는 말이냐?"

"네 살입니다."

"겨우 몇 자 읽었겠지. 네 살짜리가 무슨 글을 읽는다는 말이냐?"

김 진사는 배알이 뒤틀려 고개를 홱 돌렸다. 가슴이 바윗덩어리를 얹어놓은 것처럼 답답했다. 류성룡이 사촌의 정기를 흡수한 것이 틀림없다고 생각했다.

"성룡이《소학》을 뗐다고 합니다."

류성룡이 여섯 살이 되었을 때《소학》을 뗐다는 말을 듣고 김 진사는 주저앉아서 엉엉 울고 싶었다. 전신의 뼈 마디마디에 힘이 하나도 없었다. 밥을 먹어도 무슨 맛인지 알 수 없었고, 누워도 잠이 오지 않았다.

"내가 직접 이놈을 봐야지."

김 진사는 어느 날 도저히 견딜 수가 없어서 하회로 걸음을 했다. 그가 사촌의 가로숲을 지나 하회마을의 바람을 막아주는 만송정에 이르렀을 때 아이들이 왁자하게 떠드는 소리가 들렸다. 김 진사는 걸음을 멈췄다. 서당에서 돌아오는 듯한 무리의 아이들이 서책을 옆구리에 끼고 백사장을 향해 달려가다가 그를 발견하고 걸음을 멈췄다. 무리 중에 제일 늦게 달려오는 아이가 그를 멀뚱히 쳐다보았다. 김 진사는 어쩐지 그 아이가 낯이 익은 느낌이 들었다.

"서당에서 돌아오는 길이냐?"

김 진사는 어린아이를 보고 물었다.

"예, 어르신."

아이는 김 진사에게 넙죽 허리를 숙여 보이고 뒤뚱거리면서 아이들을 따라 달려가기 시작했다. 김 진사는 이상하게 가슴이 뛰는 것을 느꼈다. 아이가 화천강을 향해 달려가자 마치 무엇인가 소중한 것이 떠나간 듯한 기분이었다. 그는 가슴이 텅 빈 듯한 기분을 느끼면서 마을로 들어섰다. 딸을 류씨 문중에 선보이기 위해 처음 말을 타고 찾아왔을 때 이후 처음 와보는 길이었다. 초가와 와가가 고샅을 따라 정겹게 늘어서 있고 토담이 집들을 따라 구불구불 이어진 길을 따라 마을 중간에 이르자 사위 류중영의 집, 양진당이 보였다. 양진당은 참진리를 가르치는 집이라는 뜻이다.

"이리 오너라."

김 진사가 대문 앞에서 크게 소리를 지르자 육중한 대문이 열리면서 유일한 하인인 늙은 종이 얼굴을 내밀었다. 류 공작은 군수를 지냈는데도 빈한하게 살고 있었다.

"의성에서 왔다. 어른은 계시느냐?"

김 진사가 하인을 쏘아보면서 물었다.

"예. 어서 드십시오."

하인은 의성이라는 말을 듣고 황급히 김 진사를 사랑으로 안내했다. 사위 류중영은 과거를 보러 문경새재를 넘어 한양에 올라가 있었고, 집에는 성룡의 조부인 류 공작만 있었다. 김 진사가 류 공작과 맞절을 하고 나자 딸이 나와서 다소곳이 절을 했다.

"고약한 것 같으니……."

김 진사는 류중영의 아내가 된 딸을 애증이 교차하는 시선으로 쏘아보았다. 가슴이 타는 듯이 저려서 자신도 모르게 가슴을 어루만졌다.

"아이들은 서당에 가서 아직 돌아오지 않았습니다. 어머님께서도 무고하신지요?"

류중영의 부인이 서늘한 눈으로 김 진사를 쳐다보았다.

두 외손자가 어머니 손에 이끌려 사랑채에 들어온 것은 사돈인 류 공작과 이런저런 이야기를 한 식경이나 했을 때였다. 두 아이는 김 진사가 외할아버지라고 하자 공손히 절을 했다.

"큰놈은 장자답게 의젓하구나."

류중영의 장남 류운룡은 성품이 조용했다. 외조부인 김 진사에게 절을 하고는 얌전하게 무릎을 꿇고 앉아 있었다. 류성룡은 만송정 앞에서 본 그 작은 아이였다. 김 진사는 새삼스럽게 류성룡을 찬찬히 뜯어보았다.

"상(相)만으로는 하늘이 낸 아이인지 알 수 없구나."

류성룡은 겨우 여섯 살인데도 키가 크고 눈이 부리부리했다. 가만히 성룡의 얼굴을 살피자 자신도 모르게 빨려 들어가는 듯한 기분이 느껴졌다.

'이 아이의 눈에 서슬이 있다.'

김 진사는 류성룡의 얼굴을 살피면서 탄식했다.

김 진사는 류성룡을 데리고 의성으로 돌아왔다. 그의 친손자는 류성룡보다 이틀 늦게 태어났으나 지극히 평범했다. 류성룡은 서당에서 공부를 하지 않기 때문인지 집 안을 이리저리 뛰어다니면서 놀았다. 천진난만한 또래의 소년들과 전혀 다르지 않았다. 김 진사는 멀리 떨어져 류성룡을 살폈다. 류성룡은 집 안 구석구석을 뛰어다니며 놀다가 친손자와 함께 서고로 들어갔다. 김 진사는 류성룡이 서고에서 무엇을 하든 간섭을 하지 않았다. 그런데 친손자는 한 식경도 되지 않아서 서고에서 나왔다.

"애야."

김 진사는 친손자를 손짓해 불렀다. 친손자가 김 진사에게 쪼르르 달려왔다.

"성룡이 형은 무엇을 하느냐?"

"책을 읽고 있습니다."

"너는 어찌하여 책을 읽지 않느냐?"

"저는 어려워서 읽지 못합니다."

친손자가 씩 웃더니 안채로 달음질쳐 갔다. 김 진사는 망연자
실하여 서고 쪽을 물끄러미 바라보았다. 서고에 들어간 류성룡은
좀처럼 나오지 않았다. 서고에는 그의 선대부터 수집한 수많은 책
들이 진열되어 있었다. 김 진사는 사랑에서 나와 서고 앞으로 걸
어가 슬며시 안을 들여다보았다. 류성룡은 서고의 구석에 앉아서
책을 보고 있었다.

'서책에 몰두하고 있구나.'

김 진사는 탄식을 했다.

류성룡은 두 달 가까이 의성에 머물렀는데, 하루는 안채에서
부엌일을 하던 언년댁이 눈에 다래끼가 나서 사람들이 전염이 될
까 봐 슬금슬금 피했다.

"언년댁의 다래끼를 내가 낫게 해줄까?"

류성룡이 싱글거리며 언년댁을 쳐다보았다.

"하회 도련님 아닙니꺼? 도련님께서 쇤네의 다래끼를 낫게 해
준다 이 말씀입니꺼?"

"하모."

"허면, 쇤네 좀 살려주이소."

"다래끼에는 패독산이 좋다. 시호, 전호, 강활, 독활, 천궁, 적복령, 감초, 방품, 형개를 각 두 사발의 물에 미량을 넣어 약한 불에 두 시진 정도 달인 뒤에 복용하라. 강활과 독활은 사기를 제거하고 시호와 전호는 열을 내려주는 것이니 밥을 먹은 후에 며칠 동안 계속 복용해야 할 것이다."

류성룡이 숨도 쉬지 않고 말했다. 언년댁은 멀뚱히 류성룡을 응시했다. 류성룡이 외는 말을 그녀는 알아들을 수 없었던 것이다.

"내가 처방을 써줄 테니 의원에게 가서 약을 지어 와."

"마 그렇게 하면 낫겠십니꺼?"

언년댁이 의심스러운 눈으로 류성룡을 쳐다보았다.

"다래끼는 담백한 음식을 먹고 청결하게 하는 것이 좋다. 외출을 했다가 돌아오면 반드시 소세를 해야 한다. 소세를 하지 않아 얼굴이 더러우니 이런 병이 생기는 것이다."

"얄궂데이. 내사 우찌 더럽다고 하는교? 쬐깐한 도련님이 못하는 말씸이 없구마."

류성룡의 말에 언년댁의 얼굴을 붉히면서 눈총을 주었다. 그러나 그녀는 류성룡이 써준 처방전으로 읍내에 가서 약을 지어 달여 먹고 사흘 만에 나았다.

'서고에서 의서를 읽었구나.'

김 진사는 다리가 후들거리고 떨리는 것을 느꼈다. 류성룡은 김 진사의 집에 머물면서 그러한 일을 여러 번이나 반복했다. 류성룡의 외조모 속병을 고치고, 그의 며느리가 둘째 아들을 낳아 젖몸살을 앓자 처방을 하여 치료했다. 그러자 김 진사의 집에 소의원(小醫員)이 있다는 소문이 근동에 파다하게 퍼졌다. 마을의 농민들이 무리를 지어 류성룡에게 찾아와 처방전을 받아 갔다.

'어린 녀석이 벌써 유의(儒醫)로 명성을 떨친다는 말인가?'

김 진사는 믿을 수가 없었다. 김 진사도 의서를 여러 권 읽었으나 기껏해야 속병을 달래는 속명환 정도를 처방하는 것이 고작이었다. 류성룡은 한 번 읽은 글을 잊어버리는 법이 없었다. 김 진사는 시험 삼아 류성룡에게 바둑을 가르쳤다. 그러자 류성룡의 바둑이 불과 한 달 만에 김 진사를 능가하게 되었다. 류성룡은 한 번 본 포석을 그대로 외울 뿐 아니라 김 진사의 심중까지 꿰뚫어 포석을 놓았다.

'무서운 놈이로구나.'

김 진사는 혀를 내둘렀다. 사위 류중영이 과거에 급제하고 삼일유가(三日遊街, 과거에 급제한 사람이 사흘 동안 시험관과 선배 급제자와 친척을 방문하는 일)를 얻어 돌아왔다. 풍산 하회마을에서 잔치가 벌어진다는 말을 듣고 김 진사는 류성룡을 데리고 하회마을로 향했다.

류중영이 벼슬길에 나서서 탄탄대로를 가게 되면 류성룡에게도 큰길이 열릴 것이다. 김 진사는 류성룡에게서 서광이 보이는 듯한 느낌이 들었다. 김 진사가 이런저런 생각을 하는 동안 이내 사촌의 울창한 가로숲이 나타났다. 김 진사는 오래전 딸에게 사촌의 정기에 대해서 이야기를 해주던 생각이 떠올랐다.

"성룡아."

김 진사는 외손자의 손을 꼭 잡고 입을 열었다.

"네, 할아버지."

류성룡이 김 진사를 쳐다보면서 또랑또랑한 목소리로 대답했다. 머뭇거리거나 주저하지 않는 것을 보면 성품도 강렬할 것이다.

"아버지가 과거에 급제해서 기쁘냐?"

"예."

"너도 과거에 급제할 수 있겠느냐?"

"저는 책을 보는 것을 더 좋아합니다."

류성룡이 김 진사를 맑은 눈으로 쳐다보았다.

"사람의 일은 모른다. 혹여 과거를 보고 관리가 되면 민초들을 어여삐 여기고 청빈한 관리가 되어야 한다."

김 진사가 유정한 눈빛으로 류성룡을 보면서 말했다. 류성룡을 하늘이 낸 아이라면 바른 길로 인도하는 것이 하늘을 거역하지 않는 일일 것이다.

"예."

류성룡이 고개를 끄덕거렸다.

"앞서 가거라."

김 진사가 류성룡의 고사리 같은 손을 놓고 말했다. 류성룡은 그 말을 기다렸다는 듯이 사촌의 가로숲을 빠르게 달리기 시작했다. 김 진사는 류성룡의 뒤를 따라 걸음을 떼어놓으면서 조락하는 가을 햇살처럼 김씨 일가가 기울고 있는 듯한 느낌이 들었다.

3
마른내의
소년 영웅들

광희문 수구문 성벽을 따라 목멱산 뒤쪽으로 오르는 성하촌(城下村)의 호젓한 산길이었다. 소나무 숲이 울창한 목멱산에서 한 줄기 내가 산길을 따라 졸졸거리고 흘러내리는 계곡 양쪽으로 와가와 초가가 듬성듬성 들어서 있었다. 무너진 성곽 아랫마을에 사는 중인들이 살여울이라고 부르는 내였다. 살여울의 양지바른 산비탈, 샛노란 개나리가 흐드러지게 핀 담장 안에서 소년들의 글 읽는 소리가 낭랑하게 들려왔다.

의관이 단정한 중년 선비가 한 소년을 데리고 살여울의 나무다리를 건넌 뒤에 담장을 따라 발길을 재게 놀리고 있었다. 개나리가 핀 담장 밑에는 파릇파릇 푸른 싹들이 돋아나고 복사꽃 살구꽃이 하얗게 피어 있는 초가들은 봄을 맞이하여 기운이 생동하는 듯했다.

이윽고 중년 사내가 걸음을 멈췄다. 대문은 활짝 열려 있었고 마당 안쪽에 오래된 기와집이 엇비슷하게 들여다보였다. 건물 앞에는 어린아이들의 신발이 가지런히 놓여 있고, 낭랑하게 글 읽는 소리가 그곳에서 들리고 있었다.

자사자왈천명위성(子思子曰天命謂姓)이오
솔성지위도(率性之謂道)오 수도위교(修道謂敎)라 하시니……

《소학》〈입교(入敎)〉편이다. 하늘이 사람에게 명한 것을 성이라고 하고, 성을 따르는 것을 도, 도를 닦는 것을 가르침이라고 한다는 뜻이다.

중년 사내는 안으로 성큼성큼 걸음을 떼어놓았다. 학당 문은 비스듬하게 열려 있었다. 서안을 앞에 놓고 정자관을 쓴 단정한 선비가 비슷하게 열린 문을 통해 눈에 들어왔다. 선비는 수염이 하얗게 세어 있었다.

중년 사내가 낮게 기침을 했다. 정자관을 쓰고 학동들을 가르치던 선비가 이쪽을 힐끗 쳐다보더니 벌떡 일어나서 신발도 신는 둥 마는 둥 허둥지둥 밖으로 나왔다.

"류공(柳公)."

선비가 중년 사내를 보자 반색을 하고 맞이했다.

"한공(韓公), 오랫동안 적조했소이다."

류공이라고 불린 사내도 빙긋이 웃으며 정중하게 허리를 숙였다.

"한양에 올라오셨다는 소식은 들었소만 어찌 두문불출하셨소이까?"

정자관을 쓴 선비는 류공이라 불린 사내를 사랑으로 안내했다. 류중영, 좌부승지를 지낸 인물이다. 조정에서 청빈한 선비라는 말이 들려 사림의 존경을 받고 있었다. 이미 벼슬이 당상관의 벼슬에 올랐는데도 의관이 남루하면서도 단정했다. 무명으로 짠 도포는 색이 바랬으나 깨끗하게 빨아서 단정하게 입고 있다.

"어르신께 인사 올려라."

사랑에 좌정을 하자 류중영이 소년에게 낮게 말했다. 소년이 정자관을 쓴 사내를 향해 큰절을 했다.

"아드님이오?"

정자관을 쓴 사내가 어린 소년을 찬찬히 살피며 물었다.

"그렇습니다. 아이가 아둔하여 한공께 맡기려고 왔습니다."

"류공에게 재주가 비범한 아들이 있다는 소식을 들었소만 오늘 이렇게 만나게 될 줄은 몰랐소."

정자관을 쓴 선비는 새삼스럽게 소년을 찬찬히 뜯어보았다. 비록 8, 9세밖에 안 되었지만 이마는 반듯하고 눈이 부리부리했다. 눈에서는 파랗게 서슬이 느껴진다. 오뚝한 콧날에 인중도 뚜렷했다. 귓밥이 두툼하여 부귀할 상이라는 것을 한눈에 알아볼 수 있었다.

"이름이 어떻게 되느냐?"

정자관을 쓴 선비가 소년을 향해 물었다.

"이룰 성(成) 자에 용 룡(龍) 자를 씁니다."

소년이 또렷한 목소리로 대답했다.

소년 류성룡, 이미 좌부승지를 지낸 류중영의 둘째 아들로 어린 시절부터 신동으로 영남 일대에 이름을 떨치고 있었다. 네 살 때 《소학》을 떼었다고 하니 나이가 어려도 만만치 않을 것이다. 여섯 살 때였다고 했던가. 류성룡의 부친 류중영이 하회의 집에서 낮잠을 자는데 독사가 방에 들어와 똬리를 틀고 있었다고 한다. 부인이 놀라고 하인들이 어찌할 바를 몰라 쩔쩔매는데 여섯 살밖에 되지 않은 류성룡이 개구리를 잡아서 방에 풀어놓았다. 그러자 독사가 펄쩍펄쩍 뛰는 개구리를 잡아먹기 위해 방에서 나왔고 늙은 종이 장대로 독사를 때려잡았다는 것이다. 이 이야기는 오래된 고사처럼 영남 일대에 널리 알려져 있었다. 영민하고 기지가 넘치는 소년이다.

"신동이라고 소문은 들었는데 얼마나 가르치셨소?"

정자관을 쓴 사내가 류중영에게 물었다.

"신동이라니 당치 않습니다. 이제 《대학》을 읽고 있소이다."

류중영의 말에 정자관을 쓴 사내의 입에서 낮게 신음이 흘러나

왔다. 이 어린 나이에 《대학》을 읽는 것이 어찌 비범하지 않다는 말인가.

"류공 같으시면 독선생을 모시고 자제분을 가르칠 만한데 어찌 내게 데리고 오셨소?"

"경사를 배우는 것은 책으로만 되지 않습니다."

류중영의 말에 정자관을 쓴 사내가 마른침을 꿀꺽 삼켰다. 류중영은 어린 아들에게 세상을 가르치려고 하고 있었다. 고리타분한 책보다 세상을 경영하는 법을 가르치려는 것은 류중영도 아들의 총기가 특별하다는 것을 알기 때문일 것이다.

"잠시 기다리시오."

정자관을 쓴 사내가 밖으로 나갔다.

"지금 네가 인사를 드린 분은 시은(市隱)이라고 하여 저잣거리에 숨어 있는 학자시다. 본관은 청주 한(韓)씨고, 함자는 석(碩) 자 지(志) 자를 쓰고 계신다."

류중영이 아들 류성룡에게 이야기를 하고 있을 때 한석지가 한 소년을 데리고 들어왔다. 류성룡의 시선이 그 소년에게 쏠렸다.

"좌부승지를 지내신 어른이시다. 인사 올리도록 해라."

한석지의 말에 소년이 류중영에게 큰절을 했다.

"이 아이는 어찌 되는 아이입니까?"

"우리 학당의 아이인데 자제분과 교분을 나눌 만한 아이입니다."

한석지의 말에 류중영이 소년을 살펴보았다. 소년은 기골이 장대하여 한눈에 장상의 재목이라는 것을 알 수 있었다.

"이름이 어떻게 되느냐?"

류중영이 무릎을 꿇고 있는 소년에게 물었다.

"본관은 덕수 이(李)씨이고, 이름은 무궁화 순(舜) 자에 신하 신(臣) 자를 쓰고 있습니다."

이순신이 낮은 목소리로 대답했다. 무궁화 순 자는 임금 순(舜) 자도 된다. 이름 자에 임금과 신하를 쓴 소년의 집안 어른들은 분명하게 반골이다. 류중영은 소년의 부모가 범연하지 않다고 생각했다. 류성룡은 이순신을 정감 어린 눈으로 가만히 살피고 있었다.

"《대학》을 읽고 있다고 했으니 《소학》의 내편(內篇) 〈경신(敬身)〉을 한번 외워보아라."

한석지가 류성룡을 향해 말했다.

"예."

류성룡이 조용히 대답했다.

단서 왈(丹書曰) 경승태자(敬勝怠者)는 길(吉)하고 태승경자(怠勝敬者)는 멸(滅)하며 의승욕자(義勝欲者)는 종(從)하고 욕승의자(欲勝義者)는 흉(凶)하리라.

류성룡이 낭랑한 목소리로 소학의 한 구절을 외웠다. 한석지의 눈빛이 크게 흔들렸다.

"풀이하면 어찌 되느냐?"

"단서(붉은 참새가 물고 왔다는 상고上古의 도道를 적은 글)에서 말하기를, 공경하는 마음이 나태한 것을 이기는 자는 길하고, 나태한 것이 공경한 것을 이기는 자는 멸망한다. 의로운 마음이 욕심을 이기는 자는 순조롭고, 욕심이 의로움을 이기는 자는 흉하다, 하는 뜻입니다."

《소학》의 한 구절을 풀이했을 뿐이지만 류성룡이 정심하게 공부를 했다는 것을 알 수 있었다. 옆에 있던 이순신이 경탄하는 눈빛으로 류성룡을 쳐다보았다.

"순신도 외우겠느냐?"

한석지가 빙긋이 웃으며 소년 이순신을 보았다.

"저는 《소학》보다 병서를 더 좋아합니다."

"병서라면 내 앞에서 꺼내지 마라."

한석지가 쌀쌀한 눈빛으로 말했다. 이순신이 무춤한 표정을 지으면서 어깨를 움츠렸다. 류중영은 이순신이 기묘한 소년이라고 생각했다. 이순신은 세 살 위인 그의 형 요신(堯臣)과 함께 학당에 다니고 있었다. 요신은 순신과 달리 얼굴이 창백하고 병색이 있어 보였다.

류성룡은 그날부터 한석지에게 학문을 배우기 시작했다. 이순신은 류성룡처럼 마른내에 살았으나 학문을 배우는 것보다 아이들과 뛰어노는 것을 더 좋아했다. 그런데도 한석지는 한사코 이순신을 불러다가 앉혀놓고 학문을 가르치려고 했다.

좌승지에서 물러나 있던 류중영이 유신(충주) 현감에 제수되었다.

"내가 고을의 수령이 되어 멀리 떠난다만 추호도 학문을 게을리해서는 안 된다."

류중영은 류성룡을 한양에 머물게 하고 단신으로 유신으로 떠났다.

류성룡은 어린 나이에 《맹자》를 읽으면서 깊이 감동했다.

'백이는 나쁜 것을 보려고 하지 않고 귀로는 음탕한 말을 들으려고 하지 않았다. 백이는 얼마나 고결한 인물인가?'

류성룡은 《맹자》를 읽다가 백이와 숙제가 수양산에서 고사리로 연명하는 이야기를 읽고 탄복했다. 그러던 어느 날, 고향 안동에 있는 어머니가 형 류운룡을 데리고 한양에 올라왔다.

"우리 용아가 의젓해졌구나."

류성룡의 모친 김씨는 류성룡을 품에 안으면서 기뻐했다.

"내가 너를 한양에 보내놓고 도무지 잠이 오지 않아 이렇게 왔다. 유신현으로 아버님을 뵈러 가자꾸나."

어머니는 류운룡과 류성룡을 데리고 유신현으로 내려갔다. 류성룡은 모처럼 학당에 나가지 않게 되자 신이 나서 뛰어다녔다.

그러나 한양에서 유신까지는 여러 날이 걸렸다. 안동에서 한양으로 올라올 때도 여러 날이 걸렸으나 충주로 가는 것은 여주, 장호원을 거치느라고 닷새나 걸렸다. 류성룡은 어머니를 따라 충주로 가면서 중인들과 천민들이 살아가는 모습을 볼 수 있었다. 많은 중인들과 천민들은 태평성대인데도 옷차림이 구질구질했고 굶주린 사람들이 많았다.

'양반들과 달리 천민들은 빈한하게 살고 있구나.'

류성룡은 길가의 쓰러져가는 움막에서 무리를 지어 사는 천민들을 보고 가슴이 저렸다. 아이들은 신발도 신지 않고 머리는 더벅머리를 하고 있었다. 아녀자들은 아무 데서나 가슴을 드러내놓고 아이들에게 젖을 먹였다.

"그동안 학문을 얼마나 했느냐?"

류중영은 류성룡을 보자 학문부터 물었다.

"《대학》을 공부했습니다."

"그럼 한번 외워보아라."

류성룡은 《대학》을 줄줄이 외웠다. 류중영은 그때서야 만족한 듯이 류성룡을 마당에 나가 뛰어놀게 했다. 그러나 류성룡은 충주에서는 두 달도 있을 수 없었다.

"너희 어머니가 적적해하시는 모양이다. 너희는 고향에 내려가 공부에 전념하도록 해라."

류중영은 류성룡 형제를 어머니와 함께 안동의 하회마을로 내려보냈다. 안동의 고향에는 류성룡의 할아버지와 할머니가 있었다. 류성룡은 안동에 내려오자 할아버지와 할머니에게 절을 올려 인사를 했다.

"한양에서 공부를 하더니 성룡이가 의젓해졌구나."

조부 류 공작이 허연 수염을 쓰다듬으면서 말했다. 류 공작은 류운룡과 류성룡에게 이것저것 한양의 일을 물었다. 류운룡은 한양에서 나온 조보(朝報, 관보)를 바쳤다. 류성룡의 아버지 류중영이 좌부승지를 지냈기에 조정의 인사를 기록한 조보가 집으로 오고는 했다. 류성룡은 나이도 어렸지만 조정의 일에 관심이 없었기에 조보를 한 번도 보지 않았었다. 그러나 형 류운룡은 조보를 자세히 보고는 했고, 할아버지 류 공작도 조보를 읽고 사대부들의 진퇴에 관심을 기울였다.

"대윤과 소윤이 머리 터지게 싸우더니 이제는 소윤의 천하가 되었군."

류 공작이 조보를 보고 혀를 찼다.

"할아버지, 대윤과 소윤이 무엇입니까?"

류성룡이 의아하여 물었다.

"대윤은 윤임을 따르는 일파를 말하는 것이고, 소윤은 문정왕후를 따르는 윤원형을 일컫는 것이다."

윤임은 장경왕후의 오라버니로 장경왕후가 인종을 낳아 권력을 휘둘렀고, 윤원형은 장경왕후가 세자를 낳고 죽자 누이동생인 문정왕후가 다시 중종의 계비가 되면서 윤씨 일파들끼리 치열한 권력 투쟁을 벌이고 있었다.

류성룡은 안동에서 한 달을 쉰 뒤에 다시 어머니와 형을 따라 외가인 의성현 사촌리에 갔다. 외할아버지인 김 진사가 병환이 있다는 연락이 왔기 때문이다.

"여기가 네가 태어난 곳이다."

의성의 사촌에 이르자 길가의 울창한 숲을 가리키면서 류운룡이 말했다.

"형, 내가 왜 여기에서 태어나?"

류성룡이 어리둥절하여 류운룡에게 물었다.

"어머니께서 외가에 다녀오시다가 갑자기 산통이 생기는 바람에 여기서 해산을 하신 것이다."

류성룡은 어머니를 쳐다보았다. 어머니가 빙그레 웃으며 고개를 끄덕거렸다.

"망측스러운 일이었다. 갑자기 산통이 있으니 어떻게 하느냐? 도리 없이 숲에 들어가 너를 낳았다."

어머니가 얼굴을 붉히며 말했다. 배 속에 있던 류성룡이 사촌의 정기를 받아들이게 하기 위해 일부러 친정인 사촌에 가서 낳았다는 이야기는 할 수 없었다. 류성룡은 어쩐 일인지 사촌의 숲이 남다르게 여겨지지 않았다.

외할아버지 김 진사는 병색이 완연하여 자리에 누워 있다가 간신히 자리에서 일어나 앉았다.

"우리 성룡이 왔구나."

김 진사의 얼굴에 잔잔한 미소가 번져갔다. 사촌의 정기를 빼앗아 간 외손자에게 여전히 애증이 교차하고 있었다.

"아버님, 죄송합니다."

류성룡의 어머니 김씨 부인이 다소곳이 절을 한 뒤에 말했다.

"뭣이 죄송해?"

"사촌의 정기를……."

"되었다. 하늘의 뜻을 내가 어찌 거역하겠느냐."

김 진사가 손을 내저었다. 류성룡은 어머니와 외할아버지의 대화를 알아들을 수 없었다. 류성룡은 슬그머니 외할아버지 앞을 물러나와 사촌들과 어울려 들판으로 달리기 시작했다.

류성룡은 서당에서 나오자 마른내를 향해 총총히 걸음을 떼어놓았다. 그렇게 무덥던 여름이 지나고 어느덧 가을이 다가오고 있었다. 한낮에는 볕이 따가웠으나 초목이 누르스름한 빛을 띠기 시작하고 들에는 벌써 벼이삭이 영글고 있었다. 집 안에 있는 능금나무도 불그스레하게 과실이 익어갔다. 이제 곧 찬바람이 불고 낙엽이 떨어지면 겨울이 닥칠 것이다. 이순신은 오늘도 서당에 나오지 않았다. 이순신은 서당에서 공부를 하는 것보다 동네에서 아이들과 병정놀이를 하는 것을 더 좋아했다.

"이런 고약한 놈이 있나? 무관이 되어도 글을 알아야 하거늘 어찌 병정놀이만 한다는 말이냐? 네가 가서 속히 데리고 오너라."

서당의 훈장 한석지는 글공부를 하지 않는 이순신을 기이할 정도로 좋아했다. 류성룡은 어쩔 수 없이 공부를 하다가 말고 이순신을 데리러 오게 되었다.

"돌격하라!"

류성룡이 뛰다시피 마른내에 이르자 이순신은 동네 아이들과 병정놀이를 하고 있었다. 이순신은 돌로 성을 쌓아놓고 그 위에서 아이들을 지휘하고 있었다. 이순신을 공격하는 것은 나이가 다섯 살이나 더 많은 원균(元均)이었다. 원균의 본관(本貫)은 원주(原州)로 평택 출신이었으나 어릴 때 한양에 올라와 류성룡과 같은 동네인 건천동에서 살고 있었다. 원균의 아버지 원준량은 경상우도 병사를 지낸 쟁쟁한 무관이었다.

"돌격! 적을 죽여라!"

공성(攻城)을 하는 것은 원균이 지휘하는 아이들이었다. 원균은 무반의 집 아이인 덕분인지 무예가 뛰어나고 용맹했다. 그러나 이순신은 문관 출신의 낙백한 집 아이라 무예가 뛰어나지 못했다. 다만 이순신은 무예로 원균을 당적하지 못해 진법(陣法)을 이용하여 원균을 막아내고 있었다. 전쟁놀이였지만 이순신과 원균은 치열하게 싸웠다. 이순신과 원균을 따르는 아이들도 피투성이가 되도록 대나무를 휘둘렀다.

류성룡은 이순신을 데리러 온 것도 잊고 한쪽에서 아이들이 대나무로 진(陣)을 펼치고 싸우는 것을 구경했다. 아이들은 진법까지 구사하고 있었다.

'저건 팔진도라는 것인데, 순신이 언제 저런 진법을 깨우쳤지?'

류성룡은 순신이 오행을 이용하여 팔진도를 펼치는 것을 보고 놀랐다. 류성룡은 언젠가 진법을 다룬 병서를 읽은 일이 있어서 비교적 진법에 대해서 자세히 알고 있었다.

"물럿거라!"

그때 요란한 벽제(辟除) 소리와 함께 초헌이 오기 시작했다. 초헌에는 조정의 고관이 타고 있는 듯 붉은 조복에 흉배를 두르고 있었다. 아이들이 웅성거리면서 일제히 뒤로 물러서기 시작했다.

"물럿거라! 병조 판서 대감의 행차시다!"

병조 판서 김응기의 행렬이었다. 초헌의 앞뒤로 구종별배들이 따르고 포졸들이 삼엄하게 호위를 하고 있었다. 이순신과 치열하게 싸우고 있을 때 병조 판서의 초헌이 나타나자 원균은 아이들을 모아놓고 병조 판서의 초헌을 뒤따라가 단숨에 이순신의 진을 격파하자고 소곤거리면서 길을 비켜주는 시늉을 했다.

'원균이 기습을 하려고 하는구나.'

류성룡은 원균이 계책을 세우는 것을 보고 놀랐다.

"물러서지 마라!"

이순신이 대나무 칼을 들고 소리를 질렀다. 아이들이 어리둥절

하여 이순신을 쳐다보았다. 원균도 우두망찰하여 이순신을 쳐다
보았다.

'순신이 원균의 계책을 눈치챘어.'

순신과 원균은 지략으로 싸움을 벌이고 있었다.

"이놈들! 병조 판서 대감의 행차를 가로막고 무슨 짓이냐?"

행렬을 전도하는 병조 판서의 집사가 아이들을 향해 벼락을 치
듯이 소리를 질렀다. 아이들이 겁에 질려 이순신을 쳐다보았다.

"물러서지 마라. 전쟁 중에 어디로 물러선다는 말이냐? 물러서
는 자는 군령으로 참수할 것이다!"

이순신의 호령에 집사가 어이없다는 듯이 웃음을 터트렸다. 초
헌을 끄는 구종별배들과 포졸들도 일제히 웃음을 터트렸다.

"고놈 참! 쥐방울만 한 놈이 어찌 조정 고관의 행차를 가로막는
다는 말이냐? 썩 비키지 못할까?"

병조 판서 김응기가 초헌 위에서 눈을 부라리며 이순신에게 호
통을 쳤다.

"여기는 성(城)이오. 아무리 조정 고관이기로서니 어찌 성을 보
고 비키라 하는 것이오?"

이순신이 허리를 쭉 펴고 대답을 했다. 장내에 팽팽한 긴장감
이 돌았다.

"뭣이?"

"성이 사람을 피해야 옳겠소? 사람이 성을 피해 가야 옳겠소?"

"하하하! 고놈 참 맹랑하구나. 네 누구의 자식이냐?"

"내가 누구의 자식인지는 알 것 없소."

"하면 네놈의 이름은 무엇이냐?"

"본관은 덕수 이 씨고, 이름은 임금 순 자에 신하 신 자를 쓰고 있소."

"그래, 네가 대장이냐?"

"그렇소."

"병조 판서가 어떤 벼슬인지 알고 있느냐?"

"군사에 대한 모든 일을 총괄하는 벼슬로 알고 있소."

"그렇다면 병조 판서의 행차를 막으면 어떤 벌을 받는지 알고 있느냐?"

"장수가 군사를 이끌고 전쟁에 나가면 임금의 영이라도 군율에 어긋나면 따르지 않는다고 했소."

"순신이라……. 네가 정녕 병법을 알고 있구나. 장차 장상이 될 기상이 보이니 내가 돌아서 가겠다. 하하하!"

병조 판서 김응기가 유쾌하게 웃으면서 행차를 돌리도록 하다가 원균을 쏘아보았다. 원균이 황급히 고개를 숙였다.

"네가 공성을 하고 있었느냐?"

"예."

"너는 어찌 공성을 하다가 중지했느냐?"

"우리가 무리를 모아 공성을 하고 수성(守城)을 하는 것은 그저 전쟁을 흉내 내는 놀이에 지나지 않습니다. 어찌 놀이를 하면서 고관의 행차를 가로막겠습니까? 이는 임금을 우롱하는 죄입니다."

"호오…… 너의 이름이 어떻게 되느냐?"

"원균입니다."

"아비가 누구냐?"

"전 경상우도 병사 원중량입니다."

"장상이 될 재목이로다. 너는 누구냐?"

김응기가 갑자기 구경을 하는 류성룡에게 물었다.

"본관은 풍산 류씨고 이름은 이룰 성 자에 용 롱 자를 쓰고 있습니다."

류성룡은 공손하게 대답했다.

"네가 류중영의 아들이구나. 내 오늘 천하의 인재를 셋이나 만났구나. 하하하!"

김응기는 호탕하게 웃으면서 행차를 재촉했다. 이순신과 원균은 서로를 팽팽하게 쏘아보았다. 병조 판서 김응기의 행차가 점점 멀어져갔다. 류성룡도 걸음을 돌렸다. 기분이 미묘했다. 류성룡은 조정의 고관인 병조 판서에게도 굴하지 않는 이순신을 보고 벼락을 맞은 듯한 기분이었다. 비록 글공부는 류성룡에게 뒤졌으나 담대한 기상은 류성룡을 훨씬 능가했다.

'순신은 어른이 되면 크게 무명을 떨칠 것이다.'

류성룡은 이순신을 데리러 갔다가 그냥 서당으로 돌아왔다.

'어찌 순신을 데리고 오지 않느냐?'

훈장 한석지가 눈살을 찌푸리며 류성룡에게 물었다.

"순신은 다른 공부를 하고 있습니다."

"에이, 또 병정놀이를 하고 있느냐?"

"예."

"쯧쯧, 그놈의 뜻이 그렇다면 어쩔 수 없지."

한석지가 혀를 차고 류성룡에게 굴원의 《초사》를 내밀었다. 류성룡에게 읽으라는 뜻이었다. 류성룡은 《초사》를 건성으로 읽었다. 《초사》는 류성룡도 좋아하는 시였으나 그날따라 글자들이 눈에 들어오지 않았다.

가을이 가고 겨울이 왔다. 류성룡의 부친 류중영이 내직으로 돌아오자 집 안에는 아연 활기가 돌았다. 그의 집에는 항상 조정의 거물들이 찾아왔다. 류중영을 찾아오는 인물들 중에는 훗날 동인의 거두가 되어 심의겸과 대립하는 김효원도 있었다.

"이황이야말로 큰 선비다."

류중영은 항상 두 아들에게 말했다. 류중영은 술을 마시고 기분이 좋으면 두 아들에게 조정의 인사들에 대하여 이야기하는 것을 좋아했다. 특히 그는 조광조가 일찍 죽은 것을 한탄하고는 했다. 귀양을 가 있는 김굉필에게 수학한 조광조는 그 학문과 문장이 도도하여 성균관 유생들의 전폭적인 지지를 받았다. 훈구파를 밀어내려는 사림파의 대표적인 인물이라 대소 벼슬아치들이 모두 경외했으나 훈구대신들에 의해 억울하게 죽음을 당했다.

"정암 조광조는 청수한 선비다. 그는 앉아 있을 때나 서 있을 때 몸가짐이 전혀 흐트러짐이 없었다. 그러나 탄핵을 받아 죽었으니 얼마나 안타까운 일이냐?"

"어찌하여 탄핵을 받았습니까?"

조정의 훈구대신들이 부패했다고 하여 일거에 제거하려고 한 탓에 탄핵을 받은 것이다.

"임금께서 총애가 두터우시다고 들었습니다."

"총애가 두터워 대신들이 탄핵을 한 것이다."

"정암 선생의 개혁이 잘못되었습니까?"

"잘못되었다는 것이 아니라 너무 과격하다는 뜻이다. 정치를 하는 사람들은 중용을 지켜야 한다. 상생(相生)하는 정치를 하라는 말이다."

"어찌하여 과격합니까?"

"성품 탓이다. 내 일전에 들은 이야기가 있다."

"무슨 이야기입니까?"

"정암이 벼슬을 하기 전에 하루는 글을 읽고 있었다고 한다. 그의 글 읽는 소리가 어찌나 청수하고 낭랑한지 이웃집 규수가 슬그머니 담 위에서 넘겨다보고는 반한 모양이다. 밤에 몰래 담을 넘어 정암의 방에 들어가 사랑을 고백했다. 그러자 정암은 불같이 노하여 규수의 종아리를 회초리로 때렸다고 한다."

류성룡은 조광조가 무엇 때문에 규수의 종아리를 때렸는지 이해할 수 없었다. 그러나 조광조의 강렬한 성품과 청수한 얼굴을 막연히 뇌리에서 떠올리고는 했다.

류성룡이 이순신의 집에 가게 된 것은 그 무렵의 어느 날이었다. 새해가 돌아오자 서당에 다니는 학동들은 어른들에게 세배를 다니게 되었고, 류성룡도 이웃에 사는 이순신의 집에 세배를 간 것이다.

이순신의 집은 가난했다. 형제들이 많았으나 부친 이정이 병이 들어 살림이 궁색했다. 그러나 형편이 어려운 가운데도 류성룡과 류운룡이 세배를 마치자 조촐하게 설음식을 차려주었다.

"승지 댁 도령들 이야기는 많이 들었으나 오늘 보니 인중지룡이네. 그런데 우리 순신이는 글 읽기를 게을리하니 이를 어쩌누?"

이순신의 어머니는 정경부인들 못지않게 기품이 있었다.

"순신은 총명하여 큰 인물이 될 것입니다."

류성룡이 조용히 말했다.

"그러면 우리 순신이와 관포지교를 나누겠느냐?"

"어머니, 저는 형님보다 세 살이 어립니다. 어찌 벗으로 교분을 나눌 수 있겠습니까?"

이순신이 머리를 긁적이면서 고개를 흔들었다.

"그렇구나. 내 그것을 몰랐지."

"저는 순신을 아우라고 생각하지 않고 늘 벗으로 생각하고 있습니다."

류성룡이 공손하게 말했다.

"그렇다면 얼마나 고마운 일인가."

이순신의 어머니가 류성룡의 손을 꼭 쥐었다. 류성룡은 이순신이 가난하게 살고 있다는 것을 알고 쓸쓸했다. 이순신의 할아버지는 이백록(李百祿)으로, 기묘사화에 연루되어 참변을 당했다. 조광조가 권력을 잡고 있을 때 성균관 유생으로 사림파에서 맹렬하게 활동을 한 그는 조광조가 사약을 받을 때 연루되어 옥사했다. 역적이라는 누명을 쓰지는 않았으나 훈구대신들에 의해 이순신의 아버지 이정은 벼슬길이 막혀 평생을 백면서생으로 보내고 있었다. 그러다 보니 살림이 자연히 궁색했다. 이순신은 어릴 때부터 아버지에게서 조부의 비참한 죽음을 듣고 선비들을 경멸했다.

이순신은 4형제였다. 희신, 요신, 순신, 우신으로, 삼황오제의 이름을 따서 지었을 정도로 이백록은 반골 기질이 강한 인물이었다. 그러나 그는 시운이 따르지 않아 옥에서 죽었기 때문에 이순신은 불우하게 살게 된 것이다.

이순신의 형제들도 류성룡의 집에 세배를 왔다.

"모두들 기골이 장대하니 나라의 동량이 될 재목이로구나. 면학하여 문호(門戶, 집안)를 넓히도록 하거라."

류중영은 이순신의 형제들이 세배를 하자 문방사우를 나누어 주면서 덕담을 했다. 형제가 많지 않은 류성룡은 순신과 유별나게 친하게 지냈다. 이순신도 류성룡을 형처럼 따랐다.

"순신아, 우리 집에 커다란 칼이 있는데 이따금 운다."

류중영에게 세배를 마치고 나오자 류성룡이 이순신을 따로 불러 속삭였다.

"칼이 울어?"

이순신이 눈을 동그랗게 뜨고 류성룡을 쳐다보았다.

"한밤중에만 울어. 내가 어느 책에서 읽었는데 검은 주인이 나타나면 운다는 거야."

"그럼 형이 검의 주인이야?"

"아니야."

류성룡은 고개를 흔들었다. 유신현에 있을 때는 검이 한 번도 울지 않았다. 마른내의 집으로 검을 가지고 온 뒤에 우는 것을 류성룡도 기이하게 생각하고 있었다.

"형, 구경 좀 시켜줘."

"알았어."

류성룡은 이순신에게 유신현의 대장장이가 만든 검을 보여주었다. 그것은 류중영이 유신 현감으로 나가 있을 때 그곳의 대장장이가 만들어 바친 검이었다. 류중영은 사람을 해치는 흉기라고 하여 헛간에 두고 거들떠보지도 않았다.

"칼을 만져보는 것은 처음이야."

이순신은 칼집을 손으로 어루만지면서 눈을 빛냈다. 검신에 일휘소탕 혈염산하(一揮掃蕩 血染山河)라는 글자가 새겨져 있었다.

"형, 이게 무슨 뜻이야?"

이순신이 검신의 글자를 보면서 고개를 갸우뚱했다.

"'칼을 뽑아 한번 크게 휘둘러 쓸어버리니 피가 강산을 물들인다……'라는 뜻이야."

이순신은 숨이 막히는 듯한 표정으로 검에서 눈을 떼지 않았다.

"아버님께서는 흉기라고 하여 손대지 말라고 하셨어."

"그렇다고 버리시는 것은 아니겠지?"

"버리지는 않겠지만 평생 사용하지는 않으실 거야."

"그러면 내가 얻을 수 없을까?"

"아버님께 허락을 받아야 돼."

"내가 가서 허락을 받을게."

이순신은 류성룡이 만류할 사이도 없이 무거운 검을 들고 사랑으로 달려갔다. 류성룡이 뒤따라가자 이순신은 벌써 류중영 앞에서 무릎을 꿇고 앉아 있었다. 류중영은 큰아들 류운룡에게 《대학》을 강독하다가 마땅치 않은 듯 기침을 하면서 눈살을 찌푸렸다. 이순신은 다짜고짜 류중영에게 넙죽 절을 하고 검을 달라고 청했다.

"어린아이가 흉기를 무엇에 쓰려고 하느냐?"

류중영이 이순신을 싸늘하게 노려보면서 물었다.

"수신보국(修身保國) 하는 데 쓰겠습니다."

이순신이 거침없이 대답했다. 수신보국은 자신을 지키고 나라를 보호한다는 말이다. 류중영은 무엇을 생각하는지 잠시 생각에 잠겼다. 어느 집에서 명절을 맞이하여 소리하는 사람을 불렀는지 단가의 애절한 가락이 바람결을 타고 들려왔다. 방 안에 납덩어리 같은 무거운 침묵이 흘렀다. 단가 소리가 그치자 삭풍이 앙상한 나뭇가지를 흔들고 문풍지 사이로 스며들어 왔다.

"너는 어떻게 생각하느냐?"

류중영이 류성룡을 넌지시 건너다보고 물었다.

"순신은 반드시 그렇게 할 것입니다. 주인을 찾아주는 것이 옳은 것 같습니다."

류성룡이 망설이지 않고 대답했다. 류성룡은 이순신의 신중한 성격이 마음에 들었다. 원균은 불같은 성격이었으나 이순신은 언제나 성품이 조용했다.

"가져가거라."

류중영이 굵은 목소리로 말했다. 이순신은 거듭 사례의 절을 올리고 사랑에서 나왔다. 검을 본 이순신의 눈은 기묘하게 반짝이고 있었다.

봄이 되자 이순신의 일가가 아산으로 이사를 가게 되었다. 이순신에게 이사를 가게 되었다는 말을 들은 류성룡은 가슴이 싸하게 저려왔다. 이순신이 류성룡보다 세 살이 어렸으나 그들은 하루도 거르지 않고 만나서 서책을 읽고 이야기를 나누곤 했다. 그러나 이순신의 부친의 병이 위중해지면서 외가가 있는 충청도의 아산으로 이사를 하게 된 것이다.

이삿짐은 우마차에 실었다. 살림이 넉넉하지 않았기에 이부자리와 솥단지, 의복 나부랭이가 고작이었다.

"형은 반드시 대과에 급제할 거야."

이순신이 어른들이 짐을 우마차에 싣는 것을 보면서 류성룡에게 말했다. 볕이 따뜻하여 길을 떠나기에는 좋은 날이었다. 벌써 양지쪽에는 파릇파릇 봄풀이 돋아나고 집집마다 살구꽃이며 복숭아꽃이 화사하게 꽃망울을 터트리고 있었다. 바람이 일 때마다 여인네의 속살 같은 꽃잎이 진한 향기를 흩뿌렸다.

"너는 대과를 보지 않을 생각이냐?"

류성룡이 이순신의 손을 잡고 물었다.

"형이 그러는데 우리는 대과에 급제를 해도 정경의 벼슬에 오를 수는 없을 거래."

이순신이 우울한 표정으로 말했다. 정경은 판서 이상의 높은 벼슬을 말하는 것이다.

"그렇다고 대과를 보지 않으면 무얼 하겠어?"

"나는 무과를 볼 거야."

이순신이 허공을 쏘아보면서 말했다. 류성룡은 이순신의 독기

서린 말에 가슴이 저려왔다. 집안이 낙척하면 과거를 본다고 해도 문권(文券, 과거시험의 답안지)이 뽑히는 일이 드물고 문권에 뽑혀서 급제를 한다고 해도 벼슬길이 순탄치 않은 것이다. 이순신은 아버지 이정으로부터 그러한 사정을 누누이 들은 모양이었다.

이순신의 가솔들은 그날 정오가 다 되어서야 마른내를 떠나서 남쪽으로 내려가기 시작했다. 이삿짐을 실은 우마차의 뒤를 따라 총총 걸음을 떼어놓는 이순신을 보면서 류성룡은 가슴이 타는 것 같았다.

'순신아, 우리는 어른이 되면 다시 만날 수 있을 거야. 반드시……'

류성룡은 나른한 봄볕 사이로 점점 멀어져가는 이순신이 보이지 않을 때까지 한길에 못이 박힌 듯 서 있었다. 방울 소리를 딸랑거리며 우거가 사라진 한길의 끝에서 아지랑이가 지신대고, 쏴아 바람이 일 때마다 풀내음이 풍겨왔다.

4
버들처럼
푸르고 푸른 청년

류성룡은 17세가 되었다. 류성룡이 홍안의 소년이 되자 혼담이
본격적으로 오고 갔다. 혼인의 당사자인 류성룡을 제외해놓고 혼
담이 오간 끝에 마침내 광평대군의 후손 이경(李坰)의 딸로 결정되
어 사주단자가 오고 가고 길일이 잡혔다. 평생을 같이해야 할 배
우자를 선택하는 중대사가 당사자의 의사와 상관없이 결정된다는
사실이 류성룡은 씁쓸했다. 이경은 딸만 셋이 있었는데 류성룡의
신부로 결정된 이씨는 첫째 딸이었다.

류성룡은 혼례일이 가까워지자 풍산의 하회로 내려왔다. 집 안
은 그의 혼례로 떠들썩했다. 멀리서 친척들이 오고 학풍이 도도
한 선비들도 류성룡의 혼사를 축하하기 위해 도포자락을 펄럭이
며 몰려왔다.

"하하! 자네도 이제 어른이 되는군."

동학(東學, 한양 동쪽에 있던 학교)에서 같이 공부를 한 문우들이 풍산까지 류성룡을 찾아왔다. 아침저녁으로 소슬바람이 불고, 밤이면 뜰에서 풀벌레가 우는 이른 가을의 어느 날이었다. 정민, 조인학, 김광일 등이 사랑방에서 술을 마시면서 왁자하게 떠들었다.

"대궐에 보우라는 요승이 드나들고 있다는 소문이 파다하다네. 요승 보우가 정사를 어지럽히고 있다는 것이야."

정민이 혀를 차면서 조정을 비판했다. 명종이 등극한 후 문정왕후의 동생인 윤원형 일파가 조정의 실세가 되어 있었다. 그들은 정순붕, 이기, 임백령, 허자를 내세워 대윤(大尹, 윤임 세력)을 무고하여 조정을 발칵 뒤집어놓는 옥사를 일으켰다. 대궐은 역모를 추국하는 옥사가 일어나 피비린내가 진동했다. 대윤의 중추 세력인 윤임, 유관, 유인숙을 비롯하여 대윤에 가담했던 세력이 대대적인 숙청을 당했다. 문정왕후는 불교를 숭상하여 불교를 중흥하고 승과(僧科)를 부활시켜 서산대사와 사명당이 입격되기도 했다. 그러나 윤원형의 애첩 정난정의 치마폭에서 벼슬이 나온다고 할 정도로 윤원형 일파는 부패했다.

'인척간에 피비린내 나는 권력투쟁을 벌이다니……'

윤임과 윤원형은 먼 인척간이었다. 윤임은 중종의 둘째 왕비인 장경왕후의 오라버니였고 윤원형은 셋째 왕비인 문정왕후의 동생이었다. 윤임과 윤원형은 8촌 간이었다.

"보우는 문정왕후가 총애한다지 않는가?"

조인학이 정민을 쳐다보면서 말했다.

"조정이 소윤(小尹, 윤원형 세력) 일파로 가득 차 있습니다. 그런데도 사헌부가 이를 탄핵하지 않고 무엇을 하고 있다는 말입니까? 사헌부가 썩었음이 아닙니까?"

"사헌부가 썩었으면 성균관에서라도 이를 탄핵해야 합니다."

류성룡이 입을 열어 말했다. 윤원형에게 잘 보이면 출세를 하고 윤원형에게 잘못 보이면 현감 자리 하나 얻지 못하는 것이 현실이다. 류성룡의 문우들은 조정이 돌아가는 상황을 개탄했다.

"그건 그렇고, 아우가 혼례를 올리게 되었는데 대사를 어찌 치르는지는 알고 있는가?"

동학에서 《대학》을 함께 공부한 김광일이 만면에 웃음을 띠우고 물었다. 그러자 좌중에 와자하게 웃음이 터졌다. 류성룡의 문우들은 이미 대부분 혼례를 치른 이들이었다. 김광일은 류성룡보다 네 살이 위였다.

"대사라니요?"

류성룡이 어리둥절하여 물었다. 좌중에 또다시 와자하게 웃음이 터졌다.

"남녀상열지사 말일세."

김광일의 말에 문우들이 박장대소했다.

'이제 내가 혼인을 하게 되는구나.'

76

류성룡은 부용대에서 하회를 돌아 흐르는 강을 내려다보면서 고개를 흔들었다. 이튿날은 아침부터 하회마을이 떠들썩했다. 류성룡은 신부 집에 가서 혼례를 올렸다. 마을이 떠나갈 정도로 떠들썩하게 혼례를 올리고 신부 마을의 청년들이 류성룡의 발바닥까지 때린 뒤에야 초야를 치를 수 있었다.

'아름답고 현숙한 기품이 있는 규수로구나.'

류성룡은 부인 이씨가 마음에 들었다. 세종대왕의 아들인 광평대군의 후손답게 그녀는 우아한 기품을 갖고 있었다. 이씨는 지붕 위의 박꽃처럼 청초한 여인이었다.

류성룡은 이씨와 합환주를 나누었다. 마당에서는 아직도 잔치가 한창이었다. 대갓집 잔치라 이웃의 평민들과 종들까지 한창 어울려 먹고 마시고 떠들고 있었다. 깔깔대고 웃는 여인네들의 부드러운 웃음소리도 들렸다.

이씨는 다소곳이 고개를 숙이고 있었다. 류성룡은 혼례를 치르면서 마신 술 때문에 얼굴이 불콰했다. 그는 조심스럽게 이씨의 원삼 족두리를 벗기고 옷고름을 풀기 시작했다. 왜 그랬는지는 알 수 없었으나 가슴이 세차게 뛰고 볼따구니가 불에 덴 듯이 화끈거렸다. 이씨는 지그시 눈을 감고 있었으나 어깨를 가늘게 떨고 있었다.

깊고 푸른 밤이었다. 창호지에는 푸른 달빛을 받은 소나무 그림자가 어른거리고 있었고 먼 산골짝에서는 여우가 음산하게 울었다.

류성룡은 이씨 처녀와 하나가 되었다. 그것은 뜨거운 감동이었다. 류성룡은 남녀가 부부가 된다는 것이 이런 것이구나 하고 생각했다. 달은 어느덧 구름 사이로 숨고 서늘한 바람이 불기 시작했다. 류성룡은 어린 신부에게 팔베개를 해주고 천장을 물끄러미 응시했다. 신부는 혼례를 올리는 하루의 일과가 고단했는지 그의 품에 안겨서 새근새근 잠을 자고 있었다.

'이제 우리는 부부가 되었어.'

부부가 되는 것은 어른이 되는 것을 의미한다.

이씨 부인은 날이 밝자 옷을 입고 밖으로 나가서 류성룡의 세숫물을 준비하는가 하면 부엌일을 돕기 시작했다. 바지런한 여인이었다. 어른들이 일어나자 류성룡과 함께 문안 인사를 드렸다.

혼례를 올린 지 열흘이 되자 류성룡은 부인 이씨와 함께 의성의 외가에 문안을 드리러 갔다.

"여기가 내가 태어난 곳이오."

류성룡은 사촌의 가로숲에 이르자 울창한 숲을 가리키면서 부인에게 말했다. 사촌의 가로숲은 단풍이 물들어 타는 듯이 붉었다.

"어머나, 서방님이 여기서 태어나셨어요?"

이씨가 눈을 동그랗게 뜨고 물었다.

"그렇소. 어머니께서 외가에 다녀오시다가 갑자기 산통이 있어서 나를 낳았다고 하오. 그래서 나는 사촌의 정기를 받고 태어났다고 하오. 잠시 쉬었다가 갑시다."

류성룡은 부인을 안아서 말에서 내려주었다. 이씨 부인은 놀란
듯한 표정으로 숲을 살폈다. 부인의 반쯤 열린 입술 사이로 가지
런한 치아가 드러났다. 눈은 초롱초롱 빛나고 이마가 반듯했다.
류성룡이 부인의 손을 잡고 숲으로 걸어 들어가자 공기가 청정하
고 사위가 적막했다.

호르르. 호르르.

이따금 산새가 청정한 숲의 적막을 깨뜨리면서 울었다.

"앞으로 풍산과 한양을 자주 오가야 할 테니 부인도 말을 타는
법을 배워야 할 것이오."

류성룡은 부인 이씨에게 말을 타는 법을 가르쳤다.

"서방님께서 데리고 다니시는 것이 아닌가요?"

부인 이씨가 생글거리면서 물었다.

"반드시 그렇게 되지만은 않을 것이오."

류성룡은 부인 이씨에게 두 식경쯤 말 타는 법을 가르쳤다.

진사 김광수는 의관을 정제하고 부인과 함께 찾아와서 큰절을
올리는 외손자 내외를 시린 눈빛으로 응시했다. 아직 과거를 보지
는 않았으나 홍안의 훤훤 장부로 성장한 류성룡이 이제 부인까지
거느리고 그에게 인사를 온 것이다. 김 진사는 오랜 세월이 지나
서야 류성룡에 대한 애증을 지워버릴 수 있었다. 류성룡의 아버지

류중영은 벼슬이 점점 승차하고 있다. 류성룡도 조만간 과거를 보면 청직을 두루 역임하게 될 것이다. 어쩌면 아버지 류중영보다 훨씬 뛰어난 인물이 될지도 모른다.

"과거는 언제 볼 것이냐?"

류성룡이 무릎을 꿇고 앉자 김 진사가 목이 잠겨서 물었다. 류성룡에게 사촌의 정기를 빼앗겼다고 생각한 이후로 심사가 편치 않은 탓인지 잔병이 많았다. 외손자도 손자가 아닌가. 그러나 손이 안으로 굽는다고 친손자가 영명을 떨치는 것을 더욱 보고 싶은 것이 인지상정이었다.

"아직 생각해보지 않았습니다."

"소윤이 옥사를 일으켜 유림의 여론이 떠들썩하다. 그들과 어울려 악소(惡少, 불량배)는 되지 말아야지."

김 진사는 하릴없이 덕담을 해주고 사랑에서 내보냈다. 류성룡은 외가에서 이틀을 머물다가 하회마을로 돌아왔다. 조부 류 공작도 몸이 좋지 않은지 바튼 기침을 자주했다.

'할아버님께서 천식이 있으시구나.'

류성룡은 류 공작이 허리를 숙이고 기침을 하는 것을 보고는 쓸쓸했다.

류성룡은 혼례를 올리고 한 달이 지나자 부인 이씨와 함께 한양으로 올라왔다.

"벼슬에 나가는 것을 중요하게 생각하지 마라. 혹여 벼슬에 나가는 일이 있어도 청빈한 관리가 되어야 한다."

류 공작은 풍산들까지 따라 나와 류성룡을 배웅했다. 류성룡은 조부가 부쩍 늙은 것 같아 마음이 아팠다.

"할아버님께서는 강령하십시오."

류성룡은 풍산들에서 깊이 절을 했다. 풍년이 들면 안동 사람들이 모두 먹고 남는다는 풍산들은 벼들이 누렇게 고개를 숙여 황금빛으로 출렁이고 있었다. 류성룡은 부인 이씨와 함께 말을 타고 한양으로 향했다. 한참을 가다가 뒤를 돌아보자 류 공작이 그때까지 황금빛의 풍산들에 서 있었다.

문경새재는 말을 끌고 올랐다. 류성룡은 한양을 오갈 때마다 새재를 넘어서 다녔으나 부인 이씨에게는 초행길이나 다를 바 없었다. 대낮에도 화적이 출현한다고 하여 수십 명씩 무리를 짓지 않으면 오를 수 없다는 험준한 산이었다. 가쁜 숨을 몰아쉬며 산을 오르는 류성룡의 부인은 숨이 턱에 차곤 했다. 류성룡은 그럴 때마다 부인의 손을 잡아주었다.

"어디 발 좀 봅시다."

제3관문인 조령관 관문에 이르자 류성룡은 부인을 바위 위에 앉히고 말했다.

"발이라니요?"

"새재에 올랐으니 발이 많이 부르텄을 것이오. 바람을 쐬고 주무르지 않으면 내일 아침에 물집이 생기거나 퉁퉁 부을 것이오."

"사람들이 보면 어찌하옵니까?"

부인이 수줍은 듯이 얼굴을 붉혔다.

"다행히 사람이 없지 않소?"

류성룡의 말에 부인이 사방을 살핀 뒤에 꽃신을 벗었다. 류성룡은 부인의 버선을 벗기고 발을 만졌다.

"아이……."

부인의 얼굴이 금세 빨갛게 물들었다. 류성룡은 부인의 발과 종아리를 주물러주었다. 부인은 흥건한 미소를 지으면서 류성룡을 내려다보았다. 참 다정다감한 사내로구나. 부인은 자신의 발을 주물러주는 류성룡을 보면서 흐뭇했다.

충주에서는 다시 말을 타고 장호원 이천을 거쳐 한양에 이르렀다.

류성룡의 집에 동학의 문우들이 다시 찾아왔다. 문우들은 조정을 격렬하게 비판했다. 이산해는 이미 과거에 급제했으나 정민은 병을 앓고 있었다. 류성룡은 이식과 함께 정민의 문병을 갔다. 사랑에 누워 있는 정민의 눈은 움퍽 들어가 있었고 눈빛은 흐릿했다. 류성룡이 정민의 손을 잡자 온기가 없이 손이 앙상하게 메말라 있었다.

"어찌 이리 몸을 상하셨소?"

류성룡은 정민의 손을 잡고 가슴이 타는 것 같았다. 정민은 뜻밖에 가난하게 살고 있었다. 수구문 근처의 허름한 초옥은 사람이 기어서 들어가야 할 정도로 집의 서까래가 주저앉아 있었다. 선대가 오랫동안 벼슬을 하지 못해 녹봉을 받은 일이 없어 밥을 먹는 일보다 굶주리는 일이 더욱 흔했다. 정민의 병도 굶주림 때문인 듯했다.

"학우들을 다시 만나니 꿈인 것만 같네."

정민이 류성룡의 얼굴을 바라보면서 말했다. 바깥은 날씨가 차디찼다. 살을 에는 듯한 바람이 허공을 달려와 앙상한 나뭇가지를 흔들고 문풍지 사이로 스며들어 정민의 방에 냉기가 감돌게 했다.

"어서 쾌차하여 문호를 넓히셔야지요."

류성룡은 가슴이 답답했다.

"병이 깊어 아마도 쾌차할 수 없을 것 같네. 다른 것은 소원이 없네만 부인을 혼자 두고 가려니 마음이 놓이지 않네."

정민의 부인은 윗목에 앉아 소리를 죽여 울고 있었다. 부인의 말에 따르면 정민은 책을 팔아서 연명을 해왔다고 했다. 과거 공부를 준비하는 사대부가 책을 팔아서 연명하는 것은 비참한 일일 것이다. 류성룡은 집에 돌아오자 가난하여 죽어가는 정민을 보고 있을 수가 없어서 쌀과 나무를 보내주었다. 그러나 정민은 류성룡이 쌀과 나무를 보낸 지 닷새도 되지 않아 세상을 하직했다. 류성룡은 정민의 빈소를 찾아가 통곡을 하고 울었다.

'조정의 관리가 되면 첫째로 굶주리는 백성이 없게 해야 한다.'

정민의 장례를 치른 류성룡은 죽음에 대해서 깊이 생각했다.

해가 바뀌자 류성룡의 조부 류 공작의 부음이 하회에서 날아왔다.

'할아버지께서 기어이 돌아가시다니……'

류성룡에게는 청천벽력과 같은 일이었다. 류성룡은 상례를 치르러 안동으로 가다가 병을 얻어 한양으로 돌아왔다. 그러나 겨울이 되자 군위에 있는 산소에 내려가 조부의 무덤을 돌보았다. 류성룡은 이듬해 가을이 되어서야 한양에 돌아왔다. 정민과 조부의 죽음으로 류성룡은 생과 사에 대해 깊은 생각을 하게 되었다.

"당분간 관악산에 가서 책을 읽어야겠소."

류성룡은 부인에게 말하고 짐을 꾸렸다.

"어찌 관악산에서 책을 읽으십니까?"

"마음이 번거로워 집에서는 책을 읽을 수가 없구려."

류성룡은 관악산에 들어가 《맹자》를 읽었다. 관악산의 산사에는 글을 읽는 선비들이 많았다. 그러나 그들은 명색만 선비들이지 술 마시고 노는 일에 열중해 있었다. 류성룡은 선비들이 글을 읽지 않고 놀이에 열중하는 것을 보고 그들과 멀리 떨어져 호젓한 암자를 수리하여 글을 읽기 시작했다. 그러나 그가 혼자서 글을 읽자 밤중에 누군가 벽을 두드려 술을 마시자고 하기도 하고 여인의 웃음소리가 들리기도 했다.

'사람들이 내가 글을 읽는 것을 방해하는구나.'

류성룡은 그럴수록 더욱 열심히 글을 읽었다.

"시주는 깊은 산속에서 홀로 글을 읽는데 도적이 두렵지 않소?"

하루는 노승이 나타나서 류성룡에게 불쑥 물었다.

"도적이 어디 따로 있겠소? 그대가 비록 승려의 옷을 입었으나 도적일지 모르는 일 아니오?"

류성룡이 빙그레 웃으면서 대꾸했다.

"하면 내가 칼로 그대를 찌르면 어찌하겠소?"

노승이 소매 속에서 날이 시퍼런 칼을 꺼냈다. 류성룡은 가슴이 섬뜩했으나 태연한 표정으로 노승을 노려보았다.

"사람을 죽이는 것은 칼이 아니라 그 마음이오."

류성룡은 날이 시퍼런 칼 앞에서도 눈빛 하나 변하지 않았다. 노승은 크게 놀라서 절을 했다.

"젊은 서생의 의지가 이토록 굳으니 반드시 큰 인물이 될 것입니다."

노승은 몇 번이나 찬탄을 하면서 돌아갔다.

눈보라가 자욱하게 날렸다. 바람이 잉잉거리고 골짜기를 휘돌아 사찰 경내에 있는 소나무에서 목을 매듯 비명을 질러댔다. 문풍지가 울고 냉랭한 한기가 몰아쳐 왔다. 류성룡은 《춘추》를 읽다가 말고 우두커니 허공을 쳐다보았다. 방에 군불을 지펴야 하지만 밖에 나가기가 싫었다. 공연히 절에서 공부를 하고 있다는 분심이 일어났다.

　류성룡은 고개를 절레절레 흔들었다. 마음속의 어두운 구름을 걷어야 한다. 절을 찾아온 것은 마음의 구름을 걷어내기 위해서가 아닌가. 게다가 집에서는 꽃처럼 아름다운 부인이 기다리고 있었다.

　문을 열었다. 눈보라가 휘이잉 하고 몰아치면서 방 안의 등불이 휙 꺼졌다. 밖은 눈보라가 더욱 자욱하게 몰아치고 있었다. 천지를 울리는 광풍이었다. 류성룡은 신발을 신고 밖으로 나왔다. 도포자락이 미친바람에 펄럭이고 숲의 나뭇가지들이 귀곡성처럼 아우성을 질러댔다. 목덜미를 적시는 눈보라가 차가웠다.

　"바람이 찬데 어찌 밖으로 나왔는가?"

　그때 웅후한 목소리가 뒤에서 들렸다. 류성룡이 뒤를 돌아보자 어느새 다가왔는지 노승이 조용히 합장을 하고 있었다.

　"대사님!"

　얼마 전에 류성룡에게 칼을 들이댔던 스님이었다.

　"오늘은 바람이 참으로 매섭군."

　노승이 서쪽 하늘을 바라보면서 중얼거렸다.

　"눈보라가 불어오고 있습니다."

　"눈에 보이는 것은 모두 허상일세."

　"허상이라고 하셨습니까?"

　"색즉시공(色卽是空) 공즉시색(空卽是色)이라고 하지 않았는가.

불법을 닦으면 성불할 텐데 부처를 버리고 어디로 가려고 하는 가?"

"가다니요?"

"내일은 집으로 돌아가려고 하는 것이 아닌가?"

노승은 뜻밖에 류성룡의 심중까지 짐작하고 있었다.

"스님께서 어찌 그 사실을 아십니까?"

류성룡이 흠칫하여 물었다.

"법을 알면 세상을 볼 수 있네. 성불하시게."

"소생은 불법에 뜻을 두지 않고 있습니다."

류성룡은 노승을 향해 깊이 허리를 숙였다.

이튿날 류성룡은 한양으로 돌아가기 위해 절을 나섰다. 밤새도 록 눈보라가 몰아치던 하늘은 기상의 변화가 심해 아침이 되자 차 디찬 겨울비를 뿌리고 있었다. 쌓인 눈에 빗발이 뿌려 더욱 미끄 러웠다. 류성룡이 사찰에서 나와 한참을 걷는데 노승이 소나무 밑 의 바위에 앉아 있었다.

"어디를 가시는가?"

노승이 눈을 내리깔고 류성룡에게 물었다.

"한양으로 돌아갑니다."

"한양에 가서 무엇을 하려는가?"

"학문을 더 닦아서 대과를 보겠습니다."

"성불하시지 않겠는가?"

"소인은 부처와 인연이 없습니다."

류성룡은 절을 하고 길을 재촉했다. 빗발이 더욱 굵어지면서 몸이 으슬으슬 떨렸다. 류성룡이 5리쯤 걸었는데 바위 위에 노승이 앉아 있었다.

'대사님이 언제 나를 앞질러 바위에 계신 것이지?'

류성룡은 어리둥절했다.

"허허허, 선비께서는 어디를 가시는 길인가?"

"한양으로 돌아간다고 하지 않았습니까?"

"성불하시지 않겠는가?"

"소생은 정학(正學, 유학)을 합니다."

류성룡이 단호하게 말했다.

"허허허, 성불을 하면 대중을 구할 텐데 어찌 불가와 인연을 맺지 않겠다는 것인가?"

"저는 성불을 원하지 않습니다. 제가 성불하여 서방정토의 복록을 누린들 이 땅의 백성들은 여전히 고초를 겪을 것입니다."

류성룡은 절을 하고 길을 재촉했다. 그가 산 밑에 이르렀을 때 노승이 또 바위 위에 앉아 있었다.

"성불하시겠는가?"

노승이 다시 물었다.

"부처가 되는 길은 여염에도 있다고 하였습니다."

류성룡이 손을 모아 합장을 했다.

"하하하! 일인지하만인지상의 재목이로고……."

노승이 호탕하게 웃음을 터트렸다. 류성룡이 인사를 하고 고개를 들자 노승은 이미 바위에서 일어나 산 쪽으로 휘적휘적 걸어 올라가고 있었다.

'아…….'

류성룡은 깜짝 놀랐다. 노승은 비가 오는데도 옷이 한 방울도 젖지 않았고 축지법을 쓰는 듯 눈 깜짝할 사이에 오솔길을 걸어 올라가 형체가 보이지 않았다.

'이인(異人, 신선)이로구나.'

류성룡은 노승이 사라진 오솔길을 하염없이 바라보다가 터벅터벅 걸어서 집으로 돌아왔다. 아내 이씨가 류성룡을 반갑게 맞이했다.

한양은 황해도 일대에 출몰하는 임꺽정이라는 도적이 출몰하여 민심이 흉흉했다. 영의정 상진, 좌의정 안현, 우의정 이준경, 영중추부사 윤원형이 함께 의논하여 아뢰었다.

"개성부 도사를 무신으로 뽑아 보내라는 상교(上敎)가 지당하나, 비록 무신을 뽑아 보내더라도 별다른 조치 없이 일상적으로만 해나간다면 오히려 이익 되는 것이 없을 것입니다. 삼가 듣건대, 요사이 많은 강적(强賊)들이 개성과 해주의 성 밑에 몰려들어 백성을 살해하는 일이 빈번한데도, 사람들은 보복이 두려워 감히 고발하지 못하고, 관리들은 비록 보고 듣는 바가 있어도 매복을 시켜 포착할 계획을 세우지 못한다 합니다. 지난날 임꺽정을 추적할 즈음에 패두(牌頭, 우두머리)의 말을 듣지 않고 군사 20여 명만을 주어 서툴게 움직이다가 마침내 패두가 살해당한 일도 있습니다."

개성부가 임꺽정의 본거지를 알고 있다는 거짓 첩보를 믿고 일찍이 도적 수십 명을 잡아서 명성을 떨친 적이 있는 패두 이억근에게 군사를 거느리고 가서 임꺽정의 소굴 청석골에 들어가게 했다. 이억근은 20명의 군사를 거느리고 갔으나 임꺽정에게 일곱 대의 화살을 맞고 죽었다.

"이제는 섣불리 군사를 움직일 것이 아니라 철저하게 기찰을 하여 일당들을 잡아들여야 합니다."

윤원형이 아뢰었다.

"도적이 이토록 횡행하니 부끄러운 일이 아닌가? 속히 도적을 잡도록 하라."

명종은 대신들에게 엄명을 내렸다. 임꺽정의 도당들은 때때로 황해도 도계를 넘어 경기도까지 출몰하여 백성들을 더욱 불안하게 했다. 그 까닭으로 도성에 포졸들이 삼엄하게 깔려서 기찰을 하고 선전관들이 황해도로 달려가는 일이 자주 있었다. 도성과 황해도 일대가 뒤숭숭했다. 류성룡은 모처럼 돌아온 도성이 임꺽정이라는 대도 때문에 뒤숭숭하자 크게 실망했다.

"아무래도 고향에 돌아가 공부를 해야 할 것 같소. 한양에서는 도무지 공부가 되지 않소."

류성룡이 부인 이씨에게 말했다.

"그러시다면 봄에 내려가시죠."

부인이 선뜻 찬성을 했다. 김효원이 류성룡을 찾아온 것은 안동으로 내려가기 위해 봄을 기다리면서 공부에 열중하고 있을 때였다. 밖에는 봄비가 주룩주룩 내리고 있었는데 비를 흠뻑 맞은 그의 얼굴은 잔뜩 부어 있었다. 김효원은 류성룡보다 10년이나 위였으나 집이 가까워 류성룡과 자주 만났다. 김효원은 동학에서 강독을 맡은 일이 있을 정도로 문명(文名)이 드높은 사람이었다. 최근에 영의정 윤원형의 집에 자주 들른다는 소문이 들렸다.

"무슨 불편한 일이라도 있으십니까? 노여움이 가득합니다."

류성룡이 김효원의 눈치를 살피며 물었다.

"내 오늘 험한 꼴을 당했네."

"험한 꼴이라니 무슨 말씀입니까?"

"오늘 공무로 심의겸이 영상 대감 집에 왔는데 내 침구를 보고 '문명이 있는 자가 권문세가에게 아첨을 한다' 하고 침을 뱉고 돌아갔네."

김효원은 심의겸에게 당한 일을 생각하는 듯 전신을 부르르 떨었다. 류성룡은 김효원처럼 문명이 쟁쟁한 사람이 영의정 집에서 문객 노릇을 하는 것도 문제가 있으나 심의겸의 말이 지나치다고 생각했다. 김효원은 과거에 급제하고도 벼슬이 없었다. 그 까닭에 마른내 일대에 사는 류성룡 등과 자주 어울리면서 울적한 심회를 털어놓고는 했다. 그는 영남에서 이황과 조식의 문하에서 공부를 한 적도 있었다.

"심의겸의 말이 지나치군요."

"내 반드시 오늘의 수치를 설욕할 것일세."

"형님께서도 영상 대감의 집에 출입하는 일을 삼가십시오."

"자네도 나를 그런 눈으로 보는가? 내가 벼슬이나 얻기 위해 윤원형의 집에 출입한 것으로 보이느냐 말일세."

"그렇지 않습니다."

류성룡은 분해서 치를 떠는 김효원을 달래느라고 밤늦도록 술을 마셔야 했다. 김효원과 심의겸은 이때의 일로 오랫동안 등을 지게 되고 끝내는 동인과 서인이라는 붕당을 만들어낸다. 그러나 김효원이 류성룡을 찾아왔을 때만 해도 두 사람의 대립이 장차 동인과 서인으로 갈리어 선비들이 대립을 하게 되는 계기가 되리라고는 전혀 생각하지 못했다.

'문사는 처신을 잘해야 한다.'

류성룡은 김효원이 돌아가자 밖에서 내리는 빗소리를 들으면서 곰곰이 생각에 잠겼다.

봄을 재촉하는 비가 그치자 날이 한결 따뜻해졌다. 안동으로 가는 길은 여러 날이 걸렸다. 안동은 풍산 류씨의 집성촌이고 의성에는 그의 외가가 있었다. 류성룡은 부인 이씨와 말을 타고 안동으로 향했다. 관악산에서 《맹자》를 읽었으니 이제는 고향에 있는 아버지 내외를 찾아가 지내면서 《춘추》를 다시 읽을 작정이었다.

류성룡은 닷새가 걸려서 안동에 이르렀다. 안동에는 의주 목사직에서 체직된 류중영이 돌아와 있었다. 류성룡의 부인 이씨는 처음에는 간신히 말에 앉아 있기만 했으나 이틀째가 되자 말 등에 바짝 매달려 말을 탈 수 있게 되었다.

'고향이란 이렇게 좋은 것이구나.'

류성룡은 풍산들에 이르자 농부들이 쟁기로 써레질을 시작하는 드넓은 들판을 보고 눈이 시렸다.

'아이고, 우리 둘째 내외가 오는구나.'

류성룡이 하회마을로 들어서자 어머니 김씨가 맨발로 달려나왔다.

"어머님."

류성룡은 말에서 뛰어내려 어머니를 안았다. 어릴 때는 어머니가 그렇게 크게 여겨졌으나 이제는 어머니가 류성룡보다 훨씬 작았다.

"애, 그만 좀 놔줘라. 숨이 막혀 죽겠다."

어머니가 류성룡의 품에서 빠져나오면서 말했다. 류성룡은 웃음을 터트리며 부인 이씨를 내려주었다.

류중영이 안동에 머물 때 전 승지 이준민이 찾아와 있었다. 이준민은 뜬구름 같은 사장(詞章) 중심의 문풍을 배격하고 경학을 장려하여 신풍을 일으킨 사람으로 덕망이 높았다. 류중영은 수염을 쓰다듬으면서 류성룡에게 소동파의 적벽강 놀이를 주제로 시를 짓게 했다.

밝은 달 맑은 바람이 만고의 푸른 하늘에 있네.
이름만 남겨두고 사람은 간 곳 없이 몇천 년이 되었는가.

류성룡은 뜰을 내다본 뒤에 일필휘지로 시를 써내려갔다. 담장 밑에는 파릇파릇 싹들이 돋아나고 볕이 따사로웠다. 고양이가 담장 밑의 양지바른 곳에서 낮잠을 즐기는 오후였다.

"아드님은 생각하지도 않고 시를 짓는구려."

이준민이 류성룡이 단숨에 시를 짓는 것을 보고 크게 감탄하여 말했다.

"과찬입니다. 불초한 자식에게 무슨 재간이 있다고 하겠습니까?"

"동학에서도 소문이 파다합니다. 이제 대과를 보게 해야지요."

"아직은 더 학문을 닦아야 합니다."

류성룡은 이준민과 류중영이 담소를 나누는 사랑에서 오랫동안 시중을 들었다. 이준민은 그날 늦게야 퇴계 이황이 있는 도산을 향해 길을 떠났다. 류성룡은 이준민이 떠난 뒤에야 한양의 사정에 대해서 류중영과 이런저런 이야기를 나눌 수 있었다. 류성룡은 황해도 일대에서 창궐하여 해주 감영까지 습격을 하는 임꺽정에 대한 이야기를 했다.

"도적이 횡행하는 것은 정사가 바르게 펴지고 있지 않기 때문입니다."

"그것을 임금의 죄라고 할 수 있느냐?"

"무군지죄(無君之罪)라고 했으니 임금에게는 죄가 있을 수 없습니다. 신하가 바르게 보필하지 못한 탓입니다."

"그렇다. 임금이 스스로 덕이 없다고 말하더라도 그것은 신하의 잘못이다. 임금에게는 결코 잘못이 없는 것이다."

류성룡은 류중영의 말을 들으면서 가슴이 답답해져 왔다. 그러나 류중영의 말은 류성룡의 귓전에 오래오래 남았다.

류중영은 몇 달 후에 관압사에 임명되었다. 류중영은 병 때문에 사직한다는 상소를 올렸으나 명종은 임지로 떠날 것을 재차 요구했다. 류중영은 마지못해 관압사의 직무를 보기 위해 한양으로 올라갔다. 관압사는 명나라에 말을 바치러 가는 사신이다. 류성룡은 형 류운룡과 함께 풍산 남교(南郊, 남쪽 들판)까지 류중영을 배웅했다.

"네가 학문이 발전했으나 아직 중망을 얻기에는 부족하다. 도산에 퇴계 이황 선생이 계신데 가서 그분께 배우도록 해라."

류중영이 집안 대소사에 대해서 류운룡에게 말한 뒤에 류성룡에게 일렀다.

"저도 퇴계 선생의 고명을 들은지라 한번 찾아뵙고자 하였습니다."

풍산들은 어느 사이에 봄이 완연하여 살구꽃이며 복사꽃이 밭두렁이며 논두렁에 흐드러지게 피어 있었다. 바람이 일 때마다 흰 꽃잎이 분분히 날리고 파란 보리밭이 물결처럼 출렁거렸다. 세 부자는 풍산의 넓은 들을 나란히 걸었다.

"그만 들어들 가라."

류중영이 말에 올라타면서 말했다.

"아버님, 조심해서 다녀오십시오."

류운룡과 류성룡이 도포자락을 날리며 멀어져가는 류중영의 뒤를 향해 깊숙이 절을 했다. 류중영이 탄 말은 파란 보리밭 이랑 사이로 점점 멀어져갔다. 류운룡과 류성룡은 류중영의 모습이 보이지 않을 때까지 남쪽 교외에 서 있었다.

류중영이 떠나가자 류성룡은 이튿날 도산으로 퇴계 이황을 찾아갔다. 풍산과 도산은 가까워서 한나절도 걸리지 않았다. 이황은 중종 때 박사, 전적, 지평 등 청직을 두루 역임한 뒤 명종 때에도 대사성 등 여러 차례 벼슬을 했으나 끝내 사직하고 향리에 돌아와 후진을 양성하고 있었다. 영남학파의 대부분이 이황과 남명 조식에게서 나왔다고 할 정도로 그의 학문은 당세에 이미 널리 알려져 있었다. 그러나 꼬장꼬장하고 대쪽 같은 선비였다. 이황은 류성룡에게 《맹자》와 《춘추》를 읽게 하더니 무릎을 치면서 찬탄을 아끼지 않았다.

"하늘이 사람을 낸다고 하더니 너를 두고 이르는 말이로다. 너는 장차 대유(大儒)가 될 것이다."

이황이 류성룡을 칭찬했다. 당대의 명유라는 말을 듣던 이황이 류성룡을 칭찬했다는 말은 그의 문인들을 통해 순식간에 영남 일대에 널리 퍼졌다.

'선생의 학문은 참으로 심오하구나.'

류성룡은 비로소 진정한 스승을 만난 것 같았다. 류성룡은 퇴계 이황에게서 여러 달 동안 《근사록》을 수학했다. 류성룡은 이황에게 《근사록》을 수학하면서 그의 선비로서의 태도와 품성을 배웠다. 류성룡은 이미 소년 학사로 널리 알려져 있었다. 이황에게서 배우는 것은 학문의 심오한 철리(哲理)였다. 이황은 류성룡이 이미 학문으로 일가를 이루고 있다고 판단했다.

류성룡이 《근사록》을 수학하고 하회마을로 돌아오자 청석골에서 임꺽정이 포박당해 서울로 압송되었다는 소문이 들려왔다.

'임꺽정이 그예 잡혀 왔다는 말인가.'

류성룡은 임꺽정이 잡혀 왔다는 말을 듣고 한양 쪽 하늘을 우두커니 쳐다보았다. 임꺽정은 근년에 조정을 뒤흔든 큰 도적이었다.

도적이 횡행하는 것은 백성들의 삶이 도탄에 빠졌다는 증거고, 곧 큰 난리가 일어날 것을 암시하는 전조다. 임꺽정이 체포되기는 했으니 장차 무슨 일이 일어날지 알 수 없어서 불안했다.

류성룡은 과거를 보러 한양으로 올라가기 전에 다시 퇴계 이황을 찾았다. 이황의 집에는 김성일도 와 있었다. 류성룡은 김성일과 반갑게 인사를 나눈 뒤에 이황에게 절을 올렸다.

"내 제자들 중에 너희의 학문이 뛰어나니 글을 한 줄 주겠다."

이황은 빙그레 웃더니 김성일에게 천금쟁쟁(川金錚錚)이라는 글귀를 써주고, 류성룡에게는 하류청청(河柳靑靑)이라는 글귀를 써주었다. 천금쟁쟁은 냇물에 씻긴 금이 유난히 반짝인다는 뜻이고, 하류청청은 강가의 버들이 유난히 푸르다는 뜻이다.

류성룡은 22세가 되자 초시에 합격하고, 23세에 생원회시(生員會試)에 율곡 이이와 함께 나란히 1등으로 합격했다.

"성룡은 빠른 수레가 길을 나선 듯하니 참으로 가상하다."

이황이 그 소식을 듣고 김성일에게 말했다. 율곡 이이는 향시 등에서 열두 차례나 1등을 하여 장안에 명성이 높았다. 이이는 류성룡보다 여섯 살이나 위였고 향시 등을 앞서 보았으나 생원회시를 우연하게 같이 보게 된 것이다.

그 무렵 류중영은 황해도 관찰사로 제수되었다. 류성룡은 황해도에 가서 부친에게 인사를 드리고 한양으로 돌아와 성균관의 태학에 들어갔다. 이 무렵 조정은 문정왕후와 윤원형이 장악하고 있었다. 문정왕후는 승려 보우에게 현혹되어 크게 불사를 일으켜 많은 국고를 낭비했다. 문정왕후가 병들어 죽자 보우를 탄핵하는 상소가 빗발쳤다. 성균관의 태학생들도 일제히 상소를 올렸는데 상소문은 대개 류성룡이 지었다. 그러나 그들의 상소문은 가납되지 않았다. 태학생들은 분개하여 권당을 하기로 결정했다. 권당은 성균관에서 떠나는 것으로, 일종의 동맹휴학이었다.

"누구든지 성균관에 먼저 들어가는 자가 있으면 당적아세(黨賊阿世) 하는 것으로 치부할 테니 그리 알라."

태학생들이 웅성거리면서 소리를 질렀다. 당적아세 한다는 것은 권력에 아부하고 세태에 영합한다는 뜻이다.

"우리가 임금에게 상소를 올렸는데 받아주지 않았기 때문에 권당하는 것인데 굳이 당적아세라고 매도할 필요는 없네."

류성룡이 눈살을 찌푸리며 반대했다.

"여러 사람들이 모두 권당하기로 하였는데 자네는 어찌 반대를 하는가?"

"권당을 반대하는 것이 아니라 당적아세라고 비난하는 것을 반대하는 것일세."

"그것이 반대가 아니고 무엇인가?"

"어찌 말귀를 알아듣지 못하는 것인가?"

류성룡이 눈을 부릅뜨고 소리를 질렀다.

"이런 고약한 사람을 보았나? 자네가 우리를 반대하면 우리와 뜻을 같이할 수 없네."

성균관 유생들은 류성룡을 에워싸고 삿대질을 했다.

"나는 내 이름을 더럽히는 일이 있더라도 결코 소신을 굽히지 않겠네."

류성룡은 단호하게 말하고 성균관에서 나왔다. 태학생들이 팔을 걷어붙이고 류성룡의 등을 향해 욕설을 퍼부었다. 류성룡은 집으로 돌아오자 혼자서 윤원형을 탄핵하는 상소를 올렸다. 윤원형은 자신을 탄핵하는 상소가 빗발치자 스스로 보우를 극형에 처해야 한다고 주장했으나 불과 한 달도 되지 못해 대신들의 격렬한 탄핵을 받았다. 수십 년 동안 문정왕후의 그늘 아래서 권력을 휘둘러온 윤원형은 극악한 인물이 되어 대신들의 격렬한 탄핵을 받아 영의정직에서 쫓겨나 강음으로 귀양을 가다가 죽었다. 윤원형의 첩 정난정은 자살했다.

윤원형이 죽자 그에게 아부를 하여 권력을 휘둘러온 대신들이 일제히 숙청되었다. 조정은 한바탕 피의 숙청이 계속되었다. 이준민은 조정에 돌아오자 소윤 일파를 숙청하는 일에 앞장섰다. 온갖 악행을 저질러온 윤원형 일파가 숙청되어 조정에 새로운 바람이 불기 시작했다.

"이제는 대과를 볼 때가 되지 않았느냐?"

류중영이 하루는 류성룡에게 물었다. 새로운 시대에는 새로운 인물이 필요하게 된다. 류중영은 다가오는 시대가 훈구파에서 신진 사대부들의 세상으로 바뀔 것이라고 예측했다.

"아직 학문이 짧아서 썩 내키지가 않습니다."

류성룡은 과거를 보는 일이 마땅치 않았다. 형 류운룡은 일찌감치 과거를 보지 않기로 결정하고 학문에 전념하고 있었다. 류성룡은 행운유수처럼 자유롭게 학문에 전념하는 형 류운룡이 부러웠다.

"부인께서도 내가 대과를 보기를 바라오?"

류성룡은 찻잔을 가지고 들어온 이씨를 보면서 말했다. 밤이 늦은 시간에는 부인이라고 해도 사랑에 출입을 하지 않는다. 그러나 이씨는 그러한 예의범절을 중요하게 생각하지 않았다. 아직 아이가 없는 탓에 하루 종일 집안일을 돌본 뒤에 류성룡과 가까이 있고 싶어하는 것은 젊은 여인의 인지상정일 터였다.

"서방님이 대과에 급제하여 출사를 하시면 부인네로서 그보다 더 좋은 일이 어디 있겠습니까?"

이씨가 상냥하게 웃으며 말했다.

"달이 무척 밝은 것 같소. 부인, 우리 산보라도 같이 하겠소?"

류성룡이 달을 쳐다보면서 물었다. 하루 종일 책을 읽은 탓에 눈이 침침하고 허리가 뻐근했다.

"네."

부인이 살며시 고개를 떨어뜨리며 대답했다.

중추가철, 달 밝은 가을밤이었다. 뜰 앞에는 샛노란 국화꽃과 달맞이꽃이 하얗게 피어 있고 하늘이 높고 맑았다. 바람이 일지 않는데도 오동나무의 넓은 잎사귀들이 하늘하늘 떨어졌다. 류성룡은 책을 덮고 뜰로 나왔다. 부인 이씨가 쓰개치마를 머리에 쓰고 류성룡을 따라나섰다. 류성룡이 뒤를 돌아보자 쓰개치마의 옷깃을 바짝 여며 얼굴만이 하얗게 드러나 있었다. 휘영청 밝은 달빛 아래 이씨의 눈이 더욱 선연하게 맑아 보였다. 류성룡은 마른 내를 건너 광희문 오른쪽 목멱산 뒷산을 향해 걸었다.

이씨가 조심조심 류성룡을 따라 걸었다. 길은 호젓하고 달빛은 밝았다. 동산에 이르자 류성룡은 서쪽 장안을 내려다보았다. 초가와 와가가 즐비한 만호 한양 장안은 희디흰 달빛 아래 조용하게 잠들어 있었다. 류성룡은 뒤에 서 있는 이씨의 손을 잡아서 나란히 섰다. 이씨는 수줍은 듯이 손을 빼려다가 인기척이 없는 것을 확인하고 류성룡의 옆에 나란히 섰다. 이씨의 풍성한 머리숱에서 알싸한 동백기름 냄새가 풍겼다.

"저기가 대궐이오."

류성룡은 창덕궁 쪽을 가리켰다. 수많은 와가와 초가가 즐비하게 늘어서 있는 서쪽에 푸른색 기와가 신비로운 빛을 뿜고 있었다.

"기와가 푸른색이네요."

이씨가 류성룡의 어깨에 얼굴을 기대면서 속삭였다.

"임금께서 계신 곳이오."

류성룡이 이씨의 어깨를 보듬어 안고 말했다. 아아, 대과에 급제하면 임금 앞에서 국사를 의논하고 대신들과 경륜을 펼쳐야 할 터인데, 내가 무슨 경륜이 있어서 나라를 경영하겠는가. 부질없는 권력의 달콤함에 취해 교만해지기 십상이리라. 류성룡은 과거를 보고 벼슬길에 나서서 국사를 다룰 생각을 하자 정신이 아득해 왔다.

"무슨 걱정이 있으세요?"

남정네의 어두운 얼굴을 본 것일까. 이씨가 근심이 가득한 목소리로 물었다.

"아니오. 달빛이 참으로 밝소."

류성룡이 이씨의 손을 잡고 말했다. 이씨는 류성룡의 손에서 따뜻하게 정감이 흘러오는 것을 느꼈다.

"서방님, 천자께서 계신 대궐은 기와가 황금색이라지요?"

"그렇소. 황금색은 천자의 색이오."

명나라 대궐은 황금색 기와를 사용하나 조선의 대궐은 청색 기와만을 사용해야 한다. 그는 벼슬을 하는 것보다 자유로운 삶을 살고 싶었다. 그러나 그의 부친과 형은 과거를 볼 것을 원하고 있었나. 삼시 침묵이 희디흰 달빛을 타고 흘러내렸다. 사방이 적막할 정도로 조용하여 이씨가 숨을 쉬는 소리가 귓전으로 들렸다.

"부인."

류성룡이 다정한 목소리로 이씨를 불렀다.

"네?"

"내가 대과에 합격하면 무슨 보답을 하겠소?"

"저야 서방님의 지어미잖아요. 서방님께서 하라고 하시는 일은 무엇이든지 하겠어요."

이씨의 목소리에도 달빛처럼 고운 애정이 실렸다.

"춥지 않소?"

동산이지만 숲에서 아스스 한기가 느껴졌다.

"조금 추워요."

이씨가 몸을 떠는 시늉을 하면서 류성룡에게 바짝 다가왔다. 류성룡은 이씨를 안아서 입술을 포갰다. 이씨가 화들짝 놀라서 떨어지려고 했으나 류성룡은 더욱 힘을 주어 안았다. 이씨는 류성룡의 품을 파고들면서 눈을 감았다.

대과는 윤10월이 되어서 실시되었다. 류성룡은 대과를 보는 날 목욕재계하고 지필묵을 준비하여 과거장으로 갔다. 부인 이씨는 정화수를 떠놓고 기도를 했다. 류성룡이 시장(試場)에 들어가자 수많은 선비들이 앉아 있었고 붉은 조복을 입은 시관이 높은 단상에 앉아 있었다. 이내 대과의 시제가 발표되었다. 류성룡은 시제를 보자마자 일필휘지로 써내려갔다.

류성룡은 별시 문과에 이충원, 홍혼 등과 함께 급제했다. 문과에 급제한 유생들은 모두 17인, 무과에 급제한 무인들도 17인이나 되었다. 중시(重試)는 모두 6인이 뽑혔다. 김효원을 비롯하여 이산해, 이식, 이유인, 한옹, 홍인헌, 심대, 이시언, 이양중, 정숙남, 조인득, 송언신 등 사헌부와 사간원에서 명성을 떨치고 있는 동인의 사대부들이 류성룡이 급제를 했다고 기뻐하고 대대적으로 축하를 해주었다. 류성룡은 마침내 본격적인 현실 정치에 뛰어들게 된 것이다.

조정에서는 류성룡에게 승문원권지부정자(承文院權知副正字)라는 벼슬자리를 내려주었다.

"서방님, 감축드립니다."

류성룡의 부인 이씨가 하얀 대국(大菊)이 탐스럽게 핀 분을 서안에 올려놓으면서 말했다.

"부인, 이것이 무엇이오?"

류성룡이 의아하여 이씨를 쳐다보았다.

"국화입니다. 꽃이 풍성할 뿐 아니라 탐스럽지 않습니까?"

"이것이 부인의 선물인 모양인데 무언가 뜻이 있을 것 아니오?"

"국화는 예로부터 오상고절(傲霜孤節)이라고 하여 선비들의 지조를 뜻한다고 합니다. 아녀자가 드릴 말씀은 아닙니다만, 제가 평생을 의지하고 모실 분이라 사랑하는 마음이 넘쳐서 국화꽃을 드리는 것입니다. 국화꽃처럼 청백하고 지조가 있기를 바랍니다."

"나보고 청백리가 되라는 말이구려. 부인네들은 대개 부귀영화를 누리는 것을 좋아하는데 청백리가 되면 부인의 살림이 궁색할 것이 아니오?"

"청백리로 지조가 있으면 부귀영화보다 더욱 아름답습니다. 화려한 비단옷을 입은 선비보다 깨끗한 무명옷을 입은 청빈한 선비가 더욱 아름답다고 들었습니다."

"그런데 왜 화병에 꽂지 않고 분을 가지고 들어왔소?"

"중국 춘추전국시대에 귀곡자라는 선인(仙人)에게 방연과 손빈이 병학(兵學)을 배웠는데 손빈이 떠날 때 스승 귀곡자가 앞날을 점쳐주려고 꽃을 구해 오라고 했더니 집 안에 있는 꽃을 꺾어서 바쳤다고 합니다. 그러자 귀곡자가 너는 한 번 꺾일 일이 있으니 좌절을 당한 뒤에 오상고절처럼 후대에 이름을 남길 것이라고 예언을 했습니다. 과연 손빈은 하산을 한 뒤에 방연의 모함으로 무릎 연골을 파내게 되어 앉은뱅이가 되는 좌절을 겪은 뒤에 제나라의 구원을 받아 《손자병법》으로 이름을 떨쳤습니다. 서방님에게 그런 불길한 일이 있도록 해서는 안 될 것 같기에 부러진 꽃을 선물하지 않고 뿌리째 선물하는 것입니다."

이씨의 말에 류성룡은 크게 감동했다.

"지아비를 생각하는 부인의 마음이 정녕 아름답구려. 내가 그대를 업어주어야 하겠소."

류성룡은 봄날의 복사꽃 같은 여인인 이씨를 으스러지게 껴안았다.

이튿날 류성룡은 조복을 입고 승문원에 출근했다. 과거에 함께 급제한 홍혼도 승문원에 출근하여 조정의 일을 보게 되었다. 그날 저녁 류성룡은 홍혼과 함께 승문원의 고참자들에게 신귀희(神鬼戲)를 당했다.

"이놈들아, 선배를 어찌 대접하겠느냐?"

류성룡과 홍혼은 수건으로 얼굴을 가리고 승문원에서 이속(吏屬)들이 지켜보는 가운데 엉금엉금 기어 다녀야 했다. 선배들은 낄낄대고 웃으면서 류성룡과 홍혼의 등에 올라타 귀를 잡아당기면서 풍마지희(風馬之戲) 놀이를 했다. 풍마지희는 발가벗은 기생을 말처럼 기어 다니게 하고 그 위에 한량이 타서 즐기는 놀이다.

"선배들을 어찌 대접해야 하느냐고 묻지 않느냐?"

선배들이 엉덩이를 때리면서 물었다.

"하늘처럼 모시겠습니다."

"잘 안 들린다. 어찌 모신다고?"

"하늘처럼 모시겠습니다!"

"좋구나. 그럼 방 안을 한 바퀴 돌아라."

선배들의 지시에 류성룡과 홍혼은 선배들을 등에 태우고 방 안을 돌아다녔다. 신귀희는 관아에 첫 출근을 하는 신참자를 고참자들이 모욕을 주고 학대하는 악습이었다. 신참자들은 욕을 당한 뒤에 떡 벌어지게 상을 차려서 술대접까지 해야 했다.

"에이, 고약한 놈들! 괴롭힐 자들이 없어서 신참을 괴롭혀."

체구가 작은 홍혼은 신귀희가 끝나자 침을 칵 뱉었다.

"자네도 고참이 되면 그럴 텐데 뭘 그리 분하게 여기는가?"

류성룡은 빙그레 웃고 말았다. 홍혼은 매우 괴팍한 성격의 사내였다. 사람들과 사귀는 것을 좋아하지 않으나 유독 류성룡만은 흉금을 터놓고 사귀었다. 그는 어느 날 아내와 첩을 데리고 경기도 양근나루에 있는 시우동(時雨洞)으로 홀연히 은거했다.

"조각배에 처첩을 싣고 떠났구나."

류성룡은 그가 처첩을 데리고 은거했다는 말을 듣고 유쾌하게 웃었다.

홍혼은 두주불사하는 인물이었다. 그는 술이 좋고 나쁜 것을 가리지 않고 주는 대로 받아 마시고 취하여 노래를 불렀다. 양반이면서 허름한 농사꾼이나 시정의 늙은이들과 어울렸다.

옛날에는 구차하기가 이와 같았으나
이런 얼굴을 어찌 스스로 지녀야 하겠는가
내 마음이 변하여 명주실이 된다면
굽이굽이 매듭이 될 것이니
이를 풀고자 하고 또 풀고자 해도
그 실마리가 되는 곳을 알 수 없으리

홍혼은 단풍이 골짜기에 가득 차고 시냇물 소리가 집 주위를 거세게 맴돌면 신명이 나서 즐거워했다. 술에 취하면 불현듯 한양에 올라와 류성룡을 찾아오는데 소를 거꾸로 타고 와서 구경꾼들이 구름처럼 몰려들었다.

"술 취한 손님이 또 찾아왔습니다."

홍혼이 찾아오면 종복들이 우거지상을 하고 류성룡에게 달려와 알렸다. 홍혼은 다짜고짜 마루에 올라와 앉아서 술상을 차려주면 마시고 취해서 노래를 부르고, 노래를 부르다가 울었다.

"자네는 무엇이 그리 슬퍼서 우는가?"

류성룡은 홍혼이 대성통곡을 하면 혀를 차고 질책했다.

"자네가 가난한 것이 서러워서 우네."

홍혼이 주먹으로 눈물을 씻으며 대답했다.

"이 사람아, 내가 가난한데 자네가 왜 서러운가?"

"가난한 자네에게 내가 보태줄 것이 없으니 그것이 서러워서 우네. 이럴 줄 알았으면 옛날에 사또 노릇할 때 백성 놈들 고혈이라도 짰을 텐데……. 에고, 불쌍한 우리 서애……."

"나 보태줄 생각 말고 자네 몸이나 잘 건사하게. 내 아무리 빈한해도 밥 두 끼는 먹네."

"그러면 나 술 받아줄 돈냥이라도 있는가?"

홍혼이 정색을 하고 달려들어 류성룡은 어이없는 웃음을 터트려야 했다. 홍혼은 쪼그려 앉아 있다가 오줌을 싸기도 하여 여종들이 기겁을 했다. 노래가 끝난 뒤에는 한마디도 하지 않고 앉아 있다가 훌쩍 가버릴 때도 있었다.

홍혼이 양주 목사로 임명되었을 때는 아전이나 나졸들과 옷을 바꾸어 입고 술을 마시는 등 기벽을 저질렀으나 백성들에게는 야박하지 않았다.

임진란이 일어났을 때는 선조의 몽진 행렬을 수행하여 이조 참의가 되었으나 술주정을 하다가 대신들의 탄핵을 받고 쫓겨났다. 홍혼은 충청도 땅을 떠돌다가 공주에서 객사했다. 물론 그것은 먼 훗날의 일이다.

과거에 급제하고 닷새가 지났을 때 류성룡은 청덕궁의 대조전에 입궐하여 명종을 배알하게 되었다. 임금이 과거에 급제한 자들을 불러서 경연을 여는 것은 오래된 관습의 하나였다. 류성룡은 말석에서 잔뜩 긴장하여 명종의 얼굴을 바라보았다. 명종은 갸름한 얼굴에 눈이 움퍽 들어가 병색이 완연했다.

'조만간 국상이 있겠구나.'

류성룡은 명종을 처음 배알하여 얼굴조차 제대로 들지 못했다. 경연석은 팽팽한 긴장감이 감돌고 있었다.

"평안도 위원군에서 어떤 여자가 한 번에 세쌍둥이를 낳았다고 한다. 이는 경사스러운 일인가?"

강관들의 강독이 끝나자 명종이 강관들을 살피면서 물었다.

"마땅히 경사스러운 일입니다. 세쌍둥이를 낳은 여자에게 상을 내리시는 것이 가합니다.”

우부승지인 장사중이 대답했다.

“아뢴 대로 하고 여진에 대해서 논하라.”

명종이 눈살을 찌푸리며 지시했다. 그러나 대신들은 선뜻 입을 열지 않았다. 류성룡은 자신의 소신을 피력할 때가 왔다고 생각했다.

“아뢰옵니다. 북쪽의 자성(慈城)과 서해평(西海坪)은 모두 우리 나라 영토에 속하는데, 호인(胡人)들이 국위(國威)를 무서워하지 않고 금하는 것을 무릅쓰고 들어와 집을 짓고 농사를 지으며 마음대로 살고 있습니다. 이들의 무리가 많아지면 도모하기 어려운 폐단이 있을 것입니다. 하물며 서해평은 호인들이 관군에게 대항하여 인마를 살해하기까지 한 곳으로, 진실로 용서할 수 없는 죄라서 군사를 동원하여 소탕하지 않을 수 없으니 마땅히 비변사의 보고대로 거행해야 합니다.”

말석에 앉아 있던 류성룡이 납작 엎드린 채 낭랑한 목소리로 아뢰자 대신들이 깜짝 놀란 듯이 흘겨보고 명종도 의외라는 듯이 고개를 잔뜩 빼들고 살폈다. 류성룡은 이제 겨우 과거에 급제한 신출내기에 지나지 않는다. 쟁쟁한 벼슬아치들 앞에서 감히 입을 여는 것은 분수를 모르는 일인 것이다.

“비변사의 보고대로 지시하는 것이 상책인가?”

명종이 다시 하문했다. 류성룡은 등줄기에서 식은땀이 흘러내리는 듯한 기분이 들었다. 대제학이 곁눈으로 류성룡을 쏘아보면서 낮게 헛기침을 했다.

"오랑캐를 어찌 교화시키지 않고 무력으로 다스릴 수가 있겠습니까? 그러나 교화를 했는데도 듣지 않았습니다. 보고서는 현지에서 평안병사와 부사가 올린 장계인데 이를 가납하지 않으면 변방을 다스리기가 어려울 것입니다. 국가의 백년대계는 국방을 튼튼히 하고 백성들을 풍요롭게 하는 데 그 요체가 있습니다. 요순시대에 함포고복(含哺鼓腹, 잔뜩 먹고 배를 두드린다는 뜻으로 먹을 것이 풍족하여 즐겁게 지냄을 이름)이라고 하여 백성들이 격양가(擊壤歌, 풍년이 들어 농부가 태평한 세월을 즐기는 노래)를 높이 부른 일이 있습니다."

류성룡의 말에 대신들이 눈을 크게 떴다. 류성룡은 물 흐르듯이 유창하게 임금이 나아갈 바를 제시하고 있었다.

"너는 누구냐?"

명종이 싸늘한 눈빛으로 류성룡을 쏘아보았다. 과거를 급제했어도 류성룡과 같은 낮은 벼슬아치를 임금은 기억하지 못한다.

"신은 승문원 권지부정자 류성룡입니다. 이번에 과시에 급제하였습니다."

류성룡이 떨리는 목소리로 대답했다. 공연히 쟁쟁한 대신들 앞에서 임금의 하문에 답했다는 생각이 뇌리를 스쳤다.

"과시에서 겨우 급제를 받은 자가 무엇을 안다고 감히 입을 여는가? 여기에 있는 대신들이 너만 한 경륜이 없는 줄 아느냐?”

명종이 서안을 두드리면서 싸늘하게 외쳤다.

“황공하옵니다.”

류성룡은 머리를 깊숙이 조아렸다. 대제학과 부제학이 그것 보라는 듯이 미소를 띠는 것이 얼핏 보였다.

류성룡은 승문원으로 돌아오자 주먹으로 이마의 식은땀을 닦았다. 김효원을 비롯한 동인들이 일제히 승문원으로 몰려와 류성룡을 위로했다. 류성룡은 그들의 위로조차 귀에 들어오지 않았다.

‘조정에는 서열이 있다.’

류성룡은 비로소 크게 깨달았다. 류성룡은 그때부터 처신에 세심한 주의를 기울이기 시작했다. 그러던 어느 날, 류성룡이 승문원에서 늦게까지 조칙을 정리하고 있는데 대전 내관이 부르러 왔다. 승문원은 명나라의 조칙이나 문서와 관련한 일을 담당하는 부서로 부정자는 가장 말직이었다. 그러나 명나라와 관련된 문서를 관리하는 일을 해야 하므로 학문이 뛰어나야 했다.

‘전하께서 무슨 일로 나를 찾으시는 것일까?’

류성룡은 대전 내관을 따라 편전으로 향하면서 불안하고 초조했다. 임금 앞에서 조금만 잘못하면 그대로 끌려 나가 문초를 받거나 귀양을 가게 된다. 류성룡은 편전에 이르자 가슴이 세차게 뛰었다.

“전하, 찾아 계시옵니까?”

명종은 서안 앞에서 상소문을 읽고 있었다.

"상소문을 오랫동안 읽었더니 눈이 피로하다. 네가 대신하여 읽으라."

명종이 상소 더미를 가리키면서 류성룡에게 지시했다. 이런 일은 대개 승지에게 시키는 것이 관례인데 류성룡을 부른 것이다. 상소문은 뜻밖에 스승 이황에게 벼슬을 내렸는데 이황이 병이 있다고 사직을 청하는 내용이었다. 류성룡은 떨리는 목소리로 이황의 사직상소를 읽기 시작했다.

"소신이 앞서 종품(從品)인 아경(亞卿, 참판)의 직임을 맡았을 때도 오히려 임무를 감당하지 못하여 사직하기를 여러 해 동안 하였고, 그러다가 비로소 물러나라는 허락을 받았으니 천은이 망극했습니다. 그런데 지금 까닭도 없이 갑자기 정품(正品, 판서)으로 승진시켜 육경의 직임을 맡기셨습니다."

육경이라는 것은 육조 판서를 말한다. 명종은 언제 스승인 이황에게 육조 판서의 직을 맡기려고 했던 것일까. 류성룡은 보료에 비스듬히 기대어 앉은 명종을 힐끗 살펴보고 다시 상소문을 읽기 시작했다.

"소신이 앞서 본조의 참판이 되어서는 겨우 3일 출사(出仕)하였는데 이제 판서로 삼아 진출하게 하시니, 작상(爵賞)하는 법이 이로부터 무너지고 문란해질까 참으로 두려운 일입니다. 소신은 여러 해 동안의 고질을 앓는 중에 명을 받은 지 석 달이 되었습니다

114

만 조심하고 두려워하다가 병이 더하여 나을 기약이 없습니다. 지금 새로 임명하신 직책은 의리와 분수로 헤아려볼 때 한 가지도 받을 만한 이치가 없으니 차라리 죄를 받을지언정 끝내 벼슬을 받을 수 없습니다."

이황은 단호하게 명종이 임명한 판서 자리를 거절하고 있었다. 류성룡은 명종이 격노한 것이 아닌가 하여 불안했다.

"이황이 명망이 높아서 과인이 부르는데 거절하는 것인가?"

명종이 눈을 지그시 감은 채 혼잣말처럼 중얼거렸다.

"황공하옵니다. 감히 그럴 까닭이 있겠사옵니까?"

류성룡은 납작 엎드려서 아뢰었다. 임금의 분노를 사면 스승에게 해가 간다.

"내가 이황을 돌아보는 마음이 지극하고 어린아이들과 뭇 백성들도 그의 명망을 사모하지 않는 이가 없고 모두 그 얼굴을 한 번이라도 보려고 하였는데 끝내 거절하는 것은 나를 능멸하는 것이 아닌가. 너는 이황의 문인이니 그의 사람됨을 잘 알 것이다."

명종의 말에 류성룡은 찬물을 뒤집어쓴 듯한 기분이었다. 명종이 류성룡을 불러 이황의 사직상소를 읽도록 한 것은 그의 제자이기 때문이었다.

"스승님께서는 전하의 성총을 누구보다도 잘 알고 있습니다. 몸이 나으면 반드시 전하의 부름에 응할 것입니다."

"정녕 그러하냐?"

명종이 실눈을 뜨고 류성룡을 쏘아보았다.

"신이 어찌 거짓을 고하겠사옵니까?"

"좋다. 기서관은 다음과 같이 하서하라."

명종이 기사관에게 영을 내렸다.

"예."

기사관이 고개를 숙여 붓을 잡았다.

"경의 간곡한 사장을 보니 나의 마음이 서운하기는 하나 경은 안심하고 조섭하여 날씨가 더 따뜻해지고 병이 낫거든 올라오도록 하라."

명종이 가라앉은 목소리로 영을 내렸다. 어전을 물러나온 류성룡은 다리가 후들거리고 떨렸다. 명종은 이황이 자신을 업신여기는 것이 아닌가 의심하고 있었다.

'학문에 더욱 정심해야 한다.'

류성룡은 조정에 등청하기 전에 반드시 일찍 일어나서 책을 읽고 퇴청한 뒤에도 책을 읽었다. 중국에서 들어온 책들을 구하여 읽고 시간이 있을 때면 토론했다.

류성룡이 조정에 나아가서는 조금도 한눈을 팔지 않았다. 김성일이 과거에 급제하여 한양으로 올라온 것은 그 무렵의 어느 날이었다.

"류공(柳公)의 소식은 잘 듣고 있었습니다. 경연에서 대신들의 코를 납작하게 했다면서요?"

김성일이 호탕하게 웃음을 터트렸다.

"당치 않은 말씀입니다. 스승님께서는 평안하게 지내고 계신지요?"

류성룡은 퇴계 이황의 소식이 궁금했다.

"근력이 예전만은 못한 것 같습니다. 그래도 제자를 가르치고 저술을 하는 것은 쉬지 않고 계십니다."

"조정에 학문이 높은 율곡 이이와 성혼이 있다고 들었습니다."

이이와 성혼은 나이는 얼마 되지 않았으나 학문으로 명성이 쟁쟁했다.

류성룡이 김성일과 술을 주거니 받거니 하고 있을 때 동강 김우웅이 찾아왔다. 김우웅은 퇴계 이황의 제자이면서 남명 조식의 문하에서 수학한 뒤에 다시 이황을 모시고 있었다.

"동강이 아니십니까?"

"마침 학봉도 와 계셨군요."

세 사람은 반갑게 수인사를 나눈 뒤에 술을 마시기 시작했다. 김우웅은 호남의 선비 정여립, 영남의 선비 최영경과도 절친하게 지내고 있었다.

"국상이오! 국상이 났소!"

김성일과 김우웅이 집으로 돌아가고 얼마 되지 않았을 때 갑자기 문밖이 떠들썩하더니 사람들이 외치는 소리가 들렸다. 류성룡은 밖에서 들리는 소리에 명종의 창백한 얼굴을 떠올리고 가슴이 철렁했다.

"무슨 말이에요? 국상이라니요?"

류성룡과 나란히 누워 있던 이씨가 깜짝 놀라서 소리쳤다.

"의관을 준비하시오."

류성룡이 벌떡 일어나면서 부인에게 일렀다.

"조복은 빨아서 말리고 있습니다."

이씨가 당황한 표정으로 대답했다.

"아니 한 벌뿐인 조복을 빨면 어찌한다는 말이오?"

"오늘이 쉬시는 날이라 빨았습니다. 내일 아침까지는 말릴 수 있습니다."

"당장 국상이 낫지 않소?"

류성룡이 서둘러 사랑으로 나오자 골목이 어수선했다. 류성룡은 조복이 없어서 도포를 입고 갓을 쓴 뒤에 대궐을 향해 달려갔다. 밤은 이미 오래되어 있었다. 만호 한양 장안이 불이 꺼진 채 조용한 가운데 희다 못해 푸른 달빛이 초가와 기와지붕에 가득했다.

류성룡은 도포 자락을 펄럭이면서 걸음을 서둘렀다. 대궐이 가까워지자 천아성이 구슬프게 울리는 소리가 들렸다. 대궐 앞에는 수많은 사대부들이 몰려와 통곡하고 있었다. 류성룡은 얼마 전에 어전에서 이황의 사직상소를 대독한 일이 떠올랐다. 그때도 명종은 병색이 완연하여 조만간 국상이 날 것이라는 생각이 들었었다.

명종은 후사가 없어 중종의 손자이자 덕흥대원군의 셋째 아들인 하성군이 새 임금으로 즉위하여 선조(宣祖)가 되었다.

조정에는 국상이 선포되고 대신들과 사대부들은 모두 소복을 입었다.

5
붕당과 유림의
거목들

류성룡은 승문원에 첫 보직을 얻은 뒤에 차츰차츰 승진하여 예
문관 검열 겸 새 임금 선조의 기사관이 되었다. 기사관은 임금과
대신들이 논의한 일을 기록하는 관리다. 임금을 항상 곁에서 모셔
야 하기 때문에 언행이 신중해야 했다.

선조는 명종과 달리 대궐 밖에서 살다가 입궐했기에 민간의 일
을 소상하게 알고 있었다. 어릴 때 즉위하여 문정왕후가 수렴청정
을 한 명종과 달리 이미 성년이 되었는데도 명종의 비인 심강의
딸 인순왕후 심씨가 발을 치고 수렴청정을 했다. 그러나 인사는
선조가 직접 낙점했다.

원균이 무과에 급제하여 선전관이 된 것은 그 무렵의 일이었
다. 붉은 전립에 검을 허리에 찬 원균을 창덕궁에서 처음 보았을

때 류성룡은 다른 인물일 것이라고 생각했다. 어릴 때 마른내에서 이순신과 병정놀이를 하던 모습과 전혀 다르게 그는 무반으로서 위엄이 넘쳤다. 선전관은 임금이 정무를 보는 사정전에서 직숙을 하는 청요직이다. 예문관의 정9품 검열과는 상대가 되지 않는다.

"류공이 아니신가? 과거에 급제하였다는 말을 들었는데 예문관에 계시다고?"

원균은 편전 앞에서 만나자 호탕하게 웃음을 터트리면서 류성룡의 손을 덥석 잡았다.

"참으로 오랜만에 뵙습니다."

류성룡은 공손히 인사를 했다.

"부친께서 황해도 관찰사로 계시니 출세는 떼어놓은 당상이겠군. 앞으로 내 일도 잘 부탁하세. 그래도 한동네에 산 인연이 있지 않은가?"

원균이 류성룡의 어깨를 두드렸다. 류성룡은 어쩐 일인지 기분이 유쾌하지 않았다. 원균의 부친 원준량은 무반인 탓인지, 아니면 성품이 탐학한 탓인지 조정 대신들에게 탐관오리라는 평을 듣고 있었다. 류성룡은 원균의 유들유들해 보이는 얼굴이 싫었다.

"자네는 어릴 때부터 나를 좋아하지 않았어. 내가 무반이기 때문인가?"

류성룡이 얼굴을 찌푸리자 원균이 정색을 하고 물었다.

"당치 않은 말씀입니다."

"참, 이번에 대비께서 수렴청정을 하시는 것을 잘 알고 있겠군. 자네도 정동으로 이사를 하는 것이 어떤가?"

대비는 인순왕후 심씨이고, 김효원과 대립하는 심의겸과 인척이 된다. 정동으로 이사를 오라는 것은 척신이 된 심의겸과 어울리라는 뜻이다.

"사는 집이 조금도 불편하지 않으니 이사할 생각이 없습니다."

류성룡은 원균의 제안을 단호하게 잘라서 거절했다.

"참, 순신은 어찌 되었나? 자네에게 소식은 있나?"

"아산으로 내려간 뒤에 소식이 끊어졌습니다."

"아직 무과에 급제하지 못한 것을 보면 향반으로 지내는 모양이군. 양반이 몰락하면 무얼 하겠나? 관아의 아전 노릇이나 하겠지."

원균이 새삼스럽게 류성룡의 아래위를 훑어보았다. 창덕궁에서 원균과 헤어진 류성룡은 집으로 돌아오자 떨떠름했다.

'순신은 어찌 되었을까?'

류성룡은 갑자기 이순신이 그리워졌다. 밖에는 비가 구죽죽하게 내리고 있었다. 청승맞게 내리는 가을비였다.

조정에서 김효원과 심의겸이 대립하는 일이 벌어졌다. 김계휘가 김효원을 이조 전랑에 천거하자 심의겸이 반대한 것이다.

"권문세가에 아첨하는 자를 이조 전랑에 발탁할 수 없다."

김효원은 심의겸으로부터 멸시를 당하자 치를 떨면서 분개했다. 그는 전에도 김효원이 윤원형의 문객으로 있다고 비난을 하여 사대부의 체면을 상하게 한 일이 있었다. 김효원은 심의겸을 용서하지 않겠다면서 건천동 인근에 사는 젊은 사대부들을 모았다. 그들은 매일같이 어울려 술을 마시면서 심의겸을 비난했다. 류성룡은 그들과 몇 번 어울렸으나 붕당의 조짐이 보이자 어울리는 것을 자제했다.

"흥! 김효원이 나를 비난한다고?"

심의겸은 김효원이 당을 만들어 자신을 비난한다는 소문이 들리자 정동 근처에 사는 사대부들을 모아서 자주 연회를 열었다. 김효원과 심의겸이 조정에서 팽팽하게 대립했기 때문에 건천동 일대에 사는 사람들을 동인, 정동 인근에 사는 사람들을 서인이라고 불렀다. 동인에는 이황의 제자가 많았다. 동인의 중심은 김효원, 서인의 중심에는 심의겸이 있었다. 그들은 명망이 높은 대신들은 당에 끌어들이지 않았으나 조정 공론을 쥐락펴락하는 사간원과 사헌부, 홍문관을 장악하기 위해 필사적인 싸움을 벌였다.

선조가 즉위하자 류성룡의 스승 이황을 불렀다. 류성룡은 선조의 영이 내리자 뛸 듯이 기뻤다. 안동에 있는 스승을 만난 지 벌써 여러 해가 되었는데 스승이 조정에 들어오면 밝은 정치를 펼 수 있겠다고 생각한 것이다. 그러나 이황은 선조가 명소패를 보냈는데도 사양하고 안동에서 올라오지 않았다. 선조는 노수신, 유희

춘, 기대승을 방면하고 직첩을 도로 회복시켜 주라는 영을 내렸다. 선조는 이어 남명 조식과 율곡, 성혼까지 불렀다.

'전하께서 개혁정치를 하시는구나.'

류성룡은 어전에서 선조의 영을 기록하면서 가슴이 설레었다. 기대승과 이황이 마침내 조정으로 올라왔다. 그들이 한양으로 올라오면서 이조 정랑에 이산해, 이조 좌랑에 율곡 이이, 병조 정랑 황윤길, 병조 좌랑에 김효원, 승지 허엽, 교리 유희춘, 대사간 윤두수 등 쟁쟁한 인물들이 조정에 포진하게 되었다.

류성룡은 이황이 몇 번이나 벼슬을 사양하다가 한양으로 올라오자 찾아가 인사를 올렸다.

"스승님께서 한양에 오시니 저희들은 몸 둘 바를 모르겠습니다."

류성룡이 절을 하고 말했다. 이황이 한양에 올라오자 사람들이 구름처럼 모여들었다. 이황의 집에는 김성일도 와 있었다.

"전하의 부르심이 극진하여 차마 뿌리칠 수가 없었다."

이황이 허연 수염을 쓰다듬으면서 말했다.

"정암을 신원하고 영의정에 추증하자는 사림의 의견이 있습니다."

김성일이 조심스럽게 말했다

"정암은 억울하게 죽었으니 당연히 신원되어야 할 것이다."

"제자들이 조정에서 의논토록 할 것이니 스승께서 경연석에서

상께 아뢰어주십시오."

류성룡이 말했다. 선조 2년이 되자 정암 조광조를 신원해야 한다는 논의가 더욱 거세게 일어났다.

"지난번에 조정의 의논이 조광조를 추증하려고 하였다. 그 사람의 학문과 행사가 어떠하였는가?"

선조가 석강을 마치고 이황에게 물었다.

"조광조는 천품이 뛰어나고 일찍이 성리의 학문에 뜻을 두었으며 집에 거할 때는 효성과 우애가 있었습니다. 중종대왕께서 치도를 갈구하시어 삼대(三代, 고대 중국의 세 왕조. 하夏, 은殷, 주周를 이름)의 다스림을 일으키려고 하자 조광조도 세상에 다시없는 성군을 만났다고 하여 김정, 김식, 기준, 한충 등과 서로 동심협력하여 모든 정치를 크게 경장(更張)시켰습니다. 그리고 조법(條法)을 설립하여 《소학(小學)》으로써 인재를 교육하는 방도로 삼았고, 여씨향약(呂氏鄕約, 중국 송나라 때 실시한 향촌 자치 규약으로 조선 후기에 실시된 향약의 모체가 됨)을 거행하여 사방의 백성들이 영향을 받아 감화되었으니 만약 오래도록 폐하지 않고 계속하였더라면 치도가 무난히 시행되었을 것입니다. 다만 당시 젊은 사람들이 태평 정치를 이루기에 급급하여 너무 서두른 폐단이 없지 않았습니다. 이리하여 구신(舊臣)들로서 배척을 당하여 실직한 자들이 앙심을 품고서 갖가지로 허점을 살피다가 망극한 참언을 만들어 한 시대의 사류가 귀양 가거나 사형을 당하였습니다. 그때의 환란이 지금까지

만연되어 사림들 중에 학행에 뜻을 갖는 사람이 있으면 그를 미워하는 자들이 '기묘(己卯)의 유'라고 지목하기도 하는데 사람의 마음이 그 누가 화를 무서워하지 않겠습니까. 사풍(士風)이 크게 더럽혀지고 명유(名儒)가 나오지 않는 것은 바로 이 때문입니다."

이황이 아뢰었다.

"저번에 홍문관이 남곤의 관작을 추탈할 것을 논계했는데 이 사람은 또한 어떠한 사람인가? 선조(先祖) 때 있었던 일이어서 소급하여 치죄하기는 어려울 듯하다."

"기묘년 사화는 남곤과 심정의 간사한 음모에 연유한 것으로 끝내는 선대의 누가 되었으니 그 죄는 하늘에 사무친다고 할 수 있습니다. 상께서 선조의 대신이라 관작을 추탈하기가 미안하다고 하신 그 뜻도 매우 옳고 공론이 관작을 추탈할 것을 계청한 그 말도 옳습니다."

"경이 양편 모두가 옳다고 하는데 그중 어느 편이 더 옳은가?"

"남곤의 죄악은 매우 중대하므로 관작을 삭탈해야만 사림들이 시원스럽게 여길 것이니 조광조를 포상 추증하고 남곤을 추죄한다면 시비가 분명해질 것입니다."

이황의 말에 선조는 조광조를 영의정에 추증하고, 남곤을 삭탈관작하라는 영을 내렸다. 이로써 중종 때 조정을 혁신하려다가 억울하게 모함을 당해 사약을 받은 조광조는 신원되었고, 남곤은 사림의 공적으로 역사에 남게 되었다. 이황은 조광조가 신원되자 얼마 있지 않아 안동으로 내려가 후진 양성에 전력을 기울였다.

류성룡은 28세가 되자 성절사 서장관 겸 사헌부 감찰이 되어 연경으로 가게 되었다. 정사는 이후백이었다. 성절사는 명나라의 황제나 황후의 탄신을 축하하는 사신으로 해마다 10월이나 12월에 떠나서 3월에 돌아오는 것이 관례였다. 동지사, 하지사와 함께 삼대 사절단이었다.

'이 기회에 연경을 방문하는 것도 나에게는 공부가 될 것이다.'

류성룡은 서장관의 임무를 사양하지 않았다. 서장관은 사신인 성절사의 문서를 모두 출납하는 중요한 직책이었다. 중국인들과 문서를 주고받아야 했기 때문에 젊은 사대부들 중에서 학문이 뛰어난 사람이 선발되었다.

류성룡은 성절사 서장관으로 연경에 가서 크게 문명을 떨쳤다. 연경에서 내로라하는 학자들마저 류성룡에게 감탄하여 다투어 초대하여 학문을 토론했다.

"조선에 이런 선비가 있을 줄은 몰랐소."

중국인들은 류성룡을 '서애 선생'이라고 불렀다.

류성룡이 연경으로 떠날 때는 겨울이었으나 돌아올 때는 어느덧 봄이었다. 10월에 한양을 떠났는데 봄이 되어 조선으로 귀국하게 되자 류성룡은 만감이 교차했다.

"서방님을 뵈올 낯이 없습니다."

류성룡의 부인 이씨는 또 딸을 낳았다.

"다음에 아들을 낳으면 될 테니 걱정하지 마시오."

류성룡은 젖 냄새를 풍기는 어린 딸을 안고 어르면서 말했다. 이씨의 눈에 맑은 물기가 어리고 있었다.

류성룡은 연경에서 돌아오자 홍문관 부수찬에 제수되었다. 류성룡은 매일같이 선조의 경연에 참석하여 강독을 했다. 그의 강독은 물 흐르듯 했고, 선조는 그가 강독을 할 때마다 무릎을 치면서 찬탄했다. 사대부들은 류성룡을 강관의 으뜸으로 꼽았다.

류성룡이 29세가 되던 12월에 퇴계 이황의 부음이 전해져 왔다. 류성룡은 창졸지간에 이황의 부음을 듣자 천지가 아득한 기분이 들었다. 이황은 숭정대부 판중추부사에 제수되어 있었다. 그러나 연로하여 사직상소를 올리고 안동에 내려가 있었는데 갑자기 부음이 들린 것이다.

류성룡은 이황의 고제자 김성일의 집에 가서 곡을 하고 울었다. 김성일은 한양에 올라와 있었으므로 미처 안동으로 내려가지 못하고 빈소를 마련해놓고 있었다. 이황이 병세가 위중했을 때 그 소식을 들은 많은 제자들이 찾아와 간병했다. 그러나 류성룡은 안동에 내려가서 간병을 하지 못하여 더욱 안타까웠다. 류성룡은 휴가를 얻어 안동으로 달려갔다. 이황의 장례식에는 수많은 유림이 참석하여 만장만도 수백 개나 되었다.

류성룡은 이황의 장례에 참석하면서 올곧은 선비의 길이 무엇인지 뚜렷이 알 수 있을 것 같았다. 이황은 세상의 부귀영화에 도무지 관심이 없었으며 오로지 청빈과 학문만을 숭상했다.

'나는 스승님을 본받아 청백리가 될 것이다.'

류성룡은 만장을 들고 상여를 따라 걸으면서 몇 번이나 마음속으로 되뇌었다.

이황의 장례식을 모두 마친 뒤에 류성룡은 한양으로 돌아왔다. 나라의 녹을 받고 있는 이상 언제까지나 안동에 머물러 있을 수는 없었다.

조정에서는 김효원과 심의겸의 대립이 점점 치열해지고 있었다. 심의겸은 김계휘가 김효원을 이조 전랑에 천거했을 때 당대의 권력자 윤원형에게 빌붙었다고 반대했고, 이에 김효원은 심의겸에게 이를 갈았다. 이조 전랑이라는 벼슬에 올라가지 못한 것보다 권력자에 빌붙고 있다는 심의겸의 말을 더욱 치욕스럽게 생각했다. 그런데 김효원이 이조에 있을 때 심의겸의 동생 심충겸이 이조 전랑에 천거되는 일이 발생했다. 그러자 김효원은 척족에게 전랑을 맡기는 것은 부당하다고 반대했다.

"김효원이 내 아우가 이조 전랑에 천거된 것을 반대했다는 말인가? 외척이 어찌 역적 윤원형 일파에게 뒤질 수 있다는 말이냐?"

심의겸은 대로하여 김효원을 맹렬하게 비난했다. 김효원과 심의겸은 신진 사림을 대표하는 인물들이었다. 김효원을 따르는 사대부들과 심의겸을 따르는 사대부들이 파당을 지어 사사건건 대립하자 뜻있는 대신들이 이를 걱정하기 시작했다.

이때 영의정을 지내고 영중추부사로 있던 이준경이 임종할 때 써놓은 상소를 올려 조정이 물 끓듯 했다. 이준경은 상소에서 붕당의 싹이 트고 있으니 이를 잘라내야 한다고 말했는데 사대부들이 이를 일제히 비판한 것이다. 붕당을 잘못 거론하면 숙청의 피바람이 일어나는 것이다.

선조는 이준경의 상소를 읽고 대경실색했다. 그는 즉시 대신들을 소집하여 영을 내렸다.

"만약 붕당이 있다면 나라가 망할 징조다. 붕당을 이룬 자들을 마땅히 색출하여 정형에 처해야 할 것이다."

선조가 역정을 내면서 대신들을 힐책했다. 대신들은 선조의 질책을 받자 당황했다. 선조는 그 어느 때보다도 강경하게 대신들을 몰아세웠다. 여차하면 추국청을 설치하여 붕당을 이룬 선비들을 잡아들일 태세였다. 대신들은 등줄기에 식은땀을 흘리면서 극구 변명하기에 이르렀다.

"재상의 상소는 붕당이 있을 것을 경계하는 것이었지 지금 당장 붕당이 있다는 것이 아닙니다."

율곡 이이도 향리에서 상소를 올렸다.

'재상이 공연히 붕당을 거론하여 선비들에게 화가 돌아오게 하

려고 한다.'

사대부들은 이준경의 상소에 놀라서 벌집을 쑤신 것처럼 웅성
거렸다. 삼사는 일제히 상소를 올려서 죽은 이준경을 공격했다.
류성룡과 가깝게 지내는 동인들도 류성룡이 돌아오자마자 이준경
을 탄핵해야 한다고 아우성이었다.

"재상이 임종하기 전에 올린 상소를 가지고 탄핵을 하는 것은
옳지 않소."

류성룡은 사대부들의 모임에 참여하여 단호하게 말했다.

"아니, 서애는 이런 상소가 올라갔는데도 잠자코 있어야 한다
는 말인가? 죽은 재상이 살아 있는 사람을 몰살하려고 했는데 모
른 체하라는 말인가?"

조인학이 류성룡을 맹렬하게 공격했다.

"이미 임종하신 재상입니다. 죽은 재상을 탄핵하여 어찌하자는
것입니까?"

"삭탈관작해야 하네."

"돌아가신 재상의 상소를 가지고 탄핵을 하는 것은 안 됩니다."

"어째서 안 된다는 말인가?"

"언로를 막는 일입니다. 어떤 일이 있어도 언로를 막아서는 안
되는 것입니다. 재상의 상소가 잘못되었으면 그렇지 않다고 상소
를 올리는 것으로 충분합니다. 죽기 살기로 재상을 적으로 몰아
제거하려고 한다면 선비의 본분을 잃은 것입니다."

류성룡이 단호하게 말하자 조인학이 머쓱한 표정을 지었다.

"서애의 말씀이 옳습니다. 죽은 재상을 탄핵하는 것은 역모를 꾀했을 때나 가능한 것입니다."

이충원도 류성룡의 말에 찬성했다. 그때 독서당관 정철과 홍성민이 차자를 올리기 위해 류성룡을 불렀다. 류성룡이 옥당으로 가자 직제학 윤근수와 전한 정유일도 와 있었다.

"재상이 공연히 붕당을 거론하여 선비들을 죽이려고 하니 마땅히 관직을 삭탈해야 합니다."

정철이 좌중을 둘러보고 흥분한 목소리로 말했다.

"옳소이다. 재상의 관직을 삭탈하여 이런 일이 다시는 일어나지 않도록 해야 합니다."

홍문관과 예문관의 사대부들이 일제히 주먹을 흔들며 동조했다.

"대신이 임종할 때 남긴 말이 옳지 않으면 변론을 하면 되는 것이지 특별히 흠이 없는데 관작을 추탈할 필요는 없습니다."

류성룡이 정철의 말에 반대했다. 사대부들이 일제히 류성룡을 쏘아보았다.

"그대는 어째서 자신에게 이롭고 해로운 것만을 생각하는가?"

정철이 노기 띤 눈으로 류성룡을 쏘아보았다.

"무슨 말이오? 재상의 관작을 추탈하는 일이 어찌 나에게 이롭고 해롭겠소? 송강은 공연히 분란을 일으키지 말고 자숙하시오! 그렇다면 소로써 반박을 하면 되는 것이지 이미 돌아가신 분의 관직까지 추탈할 필요는 없소. 나는 찬성할 수 없소. 그대들이 굳이 재상을 탄핵하려고 한다면 나는 그대들을 탄핵하겠소."

류성룡은 서슬이 퍼런 눈으로 좌중을 쏘아보았다. 류성룡의 서릿발 같은 말에 좌중의 얼굴이 하얗게 변했다.

"서애의 말이 옳소. 재상을 탄핵하는 것은 옳지 않소."

전한 정유일이 류성룡을 지지하고 나왔다.

"서애는 사리를 분별할 줄 아는 사람인 줄 알았더니 그렇지 않은 모양이오."

정철이 얼굴에 비웃음기를 띠고 말했다. 그러나 류성룡이 자신의 주장을 굽히지 않았기 때문에 상소문은 정철이 짓기로 합의했으나 소의 내용은 완화되었다.

"내가 생각건대 정유일이 부친상을 당해 3년 동안 상중에 있으면서 공부가 크게 향상된 줄 알았는데 오히려 전보다 못한 것 같습니다."

정철은 정유일을 비난함으로써 류성룡을 간접적으로 비판했다. 정철이 이준경의 상소에 맞서 상소를 올리자 류성룡은 홍문관을 대표하여 상소를 올렸다. 그러나 류성룡의 상소는 이준경의 상소가 옳지 않다는 것만 논박하고 그의 관직을 삭탈하자는 주장을 일축했다. 사헌부와 사간원도 상소를 올리고 김효원과 우경선도 류성룡과 비슷한 내용으로 상소를 올려 이준경의 상소 사건은 원만하게 처리되었다.

류성룡이 대궐에서 돌아오자 육척 장신의 사내가 허름한 도포 차림으로 사랑에 앉아 있었다. 류성룡은 그를 한눈에 알아보았다.

"아니, 순신이 아닌가? 참으로 오랜만일세."

류성룡은 이순신의 손을 덥석 잡았다. 이순신은 이미 훤훤 장부가 되어 있었다. 옷차림은 비록 남루했으나 눈은 부리부리하고, 굵은 눈썹이 장수의 상을 풍기고 있었다.

"형님, 그간 별고 없으셨습니까?"

이순신이 빙그레 웃으면서 류성룡을 쳐다보았다. 어린 시절 아산으로 이사를 한 뒤에 처음 만나는 것이었다.

"잠깐 기다리시게. 내 옷을 갈아입고 나오겠네."

류성룡은 황급히 내당에 들어가 평복으로 갈아입고 술상을 내오라고 이른 뒤에 사랑으로 나왔다.

"부모님께서는 어찌 지내시는가? 두 분은 모두 강령하신가?"

류성룡이 이순신의 남루한 행색을 살피며 물었다.

"부친께서는 유명을 달리하셨으나 모친께서는 살아 계십니다."

이순신이 우묵한 눈으로 류성룡을 살폈다. 류성룡은 이미 당상관의 반열에 올라 있었다. 성균관의 태학생을 거쳐 벼슬길도 순탄했다. 어릴 때 마른내에서 함께 서당에 다니던 류성룡이 아니었다.

"혼례는 올렸는가?"

류성룡이 고개를 끄덕이고 물었다.

"예."

"한데, 과거는 어찌 보지 않는가?"

"형님께서도 아시겠지만 저는 문에는 뜻이 없습니다. 실은 이번에 무과를 보려고 아산에서 올라왔습니다."

"그런가? 기어이 무반이 되려는 모양이군. 그럼 무예는 많이 익혔는가?"

"무과가 무예만 익혀서 급제가 되겠습니까? 오늘 형님을 찾아온 것은 그저 20년 가까이 뵙지 못해 인사를 드리러 온 것입니다."

"그런가? 내가 실언을 했네."

류성룡은 면구스러운 표정으로 말했다. 이순신과 류성룡은 술상이 나오자 주거니 받거니 하면서 마시기 시작했다. 그러나 이순신의 과거시험에 대한 이야기는 일체 없었다. 다만 이순신이 선조들이 살던 아산군 염치면의 백암이라는 곳에 살면서도 형들과 함께 서당에 가서 한학을 공부했다는 이야기를 띄엄띄엄 했다. 이순신은 병서나 무경을 닥치는 대로 구해 읽으면서 무예를 연마했다. 그러나 무예의 명인은 많지 않았다. 그는 무예가 출중한 인물이 있다는 말을 들으면 반드시 찾아가서 무예를 배웠다. 특히 활쏘기와 검술, 마술에 뛰어난 솜씨를 보였다. 이순신은 그렇게 8년여를 보내면서 무예를 닦고 병서를 익힌 뒤에 과거를 보러 한양에 올라왔다고 했다.

'순신은 반드시 명장이 될 것이다.'

류성룡은 순신의 눈을 살피면서 속으로 짐작했다. 이순신은 류성룡이 만류하는데도 그의 집에 머물지 않고 떠났다. 류성룡은 이순신이 돌아가자 기분이 미묘했다. 이순신은 분명히 뛰어난 사람인데도 문인의 길을 버리고 무인의 길을 택했다. 무인의 길을 택하면 과거에 급제를 한다고 해도 높은 관직에 오르는 것이 요원했다.

'순신은 왜 그토록 어려운 길을 가려는 것일까?'

류성룡은 이순신을 이해할 수 없었다. 며칠 후 무과가 있었다. 그러나 이순신은 무과에 실패하여 아산으로 돌아가게 되었다. 류성룡은 이순신이 멀어져가는 것을 물끄러미 바라보았다. 이상하게 그의 등이 한없이 쓸쓸해 보였다.

류성룡은 집으로 돌아와 혼자 술상을 받았다.

류성룡은 다음 해에 아들 위(褘)를 낳았다. 류성룡이 서른두 살이 되던 해로, 이조 좌랑으로 승진하면서 두 가지 경사가 겹친 셈이었다. 그러나 호사다마라고 하여 류성룡이 선조의 총애를 받아 정계의 중추적인 인물이 되어갈 때 황해도 관찰사를 지내고 청주목사를 지낸 부친 류중영이 병상에 눕더니 기어이 운명하고 말았다.

'아아, 아버님께서 이토록 허망하게 돌아가신다는 말인가?'

류성룡은 곡기를 입에 대지 않고 슬퍼했다. 그러나 장지가 고향으로 결정되자 류중영의 영구를 모시고 고향으로 내려갔다. 상을 당했으므로 이조 좌랑의 자리는 사직했다. 류성룡은 류중영을 천등산 금계에 장사 지내고 3년 동안 상복을 입었다. 형 운룡과 함께 여막에 살면서 산소를 지키고 아침저녁으로 성묘를 했다. 시간이 있을 때는 책을 읽었다.

류성룡은 3년 만에 탈상을 했다. 류성룡은 35세가 되던 해에 사간원 헌납에 제수되어 조정에 돌아왔다. 조정에서는 다시 무과 과거가 열리고 있었다. 류성룡은 이순신이 무과에 응시를 했는지 이조에 알아보았다. 이순신은 4년 만에 다시 응시를 했다.

'순신이 이번에는 반드시 합격을 해야 할 텐데……'

류성룡은 사헌부에서 자신의 일보다 이순신의 과거에 더 관심을 기울였다. 이순신은 이번에는 류성룡을 찾아오지 않았다.

'내가 도움을 줄까 봐 찾아오지 않는 것이다.'

류성룡은 그렇게 생각했다. 이순신은 시관들로부터 무경 7서에 대한 자세한 질문을 받았다. 그러나 이순신은 한 번도 대답에 막힘이 없었다. 이순신은 마침내 무과 중에서 가장 어려운 무경 시험에 합격했다. 이순신이 과거가 치러진 훈련원에서 나오자 류성룡이 기다리고 있었다.

"축하하네. 마침내 무과에 급제를 했군 그래."

류성룡은 이순신의 손을 덥석 잡았다. 이순신의 얼굴에 잔잔한 미소가 번졌다. 이순신의 나이 벌써 32세였다. 이순신은 32세가 될 때까지 철저하게 야인 생활을 한 것이다.

"고맙습니다. 모두 형님 덕분입니다."

"이제 급제를 했으니 내 집에 가서 술을 한잔하는 것이 어떤가?"

"형님은 조정의 고관입니다. 전 이제 과거에 입격을 했으니 고관과 가까이 지내는 것은 바람직하지 않습니다."

"아니 그러면 나하고 술도 한잔하지 않겠다는 것인가?"

류성룡이 깜짝 놀라서 물었다.

"형님 댁에 가서 술을 마시는 것보다 어디 인근에 술집이 있으면 그리로 가서 한잔 드시지요."

"원 사람 참……."

류성룡은 혀를 찼다. 그러나 이순신의 마음을 짐작하지 못할 바가 아니었다. 류성룡은 이순신을 근처에 있는 기루로 데리고 가서 술을 마셨다.

이순신은 사흘 후 함경도의 동구비권관(童仇非權官)에 임명되어 한양을 떠났다.

선조는 류성룡을 경상도 관찰사에 제수했다.

"신은 모친의 병이 심하여 관직에 봉직할 수가 없나이다."

류성룡이 경상감사직을 사양했다.

"그대에게 늙은 어머니가 있어서 조정에 올 수 없다기에 경상도 관찰사직을 제수하는 것이다. 사양하지 말고 경상도에 부임하라."

선조는 류성룡이 어머니 때문에 조정에 나올 수 없다고 하자 경상도 관찰사에 임명하여 어머니를 모시도록 했다. 이 무렵 양사는 병조 판서 율곡 이이를 맹렬하게 탄핵하면서 파직할 것을 청했다. 양사와 옥당, 승정원까지 가세하자 마침내 선조가 짜증을 냈다.

"경들이 만약 이이를 일러 나라를 그르친 소인이라고 한다면 마땅히 죄를 분명히 밝혀 그를 물리쳐야 할 것이다. 그렇게 하지 못하면 그를 공격하는 자가 소인인 것이다. 임금이 소인을 등용하고서 나라가 잘 다스려지는 이치가 어디에 있는가. 오늘이야말로 숙특(淑慝, 맑음과 간사함)을 가려낼 수 있는 때가 아니겠는가. 경들로서는 확실히 가려내지 않고 어물어물해서는 안 될 것이다. 조정이 각기 유파끼리 분당되어 나랏일이 날로 잘못되고 있는데도 대신들이 그것을 밝혀내지 못한다면 나랏일이 장차 어떻게 되겠는가."

선조가 이이를 변호하는데도 탄핵이 그치지 않았고, 이이는 이에 반발하여 등청을 하지 않고 계속 사직만 요구했다. 선조는 대신들을 불러서 이이가 조정에 나오도록 하라고 명을 내렸다.

류성룡이 44세가 되었을 때 아들 위가 죽었다.

"위야, 내가 이렇게 죽으면 어떻게 하느냐? 위야!"

청천벽력 같은 일이었다. 부인 이씨는 통곡을 하고 울었다. 부인 이씨가 지나치게 슬퍼하여 류성룡은 아들을 잃은 슬픔을 표현

할 수조차 없었다. 그는 서재에서 넋을 잃고 하늘을 쳐다보고는 했다.

이때 의주 목사 서익(徐益)이 류성룡을 탄핵하는 상소를 올렸다.

"정여립이 이이에게 보낸 글에 크게 간악한 자가 아직 조정에 있다고 하였습니다. 간악한 자는 류성룡이니 이자를 내치소서."

조정은 류성룡을 탄핵하는 상소가 올라오자 일제히 웅성거렸다.

"류성룡은 군자다. 당대의 대현이라고 해도 모자람이 없을 것이다. 그 사람을 보거나 그 사람을 만나면 저절로 심복이 된다는데 어찌 그만한 학식과 기상을 가진 자가 간악한 인물이 되겠는가? 어느 간담이 큰 자가 그와 같은 말을 하는가?"

선조는 승정원에 비망기를 내려 서익을 비난했다. 류성룡은 서익이 탄핵을 하자 스스로 자신을 비판하는 자책 상소를 올렸다.

"이 상소의 내용을 보니 뜻이 꽤 다르다. 내 일찍이 한마디도 의심하는 말을 한 일이 없는데 지금 그의 말이 이와 같으니 이는 남의 말을 듣고 자기 스스로 불안한 뜻을 가진 것에 불과한 것이다. 류성룡은 10년 동안 조정에 있어서 내 그를 자세히 아는데, 그는 진실로 현사(賢士)이며 재주가 있는 뛰어난 조신(朝臣)이다. 다만 노모가 있기 때문에 번번이 사직을 청하는 것이다. 성룡이 내 뜻을 알아주면 다행이겠다. 지금 회유(誨諭)하기를 '경의 상소는 보았다. 경에겐 노모가 있고, 집이 본도에 있으므로 지금 경을 본도의 관찰사로 삼았으니 경이 만약 노모로 인하여 사양한다면 내 감히 강요할 수는 없겠으나 그렇지 않으면 경은 사피하지 말라' 고 전하라."

선조는 류성룡이 스스로를 탄핵했으나 이를 가납하지 않고 감사의 직무에 충실하라고 간곡하게 타일렀다.

이조 판서 율곡 이이가 병으로 죽었다. 퇴계 이황이 죽고 얼마 지나지 않아서의 일이다. 이이는 10년 동안 선조의 경연관으로 있으면서 맹활약을 했고 항상 선조에게 경장(更張, 개혁)을 요구했다. 이이의 죽음은 류성룡에게도 청천벽력과 같은 일이었다. 류성룡은 이이와 학맥은 달랐으나 그를 높이 받들었다. 서익, 성혼, 정철과 친밀하게 지내 동인들은 서인으로 분류하기도 했으나 이이는 불편부당한 인물이었다. 동인들이 사생결단을 하듯이 그를 탄핵했을 때도 오히려 그들을 감싸기까지 한 큰 그릇이었다.

이이는 병조 판서로 있을 때부터 과로로 인하여 병이 생겼고 동인들의 격렬한 탄핵을 받았다. 선조는 이이와 같은 학자를 비난하는 동인들을 대거 숙청했으나 그에 대한 비난은 그치지 않았다. 이이는 파주에 물러나 있을 때 병세가 악화되어 선조가 어의를 보내 치료하게 했다. 이때 서익이 순무어사로 관북(關北, 평안도)에 가게 되었는데, 선조가 이이에게 찾아가 변방에 관한 일을 묻게 했다. 이이의 아들은 병이 조금 차도가 있으나 몸을 수고롭게 해서는 안 되니 서익을 접응하지 말도록 만류했다.

"나는 임금의 신하니 오직 나라를 위할 뿐이다. 만약 이 일로 병이 더 심해져도 이 역시 운명이다."

이이는 억지로 일어나 서익을 맞이하여 입으로 육조(六條)의 방략(方略)을 불러주었다. 서익은 이이가 불러주는 대목을 모두 받아 썼다. 이이는 서익이 다 받아쓰자 호흡이 끊어졌다가 다시 소생하더니 하루를 넘기고 운명했다. 기호학파의 태두로 불리는 대학자 이이의 나이 향년 49세였다.

'아아, 대유(大儒)가 뜻을 다 펼치지도 못하고 하늘로 갔구나.'

류성룡도 이이의 부음을 듣고 안타까워했다. 선조는 이이의 부음을 듣고 장례를 후하게 지내라는 영을 내렸다. 이이의 발인에는 수많은 제자들과 동문 유학자들, 사대부들이 참여하여 전송하는 횃불이 수십 리에 이르렀다.

'율곡과 같은 큰 인물도 사대부의 탄핵을 받으니 붕당은 옳지 못하다.'

류성룡은 율곡 이이가 죽은 뒤에 생각에 잠기는 일이 많아졌다.

'율곡은 나보다 겨우 한 살이 더 많은데 이렇게 허망하게 세상을 떠났어.'

류성룡은 율곡 이이의 죽음이 오랫동안 머릿속에서 떠나지 않았다.

류성룡은 경상도 관찰사를 맡은 지 1년이 채 되지 않아서 승정원 우승지, 도승지가 되었다가 다시 사간원 대사간이 되었다. 대사간은 검찰총장과 같은 직책이다. 류성룡은 번잡한 조정 일에서 떠나 고향에서 학문을 하고 싶어졌다. 율곡 이이가 죽은 뒤에 그는 조정 일에 환멸을 느꼈다.

"노모를 봉양해야 하니 사직하게 해주십시오."

류성룡은 여러 차례 사직상소를 올렸다. 선조는 류성룡의 사직을 허락하지 않고 고향에 다녀오라고 영을 내렸다.

"어미가 늙었다고 자식이 나랏일을 소홀히 하는 것은 옳지 않다. 그건 어미가 나라에 죄를 짓는 일이 된다."

류성룡이 풍산에 내려가 절을 올리자 김씨가 웃으면서 말했다. 류성룡은 어머니와 함께 사흘을 지내고 한양으로 올라오기 시작했다. 한여름이었다. 날씨가 아침부터 푹푹 찌고 있었다. 그가 한양으로 들어오기 위해 광나루에 이르렀을 때 하인이 달려와 부인 이씨가 죽었다고 울면서 부음을 전했다.

'부인, 나를 두고 벌써 간다는 말이오?'

류성룡은 가슴속에서 뜨거운 것이 치밀고 올라왔다. 부인 이씨와 류성룡은 동갑이었다. 그녀는 서른두 살에 아들 위를 낳고, 서른일곱 살에 여, 서른아홉 살에 난, 마흔한 살에 진을 낳았다. 마흔네 살이 되었을 때는 첫아들 위를 여의고 통곡했다.

이씨는 위가 죽은 뒤부터 시름시름 앓더니 어느 날 젊은 규수를 데리고 와서 류성룡에게 인사를 시켰다. 류성룡이 퇴청하여 집으로 돌아왔을 때였다.

"어느 댁 규수인데 인사를 시키는 것이오?"

류성룡은 규수가 이씨의 친척이려니 생각했다. 규수를 흘깃 살피자 입성은 초라했으나 얼굴에는 귀티가 흘렀다.

"서방님, 첩입니다."

이씨가 정색을 하고 말했다.

"그게 무슨 말이오?"

"서방님은 군자라 첩도 들이지 않았습니다. 서방님의 지어미로 얼마나 감사한지 모릅니다. 하나 제가 박복하여 온갖 병이 끊이지 않아 서방님을 모시기 어려울 뿐 아니라 아이들도 건사하지 못합니다. 이는 반가의 여인으로 도리가 아니라고 생각하여 첩을 들이기로 했습니다. 서방님의 허락을 받아야 마땅한 일이지만 번거로운 것을 싫어하는 성품이라 혼례를 따로 올리지 않고 작은 방에 조촐한 술상을 마련했습니다."

류성룡은 벼락을 맞은 듯한 기분이었다. 이씨가 처연한 목소리로 가슴이 타는 것 같았다. 향이는 그렇게 하여 류성룡의 첩이 되었다. 이씨가 직접 골랐기 때문인지 집안은 가난했으나 성품이 싹싹하고 병을 앓는 이씨의 수발까지 정성껏 들었다. 아이들도 향이를 작은어머니라고 부르면서 따랐다.

'그대는 배꽃 같은 여인이었소.'

류성룡은 이씨의 장례를 치르고 가슴으로 울었다.

그 무렵 정여립의 모반 사건이 일어났다. 정여립은 1587년 왜
선들이 전라도에 침범하였을 때 전주 부윤의 요청에 응하여 대동
계를 동원하여 이를 물리치기도 했다. 그 뒤 대동계 조직을 전국
적으로 확대하여 황해도의 변숭복, 박연령, 해주의 지함두, 운봉
의 승려 의연 등 기인(奇人), 모사(謀士)의 세력을 규합하고, 장차
거사를 일으킬 준비를 착착 진행했다. 1589년 소문이 퍼져 기밀
이 누설될 것을 우려하여 서둘러 거사를 일으킬 계획이었으나 안
악 군수 이축이 이를 탐지하여 박충간 등과 함께 고변하여 역모가
드러난 것이다.

정여립의 역모가 알려지자 조정은 발칵 뒤집혔다. 한양에는 계
엄이 선포되고 군사들이 대궐을 삼엄하게 호위했다.

"의금부는 즉시 역모의 괴수 정여립을 나포해 오라."

"삼가 영을 받들겠사옵니다."

금부도사 유담은 즉시 군사들을 거느리고 전라도로 달려갔다.

"선전관과 내시를 보내라!"

선조는 잇따라 전라도에 군사를 파견했다. 의금부 도사와 선전
관이 질풍처럼 말을 달려 전라도로 달려갔다. 그러나 그들이 전라
도로 달려갔을 때는 이미 정여립이 도주한 뒤였다. 정여립을 놓쳤
다는 보고가 올라오자 선조는 대로했다. 선조는 정여립이 동인들

과 가깝다는 이야기를 듣고 더욱 분개했다. 이때 판돈령부사로 있던 정철이 비밀리에 차자를 올렸다. 정철의 차자는 역적을 남김없이 체포하고 경외에 계엄을 선포하라는 것이었다.

"충절이 더욱 가상하다. 마땅히 의처할 것이다."

선조는 정철을 우의정에 임명했다. 정철은 수차례에 걸쳐 사임하는 시늉을 했는데 선조는 그럴수록 애가 타서 내시와 승지들을 잇달아 보내서 정철을 불렀다. 정철은 동인의 배척을 받아 조정에서 물러나자 다시 세를 만회하기 위해 절치부심하고 있었다. 정철이 추국청의 위관(委官, 죄인을 신문할 때 의정대신 가운데서 임시로 뽑아 임명한 재판장)이 되자 동인들은 공포에 떨었다.

'아아, 정여립의 일로 무고한 사람들이 떼죽음을 당하겠구나.'

류성룡은 깊이 탄식했다. 조정에 피바람이 불기 시작했다. 류성룡은 예조 판서의 벼슬에 있었으나 사태의 추이를 주시하고 있었다. 예조 판서라고 해도 역모에 관해서는 논쟁을 할 수 없었다.

"장차 이 일이 어떻게 될지 모르겠소."

이산해가 류성룡을 찾아와 어두운 얼굴로 말했다. 이산해는 정철과 사이가 좋지 않아 역모에 휘말릴까 봐 두려워하고 있었다.

"동인들의 숨통을 조르려고 하겠지요."

류성룡은 사랑에 앉아서 비가 내리는 밖을 내다보았다.

"정여립이 역모를 일으켰다는 사실이 의심스럽소."

"지금은 반박할 처지가 아닙니다."

146

"사건이 진정되면 반드시 진실을 밝힐 것이오."

이산해가 주먹을 불끈 쥐었다. 정철은 벌써 황해도에서 정여립과 연루된 이기, 이광수 등의 자복을 받고 군기시 앞에서 처형했다. 안악의 수군(水軍) 황언륜과 방의신 역시 정여립의 집에 왕래하며 반역을 공모한 사실을 자복하고 복주(伏誅, 형벌을 순순히 받아 죽음)되었다. 조정에서는 대대적인 검거 선풍이 일어나고 추국청에서 심문을 받다가 죽는 사람들이 하루에도 수십 명씩 되었다.

선전관 이용준과 내관 김양보가 군사를 거느리고 체포하러 가자 정여립과 아들 정옥남은 진안의 죽도로 피신하여 숨었다. 이용준은 정여립과 정옥남이 숨어 있다는 말을 듣고 군관들을 동원하여 포위했다. 정여립은 더 이상 도망갈 곳이 없다는 사실을 깨닫자 장검으로 손수 아들을 찌르고 스스로 목을 찔러 자살했다. 그러나 정옥남이 구사일생으로 살아나자 이용준은 그를 체포하고 정여립의 시체와 함께 한양으로 압송했다.

"역적을 토벌하는 의리는 지엄한 것입니다. 백관을 도열시킨 가운데 형을 집행하는 것은 온 군중이 죄인을 버린다는 뜻을 보임이니, 지금 역적을 행형(行刑)하는 과정에서도 백관을 도열시키는 것이 마땅합니다."

의금부에서 아뢰었다. 정여립은 백관들이 도열한 가운데 다시 한 번 처형을 당했다. 선조는 생원 양천회의 상소에 거론된 대신들인 정언지, 홍종록, 이발에게는 원찬(遠竄, 먼 곳으로 유배를 보냄), 정언신에게는 중도부처(中途付處, 일정한 곳에 머물게 하는 형벌), 정창연에게는 방송, 백유양, 이길에게는 원찬을 명하였다.

'이 일을 혹시 전하께서 주도하시는 것이 아닐까?'

류성룡은 역모로 정국이 소용돌이치는 것을 보고 의혹이 일어났다. 선조는 정여립 사건이 발발하자 동인들을 배척하고 서인들을 대대적으로 등용했다.

'전하께서 붕당을 형성한 자들을 숙청하는 것이 틀림없어.'

류성룡은 소름이 끼치는 듯한 기분이 들었다.

기축옥사의 발발이었다. 서인에 의해 비명에 숙청된 동인의 인사는 이발을 비롯하여 1천여 명에 이르렀다. 사망한 사람만 1백 명이 넘었다. 류성룡은 동인이었으나 서인 중심의 조정에서 벼슬을 하고 있었다.

"이발은 역모와 관련이 없소."

동인들은 이발을 구하라고 류성룡에게 압박을 가했다. 류성룡은 추국청으로 정철을 찾아갔다.

"좌상, 이발은 역모와 관련이 없다고 하는데 방면해야 하지 않소?"

"걱정하지 마십시오. 죄가 없으니 곧 석방될 것입니다."

정철이 웃으면서 대답했다.

정철은 좌의정에 제수되어 옥사를 다루면서 동인들을 가혹하게 신문했다. 그는 영남의 선비들이 정여립을 두둔했다고 하여 암

행어사를 파견하여 조사하려고 했다. 영의정 이산해가 빈청에서
정철을 나무랐다.

"좌상이 영남 출신 선비들을 조사하기 위해 암행어사를 파견
한다고 하는데, 어찌 영남 출신인 예조 판서 류성룡에게 묻지
않소?"

류성룡은 예조 판서에 제수되어 있었다.

"내가 들으니 영남 선비들이 역적을 두둔하고 있다고 합니다.
어찌 그 일을 불문에 붙일 수 있다는 말씀입니까? 이 일을 영남 출
신 예조 판서에게 물으라니 당치 않습니다."

정철이 빈청이 떠나가도록 크게 소리를 질렀다.

"영남 선비들은 그 숫자가 헤아릴 수 없이 많은데 단지 소문을
들었다고 하여 조사를 할 작정입니까? 대체 누구를 조사하겠다는
것입니까? 좌상이 이 일을 반드시 성취하겠다면 사림의 공적이
될 것이오."

류성룡은 정철을 강력하게 비판했다. 조정의 공론이 치열하게
대립하자 정철이 류성룡을 은밀하게 청했다. 류성룡이 정철을 따
라가자 계림군의 집이었다.

"계림군은 을사년에 수레에 실려 형을 당할 뻔했으나 가까스로
형을 모면한 분이오. 서애가 우리를 도와주시오."

정철이 류성룡을 은밀한 눈빛으로 건너다보면서 말했다.

"만약 그렇다면 좌상께서는 더욱 옥사를 신중하게 해야 할 것

이오. 특히 영남에 암행어사를 보내 조사하는 것은 옳지 않소."

류성룡은 암행어사 파견을 반대했다.

"영남 선비들을 조사하고 심문하는 것은 내 뜻이 아니오."

정철은 동인들을 옥사에 연루시키는 것이 자신이 원하는 일이 아니라고 주장했다.

"그렇다면 누가 주장을 하는 것이오?"

"그것은 말할 수 없소. 아무튼 누가 역적인지 아닌지 조사를 해야 할 것이 아니오?"

"좌상이 옥사를 공정하게 처리한다면 사람들은 심복할 것이오. 그러나 좌상이 불순한 의도를 가지고 영남 선비들을 처벌하려고 한다면 그 해가 그대로 좌상에게 돌아올 것이오."

"그대가 그렇게 원한다면 그만두겠소."

류성룡이 맹렬하게 반대하자 정철이 떨떠름한 표정으로 말했다. 정철은 영남 선비들을 조사하기 위해 암행어사를 파견하지 않겠다고 약속했으나 이튿날 말을 바꾸어 선조에게 암행어사를 파견해야 한다고 주청을 올렸다. 선조가 류성룡에게 이조 판서를 겸임하게 하고 암행어사를 선발하라는 영을 내렸다. 류성룡은 오억령을 천거했다.

기축옥사는 많은 동인들에게 날벼락과 같았다. 참의 이발도 역모에 연루되어 혹독한 고문을 받고 귀양을 가게 되었다. 류성룡은 아전을 시켜 이발을 전송하면서 이별하는 시를 보냈다.

삼천리 먼 곳으로 귀양 가는 나그네

일흔일곱 살의 병든 어버이를 두고 가네

이발은 귀양을 가다 중간에 다시 압송되어 추국을 당하다가 죽었다. 선조는 이발의 재산을 적몰하라는 영을 내렸다.

"전하, 이들이 죄인이라고 하나 역모를 승복하지 않았습니다. 역모를 승복하지 않고 죽었는데 어찌 재산을 적몰할 수 있겠습니까?"

류성룡이 반대했으나 이발은 서인들에 의해 재산이 적몰되었다. 기축옥사는 동인들의 무덤이 되었다. 그러나 기이하게 동인의 영수인 이산해나 류성룡은 연루되지 않았다. 진주에 있는 최영경도 역모에 연루되었다. 류성룡은 청렴한 선비인 최영경이 옥사에 연루되는 것을 옳지 않다고 생각했다. 이발이 억울하게 죽임을 당한 후 류성룡은 자신이 침묵을 지켜서는 안 되겠다고 생각했다.

'명색이 재상인 내가 침묵을 지키면 더욱 많은 선비가 죽임을 당한다.'

류성룡은 죄 없는 선비들을 적극적으로 구명하기 시작했다.

"최영경의 옥사를 어찌 처결할 생각이오?"

류성룡이 위관인 정철에게 물었다.

"법대로 처결할 것이오."

"그 사람은 고상한 선비로 명망이 있는 사람이오. 옥사를 신중하게 처결해야 하오. 좌상이 억지로 죄를 씌우면 천벌을 받을 것이오."

류성룡이 눈을 부릅뜨고 소리를 질렀다. 정철의 얼굴이 싸늘하게 변했다.

"그대가 그런 생각이 있다면 어찌 전하께 고하지 않소?"

정철이 분개하여 벌떡 일어났다.

"이는 중대한 옥사인데 어찌 제3자가 전하께 공초를 올리겠소? 오직 옥사를 담당한 사람만이 권한이 있는 것입니다. 송강, 그대가 최영경을 죽이면 내가 목숨을 걸고 그대를 죽이겠소."

"전하께 고해 방송해보시오."

류성룡이 강력하게 요구하자 정철은 못 이기는 체하고 최영경을 석방했다. 그러나 서인들로 이루어진 사간원이 일제히 반발하여 최영경은 다시 하옥되었다. 최영경은 끝내 옥에서 병으로 죽어 류성룡을 안타깝게 했다.

조정은 어지러웠다. 류성룡은 조정의 붕당을 막으려고 여러 가지로 계책을 세웠으나 한번 시작된 붕당은 좀처럼 기세가 누그러질 기미가 보이지 않았다. 선조는 류성룡을 우의정 겸 이조 판서에 임명하여 대신들을 놀라게 했다. 동인들을 대대적으로 숙청한 뒤에 동인의 영수격인 류성룡에게 실권을 맡긴 것이다. 정승 반열에 있는 류성룡에게 이조 판서까지 겸직하게 하는 것은 드문 일이었다. 류성룡은 즉시 상소문을 올려 사양했다.

"정승 자리에 있는 자가 이조 판서를 겸하여 권력을 마음대로 휘둘렀다는 말은 들어본 일이 없다. 그대는 다른 자들의 비난을 두려워하지 말고 직무에 충실하라."

선조가 비답을 내렸다.

"조정의 벼슬을 명하는 일은 모두 겸판서의 의견을 따르도록 하라."

선조는 류성룡에게 조정을 좌우할 수 있는 권력을 주었다. 이 때 기축옥사를 주관하던 정철은 좌의정, 영의정에는 이산해가 임명되어 있었다. 영의정 이산해와 우의정 류성룡은 동인, 좌의정 정철만이 서인이었다.

'동인들을 너무 많이 죽였나? 새로운 돌파구를 찾아야겠어.'

정철은 기축옥사로 사대부들이 자신을 비난하자 이에서 빠져 나오기 위해 건저문제(建儲問題)를 들고 나왔다. 건저문제는 세자 책봉에 대한 것이었다. 세자 책봉 문제는 권력의 향방과 밀접한 관련이 있어서 함부로 발설하기 어려운 부분이 있었다.

정철은 담대한 인물이었기에 대신들이 껄끄러워하는 문제를 들고나온 것이다. 게다가 정철 자신이 서인의 영수로 이산해와 류성룡조차 함부로 하지 못한다는 자부심이 있었다.

"중전께서 후사가 없으시니 후궁들의 소생으로 세자를 책봉해야 합니다."

빈청에서 정철이 정승들과 대간들을 모아놓고 의논했다. 중전 박씨는 아직도 소생이 없었다.

"세자 책봉에 대한 일은 중대사인데 어찌 신하들이 먼저 거론할 수 있다는 말이오?"

이산해가 정철의 본심을 모르겠다는 듯이 고개를 가로저으며 반대했다.

"중전께서 생산을 하지 못하시니 이제는 후궁 소생의 왕자라도 세자로 책봉해야 할 것이 아닙니까?"

정철이 좌중을 둘러보고 말했다. 사실 세자 책봉은 오래전에 이루어져야 했다. 그런데 선조가 좀처럼 본심을 드러내지 않고 있었다.

"후궁 소생의 왕자를 세자로 책봉한다면 누구를 책봉한다는 말이오?"

"공빈 김씨의 소생 광해군이 어떻소이까?"

"광해군은 장자가 아니지 않소?"

"공빈 소생의 임해군이 장자이기는 하나 주상 전하께 신임을 잃었으니 세자의 재목은 광해군이오."

"전하께서는 인빈 김씨의 소생 신성군을 총애하고 있소이다."

대신들은 갑론을박을 했다. 선조의 정비 의인왕후 박씨는 병약한 탓에 슬하에 소생이 없었으나 성품이 착하고 검소하여 광해군조차 지극히 공경하고 있는 여인이었다.

"세자 문제는 신하들이 주청드리는 것이 옳지 않소."

이산해가 정철의 주장을 반대했다.

"아무리 인빈 김씨의 소생을 총애한다고 하더라도 광해군은 조신들의 신망이 두텁지 않소. 광해군이 세자에 책봉되면 더 이상 옥사도 없을 것이오."

정철은 옥사를 벌이지 않겠다는 약속을 했다.

"옥사를 더 이상 확대하지 않겠다면 세자 책봉을 주청드립시다."

이산해가 비로소 얼굴에 기묘한 미소를 띠고 말했다. 대신들은 정철의 제안을 흔쾌히 수락했다. 옥사가 더 이상 난무하는 것은 막아야 했다. 빈청에서 건저문제가 거론되자 류성룡은 광해군의 얼굴을 가만히 떠올려보았다. 광해군은 세자의 재목으로 충분했다. 다만 정철의 제안으로 광해군을 세자로 옹립하는 것이 어딘지 모르게 껄끄러웠다.

'신하가 먼저 세자 책봉 문제를 거론할 수는 없다.'

류성룡은 고개를 흔들었다.

"건저문제는 신하가 주청을 드리면 안 되오. 이는 오로지 전하께서 결정하는 일이오."

류성룡은 광해군을 세자로 책봉하는 일을 선조께 주청드리면 위태로울 것이라고 말했다.

"대신들이 모두 주청을 드리는데 전하께서 어찌 윤허하지 않겠소?"

"자칫하면 좌상의 목숨이 위태로워질 것이오."

"하하하! 우상, 우상은 너무 몸을 사리고 있소. 내 반드시 건저 문제를 주청드릴 것이니 우상은 간여치 마시오."

정철은 류성룡의 말을 들은 체도 하지 않았다. 류성룡은 정철이 지나치게 오만한 것을 보고 고개를 흔들었다. 정철이 빈청에서 거론한 건저문제는 대신들 사이에 깊숙이 논의가 되었다. 정철은 이해수와 이성중 등을 찾아다니며 서인들을 설득했다.

'조정이 정철의 손에서 놀아나고 있다. 어찌 이를 보고만 있을 것인가?'

이산해는 정철과 세자 문제를 거론하기로 약속하고 슬그머니 인빈 김씨의 오라버니 김공량을 찾아가 정철이 광해군으로 세자를 책봉하려고 한다고 말했다. 이산해로부터 그와 같은 말을 들은 김공량은 대경실색했다.

'임해군이나 광해군이 세자에 책봉되면 우리는 살아남지 못한다.'

김공량은 즉시 인빈 김씨에게 달려가 알렸다. 인빈 김씨는 총명한 여자였다. 그녀는 선조와의 사이에서 4남 5녀를 낳았을 정도로 선조의 총애가 극진했다.

"광해군이 세자로 책봉되면 안 됩니다."

인빈은 당황하여 얼굴색이 하얗게 변해 김공량에게 말했다.

"영의정과 좌의정이 주청을 드린다고 하는데 어떻게 막겠습니까?"

"우의정을 부르십시오."

"우의정 류성룡은 세자 문제에 나서지 않을 것이라고 합니다. 인빈 마마께서 대책을 세우셔야 할 것입니다."

"나서지 않는다고요? 그렇다면 그는 우리 편입니다."

그날 밤, 인빈은 잠이 오지 않았다. 광해가 세자가 되면 장차 선조가 죽은 뒤에 왕이 될 것이고, 그러면 그녀의 아들딸은 역적으로 몰려 죽음을 당할 것이다. 선조는 그녀의 아들 신성군을 총애하고 있다. 세자가 지금 결정되면 신성군에게 불리하다. 인빈은 정철을 제거하기로 결심하고 오라버니 김공량을 한밤중에 처소로 불러들였다.

"마마, 야심한 밤에 어찌 소인을 부르셨습니까?"

김공량이 궁금한 낯빛으로 인빈을 쳐다보았다.

"오라버님, 우리가 살기 위해서는 대사를 도모해야 합니다."

인빈이 김공량을 가까이 불러 낮게 속삭였다.

"대사라니요?"

"오라버님, 우리는 어떻게 하든지 광해군이 세자가 되는 것을 막아야 합니다."

"마마, 우리가 무슨 힘이 있어서 세자 책봉을 막습니까?"

김공량이 당황한 표정을 지었다.

"서인의 영수 정철이 경연에서 광해를 세자에 책봉하십사 하고 전하께 주청을 올린다고 하지 않습니까? 그것을 막아야지요."

"대신이 주청을 올리는 것을 어떻게 막습니까?"

"정철을 포섭할 수 없습니까? 이성중이나 이해수도 있지 않습니까?"

"그들은 이미 광해군과 가까이 지내고 있습니다."

"참 답답한 노릇입니다. 서인이 몽땅 광해군 편에 붙었다면 동인을 붙잡아야지요. 영의정 이산해 대감과 의논을 해보세요."

인빈이 답답하다는 듯이 주먹으로 가슴을 두드리면서 호통을 쳤다.

"영상 대감이 어찌 우리 편이 되겠습니까? 영상은 정철과 가까운 사람입니다. 영상이 그를 천거했습니다."

"영상은 정철을 죽이고 서인들을 내치려는 계획을 세우고 있습니다. 그래서 우리에게 정철의 음모를 알려준 것입니다. 괜히 정철의 음모를 알려준 줄 아십니까?"

"그렇기는 합니다만……."

김공량이 그때서야 고개를 끄덕거렸다.

"빨리 서두르세요! 서두르지 않으면 우리가 죽습니다."

인빈은 화를 벌컥 내고 김공량을 쏘아보았다. 김공량은 인빈의 처소에서 물러나오자 영의정 이산해의 아들 이경전을 찾아갔다. 그는 이경전으로부터 이산해가 정철을 숙청하려고 한다는 사실을 더욱 확실하게 알게 되었다. 김공량과 이경전은 안팎에서 정철을 공격하기로 굳게 밀약을 맺었다. 김공량은 이경전을 만난 뒤에 다시 인빈의 처소로 들어가 이산해의 계획을 알렸다.

"잘되었습니다. 정철을 치면 조정 대신들이 다시는 세자 문제를 거론하지 못할 것입니다."

인빈은 무릎을 치면서 기뻐했다. 김공량이 물러가고 얼마 되지 않았을 때 선조가 인빈의 처소를 찾아왔다.

'마침 전하께서 오셨으니 하늘이 나를 돕는 것이다.'

인빈은 소주방에 일러 주안상을 차리게 하고 선조 앞에 앉았다.

"전하께서 세자를 책봉하신다고 하기에 신첩이 감히 소원을 아뢰고자 합니다."

인빈이 처연한 신색으로 아뢰었다.

"세자 책봉은 누가 한다고 했으며 소원이 있다는 것은 무엇인고?"

선조가 의아한 눈빛으로 인빈을 살폈다.

"전하께서 광해군을 세자에 책봉하신다고 들었사옵니다."

"인빈이 잘못 알았느니……. 과인은 세자 책봉에 대해서 말한 일이 없노라."

"좌의정 정철 대감이 광해군을 세사에 책봉하십사 하는 주청을 올리고 신성군을 역모로 몰아 죽일 것이라고 하옵니다."

"당치 않다. 정철이 어찌 그런 일을 하겠는가?"

선조의 눈빛이 싸늘하게 변하면서 인빈을 노려보았다. 선조는 인빈이 광해군을 모함하고 있다고 생각했다.

"전하께서도 광해군을 염두에 두고 계시지 않사옵니까? 광해군을 세자에 책봉하는 것은 성심이나 저희 불쌍한 모자는 죽이지 마시옵소서."

인빈의 눈에는 눈물이 그렁그렁했다.

"누가 너희 모자를 죽인다고 했느냐?"

선조의 눈빛이 싸늘하게 변했다. 목소리에는 은은하게 노기가 서려 있었다.

"좌의정 정철이 광해군을 세자에 옹립한 뒤에 저희 모자를 죽일 것을 빈청에서 논의했다고 하옵니다."

인빈의 아름다운 얼굴에서 구슬 같은 눈물이 흘러내렸다. 선조가 무겁게 한숨을 내쉬었다.

"그럴 리가 없다. 좌의정이 어찌 그런 짓을 한다는 말이냐?"

"좌의정 정철은 서인의 영수이옵니다. 심의겸이 탄핵을 받아 물러난 뒤에 정철이 서인의 영수가 되어 조정을 좌지우지하고 있습니다. 내일 경연석에서 틀림없이 좌의정 정철, 대사간 이해수, 부제학 이성중 등 서인들이 그와 같은 주청을 올릴 것이옵니다."

"누구든지 세자 문제를 거론하면 용서치 않을 것이다. 인빈은 조금도 걱정하지 마라."

선조는 인빈의 말을 대수롭지 않게 생각하고 그녀를 안아서 등을 두드려주었다.

정철은 대궐에서 인빈이 음모를 꾸미고 조정에서는 영의정 이산해가 계책을 꾸미고 있는 것을 까맣게 모르고 이튿날 아침이 되자 빈청으로 나아갔다. 영의정 이산해와 함께 세자 책봉 문제를 주청드리기 위해서였다. 그러나 이산해는 시간이 되어도 나타나지 않았다. 정철은 경연에 늦게 나갈 수가 없어서 이해수, 이성중과 함께 경연에 참여한 뒤에 세자 책봉 문제를 거론했다.

"지금은 요순의 태평시대이나 남쪽에서 왜적의 동태가 심상치 않은지라 세자를 책봉하시는 것이 마땅한 일이옵니다."

선조는 정철이 세자 문제를 거론하자 눈빛이 차가워졌다.

"저사(儲嗣)를 주청하는 것은 충성스러운 일이다. 과인에게 여러 왕자가 있는데 누구를 세자로 정하자는 것인가?"

선조는 노기를 감추고 정철을 노려보았다.

"여러 왕자들 중에서 광해군이 중망이 있습니다."

정철이 머리를 조아리고 아뢰었다. 정철의 가장 큰 실수였다. 설혹 저사 문제를 거론한다고 해도 세자 후보를 신하가 직접 거론할 수는 없는 것이다.

"좌상이 광해와 친한가? 좌상이 광해와 교제하고 있는가?"

선조가 눈에서 불이라도 뿜을 듯이 이글거리는 눈빛으로 정철을 쏘아보면서 소리를 질렀다. 전에 없이 격노하여 목소리가 떨리고 있었다. 정철은 깜짝 놀라 선조의 용안을 바라보다가 황급히 머리를 조아렸다. 그는 광해군을 자신의 입으로 거론한 것이 실수였다고 생각했다. 광해군은 모친인 공빈이 죽었기 때문에 대궐에서 뒤를 받쳐주는 후궁이 없다. 선조는 무뚝뚝한 광해군보다 모친으로부터 사랑을 받으면서 자라고 있는 신성군을 총애하고 있다. 대궐에서 흘러나온 소문을 무심하게 넘긴 것이 잘못이다. 순간적으로 선조의 생각이 광해군에 있지 않다고 생각했다.

'우의정 류성룡이 하는 말을 들을 것을……'

정철은 등줄기로 식은땀이 흘러내렸다. 선조가 광해군을 염두에 두고 있지 않으면 죽은 목숨이 된다.

'과연 서인이 발호하는 것이로다.'

선조는 인빈이 울면서 아뢰던 말이 떠올랐다. 서인인 정철이 광해군을 세자에 옹립한 뒤에 신성군을 죽일 것이라는 그녀의 말이 틀린 것이 아니다. 정철이 광해군을 세자로 옹립하여 조정을 장악하려 하고 있다고 생각했다.

경연이 열리는 선조의 편전에 팽팽한 긴장감이 감돌았다. 정철은 곁눈으로 이해수와 이성중을 살폈다. 그들이 자신의 주청에 동조해줄 것을 요구하는 간절한 눈빛이었다. 그러나 이해수와 이성중은 입을 다물고 있었다. 정철이 헛기침을 하며 그들에게 말을 하라고 눈짓했다.

"전하, 왕자들께서 열넷이나 되는 것은 사직의 복이오나 후사를 정하지 않는 것은……."

이해수가 간신히 입을 열어 말했다.

"닥치라! 대신들이 감히 붕당을 지어 군왕을 기망하려고 하는가?"

이해수와 이성중이 정철의 주청을 변호하려고 했을 때 선조가 어상을 주먹으로 내리치면서 막았다. 이해수와 이성중은 깜짝 놀라 움찔했다. 정철은 눈앞이 캄캄하여 감히 고개를 들지 못했다.

"망극하옵니다. 신들은 죽을죄를 졌사오니 물러가 죄를 기다리겠사옵니다."

정철을 비롯하여 서인들은 어깨를 늘어트리고 선조의 편전을 물러나왔다.

'영의정 이산해에게 속았어.'

정철은 절망감이 들었다. 좌의정 정철이 광해군을 세자로 옹립하려다가 선조에게 질책을 받았다는 소문이 금세 조정과 한양에 파다하게 퍼졌다. 선조는 그날로 좌의정 정철을 파직하여 영돈령부사로 삼고 류성룡을 좌의정으로 승진시켰다.

"정철이 조정의 기강을 마음대로 하여 그 위세가 세상을 뒤덮었으니 파직하소서."

서인의 영수 정철이 선조에게 질책을 받은 것은 동인들에게 절호의 기회였다. 동인들은 기회를 엿보다가 일제히 상소를 올렸다. 정철은 마침내 서인들과 함께 귀양을 가고 광해군의 세자 책봉은 무위로 끝나고 말았다.

기축옥사로 엄청난 탄압을 받았던 동인들은 다시 서인들을 몰아내는 대대적인 숙청에 돌입했다. 우찬성 윤근수, 판중추부사 홍성민, 여주 목사로 좌천되었던 이해수도 귀양을 가게 되었고, 윤두수와 이산보도 귀양을 갔다. 임진왜란을 1년 앞둔 조선 조정에서는 세자 책봉 문제가 불거져 서인들이 대거 실각했다.

"정철은 붕당의 괴수이니 마땅히 정형에 처해야 합니다."

영의정 이산해는 정철을 사형에 처해야 한다고 아뢰었다.

"정철이 비록 죄가 있다고 하나 오랫동안 전하를 보필해온 인물입니다. 정형에 처하는 것은 가혹한 일입니다."

류성룡은 정철을 사형에 처하려는 영의정 이산해와 치열하게 대립했다.

동인들은 정철에 대해 이를 갈고 있었다. 정철이 위관이었던 기축옥사에 동인들은 1천 명 가깝게 희생되었다. 죽은 사람이 수십 명, 유배를 당하거나 파직을 당한 사람이 수백 명에 이르렀다. 그러한 정철을 살려주어야 한다는 류성룡은 동인들에게 배신자나 다름없었다. 이산해는 정철을 죽여야 한다는 동인 사대부들의 중심에 섰다.

"정철이 과격하기는 해도 죽일 수는 없다. 정철을 묵인한 우리에게도 책임이 있는 것이다."

류성룡은 억울한 선비들을 보호하지 못한 자신을 탓했다. 이산해와 대립하면서 정철을 변호했다.

"영상 대감과 척을 지게 되시나요?"

향이가 조촐한 술상을 들고 들어와서 말했다. 영특한 향이는 류성룡이 그 문제로 며칠째 고민하는 것을 눈치채고 있었다.

"그렇소. 일이 이렇게 될 줄은 몰랐소."

류성룡이 책에서 눈을 떼면서 대답했다. 류성룡은 등청하기 전에도 책을 읽고 등청한 뒤에도 책을 잃었다. 그가 한번 힐끗 보면 외우지 못하는 글이 없었다.

"영상 대감이 토정 선생의 조카라지요?"

"그렇소."

"어릴 때 신동이라고 들었습니다."

향이가 섬섬옥수로 술을 따랐다.

"한데 오늘은 웬 술이오?"

"대감과 바둑을 두려고요."

향이가 눈웃음을 쳤다. 꽃이 피어나는 것 같은 젊음이고 아름다운 미소였다.

"흠."

류성룡은 책을 치고 바둑판을 놓았다. 향이는 여자지만 바둑은 국수에 가까웠다. 향이와 주거니 받거니 술을 마시면서 바둑을 두기 시작했다.

"그곳에 두면 대마가 죽지 않소?"

"호호. 사람이 인정이 있어야지요. 사람이 야멸차면 어디에 쓴

니까?"

류성룡은 향이의 말에 정신이 번쩍 들었다. 그것은 정철을 죽이지 말고 귀양을 보내라는 말이었다.

'향이는 마음이 따뜻한 여인이구나.'

이산해는 정철을 역적으로 몰아 죽이려고 했으나 류성룡은 대신을 죽이는 것은 가혹하다고 반대하여 이산해와 척을 지게 되었다. 조정의 여론도 류성룡을 지지하는 쪽과 이산해를 지지하는 쪽으로 나뉘어 격렬하게 대립했다.

정철은 결국 함경도로 유배를 가게 되었다.

6
싸우려면 나와 싸우고
싸우지 않으려면 길을 비켜라

일본의 사신이 다시 부산에 왔다. 류성룡은 일본에 사신을 보
내자고 주장했으나 받아들여지지 않았다.

"일본이 명나라에 조공을 바치고자 하는데 통지할 길이 없으니
조선이 이를 대신 알려주기 바라오. 우리의 뜻을 알리면 무사하겠
지만 그렇지 않으면 좋지 못할 것이오. 나는 귀국의 번신이기 때
문에 미리 통고하는 것이오."

대마도 도주인 소 요시모토가 조선 조정에 통보했다. 조공을
바친다는 것은 수교를 말하는 것이다. 그러나 명나라는 일본의 수
교를 허락하지 않고 있다. 류성룡은 사신을 일본에 보내 그들의
진의를 파악하고자 했으나 뜻이 받아들여지지 않자 실망했다.

이때 일본에서 중 겐소가 사신으로 왔다.

"우리 일본은 명나라를 치려고 하니 조선은 길을 인도하라."

겐소가 가지고 온 일본의 관백 도요토미 히데요시의 국서는 너무나 오만하여 조선의 대신들을 부들부들 떨게 했다. 조선 조정은 겐소를 추방하고 본격적인 전쟁 준비에 들어갔다. 부산 일대에서는 성을 수축하게 하고 비변사를 강화했다. 그러는 동안 부산의 왜관에 머물던 일본인들이 일제히 철수했다는 보고가 올라왔다.

'부산의 왜인들이 철수한 것은 전쟁이 임박했다는 증거다.'

류성룡은 한성 판윤 신립을 불렀다.

"신공, 왜적이 불원간 조선을 침략할 것 같은데 우리가 물리칠 수 있겠소? 신공은 왜적을 어찌 보고 있소?"

류성룡이 풍채가 당당한 신립에게 물었다.

"좌상 대감, 왜적을 두려워할 필요가 없습니다. 왜적은 오합지졸입니다."

신립이 큰소리로 대답했다.

"내가 생각하기에는 그렇지 않소. 과거에는 왜적이 창칼로만 노략질을 했는데 지금은 조총이라는 신무기를 갖고 있다고 하오."

류성룡이 눈살을 찌푸리고 말했다.

"아무리 조총이 있다고 한들 우리를 대적할 수는 없습니다."

신립이 자신감에 넘쳐서 말했다.

"신공, 우리나라가 오랫동안 태평한 세월을 보냈기 때문에 군사들이 두려워합니다. 게다가 군사들은 훈련을 받지 않았고 병기는 녹이 슬었습니다. 만약 병란이 일어나면 지탱하기 어려울 것이오."

"좌상께서는 추호도 걱정하지 마십시오. 병란이 일어나면 소관이 가장 먼저 적진으로 달려가 싸울 것입니다."

신립의 호언장담에 류성룡은 고개를 끄덕거렸다. 앞으로의 일은 알 수 없었으나 신립의 용기만은 가상하다고 생각했다.

이순신은 말을 타고 질풍처럼 남쪽으로 달렸다. 그의 뒤를 이어 깃발을 든 군관과 장교들이 말을 달렸다. 선조 24년 2월 14일의 일이었다. 아직 차가운 기운은 가시지 않았으나 남쪽으로 내려갈수록 햇살이 따뜻했다. 남쪽은 완연한 봄이었다. 순신은 말을 달리면서 류성룡의 얼굴을 떠올렸다.

'나를 낳아준 것은 부모님이지만 나를 알아준 것은 류성룡이다.'

정읍 현감에서 전라 좌수사로 하루 만에 파격적인 승진을 거듭한 것은 임금의 총애가 두터운 류성룡이 힘을 쓰지 않았다면 불가능한 일이었다. 그리고 그것은 남쪽 해안의 사정이 그만치 급박하다는 증거가 되기도 한다. 전라 좌수사는 정3품 당상관에 이르는 벼슬이지만 이순신은 기쁘다기보다 무거운 중압감을 느꼈다.

"전라 좌수사 이순신은 현감으로서 아직 군수에 부임하지도 않았는데 좌수사에 초수(超授)하시니 그것이 인재가 모자란 탓이긴

하지만 관작의 남용이 이보다 심할 수 없습니다. 체차하소서."

사간원이 일제히 이순신의 승진이 빠르다고 파직할 것을 요청했다.

"이순신의 일이 그러한 것은 나도 안다. 다만 지금은 상규에 구애될 수 없다. 인재가 모자라 그렇게 하지 않을 수 없었다. 그 사람이면 충분히 감당할 터이니 다시 논하여 그의 마음을 동요시키지 마라."

선조는 한마디로 잘라서 거절했다.

"이순신은 경력이 매우 얕으므로 중망에 흡족할 수 없습니다. 아무리 인재가 부족하다고 하지만 어떻게 현령을 갑자기 수사에 임명할 수가 있습니까. 요행의 문이 한번 열리면 뒤 폐단을 막기 어려우니 빨리 체차하소서."

사간원이 다시 아뢰었다.

"이순신에 대한 일을 개정하는 것이 옳다면 어찌 개정하지 않겠는가. 개정할 수 없다."

선조는 완고하게 사간원의 요청을 거절했다. 사간원은 이순신의 뒤에 류성룡이 있다는 것을 알고는 더 이상 이순신을 탄핵하지 않았다. 이순신은 그러한 과정을 거쳐 전라 좌수사에 부임하기 위해 말을 달리고 있는 것이다.

"워!"

이순신은 말을 세우고 바다를 바라보았다. 전라 좌수사의 일은 전라도 동쪽 수군을 관할하는 것이다. 류성룡이 이순신을 전라 좌수사에 발탁한 것은 왜적의 동태가 심상치 않았기 때문이다. 왜적은 이미 여러 차례 사신을 보내 명나라에 조공을 하게 해달라고 요청했었다. 조공은 말이 조공이지 실제로는 국가 간의 수교요, 통상을 의미하는 것이었다. 천하의 주인이라고 자부하는 명나라는 일본의 요청을 들어주지 않을 것이고, 조선에서는 일본의 요구가 단순한 조공의 목적이 아니라는 것을 간파하고 냉정하게 거절했다. 그러자 일본은 여러 차례 전쟁을 불사하겠다는 뜻을 비쳐왔다.

조선 조정은 상황이 심각하다는 것을 알고 무인들을 발탁하여 남쪽에 배치하기 시작했다. 이순신은 무관인 데다가 조정에 들어온 일이 없어서 붕당에 가담하지 않았으나 류성룡으로 인해 이산해와 정언신도 그를 천거했다.

전라 좌수영이 있는 여수까지는 아직도 수백 리 길이다. 이순신은 시린 눈빛으로 바다를 응시하다가 북쪽으로 시선을 돌렸다. 저 멀리 한양에 이 나라 조선의 주인인 임금이 있고, 나라의 운명을 좌우하는 사대부들이 있고, 그가 유일하게 벗으로 생각하는 류성룡이 있다.

'좌상 대감, 이 은혜는 죽을 때까지 잊지 않겠소이다.'

이순신은 북쪽 하늘을 바라보면서 낮게 뇌까렸다.

"그대를 전라 좌수사에 임명하는 것은 미구에 닥쳐올 왜란을 방지하기 위해서요. 모쪼록 좌수영에 부임하면 전함을 수리하고 화포를 단속하고 군사를 엄정하게 하여 우리 강토가 적군에게 짓밟히는 것을 막아주기 바라오."

류성룡은 이순신에게 서찰을 보내 왜적을 막아줄 것을 당부했다.

"좌상 대감, 내가 반드시 왜적을 격파하여 나라의 근심을 덜겠소."

이순신은 류성룡이 옆에 있기라도 하듯 눈을 부릅떴다.

"가자!"

이순신은 다시 말을 휘몰아 전라 좌수영으로 질풍처럼 달리기 시작했다.

미풍이 뺨을 간질인다. 여인네의 속옷처럼 희디흰 벚꽃은 바람이 일 때마다 분분히 날리면서 길바닥에 사금파리 조각처럼 하얗게 깔린다. 눈을 들어 하늘을 본다. 하늘은 새털구름이 흩어져 있고 윤기가 흐르는 것처럼 맑다. 이번에는 눈을 내려 바다를 응시한다. 푸른 바다는 부연 빛 속에서 잔잔하게 일렁이고 있다. 눈이 부신 아침 햇살 속에서 끼룩거리며 자맥질을 하던 갈매기들이 사라진 바다는 하얀 파도만 모래톱을 때리며 철썩이고 있다.

팽팽한 긴장 속에서 수천의 눈들이 바다를 응시하고 있다. 관자놀이가 뛰고 짜릿한 흥분이 혈관을 관통한다. 짭조름한 소금기가 섞인 해풍에는 비릿한 피 냄새가 섞여 있는 듯하다.

일본 혼슈 나고야라고 불리는 오와리국의 기스요.

기스요에 우뚝 솟아 있는 오와리 성.

한 사내가 성루에서 바다를 굽어보고 있었다. 바다에는 수백 척의 병선이 가득했다.

수십만 대군이 조선을 치러 가는 길이다. 오랫동안 별러온 조선 정벌이다. 일단 전쟁이 벌어지면 아군이나 적군이나 무수히 죽음을 당할 것이다. 시체는 산을 이루고 피가 내를 이루리라. 다리가 잘리고 팔이 없는 병신들이 길바닥에 넘쳐나리라. 일본은 그동안 무수히 전쟁을 치렀다. 오다 노부나가의 잔당을 제거하고 일본을 통일하느라고 그도 수만 명의 군대를 죽음으로 몰아넣었다. 그는 반평생을 전쟁터를 누비며 보냈다고 해도 과언이 아니다. 피와 주검에 섞여 보낸 반평생이었다.

도요토미 히데요시.

오다 노부나가의 세력을 제거하고 일본을 통일한 사내였다.

'이제는 조선을 치고 그 여세를 몰아 대륙의 대제국 명(明)을 치리라. 천하는 일본의 것이다. 천하를 일본의 것으로 만들어야 한다.'

도요토미는 굵은 눈썹을 꿈틀거리면서 바다를 노려보았다. 바다 건너 아득한 서쪽에 조선이 있다. 조선을 짓밟는 것은 그가 오랫동안 꿈꾸어온 일이었다.

나고야에 설치된 일본군 전시 사령부.

일본군 최고 사령관 도요토미는 철갑으로 무장한 군사들이 삼엄하게 도열한 가운데 부두에서 서쪽 바다를 쏘아보면서 혼잣말로 뇌까리고 있었다.

일본 전역에서 동원된 다이묘들의 군대 16만이 이키도와 쓰시마 섬에서 출격 준비를 마치고 그의 명령만을 기다리고 있었다. 제1군의 대장은 대마도의 도주(島主)인 소 요시모토, 제2군은 가토 기요마사, 제3군은 구로다 나가마사가 맡고 있었다. 훗날 일본의 막부 정치를 실현하는 음흉한 다이묘 도쿠가와 이에야스는 조선 출병에 소극적이었고, 고니시 유키나카는 중립을 지키고 있었다. 그러나 일단 동원 명령이 떨어지자 고니시는 제1군을 실질적으로 지휘하면서 대마도에서 요시모토를 거느리고 출전 명령을 기다리고 있었다.

날씨는 좋았다. 잠에서 깨어난 갈매기들이 끼룩거리면서 검푸른 바다에서 자맥질을 하다가 사라진 나고야의 아침은 쓰시마의 제1군이 조선으로 출전하기에는 더없이 좋은 날이었다. 도산검림(刀山劍林)을 이룬 군대의 뒤에는 검은색 깃발이 미풍에 펄럭이고 군사들의 눈은 핏빛으로 번들거리고 있었다. 미지의 땅 조선에 출전하는 날이다. 조선을 짓밟고 명나라로 진군해야 한다. 일본은 이제 천하를 지배할 것이다. 야망의 사나이 도요토미는 일생일대의 도박인 조선 침공을 앞에 두고 긴장과 흥분이 쇳덩어리처럼 무겹게 어깨를 짓누르는 것을 느꼈다.

도요토미의 가신 5대로(大老, 보좌)와 5봉행(奉行, 심복)은 양쪽에 도열하여 그의 명령이 떨어지기만을 기다리고 있었다.

"이슬처럼 태어났다가 이슬처럼 사라지는 것이 인생이지. 그렇지 않은가, 마에다?"

도요토미가 5봉행의 한 사람인 마에다에게 물었다. 출격 명령을 기다리던 마에다는 뜻밖의 말에 약간 실망한 듯 안면 근육을 푸르르 떨었다. 도요토미의 말은 역사에 남을 멋진 출사표를 기대하던 마에다의 기대를 여지없이 무너트리는 것이었다.

"하이!"

마에다가 절도 있게 고개를 숙이고 대답했다. 중국의 고전을 좋아하는 도요토미의 유사(儒士)적인 취미가 드러난 말이다.

'도요토미가 어느 책에서 인용한 말일까?'

마에다가 이런 생각에 잠겨 있을 때 도요토미가 마침내 군령을 내렸다.

"제1군에 출격 명령을 내려라!"

5대로와 5봉행은 일제히 고개를 숙였다.

"존명!"

도요토미 앞에 꿇어 엎드려 있던 전령이 벌떡 일어섰다. 이제 전령은 도요토미의 명을 쾌선에 전달하고 쾌선은 빠르게 물살을 가르고 쓰시마를 향해 나아갈 것이다. 나고야의 성루에 깃발이 올라가고 일제히 전고(戰鼓)가 울리기 시작했다.

둥둥둥둥.

일본군의 출전을 지시하는 북소리였다. 북소리가 성루에서 울려 퍼지기 시작하자 다이묘들의 얼굴은 더욱 긴장되었다. 쾌선의 전령은 도요토미의 군령을 고니시와 대마도 도주 요시모토에게 전달했다.

"출격하라!"

고니시는 도요토미의 명령을 접수하자 즉시 출격 명령을 내렸다.

"출격!"

대마도 도주인 요시모토는 출격 명령이 떨어지자 무겁게 한숨을 내쉬었다. 조선 출병은 명나라를 친다는 명분이었으나 실제로는 조선을 유린하기 위한 정복 작전이었다. 도요토미를 둘러싸고 있는 강경파인 가토 등은 조선을 침공하여 새로운 영토를 차지하려는 야심을 품고 있었다. 그러나 요시모토는 도요토미나 가토의 조선 출정이 내심 마땅치 않았다. 쓰시마 섬은 조선과 가까웠기에 항상 교역의 선봉에 서 있었다. 이제 조선과 오랫동안 유지해온 교역 관계를 끊고 군사를 휘몰아 조선을 공격한다고 생각하자 마음이 무거웠다.

"출격!"

고니시의 군령이 내려지자 전고가 울리면서 함성이 울려 퍼졌다. 조총과 갑옷으로 무장한 일본군이 즉시 수백 척의 병선에 승선하기 시작했다. 군사들은 2만 명에 이르렀고, 배를 젓는 수군도 수천 명에 이르렀다. 2만 명의 대군이 병선에 승선을 마친 것은 얼추 한나절이 지났을 때였다.

"진격!"

고니시가 다시 군령을 내렸다.

"진격!"

요시모토가 군령을 복창했다. 전령들이 일제히 요시모토의 군령을 전달하고 북소리가 긴박하게 울리기 시작했다. 쓰시마 섬의 앞바다를 가득 메운 일본군의 병선은 일제히 학익진을 펼치고 조선의 부산포를 향해 조심스럽게 진군하기 시작했다.

임진년 사월 열사흘 미명의 새벽.

봄날의 새벽은 조선이라고 해서 다르지 않았다. 하루 이틀 차이가 있겠으나 일본에 봄이 만개했듯이 조선에도 봄이 완연했다. 일본의 산과 들에 벚꽃이 만개하여 바람에 흰 꽃이 분분히 날리고 있다면, 조선의 산과 들에는 복숭아꽃이며 살구꽃이 무더기무더기 피고 조선 왕실의 문양인 오얏꽃이 다투어 피고 있다는 것이 다르다.

여기는 부산진성의 성곽에 있는 조선군 초소.

새벽의 여명이 어둠을 서서히 걷어가고 있는 시간이었다. 초소

의 조선군 초병은 밤새도록 철썩이는 파도 소리를 들으면서 바다
를 바라보다가 깜박 잠이 들었다가 깨어났다. 긴긴밤 잠을 자지
않고 바다를 노려보는 것은 어려운 일이었다. 새벽 별빛이 사위어
가자 초병은 성곽에 기대어 눈을 붙였었다. 왜관의 일본 상인들이
몇 달 전부터 일제히 철시를 하여 그들의 군대가 쳐들어올 것이라
는 소문이 파다하게 나돌았다. 부산진은 계엄이 선포된 것이나 마
찬가지였다. 나라에서는 성을 수축하라는 지시가 내려오고, 군역
(軍役)에 대하여 일제 점검을 하고 병기와 병선을 수리했다. 밤이
면 성곽에 초병을 세워 바다를 감시했다.

고니시와 요시모토가 이끄는 수백 척의 일본군 선단이 새벽 여
명이 희미하게 밝아올 때 부산포 앞바다에 위용을 드러냈다. 초병
은 갈매기들이 끼룩거리는 소리에 놀라서 잠에서 깨자 먼저 먼바
다를 응시했다. 졸린 눈을 부비면서 바다를 살피던 부산진성의 조
선군 초병은 바다를 가득 메운 일본군 병선을 보고 경악했다. 그
것은 처음에 하나의 점에 지나지 않았다. 박명의 안개 속에 떠오
르는 섬처럼 희미하게 모습을 드러내다가 거대한 선단이 되어 수
평선에 길게 늘어섰다.

"배다!"

초병은 졸음이 싹 가시면서 가슴이 철렁하여 비명처럼 소리를
질렀다. 그렇잖아도 일본군의 침략이 목전에 임박했다는 소문이
퍼져 부산진의 군사들과 백성들은 불안에 떨고 있었다. 초병이 외

치는 소리에 군사들이 뛰어나와 웅성거렸다. 그들의 눈에 비친 병선은 해안의 조선인 마을을 노략질하던 왜구의 무리가 아니었다. 수평선을 가득 메우고 늘어선 일본군 선단은 피 냄새를 풍기면서 부산포를 향해 빠르게 항진해 오고 있었다.

"저게 모두 배야?"

조선의 병사들은 잔뜩 긴장하여 수평선의 일본군 병선을 응시했다. 숨이 막히는 듯한 긴장과 함께 가슴이 뛰면서 무시무시한 공포가 뒷덜미를 엄습해 왔다.

배가 수백 척이나 되는 것을 보니 군선이 틀림없어.

"빨리 첨사(僉使) 나리에게 알려라."

그들의 눈은 공포로 부릅떠졌다. 초병은 즉시 부산 첨사 정발에게 달려갔다. 그러나 정발은 부산진에 없었다. 정발은 때마침 절영도에 사냥을 하러 가 있었기 때문에 부산진의 군사를 지휘하는 군영이 텅 비어 있었다. 사냥은 군사들을 훈련시키기 위한 것이었다. 초병들은 사색이 되어 절영도로 달려가 정발에게 보고했다.

"첨사 나리, 큰일 났습니다. 왜구의 배가 왔습니다."

정발은 침소에서 일어나 부산진성을 증축할 계획을 세우다가 초병의 보고를 받았다.

"뭣이?"

정발의 눈이 크게 떠졌다. 가슴이 쿵하고 내려앉는 기분이었다. 일본군이 조선을 침략할 것이라는 소문이 퍼져 정발도 잠을 이루지 못하고 있었다. 부산진과 동래의 왜관에는 수백 명의 일본인들이 거주하면서 장사를 했으나 갑자기 그들이 철수하여 전쟁이 임박했다는 사실을 짐작하고 있었다. 그런데 기어이 일본군의 대선단이 몰려오고 있는 것이다.

"왜적의 배가 바다에 가득합니다. 왜적이 대대적으로 침공해오고 있습니다!"

초병이 흥분하여 어찌할 줄을 모르면서 소리를 질러댔다. 초병의 소리를 들었는지 침소에 있던 부장들이 우르르 몰려 나왔다.

"닥쳐라! 왜 이리 경망을 떠느냐? 속히 배를 대라!"

정발은 황급히 병사들에게 영을 내렸다. 병사들이 소란스럽게 왔다 갔다 할 때 정발은 황망히 부장들을 거느리고 바다가 내려다보이는 낮은 구릉으로 올라갔다. 과연 일본 군선이 바다를 새카맣게 메우고 있었다.

'아아, 드디어 일본군이 침략을 해오는구나.'

정발은 전신이 팽팽하게 긴장되는 것을 느꼈다. 부산진은 왜적이 침입할 때 첫 전투 지역이 된다. 그동안 성을 증축하고 군사들을 양성하기는 했으나 대규모 일본군이 쳐들어오는 것을 막아내기에는 역부족일 것이다. 그의 수하에는 기껏해야 1천 명의 군사들밖에 없었다. 숫자가 적으면 나가서 싸우는 것보다 성을 철저하게 방어하는 것이 병법의 기본이다.

"성으로 돌아가자!"

정발은 우왕좌왕하는 군사들에게 떨리는 목소리로 명령을 내렸다. 조선의 군사들은 황급히 배를 저어 부산진으로 달려갔다. 그러나 그들이 부산진에 상륙할 때 일본군의 선봉이 상륙하여 일제히 조총을 쏘았다. 정발은 무수한 병사들을 잃고 간신히 성으로 달려 들어갔다.

"왜군이 침략해 오고 있다. 성문을 굳게 닫고 전군은 왜적을 물리칠 준비를 하라!"

정발은 부산성의 군사 1천 명을 모조리 동원하여 성루에 배치하고 민병들까지 동원했다. 부산진성은 아수라장이 되었다. 백성들이 난리가 났다고 울부짖으면서 이리 뛰고 저리 뛰면서 비명을 지르는가 하면 곡식을 짊어지고 피난을 가고 목숨을 부지하기 위해 성 안으로 밀려 들어왔다. 행세깨나 하는 양반들도 도포자락을 펄럭이면서 성안으로 몰려 들어왔다.

일본군은 닥치는 대로 조선인들을 향해 조총을 발사했다. 부산진 일대는 아수라의 참상이 벌어졌다.

일본군은 조선군이 부산성을 굳게 닫고 지키자 즉시 부산포에 상륙하여 빽빽하게 에워쌌다. 그들은 처음에 상륙을 저지당할 것으로 생각했으나 조선의 군사들은 그들의 상륙을 방치하고 있었다. 오히려 절영도에서 돌아오는 부산 첨사 정발의 군사들을 일본군이 습격하여 막대한 전과를 올릴 수 있었다. 조선군은 혼비백산하여 성에 들어가 성문을 닫고 방어에 치중했다. 일본군 1군 사령관 고니시는 2열 3열로 도열한 조총 부대의 앞에 나아가 부산진성을 바라보았다. 부산진성의 성루에 붉은 깃발이 처처에 나부끼고 있었다. 성루의 군사들은 활과 창으로 무장하고 있었다.

'저들의 병기가 활이라면 충분히 격파할 수 있다.'

고니시는 회심의 미소를 지었다.

정발은 일본군이 성을 에워싸자 성루에서 일본군 진영을 바라보았다. 일본군은 얼추 수만 명이 넘어 보였다. 갑옷과 조총으로 무장한 그들의 깃발은 숲처럼 빽빽하고 군기가 엄정했다. 정발은 싸우기도 전에 일본군의 삼엄한 기세를 보고 불길한 예감을 느꼈다. 일본군과 싸워서 도무지 승산이 없을 것 같았다.

"모두 활을 준비하라!"

정발이 칼을 뽑아들고 군사들에게 비장한 목소리로 지시했다. 수적으로나 화력으로나 모든 것이 우세한 일본군과 싸워 이길 수는 없다. 그러나 부산성을 버리고 달아나면 천추에 역적으로 이름을 남기게 된다. 동래성이나 조정에서 방어 준비를 할 수 있도록 최대한 시간을 끌다가 장렬하게 전사하는 수밖에 없다. 정발의 영이 떨어지자 군사들이 일제히 활시위에 화살을 재었다.

그때 백기를 든 승려 하나가 말을 타고 성 밑으로 쏜살같이 달려왔다.

'나는 일본군과 함께 온 승려 겐소다. 우리 장군께서 말씀하시기를 명나라를 치러 가는 길이니 우리를 막지 말라고 하셨다. 우리를 막으면 부산성의 군사들과 성민들을 하나도 남기지 않고 도륙할 것이다!'

겐소가 성루를 향해 소리를 질렀다. 성루에서 내려다보던 조선 군사들이 일제히 웅성거렸다. 승려의 말은 억양이 불분명한 조선 말이었다.

"저런 오만한 중놈이 있느냐? 저놈에게 활을 쏴라!"

정발이 영을 내리자 군사들이 일제히 겐소를 향해 활을 쐈다. 겐소는 화살이 빗발치듯 날아오자 혼비백산하여 일본군 진영으로 달아났다.

"하하하! 중놈이 꽁지에 불붙은 개처럼 달아나는구나!"

조선 군사들은 긴장 속에서도 유쾌하게 웃음을 터트렸다.

"조선군이 투항을 하지 않을 모양이다. 조선군은 오합지졸이니 성을 함락한 뒤에 아침을 먹자. 전군은 공격하라!"

고니시가 전군에 영을 내렸다. 일본군의 조총 부대가 일제히 성루를 향해 총을 쏘기 시작했다. 총성이 요란하게 울리면서 화약 연기가 매캐하게 퍼졌다. 조선군도 일제히 활을 쏘기 시작했다. 양군의 공방전은 치열했다. 그러나 일본군에게는 조총이 있었다. 그들은 한편에서는 성벽을 기어오르고, 한편에서는 조총으로 성루에서 활을 쏘는 조선군을 향해 맹렬한 사격을 시작했다. 조선군은 요란한 총성이 울릴 때마다 처절한 비명을 지르며 나뒹굴었다.

"왜적들이 성벽을 기어오르지 못하게 하라!"

정발은 조선군을 독려하면서 필사적으로 부산성을 방어했다. 일본군은 조총을 갖고 있는데도 조선군과 하루 종일 싸웠으나 부산성을 함락할 수 없었다. 고니시는 날이 저물자 밤중에 조선군이 기습을 해올지 몰라 일단 군사를 배로 철수시켰다. 정발은 일본군이 물러가자 비로소 동래성과 조정에 일본군의 침공을 알리는 파발을 보냈다.

고니시는 이튿날, 임진년 사월 열나흘이 되자 다시 배에서 군사를 상륙시키고 부산성을 일제히 공격했다. 정발은 군사들을 독려하여 처절하게 항전했으나 일본군의 우수한 화력 앞에 용맹만으로 버틸 수가 없었다. 일본군이 쏘아대는 조총 소리는 콩을 볶듯이 요란했고, 그럴 때마다 조선군은 비명을 지르고 피를 뿜으며 나뒹굴었다. 부산 첨사 정발도 마침내 일본군의 조총에 맞아 장렬하게 전사했다.

"동래성으로 진격하라!"

고니시는 부산성을 함락하자 즉시 동래로 달리기 시작했다. 선봉군이 부산성과 동래성을 점령해야 2군과 3군이 상륙할 수 있었다. 동래 부사 송상현은 부산성이 함락되었다는 소식을 듣고 결사대를 조직하여 성을 방어하기 시작했다. 마침내 일본의 대군이 새카맣게 밀려와 성을 겹겹이 에워쌌다. 고니시는 동래성의 방비가 철저한 것을 보자 판자에 글을 써서 내걸었다.

전즉전부전가아도(戰則戰不戰假我道)

'싸울 테면 즉시 나와서 싸우고 싸우지 않으려면 나에게 길을 빌려달라'는 뜻이었다. 송상현은 판자에 글을 써서 반박했다.

사이가도난(死易假道難)

'죽기는 쉬우나 길을 빌려줄 수는 없다'는 비장한 글이었다.

"조선군의 결의가 확고하다. 전군은 공격하라!"

고니시가 송상현이 내건 판자를 보고 명령을 내렸다. 일본군은 일제히 함성을 지르며 동래성을 향해 조총을 쏘기 시작했다. 조선군은 치열하게 항전했으나 일본의 조총 앞에서 활로 대항하는 것은 역부족이었다. 조선군은 피눈물을 흘리면서 독려를 하는 송상현의 분전에도 불구하고 동문, 서문, 북문이 차례로 무너졌다. 일본군은 일제히 남문으로 진격했다. 남문은 동래 부사 송상현이 지휘하고 있었다.

"투항하라!"

고니시는 송상현을 에워싸고 소리를 질렀다. 송상현은 이미 전신이 피두성이가 되어 일본군을 도륙하고 있었다.

"내 어찌 비겁하게 투항하겠느냐?"

송상현은 장검을 휘두르며 일본군을 베기 시작했다. 고니시는 군사들에게 지시하여 송상현을 향해 일제히 조총을 발사하게 했다. 송상현은 장검을 휘두르면서 일본군과 처절한 혈전을 벌이다가 마침내 전신이 벌집처럼 되어 장렬하게 전사했다. 고니시의 1군이 부산성과 동래성을 함락하여 교두보를 마련하자 일본군은 속속 상륙을 감행하여 불과 며칠 만에 10만 대군이 부산 일대에 상륙했다.

고니시는 일본군의 2군이 부산에 상륙할 때까지 교두보를 확보하고 진격하지 않았다. 언제 조선군이 일본군을 기습할지 알 수 없었기 때문이다. 일본 수군은 이키 섬과 쓰시마 섬에서 쉬지 않고 일본군을 부산으로 실어 날랐다. 마침내 1군과 2군의 대병력이 부산 일대에 상륙을 마쳤다.

고니시는 일본군이 모두 상륙을 마치자 말을 타고 휘돌아보았다. 일본군의 대오는 끝이 보이지 않을 정도로 길게 늘어서 있었다. 10만의 대병력이 부산에 상륙하여 조선을 짓밟으라는 명령을 기다리고 있는 것이다.

7
배꽃을 닮은 여인
향이

잉잉대며 허공을 달려오는 바람이 나뭇가지에 매달려 목을 매고 문풍지를 뒤흔들었다. 편서풍을 타고 중국에서 날아온 황사 바람 탓인가. 자욱한 흙먼지가 며칠째 진종일 세차게 불어대고 하늘과 땅이 온통 잿빛 흙먼지 속에서 어둠침침했다.

임진년.

선조 즉위 25년 사월 열이레. 미명의 새벽이었다.

다른 때 같았으면 벌써 일어나 책을 읽고 있을 시간이었다. 그러나 류성룡은 아늑하고 따뜻한 잠자리에서 빠져나오고 싶지 않았다.

향이는 아직 잠들어 있다. 그녀가 가늘게 코를 고는 소리가 규칙적으로 들렸다. 류성룡은 가만히 향이를 보듬어 안았다.

"대감."

향이가 어리광을 부리듯이 졸린 목소리로 말하면서 그의 품속으로 파고들었다.

"벌써 날이 밝았습니까?"

"더 자도록 하라."

류성룡이 낮게 속삭였다. 평소에는 경어를 쓰지만 잠자리에 들면 하대를 했다.

"대감, 진지 차려 올려야지요."

"괜찮다."

류성룡은 더욱 힘차게 향이를 끌어안았다. 51세가 되는 나이에 스물한 살밖에 되지 않은 여인을 품는 것은 축복이라고 생각했다.

휘이잉.

바람이 더욱 사납게 불었다. 류성룡이 조반을 마치고 사랑으로 나온 것은 날이 부옇게 밝기 시작했을 때였다. 류성룡은 책을 보지 않고 지옥의 무저갱에서 들려오는 듯한 아수라의 울부짖음 같은 바람 소리에 귀를 기울이고 있었다. 아니, 바람 소리가 아니라 비명 소리이고 신음 소리였다. 아귀 같은 왜인들에게 처참하게 짓밟히고 있는 무지몽매한 백성들의 울부짖음이었다.

류성룡은 삼천리강토를 짓밟기 위해 바다 건너 왜적 떼가 수천의 병선을 이끌고 오는 것이 눈에 보이는 듯한 기분이었다. 동래에서 올라온 부사 송상현의 보고에 따르면 왜관에 거주하던 일본인들이 야음을 틈타 일제히 철수했다고 했다. 그것은 일본의 본격적인 침략이 임박했음을 의미하는 것이었다. 오늘이나 내일 중에 일본의 침략을 알리는 파발마가 들이닥칠지 모른다.

'아아, 저들을 어떻게 막아내야 한다는 말인가.'

류성룡은 조선의 무장들을 머릿속에 떠올려보았다. 무장이라면 전라도에 이순신이 있고, 경상도에는 원균이 있다. 그들이 바다에서 왜적을 막을 때면 권율과 신립을 동원하여 육지에서도 방어선을 칠 수 있다.

'그러나, 그러나……'

류성룡은 고개를 흔들었다.

전쟁이 시작되면 지옥도가 펼쳐질 것이다. 아아, 누가 있어서이 엄청난 전쟁을 막을 것인가. 일본 통신사 정사인 황윤길이 병화가 닥칠 것이라고 했을 때 조정은 민심을 어지럽힌다는 이유로 그의 주장을 일축했다. 대신 암암리에 군사를 양성하고 남도 일대의 성을 증축하게 했다. 조선은 태평성대였다. 그러나 오랜 태평성대로 인해 군사를 양성하지 않고 군량도 비축하지 않았다. 조정에 그럴 만한 재용도 없었고, 전란을 대비한다는 이유로 백성들에게 세금을 과중하게 부과할 수도 없었다.

'도요토미 히데요시가 일본을 통일했으니 결코 만만한 자는 아닐 것이다.'

조선에는 일본의 관백 도요토미에 대한 정보가 전혀 없었다.

우르르 쾅!

천지를 조각낼 듯한 뇌성벽력이 몰아치고 푸른 섬광이 내리꽂혔다. 진사 허균(許筠)은 좌의정 류성룡의 행랑으로 걸음을 떼어놓다가 멈칫했다. 며칠째 사납게 몰아치던 황사 바람이 그치고 서쪽 하늘에 검은 구름이 잔뜩 몰려오면서 천둥번개가 몰아치고 있었다. 음력 4월이지만 날씨가 좋지 않다. 우박이라도 내리려는 것인가. 도성에는 이미 왜란이 일어날 것이라는 소문이 파다하게 나돌면서 권세가들이 피난을 가기에 급급했다.

'아아, 전란이 닥치면 어떻게 할 것인가.'

좌의정 벼슬에 있는 류성룡은 책임을 져야 하리라. 아니, 올곧은 선비이니 죽음으로 왜적을 막으리라. 허균은 행랑 앞에 섰다. 그의 나이 당년 24세, 아직 전시(殿試, 대궐에서 열리는 과거)에 입격하지 못해 벼슬길에 오르지 못하고 있었다. 류성룡은 그에게 문장을 가르친 스승이다. 행랑의 큰사랑에는 이미 불이 환하게 켜져 있었다. 류성룡은 평소보다 더욱 일찍 일어나서 무언가를 기다리고 있다. 아아, 류성룡이 기다리고 있는 것은 무엇일까.

"스승님."

허균은 낮은 목소리로 불렀다.

"들라."

큰사랑에서 류성룡의 근엄한 목소리가 들렸다. 허균은 대청으로 올라가 공손히 문을 열고 들어섰다. 류성룡은 벌써 의관을 정제하고 서안 앞에 단정하게 앉아 있었다. 허공을 더듬는 류성룡의 눈빛이 전에 없이 긴장해 있는 것을 알 수 있었다.

"스승님, 침수 편히 드셨는지요?"

허균은 문사로서 처신을 어찌해야 할지 난감하여 류성룡을 응시했다. 류성룡을 스승으로 모셔온 지 몇 해인가. 눈빛 한번 변변하게 주지 않는 류성룡이 야속하기 짝이 없었다.

"그래, 너도 잘 잤느냐?"

류성룡의 목소리가 물기에 젖어 있다.

"예."

허균은 류성룡 앞에 단정하게 앉았다. 류성룡이 미명의 새벽에 일어나 앉아 생각에 잠기는 것은 수십 년 동안 한 번도 변하지 않은 올곧은 선비의 자세다. 아침 일찍 일어나 소세를 하고, 의관을 정제하고, 사당에 문안을 드린 뒤에 책을 읽는다. 이황의 문인이니 학풍이 도도하고, 인품이 고매하니 천생 선비요, 상의 총애가 우악하여 좌의정과 이조 판서, 대제학을 겸임하니 권세가 하늘을 찌를 듯하다. 그래서 사림이 그를 동인(東人)의 영수로 받들었으나 류성룡은 붕당에는 한 발자국 비켜나 있었다.

류성룡은 일본에 통신사로 파견했던 황윤길과 김성일을 생각했다. 황윤길과 김성일은 정사와 부사로 일본에 사신으로 갔다가 돌아와 각각 다른 보고를 했다. 불과 2년 전인 음력 3월 1일의 일이었다. 일본에 사신으로 갔다가 부산에 도착하자 황윤길은 파발을 올려 그간의 실정과 형세를 자세하게 보고했다.

"일본이 군사를 양성하고 많은 병선을 건조하였으니 필시 병화(兵禍)가 있을 것입니다."

조선 조정은 황윤길의 보고에 발칵 뒤집혔다. 그러나 사신이 돌아올 때까지 기다릴 수밖에 없었다. 황윤길과 김성일은 한양에 올라오자 어전에 복명했다.

"일본의 동태가 어떠한가?"

선조가 황윤길과 김성일을 굽어보면서 물었다.

"일본은 도요토미 히데요시라는 자가 전국을 통일한 뒤에 군사를 양성하고 병선을 건조하고 있습니다. 일본의 시정에는 명을 치러 간다는 소문이 파다하게 나돌고 있습니다."

"명을 치러 간다?"

"명을 치러 간다는 핑계로 조선에 길을 빌려달라고 한다 하옵니다. 하나 그것은 구실에 지나지 않고, 조선에 병화를 일으킬 음모입니다."

황윤길이 아뢰었다. 선조의 앞에 부복해 있던 대신들이 놀라서 일제히 웅성거렸다. 류성룡도 황윤길의 말에 사태가 심상치 않다는 것을 알고 가슴이 철렁했다.

"부사는 어찌 보았는가?"

선조가 김성일에게 물었다.

"아뢰옵기 송구하오나 신은 그러한 정상은 발견하지 못하였는

데, 정사 황윤길이 장황하게 아뢰어 인심이 동요되게 하니 옳지
못합니다."

부사 김성일은 황윤길과 반대되는 이야기를 보고했다. 조정의
대신들이 의아한 표정으로 웅성거렸다. 류성룡도 놀라서 김성일
의 얼굴을 쳐다보았다. 선조가 눈살을 찌푸리고 답답하다는 듯이
고개를 흔들었다.

"도요토미 히데요시가 어떻게 생겼던가?"

"눈빛이 반짝반짝하여 담과 지략이 있는 사람인 듯하였습니다."

황윤길이 아뢰었다.

"그의 눈은 쥐와 같으니 족히 두려워할 위인이 못 됩니다."

김성일은 도요토미의 인상착의에 대해서도 반대되는 이야기를
했다. 류성룡은 황윤길과 김성일이 서로 다른 보고를 하자 어이가
없었다. 류성룡은 김성일이 제대로 보고를 했다면 일본의 침략에
더욱 대비를 했을 것이라고 생각하자 아쉬웠다.

그때 밖이 소란해지더니 도승지 이항복이 들이닥쳤다.

"왔는가?"

류성룡은 흡사 기다리던 사람을 맞이하듯이 이항복을 바라
보았다.

"좌상 대감, 부산에서 왜적이 침입했다는 파발이 올라왔습니
다. 속히 입궐하라는 어명입니다."

류성룡이 눈을 질끈 감았다.

"알겠네."

류성룡이 무겁게 입을 열어 대답했다. 류성룡은 마치 왜란이 일어났다는 파발을 기다리고 있었던 사람 같았다.

도승지 이항복도 물러가고 허균도 돌아갔다.

류성룡은 안채에 일러 조복을 내오라고 하여 입은 뒤에 등청 준비를 하고 마당에 내려서서 남쪽 하늘을 바라보았다. 지난밤 한밤 내내 잠이 오지 않았다.

류성룡은 비장했다. 하늘은 천둥번개가 몰아치고 있었다. 지난밤 진종일 황사 바람이 세차게 불어 머리맡이 어수선하더니 천둥번개까지 몰아치는 모양이다.

'내 반드시 왜군을 물리칠 것이다.'

류성룡은 검은 구름이 뒤덮이고 있는 남쪽 하늘을 응시하면서 눈을 부릅떴다. 동쪽은 여명이 희미하게 밝아오고 있었으나 비구름 때문에 오히려 남쪽과 서쪽은 캄캄하게 어두워지고 있었다.

대궐의 전각을 휘돌아 달려오는 바람 소리가 귓전에 윙윙거렸다. 선조는 어둠 속에서 눈을 부릅뜨고 대조전 동온돌(東溫突, 왕의 침실)의 천장을 노려보았다. 지난밤 내내 온몸이 시커먼 괴조(怪鳥)가 대궐을 날아다니면서 흉측하게 울어대더니 전쟁을 알리는 파발이 날아왔다고 생각하자 불길한 예감이 뇌리를 엄습해오면서 가슴이 세차게 뛰었다.

아직은 채 날이 밝지 않은 어둠 속이었다. 직숙 승지 신잡으로부터 경상 좌수사 박홍의 장계를 받고 명소패를 보내 대신들을 불렀으나 심기가 편치 않았다. 일본은 오래전부터 조선을 침략하려고 했고, 조정은 나름대로 대비를 해왔다. 그러나 부산진성과 동래성이 일거에 일본군에게 함락된 것은 괴조의 출현과 함께 가슴이 섬뜩할 정도로 불길한 일이었다.

우르르 쾅!

푸른 섬광이 어둠 속을 가르더니 벼락이 종묘 쪽으로 떨어졌다.

"전하, 대신들이 빈청에 모여 알현을 청하옵니다."

선조가 익선관까지 쓰고 좌정했을 때 급박한 발자국 소리가 들리더니 직숙 승지인 우부승지 신잡이 아뢰었다.

"대신들을 만날 생각이 없다."

선조는 싸늘하게 행랑을 향해 내뱉었다. 국가에 환란이 있으면 대신들이 처리해야 한다. 비변사도 있고 병조도 있지 않은가. 명소패를 보낸 것은 대신들이 상의하여 왜적을 막으라는 뜻이다.

우르르 쾅.

또다시 푸른 섬광이 하늘을 가르고 우르르 뇌성이 울었다. 날이 밝았을 터인데 사방은 아직도 캄캄했다. 아무래도 뇌성벽력이 사납게 몰아치고 있는 탓일 것이다.

"전하, 경상 우병사 박홍의 장계가……."

우부승지 신잡이 좀 더 큰 목소리로 아뢰었다. 이런 일은 내관이 알리는 게 상례인데 신잡은 손수 소리를 지르고 있었다.

"물러가라. 대신들을 만나지 않겠다고 하지 않느냐?"

선조는 은은하게 노기를 띠고 우부승지 신잡의 말을 잘랐다. 박홍의 장계는 이미 읽었다. 명색이 경상 좌수사라는 자가 패전한 사실만 보고하는가. 경상 우수사 원균은 무엇을 했기에 일본의 대군이 바다를 건너 부산진을 유린하고 있다는 말인가. 선조는 수군을 책임지고 있는 경상도 좌우 수사의 얼굴을 떠올리고 눈을 부릅떴다.

"신, 물러가옵니다."

우부승지 신잡이 당황한 목소리로 아뢰었다. 선조는 대꾸조차 하지 않았다. 4월 열이레 미명의 새벽, 경상도에서 날아온 긴박한 파발은 40대의 장년인 선조의 가슴을 부글부글 끓게 했다.

류성룡은 도승지 이항복의 명소패를 받고 대궐로 입궐하기 위해 초헌을 타고 집을 나섰다. 한양의 장안은 아직 파발마의 소식을 모르는지 조용했다. 부지런한 백성들이 일을 하기 위해 지게를 지고 드문드문 거리를 오가다가 류성룡의 초헌을 보고 황망히 길을 비키고는 했으나 아직도 대부분의 집들이 깊은 잠 속에 빠져 있었다. 조정 대신들을 부르기 위한 것인지 승정원의 승지들과 내관들이 명소패를 들고 다급하게 말을 달리는 모습이 간간이 눈에 띄었다.

'남도는 발칵 뒤집혔을 텐데 한양은 여전히 평화롭구나.'

류성룡은 초헌에 앉아서 캄캄하게 어두운 남쪽 하늘과 서쪽 하늘을 바라보았다. 간간이 어두운 하늘에서 천둥번개가 몰아치고 있었으나 빗발은 뿌리지 않고 있었다.

'바다에서 왜적의 해로를 끊으면 후원이 없는 왜적은 모래성처럼 무너질 것인데 원균과 순신은 무엇을 하고 있는 것일까?'

류성룡은 경상도와 전라도의 해안을 지키고 있는 원균과 이순신을 머릿속에 떠올렸다. 그들이 어떻게 하느냐에 따라 전쟁의 초반전이 달라진다.

'나는 바둑을 놓듯이 경상 좌수사에 원균을, 전라 좌수사에 이순신을 임명하는 포석을 했다. 이 포석이 실패하면 한양을 보존하지 못할 것이다.'

류성룡은 포석이 실패하지 않기를 간절하게 빌고 싶은 심정이었다.

류성룡이 빈청에 들어가자 영의정 이산해를 비롯하여 우의정 이양원, 병조 판서 홍여순 등 대신들이 경상 좌수사 박홍의 장계를 펴놓고 웅성거리고 있었다.

"왜적이 남해에 쳐들어왔다고 하니 이 일을 어찌하는 것이 좋겠소?"

영의정 이산해가 좌중을 둘러보고 물었다. 이산해의 얼굴에도 근심하는 빛이 역력했다.

"속히 전하를 뵙고 대책을 세워야 할 것입니다."

류성룡이 이산해에게 말했다. 이산해가 고개를 끄덕이고 신잡을 시켜 대조전에 대신들이 빈청에 모였다는 통고를 했다. 그러나 선조는 대신들의 알현을 허락하지 않았다. 대전에 갔다가 허탕을 치고 돌아온 우부승지 신잡의 말을 들은 대신들이 일제히 웅성거렸다.

"어허, 이런 일이 있는가? 일이 긴박한데 전하께서 어찌 대신들을 만나지 않으려고 하시는가?"

이산해와 대신들이 어쩔 줄을 모르고 당황한 표정을 지었다.

"전하께서 우리를 만나지 않으시는 것은 전란을 방지하지 않았기 때문이오."

"그렇다면 왜란의 책임이 우리에게 있다는 것이 아니오?"

"그렇소. 조정의 대신들이 이를 방지하지 못했으니 책임이 있는 것이오."

"그렇다면 우리 모두 사직합시다."

대신들은 갑론을박을 하다가 모두 사직하기로 결정했다.

"답답들 하시오. 지금이 어느 때인데 사직하는 논의를 하는 거요?"

류성룡은 빈청에 있는 대신들이 사직할 것을 결의하자 분연히 소리를 질렀다. 류성룡이 벼락을 치듯이 소리를 지르자 비변사의 당상관들이 쥐 죽은 듯이 입을 다물었다.

"그렇다면 좌상께서는 어찌하자는 것이오?"

이산해가 눈을 게슴츠레하게 뜨고 류성룡을 쏘아보았다.

"왜적을 막을 계책을 세워 주청을 올려야 할 것이오. 그것이 선결이오."

"대책을 어찌 세우자는 것이오?"

"이일은 대장으로 명성이 높으니 순변사(巡邊使, 왕의 특사)로 삼아 중로로 내려보내고, 성응길을 좌방어사로 삼아 좌도로 내려보내고, 조경을 우방어사로 삼아 서로로 내려보내고, 유극량에게 죽령을 지키게 하고 변기(邊機)에게 조령을 지키게 해야 하오. 우선 이와 같이 대책을 정한 뒤에 장계로 전하께 고해야 할 것이오."

류성룡은 예측하던 일을 행동에 옮기듯이 즉시 대책을 내놓았다. 영의정 이산해를 비롯하여 대신들이 우왕좌왕하다가 류성룡의 의견을 따라 장계를 올려 선조에게 보고했다. 날은 그때서야 서서히 밝아오고 있었다.

"아뢴 대로 하라."

선조가 윤허한다는 영을 내렸다. 류성룡은 비변사 낭관들을 시켜 즉시 이일 등에게 영을 전했다. 그때 경상도에서 올라온 파발마가 숨이 턱에 차서 빈청에 이르렀다. 당상관들이 일제히 파발마가 가져온 장계 앞에 몰려들었다. 영의정 이산해가 급히 장계를 펼쳤다.

"높은 산에 올라가보니 붉은 깃발이 성안에 가득하여 부산진성이 함락된 것이 역력합니다."

앞뒤 상황도 적혀 있지 않은 경상 좌수사 박홍의 장계였다.

"경상 좌수사가 이토록 황망한 장계를 올리니 이게 대체 무슨 영문인가?"

"경상 우수사 원균은 무엇을 하고 있다는 말인가?"

당상관들이 박홍의 장계를 보고 분분하게 혀를 찼다. 류성룡도 박홍의 장계가 터무니없다고 생각했다. 박홍의 장계에는 전쟁이 어떻게 진행되고 있는지 적혀 있지 않고 밑도 끝도 없이 부산진성이 왜적에게 유린되었다고만 적혀 있었다.

날이 완전히 밝았을 때 순변사 이일이 빈청으로 들어왔다.

"그대는 속히 군사를 이끌고 중로로 내려가 왜적을 막으라."

영의정 이산해가 이일에게 영을 내렸다. 중로는 충주와 문경으로 내려가는 길을 일컫는 것이다.

"소장에게 군사를 주십시오. 군사가 있어야 싸울 것이 아닙니까?"

이일이 굵은 목소리로 이산해에게 말했다.

"병조는 속히 이일에게 군사를 내어주시오."

이산해가 영을 내리자 병조 판서 홍여순이 당황한 표정을 지었다. 홍여순은 황급히 병조로 돌아가 군사의 목록이 적힌 병부(兵符)를 가지고 빈청으로 돌아왔다. 이일은 병부에 적힌 문서를 보고 군사들을 소집했다. 그러자 군사로서는 도무지 어울리지 않는 볼

품없는 자들이 병조 앞뜰에 엉거주춤 모였다.

"너희는 훈련을 받은 일이 있느냐?"

이일이 눈살을 찌푸리며 장정들에게 물었다. 장정들이라고 해야 태반이 40대 중년의 농사꾼들이었다.

"없습니다."

"활은 쏠 줄 아느냐?"

"모릅니다."

병조 앞뜰에서 허둥거리는 자들이 대답했다.

"이런 자들을 끌고 어찌 전쟁터에 나가라는 말인가?"

이일은 눈앞이 캄캄하여 주먹으로 가슴을 두드렸다. 병조에서 선발한 병사들은 군사 훈련이라고는 받아본 일이 없는 오합지졸이었다. 군적에 있는 자들을 마구 끌고 온 것이 분명했다.

"적과 전쟁을 해야 하는 순변사에게 까마귀 같은 저 무리들을 보내면 어찌하라는 것입니까? 저들을 거느리고 어떻게 전쟁을 하라는 것입니까?"

이일은 빈청에 달려와서 고래고래 소리를 질렀다. 빈청에서는 병조 판서 홍여순에게 속히 군사들을 선발하여 이일에게 주라고 지시했다. 그러나 병조 판서 홍여순은 3일이 되어도 순변사 이일이 이끌고 줄정할 3백 명의 군사들을 마련하지 못하고 쩔쩔맸다. 류성룡은 정신없이 바빠졌다. 남쪽에서 파발이 빗발치듯 날아오자 조정은 우왕좌왕했다. 한쪽에서는 일본의 침략이 과장된 것이고 왜구가 분탕질을 하다가 돌아갈 것이라고 생각하는 사람도 있었다.

"대감, 끼니는 어떤 일이 있어도 거르지 마십시오."

집에 잠깐씩 들를 때마다 향이가 걱정스러운 표정으로 말했다. 류성룡은 빈청으로 돌아오면 전국에 영을 내려 군사를 소집하고, 군비를 갖추어 왜적과 싸우라고 영을 내렸다.

"병조 판서가 3일이 되어도 3백 명의 병사를 모으지 못하니 이런 변괴가 있는가? 이렇게 해서 어떻게 전쟁을 하는가?"

이산해가 홍여순을 질책했다. 홍여순은 상황이 긴박한데도 대책을 세우지 못하고 있었다. 그는 빈청에서 군사를 징발하라는 채근이 잇따르자 서리들이 일을 잘못한다고 곤장을 때리는가 하면 병조 참판이나 참의와 전혀 상의하지 않고 독단으로 일을 처리하려고 했다. 병조의 낭관들이 올리는 보고는 번번이 묵살되었다.

"순변사는 일단 먼저 내려가시오. 군사가 준비되는 대로 별장 유옥에게 거느리고 뒤따라가게 하겠소."

비변사의 당상관들이 순변사 이일에게 지시했다.

"대체 이런 황망한 경우가 어디 있소? 대장이 병사 한 명도 없이 적을 막으라는 것입니까?"

이일이 비변사 당상관들에게 분통을 터트렸다. 병조에서 한양의 군사들을 소집했으나 모이지 않고 있었다.

"상황이 다급하니 내려가면서 병사들을 모집하도록 하시오."

류성룡이 이일에게 영을 내렸다. 이일은 어쩔 수 없이 종사관과 군관 두세 명만 거느리고 중로로 출발했다. 류성룡은 대장이 군사도 없이 출정하는 것을 보자 허탈했다.

"병조 판서 홍여순은 직무를 수행할 만한 능력이 없으니 바꾸어야 합니다."

류성룡은 선조에게 장계를 올려 병조 판서를 바꾸어달라고 청했다. 국방을 총괄하는 병조 판서가 전쟁에 출정하는 대장에게 군사를 마련해주지 못하는 것은 한심한 일이었다.

선조는 홍여순을 해직하고 병조 판서에 김응남, 병조 참판에 심충겸을 임명했다. 상황은 더욱 심각해지고 있었다. 부산진성을 비롯하여 동래성을 함락한 일본군이 파도가 몰아치듯이 빠르게 북상하고 있다는 파발이 쉬지 않고 한양으로 올라왔다.

"왜적이 남도를 유린하고 있으니 마땅히 대신을 체찰사에 임명하여 여러 장수들을 검찰하고 독려해야 하옵니다."

대간들이 일제히 아뢰었다. 군령이 한곳에서 나와야 적과 싸울 수 있다는 뜻이다.

"체찰사는 누가 유력한가?"

"좌의정 류성룡이 적임이옵니다."

영의정 이산해가 류성룡을 천거했다. 선조는 류성룡을 체찰사에 임명하고 병조 판서 김응남을 부사에 임명했다. 조선은 비로소 일사분란한 명령 체계를 갖추게 되었다.

류성룡은 의주 목사를 지낸 김여물이 무략(武略)이 있음을 알고 선조에게 청하여 그를 감옥에서 석방하게 하여 종사관으로 거느리고 비장으로 거느릴 군관들을 소집했다. 김여물을 비롯하여 군관들이 80여 명이나 류성룡의 휘하로 모여들었다. 류성룡은 전시 사령부와 같은 체찰사 군영을 설치하고 본격적인 전쟁 지휘 준비를 하기 시작했다.

'이번 전쟁은 심상치가 않다. 가족들이 어찌 지내는지 모르겠구나.'

류성룡은 서류를 살피다가 시간이 남으면 우두커니 허공을 쳐다보았다. 전쟁이 일어났기에 대궐과 도성에 비상이 걸려 있었다.

부산진성과 동래를 함락한 일본군은 파죽지세로 북상하고 있었다. 일본군의 선봉이 밀양과 대구를 거쳐 조령에 육박하고 있다는 소식을 들은 류성룡은 신립과 김응남을 빈청으로 불러 대책을 숙의했다.

"적이 이미 중로에 깊이 쳐들어왔으니 어찌하는 것이 좋겠소?"

"이일이 군사들을 이끌고 출정했으나 후원하는 군대가 없습니다. 체찰사께서 속히 군사를 뽑아 이일에게 내려보내야 합니다."

한성 판윤 신립이 눈을 부릅뜨고 류성룡에게 말했다.

"누가 이일을 따라 중로로 내려가겠소?"

"조선에 장수가 없겠습니까? 사람이 없다면 소인이 내려가 순변사 이일을 후원하겠습니다."

신립이 강개한 목소리로 외쳤다. 류성룡은 신립이 스스로 출정하겠다고 말하자 선조에게 아뢰어 신립을 삼도 순변사(三都巡邊使)로 임명했다. 삼도 순변사는 야전군 총사령관과 같은 막중한 권한과 임무가 있었다.

신립은 도순변사에 임명되자 전쟁터에 데리고 떠날 병사들을 모집했다. 그러나 도순변사 신립을 따라가겠다는 병사들이 없었다. 신립은 병사들이 없자 전쟁 상황을 바쁘게 점검하는 류성룡에게 달려왔다. 신립은 체찰사인 류성룡의 휘하에 수많은 병사들이 몰려와 있는 것을 보고 분통을 터트렸다.

"체찰사 대감, 이런 분을 어찌 부사로 두십니까?"

신립은 김응남을 가리키면서 노골적으로 비난을 퍼부었다. 군사들이 일제히 웅성거리고 김응남의 얼굴이 사색이 되었다.

"도순변사는 무슨 말을 그렇게 하시오?"

김응남이 전신을 부들부들 떨면서 소리를 질렀다.

"내 말이 틀렸소이까? 문신이 무엇을 알아 체찰사 대감의 부사를 한다는 말이오?"

신립은 오만하게 김응남을 몰아세웠다.

"허어, 이런 변이 있나……."

김응남이 어이가 없어서 혀를 찼다.

"체찰사 대감, 소인이 대감의 부사가 되겠습니다."

신립은 김응남을 안중에 두지 않고 얼굴을 붉히며 고성을 질렀다. 류성룡은 신립이 군사가 없어서 불만을 터트리고 있다는 사실을 짐작하고 빙그레 웃었다.

"신공이 나라를 근심하는 뜻을 알고 있소. 공은 신속히 출정을 해야 하니 내가 모집한 군관들을 데리고 떠나시오. 나는 따로 모집해 떠나겠소."

류성룡의 말에 비로소 신립의 안색이 풀어졌으나 이번에는 김여물을 비롯하여 류성룡을 수행하려던 군관들의 얼굴이 흙빛이 되었다. 류성룡은 김여물과 군관들에게 왜적을 물리치면 관직이 높아질 것이라고 위로했다. 신립은 류성룡이 모집한 군사들을 이끌고 선조에게 출정하겠다고 아뢰었다. 선조가 신립을 불러 보검을 하사했다.

"순변사 이일 이하 누구든지 그대의 명을 따르지 않는 장수가 있으면 이 칼로 목을 베어라. 군기시(軍器寺, 병기 제작소)의 병기를 마음대로 갖다가 사용하여 왜적을 물리치라."

선조의 어명에 신립은 무릎을 꿇고 두 손으로 상방검을 받았다. 신립은 빈청에 와서 대신들에게 하직 인사를 하고 출정했다. 신립이 출정하는 것을 보기 위해 도성의 거리가 인파로 메워졌다.

조정 대신들은 왜적이 파죽지세로 북상하고 있다는 파발이 잇달아 올라오자 전전긍긍했다. 이때 대간들이 경상 우병사 김성일이 통신사로 다녀와서 왜적이 쳐들어오지 않을 것이라고 거짓 보고를 했으니 사형에 처해야 한다고 주장했다.

'아아, 학봉이 드디어 죄를 받는구나.'

류성룡은 선조가 김성일을 압송하여 처형하라는 어명을 내리자 가슴이 답답했다. 류성룡은 선조에게 독대를 청하여 김성일의 죄를 묻는 것은 나중에 해도 충분하니 초유사(招諭使)에 임명하여 공을 세우게 해달라고 청했다. 선조는 김성일을 초유사에 임명했다. 김성일은 압송 도중에 석방되어 일본군을 물리치기 위해 군사를 모으다가 병사했다.

순변사 이일은 왜적을 막기 위해 질풍처럼 문경을 향해 달려갔다.

경상 감사 김수는 조정에서 순변사를 파견했다는 지시를 받고 각 고을에 영을 내려 군사들을 이끌고 대구에 집결하라는 지시를 내렸다. 김수는 군사들을 소집하여 순변사 이일의 지휘를 받아 일본군을 토벌하려는 계획을 세운 것이다. 김수의 지시에 각 고을의 수령들이 소속 군사들을 거느리고 대구로 집결했다. 그러나 군사들을 총지휘해야 할 순변사가 오지 않아 군사들이 우왕좌왕하면서 불안해했다.

날씨는 좋지 않았다.

음력 4월인데도 비가 억수같이 쏟아져 마땅한 군영도 설치하지 못한 조선의 군사들은 빗속에서 굶주리면서 순변사 이일을 기다리다가 한밤중이 되자 속속 달아났다. 고을의 수령들도 군사들이 달아나자 말을 타고 흩어졌다.

순변사 이일은 군사들이 모두 흩어진 뒤에야 문경에 도착했다. 별장 유옥이 3백 명의 군사들을 이끌고 달려와 합류했다. 상주 목사 김해는 대구의 군사들이 모두 흩어졌다는 말을 듣고 산으로 피했다. 이일이 상주에 도착했을 때는 상주에 군사들이 하나도 없었고 판관 권길이 홀로 남아 있었다.

"군사는 모두 어디로 갔는가?"

이일이 대로하여 권길에게 호통을 쳤다.

"목사가 이끌고 출참(出站)에 갔습니다."

"내가 출참을 지나왔는데 무슨 소리인가? 저자가 군무에 태만한 것이 분명하니 당장 끌어내어 목을 베라!"

이일이 별장 유옥에게 명령을 내렸다.

"예!"

유옥이 상주 판관 권길에게 달려들어 목을 베려고 했다.

"나리, 소인이 무슨 죄가 있겠사옵니까? 소인이 밖에 나가 병사들을 모아 오겠습니다."

권길은 무릎을 꿇고 부들부들 떨면서 애원했다.

"좋다. 그럼 내일 아침까지 병사들을 모아 와라. 병사들을 모아 오지 않으면 너부터 목을 벨 것이다."

권길은 이일에게 죽음을 당할 뻔하다가 풀려나자 상주 일대의 민가를 샅샅이 뒤져 수백 명의 장정을 모아 왔다. 이일은 군사 훈련을 받지 않은 장정들에게 대오를 짓게 하고 병장기를 지급했으나 대부분의 장정들이 병장기조차 잡아본 일이 없는 농군이라 우왕좌왕하기만 했다. 그때 개령현의 장정이 허둥지둥 달려와 일본군이 선산(善山)까지 몰려왔다고 소리를 질러댔다. 군사들은 일본군이 가까이 왔다는 말에 대경실색하여 웅성거렸다.

"네 이놈! 네놈이 감히 헛소문을 퍼트려 군중을 소란하게 하느냐? 저놈을 당장 끌어내어 목을 베라!"

이일은 군사들이 불안해하자 대로하여 장정의 목을 베라는 영을 내렸다.

"나리, 왜적이 가까이 왔는데 어찌하여 믿지 않으시는 것입니까? 원컨대 내일까지 기다렸다가 제 말이 사실이 아니거든 목을 베소서."

장정이 비통하여 울부짖었다.

"좋다. 내일 아침까지 기다렸다가 사실이 아니면 목을 벨 테니 그리 알라. 저놈을 하옥하라."

이일의 명령에 장정은 하옥되었다. 일본군은 이때 이미 선산을 지나 상주 앞의 장천(長川)에 진을 치고 있었다. 일본군이 진을 친 곳과 상주의 거리는 불과 20리밖에 되지 않았다. 그러나 이일은 척후병조차 파견하지 않아 그와 같은 사실을 까맣게 모르고 있었다. 날이 밝아도 일본군이 보이지 않자 이일은 개령현 장정을 끌어내어 군사들 앞에서 목을 베어 벌벌 떨고 있는 군사들의 군율을 삼엄하게 세웠다. 장정은 비통하게 울부짖었으나 억울한 죽음을 당했다.

이일은 상주에서 모집한 장정들과 한양에서 내려오면서 모집한 장정들까지 합하여 8백여 명의 군사들을 이끌고 상주 북천에 진을 쳤다.

음력 4월이었다. 소백산맥에서 흘러내린 상주의 첩첩연봉에는 봄꽃들이 다투어 피어 산들이 온통 희고 붉은 물감을 풀어놓은 것 같았다.

이때 숲 속에서 수상한 사람들이 이일이 군사들을 훈련시키는 것을 훔쳐보고 돌아갔다. 그러나 이를 발견한 군사들은 개령현 사람처럼 목이 달아날까 두려워 이일에게 알리지 않았다. 일본군은 이일이 북천에서 군사들을 훈련시키는 틈을 타서 텅텅 빈 상주성을 단숨에 점령하고 불을 질렀다. 이일은 상주성에서 불길이 치솟자 그때서야 군관을 보내 상황을 탐지하게 했다.

군관은 역졸들에게 말고삐를 잡게 하고 상주성을 향해 가기 시작했다. 군관이 말조차 제대로 탈 줄 몰랐다. 이때 매복해 있던 일본군이 일제히 조총을 발사했다. 군관은 대항조차 못하고 말에서 떨어져 죽었다. 그러자 일본군이 우르르 달려들어 군관의 목을 베어 달아났다. 멀리서 군관의 목이 베어지는 것을 본 조선의 군사들은 공포에 질렸다.

일본군은 이미 숲으로 우회하여 이일의 군사를 물샐틈없이 에워싸고 있었다.

"발사!"

일본군 장교가 소리를 지르자 갑자기 요란한 총성이 울리면서 조총의 탄환이 조선군 군사들을 향해 빗발치듯이 날아왔다. 조선 군사들은 조총에 맞아 피를 뿌리며 쓰러져 뒹굴었다.

"당황하지 말고 활을 쏴라!"

이일은 황급히 군사들에게 영을 내렸다. 조선 군사들이 다급한 상황에서도 일본군을 향해 활을 쏘기 시작했다. 그러나 조선 군사들이 쏘는 화살은 일본군 근처에도 이르지 못했다. 일본군은 조선군의 좌익과 우익에서 맹렬하게 달려오면서 조총을 쏘아댔다. 이일은 일본군이 좌우익에서 새까맣게 몰려오자 당황했다. 이일은 일본군이 맹렬하게 조총을 쏘면서 공격하자 급히 북쪽 산으로 달아나기 시작했다.

"순변사가 달아난다!"

이일이 말을 타고 북쪽으로 달아나자 조선군은 일대 혼란에 빠져 도망을 치기 시작했다. 그러나 일본군의 포위망에 갇힌 조선군은 변변하게 전투도 못해보고 몰살을 당했다. 종사관 윤섬을 비롯하여 교리 박지, 교리 이경류는 이일이 달아난 뒤에 일본군과 처절한 혈투를 벌이다가 분사했다. 이들은 훗날 3종사(三從事)라고 불린다.

판관 권길도 순국했고 사근찰방 김종무는 왜란이 일어났다는 소식을 듣고 수백 리 길을 달려와 순변사 이일의 막하에 들어왔다가 일본군이 기습을 하자 치열하게 싸우다가 장렬하게 전사했다.

이일은 일본군이 계속 추격을 하자 말을 버리고 갑옷을 벗어버린 채 달아났다. 그는 머리털을 모두 풀어헤친 채 알몸뚱이로 달아났다. 이일은 가까스로 문경에 이르러 패전한 사실을 조정에 보고하고 조령을 지키려고 하다가 도순변사 신립이 충주에 있다는 말을 듣고 충주로 달려가 신립과 합류했다.

"급보입니다. 순변사 이일의 부대가 패했습니다."

도순변사로부터 급보가 날아왔다. 류성룡은 빈청에서 순변사 이일이 상주에서 대패했다는 장계를 받았다.

'이일이 중로에서 패했으니 큰일이구나.'

류성룡은 전신이 팽팽하게 긴장되는 것을 느꼈다. 조선은 아직도 전쟁 준비를 갖추지 못했다. 각 지역으로 명령이 내려가고, 군사들이 소집되고, 이동 명령을 내려 전투에 투입할 때까지 한 달에 가까운 시간이 필요했다. 그러나 일본은 벌써 상주까지 밀어닥치고 있었다.

'신립이 새재에서 일본을 막아야 전쟁 준비를 할 수 있다.'

류성룡이 도체찰사라서 남도의 전투 상황이 모두 류성룡에게 보고되고 있었다. 상주에서 이일이 패했으므로 충주에 있는 도순변사 신립도 위태롭다고밖에 할 수 없었다. 신립이 패하면 임금이 있는 한양까지 일본군이 무인지경으로 휩쓸게 된다.

'한양 방어선을 만들어야 한다.'

류성룡은 신립이 군사들을 이끌고 충주로 떠날 때만 해도 승전보가 오기만을 기다렸다. 그러나 승전보는 오지 않고 이일이 패했다는 장계를 받게 되자 당혹스러웠다.

'어떻게 하든지 한강을 방어해야 한다.'

류성룡은 충주가 위태로울지도 모른다고 생각하자 우의정 이양원을 수성 대장, 이진을 좌위장, 변언수를 우위장, 김명원을 도원수에 임명하여 한강 방어 준비를 했다. 선조는 류성룡의 제안을 모두 수락한 뒤에 이산해를 입시하게 하여 밀담을 나누었다.

'전하께서 혹시 몽진을 하시려는 것이 아닌가?'

류성룡은 불안했다. 류성룡은 체찰사로 충주에 내려가 군사를 감독할 여가도 없이 한강 방어 준비를 했다. 그때 이마(理馬) 김응수가 빈청으로 들어와 대신들의 눈치를 살피며 영의정 이산해와 귓속말을 나누었다.

'이마는 대궐의 말을 다루는 직책인데 어찌 영의정과 귓속말을 나눌 수 있다는 말인가?'

류성룡은 이마 김응수와 이산해의 행동을 이해할 수 없었다.

'어쨌거나 신립이 승리하면 왜적을 물리칠 수 있을 것이다.'

류성룡은 신립에게 한 가닥 기대를 걸었다.

쏴아아. 바람이 일 때마다 꽃숲이 하얗게 물결을 이루며 출렁거리고 난만한 꽃향기가 풍겼다. 늦은 봄 온 산을 하얗게 물들인 벚꽃은 바람이 일 때마다 여인네의 속살처럼 부드러운 꽃잎을 분분히 날렸다. 희고 붉은 꽃들이 자욱하게 떨어지고 푸르게 웃자란 보리가 물결치듯이 갈라졌다.

도순변사 신립은 충주에 이르자 각 고을에 군관들을 보내 군사들을 모집했다. 신립의 명을 받은 충청도의 각 고을에서는 군사들을 선발하여 충주로 보냈다. 충청도 들판에는 군사들이 8천 명이나 집결하여 사기가 충천했다.

'내 반드시 왜적을 격파하여 이름을 떨치리라.'

신립은 8천의 군사를 휘몰아 조령에서 일본군을 격파하려는 계획을 세웠다. 그러나 이일이 상주에서 패했다는 소식을 듣고는 단월 쪽으로 진군하여 조령을 오르려다가 충주로 돌아오고 말았다.

"도순변사 영감, 조령은 천하의 요새인데 어찌 지키지 않고 충주로 되돌아오는 것입니까?"

김여물이 신립에게 물었다.

"장수가 어찌 요새를 모른다는 말인가? 상주를 점령한 왜적이 조령에 먼저 이르러 매복하고 있다면 우리 군사는 단 한 사람도 살아남지 못할 것이다. 이일이 상주에서 패했기 때문에 기회를 놓친 것이다."

신립은 충주 칠금 들판에 진을 쳤다. 장수들은 신립이 칠금 들판에 진을 치자 의논이 분분했다. 이때가 4월 27일이었다. 봄날의

저녁 해가 어둑하게 기울 무렵, 신립의 군관이 조령에 정찰을 나갔다가 돌아와 일본군이 이미 조령을 넘었다고 보고했다. 신립은 대경실색하여 성 밖으로 달려 나가서 행방불명이 되었다. 군사들이 웅성거리면서 신립을 찾았으나 찾을 수가 없었다. 신립은 새벽이 되어서야 몰래 객사로 돌아왔다. 이튿날 날이 밝자 일본군은 보이지 않았다. 신립은 대로하여 군관이 거짓 보고를 했다고 하여 군관의 목을 베고 비변사로 장계를 올렸다.

"적군은 아직 상주에 있습니다."

그러나 일본군은 충주 경내인 단월에 도착해 있었다. 단월에서 칠금까지는 기껏해야 10리밖에 되지 않았다. 신립은 일본군이 10리 앞까지 와 있는데도 눈치를 채지 못했다.

일본군은 단월을 까맣게 메우고 있다가 날이 밝기가 무섭게 좌익과 우익으로 나뉘어 신립의 조선 군사들을 향해 진격했다. 좌익은 산을 따라 진격하고 우익은 강을 따라 진격했다. 신립은 충주 칠금들에서 배수진을 치고 일본군을 맞아 싸우려고 했다. 일본군은 비바람이 몰아치듯 사나운 기세로 달려왔다. 말발굽 소리와 함성이 천지를 진동하고 흙먼지가 하늘을 가득 메웠다.

"돌격하라!"

신립은 맹수처럼 용맹했다. 그는 군사들을 이끌고 일본군을 향해 맹렬하게 돌격했다. 신립과 조선 군사들이 장창을 휘두르며 돌격해 오자 일본군은 일자진을 치고 조총을 맹렬하게 발사했다. 일본군을 향해 돌격하던 조선군 군사들이 빗발치듯이 날아오는 탄환을 맞고 피를 뿌리며 나뒹굴었다.

전투는 격렬했다.

신립은 김여물 등과 함께 치열한 혈전을 벌였다. 그러나 조총을 발사하는 일본군을 창칼로 대적할 수는 없었다. 조선의 8천 군사는 대문산의 탄금대로 밀리기 시작했다. 탄금대는 신라의 악성 우륵이 가야금을 탄 곳이다. 경치가 수려하기도 했지만 뒤편으로 깎아지른 단애가 있고 단애 아래로는 목계에서 여주로 흘러가는 남한강이 퍼렇게 흘러가고 있었다.

신립은 탄금대에서 맹렬하게 활을 쏘았다. 신립은 천하의 명궁으로 널리 알려져 있었기에 대문산 기슭으로 새카맣게 올라오던 일본군이 주춤했다.

"장군님, 이제는 피하셔야 합니다."

신립의 부장들이 그 틈에 신립에게 피할 것을 권했다.

"패장이 어디로 가겠는가? 나는 여기서 죽을 것이다."

신립은 일본군이 함성을 지르며 새카맣게 밀려 올라오자 다시 맹렬하게 활을 쏘기 시작했다. 신립이 어찌나 많은 활을 쏘았는지 활시위가 뜨거워 화살을 잴 수 없을 정도였다. 신립은 탄금대 아래의 남한강으로 달려 내려가 강물에 활을 식혀서 다시 올라와 일본군을 향해 활을 쏘아야 했다.

전투는 하루 종일 계속되었다.

신립은 불덩어리처럼 뜨거운 활을 식히기 위해 남한강에 열두 번이나 뛰어들었다가 나왔다. 그러나 끝내는 개미 떼처럼 몰려오는 일본군의 탄환에 맞아 분사했다. 신립이 활을 식히기 위해 남한강에 열두 번이나 뛰어들었다가 나온 탄금대는 훗날 열두대로 불리기도 했다.

조선의 8천 군사는 몰살을 당했다. 일본군의 탄환에 맞아 죽지 않은 조선군 병사들은 다급하여 강물에 뛰어들었다. 김여물도 일본군과 처절한 혈전을 벌이다가 전사했다. 그러나 이일은 동쪽으로 탈출하여 간신히 목숨을 구했다. 일본군은 충주에서 승리하자 한양을 향해 성난 파도가 몰아치듯이 빠르게 진격하기 시작했다.

조선의 도읍 한양은 풍전등화의 위기에 빠졌다. 소문이 흉흉하게 나돌아 도성은 이미 피난을 가는 사람들로 길이 메워질 지경이었다.

"명나라에 구원을 청해야 할 것 같소."

빈청에서는 명나라에 구원을 청하는 논의가 시작되었다. 그러나 누구를 보내느냐 하는 문제가 결정되지 않아 갑론을박이 계속되었다.

'대체 병조는 군사를 양성하지 않고 무엇을 했다는 말인가?'

류성룡은 군사를 모으는 일이 시급하다고 생각했다. 그러나 일본군이 한양을 짓밟으면 사직이 위태로울 수 있었다. 선조는 상황이 불리하자 대신들을 불러 파천을 의논하라고 지시했다. 영중추부사 김귀영 등 대신들이 눈물을 흘리면서 파천을 반대했다.

"전하께오서 만일 신의 말을 따르지 않으면 종묘 밖에서 자결을 할지언정 감히 전하의 뒤를 따르지 못하겠나이다."

우승지 신잡이 격렬한 말투로 아뢰었다. 선조는 얼굴빛이 변하여 내전으로 들어갔다. 영의정 이산해는 파천할 것을 선조에게 아뢰었다. 대간들이 몽진을 하자는 주장을 한 이산해를 일제히 해임할 것을 건의했다. 그러나 선조는 대간들의 말을 따르지 않았다.

류성룡은 우승지 신잡에게 일러 세자 책봉을 서두를 것을 지시했다. 이에 신잡이 협문 밖에서 동료들과 상의하여 세자 책봉을 아뢰기로 결의했다. 세자 책봉은 건저문제를 거론했던 정철이 강계로 귀양 가고 서인들이 대거 숙청되었을 정도로 예민한 사안이었다. 그러나 전쟁 중이었다. 천려일실로 선조에게 불행한 일이 생기면 세자가 보위를 이어 사직을 지켜야 했다.

선조는 창덕궁의 선정전에 나와 징병체찰사에 이원익과 최흥원을 임명했다.

"경이 전에 안주(安州)를 다스릴 적에 관서 지방의 민심을 많이 얻어 지금까지 경을 잊지 못한다고 하니, 경은 평안도로 가서 부로(父老)들을 효유하여 인심을 수습하라. 적병이 깊숙이 침입해 들어와 남쪽 여러 고을들이 날마다 함락되니 경성 가까이 온다면 관서로 파천해야 한다. 이러한 뜻을 경은 분명히 알아야 한다."

선조는 이원익에게 평안도에 가서 군사를 모으고 어가가 피난할 준비를 하라는 지시를 내렸다.

"삼가 영을 받들겠사옵니다."

이원익이 절을 하고 물러갔다. 신잡이 기회를 놓치지 않고 선조에게 바짝 다가갔다.

"전하, 민심이 흉흉하여 세자를 책봉하지 않고는 이를 진정시킬 수 없습니다. 일찍 대계(大計)를 정하시어 사직의 먼 장래를 도모하소서."

신잡이 세자를 정할 것을 아뢰었다. 선조가 눈빛을 싸늘하게 바꾸면서 마땅치 않은 듯 고개를 외로 꼬았다.

"경의 말이 옳다."

선조는 신잡의 말에 건성으로 고개를 끄덕거렸으나 선뜻 누구로 세자를 정한다는 영을 내리지 않았다. 선조가 자리를 피하기 위해 일어서려고 했다. 그러자 이를 눈치챈 신잡이 재빨리 앞으로 나아가 선조의 옷자락을 잡았다.

"전하, 이러한 때를 당하여 작은 예절에 얽매여서는 안 됩니다. 오늘은 기필코 세자를 책봉하셔야 하옵니다."

신잡이 선조가 선정전을 나가지 못하도록 했다.

"그렇다면 대신들을 불러들이라."

선조는 마지못해 영을 내렸다. 신잡이 조존세를 시켜 대신들을 불러오게 했다. 영의정 이산해와 좌의정 류성룡이 들어와 앉았다.

대신들도 일제히 세자를 세울 것을 주청했다. 장내에 무거운 침묵이 감돌았다. 마침내 좌우의 사관들이 이산해와 류성룡에게 눈짓을 하여 앞으로 나아가서 전교를 듣게 했다.

"나라의 위태로움이 이와 같으니 다시 형적을 보존할 수가 없다. 경들은 누구를 세자로 세울 만하다고 생각하는가?"

선조는 억지로 대신들에게 묻는 시늉을 했다.

"이것은 소신들이 감히 아뢸 바가 아니고 마땅히 성상께서 스스로 결정하실 일입니다."

이산해와 류성룡이 머리를 조아려 아뢰었다. 선조는 선뜻 결정을 내리지 못하고 몇 번이나 같은 질문을 되풀이하고, 이산해와 류성룡은 신하들이 대답할 수 없는 문제라고 거듭 아뢰었다. 선조는 밤이 깊어질 때까지도 선뜻 결정을 내리지 못했다. 이산해가 허리를 굽히고 자리를 피하려고 했다.

"오늘은 기필코 세자가 결정되어야 물러갈 수 있습니다."

신잡이 눈을 부릅뜨고 이산해에게 말했다. 이산해가 다시 돌아와 자리로 나아갔다. 선조는 젊은 사대부들이 대신들을 두려워하지 않고 강경하게 나오자 결단을 내리기로 했다. 나라가 위기에 빠진 상황에서 아직 어린 신성군에게 세자 자리를 줄 수는 없다. 대신들이나 대간들 모두 겉으로는 내색하지 않지만 광해군을 원하고 있다.

"광해군이 총명하고 학문을 좋아하여 그를 세워 세자로 삼고 싶은데 경들의 뜻은 어떠한가?"

선조가 씁쓸한 미소를 띠며 말했다.

"종묘사직과 생민들의 복입니다."

이산해와 류성룡이 벌떡 일어나 절을 하면서 아뢰었다. 선조는 그들이 기다렸다는 듯이 치하를 하자 입술을 실룩거렸다.

"내가 초봄에 날을 골라 책립하려고 했던 것인데 그때 마침 덕빈(德嬪)의 장례가 채 끝나지 않았기에 지금까지 지연되었다. 날이 밝으면 내외에 알리도록 하라."

선조가 썩 내키지 않는 기색으로 말했다.

"황공하옵니다."

대신들이 일제히 절을 하고 물러갔다.

광해군은 이렇게 하여 세자에 책봉되었다. 4월 29일 아침이 되자 영의정 이산해는 백관을 거느리고 광해군에게 나아가 축하 인사를 드렸다. 그러나 일본군이 언제 한양으로 밀려들어올지 알 수 없는 다급한 상황이어서 책봉례를 거행하지는 못했다.

류성룡은 글을 빨리 쓰는 종사관 신흠에게 공문을 불러주었는데 입으로 부르면 곧장 문장이 되어 나왔다.

"나는 서애가 불러주는 것을 썼는데, 그 빠름이 바람 같아서 붓을 쉬지 않고 놀려야 했다. 그것은 다시 추고하지 않아도 유려한 문장이 되었다. 명나라 황제에게 올리는 표문 또한 그와 같았다."

훗날 신흠은 류성룡을 이인(異人)이라고 술회했다.

류성룡은 도체찰사 사무를 보는 영중추부로 갔다. 영중추부도 충주를 비롯하여 각 도와 진(鎭)에 군사를 내려보내고 각 도에서 올라오는 파발을 접수하느라고 어수선했다.

"한강을 방어할 수 있겠는가?"

류성룡이 종사관 홍종록에게 물었다.

"한강 방어는 어렵습니다."

홍종록이 난감한 표정으로 말했다.

"하면 도성이 위태롭지 않겠는가?"

"그렇습니다. 김명원은 도원수의 재목이 아닙니다."

그때, 신립이 충주에서 대패하여 전사했다는 장계가 올라왔다. 조정이 발칵 뒤집히고 대궐이 뒤숭숭해졌다. 비변사는 신립이 패배한 소식을 선조에게 고했다.

"신립에게 상방검까지 주었는데 패했다는 말인가?"

선조의 용안이 하얗게 변했다.

"망극하옵니다."

"이 일을 어찌하는가? 어떻게 왜적을 막을 것인가?"

선조는 어쩔 줄을 몰라 하다가 대신들을 어전으로 불러들였다. 어전은 선조의 몽진 문제를 다루어야 했으나 죽음을 각오하고 한양을 방어해야 한다는 주전파들로 인해 누구도 몽진을 거론하지 못했다.

"아무래도 도성을 잠시 비워야 할 것 같소."

선조는 대신들이 눈치를 살피느라고 말을 꺼내지 않자 먼저 몽진을 거론했다.

"그러하옵니다. 사세가 부득이하여 전하께서 잠시 평양으로 이어하시어 명나라에 구원을 청하소서."

영의정 이산해가 아뢰었다. 몽진을 떠나자는 주장을 하면 사대부들에게 맹렬한 비난을 받기 때문에 조심하지 않으면 안 된다. 그러나 이산해는 과감하게 몽진을 주장하고 나섰다.

'이산해는 과연 재상의 재목이다. 내가 그를 도와야겠다.'

류성룡은 눈치만 살피는 대신들과 달리 과감하게 몽진을 떠날 것을 청하는 이산해에게 감탄했다.

"영상의 말씀이 합당하옵니다. 전하께서는 평양으로 이어하시고 왕자들은 관북으로 보내 근왕병을 모아 적지를 수복하게 해야 하옵니다."

류성룡도 아뢰었다. 그때 장령의 벼슬에 있는 권협이 알현을 청했다. 선조가 허락하자 권협은 큰소리로 울부짖으면서 도성을 버리고 몽진을 해서는 안 된다고 아뢰었다. 권협이 통곡을 하자 어전이 소란스러워졌다.

"비록 위급하고 혼란한 때라고 하더라도 군신의 예의를 버려서는 안 되는 것이니 물러나서 장계로써 아뢰시오."

류성룡이 권협을 나무랐다.

"좌상께서는 어찌 그런 말씀을 하십니까? 수많은 생령과 도성을 버려야 한다는 말씀입니까?"

권협이 울부짖으면서 류성룡을 비난했다. 선조는 어명을 내려 권협을 물러가게 했다.

"전하, 권협의 말은 충성스러우나 사세를 모르는 말이옵니다. 충주가 무너졌다면 한강의 방어가 위태롭습니다. 몽진을 하지 않을 수 없습니다."

류성룡은 비통하게 아뢰었다.

"어찌 임금만 피난을 갈 수 있는가? 사대부의 가족들에게 먼저 도성을 나가게 하라."

선조가 침중한 목소리로 말했다. 대신들은 가족들을 피난시키기 위해 분분히 어전을 물러나왔다. 류성룡도 피난 준비를 하지 않을 수 없었다. 무엇보다도 노모 김씨가 한양 명례방에 있는 형 류운룡의 집에 있었다.

"전하, 신은 국사를 맡고 있으므로 전하를 호종할 것입니다. 하오나 집에 늙은 어미가 있으므로 형의 벼슬을 떼어주신다면 어머니를 데리고 피난을 다니게 하겠나이다."

류성룡은 형 류운룡의 벼슬을 해직해줄 것을 요구했다.

"이는 과인이 못난 탓이다. 그리하라."

선조가 비통한 목소리로 허락했다.

"성은이 망극하옵니다."

류성룡은 어전에서 절을 하고 물러나와 집으로 돌아왔다. 4월

열이레, 명소패를 받고 열흘 만에 집으로 돌아오는 길이었다. 그는 형의 집에 들러 먼저 노모 김씨에게 절을 했다.

"어머님, 소자는 전하를 모시고 다녀야 하는 탓에 모실 틈이 없습니다. 불초한 자식을 용서해주십시오."

류성룡이 눈물을 흘리면서 말했다.

"정승이 나라의 일을 보고 있거늘 어찌 나를 돌볼 겨를이 있겠는가? 나는 염려치 말고 전하를 모시옵고 국사에 진력하라."

김씨가 류성룡을 자애로운 눈으로 살피며 말했다. 류성룡은 김씨에게 다시 절을 하고 목이 메어 말을 잇지 못했다.

"내가 친가인 사촌의 가로숲에서 정승을 낳을 때가 엊그제 같은데 재상의 벼슬에 있으니 무엇을 아쉬워하겠는가. 정승은 이제 나의 아들이 아니라 임금의 신하이니 모쪼록 나라를 구하는 데 힘을 다해야 할 것이야."

김씨는 선조를 호종해야 하는 류성룡을 위로했다.

"부인, 형님께서 돌보아주겠지만 아이들을 부탁하오."

류성룡은 향이와도 작별을 나누었다.

"대감께서는 저희 걱정 마시고 나랏일을 보세요."

향이는 나이에 어울리지 않게 의연했다. 정여립의 옥사가 일어난 기축년에 첩으로 맞이했으니 이제 겨우 스물한 살이다. 류성룡은 아이들과도 일일이 작별했다. 일본군이 질풍노도처럼 달려오고 있으니 한양이 점령되면 무슨 일을 당할지 모른다.

류성룡이 대궐로 향하는데 향이가 대문까지 따라나왔다. 류성룡이 고샅을 돌면서 뒤를 돌아보자 향이는 그때까지 대문에 기대서서 류성룡을 바라보고 있었다.

류성룡은 대궐로 돌아왔다. 빈청에는 영의정 이산해를 비롯하여 영중추부사 김귀영, 우의정 이양원 등이 몰려와 도성을 버리자고 주장하는 자는 소인(小人)이라고 핏대를 세우며 맹렬하게 주장했다.

'이자들이 정세를 알고 하는 말인가?'

류성룡은 그들의 말에 대꾸하지 않았다. 그때 도승지 이항복이 슬그머니 들어와 류성룡에게 손바닥을 펴 보였다. 이항복의 손바닥에는 입마영강문내(立馬永康門內)라는 여섯 글자가 씌어 있었다. 선조가 몽진을 의논하라는 지시를 내렸기 때문에 종친들이 편전 앞에 몰려와 도성을 버려서는 안 된다고 통곡을 하고 있어서 비밀리에 류성룡에게 영을 내린 것이다. 영강문 안에 몽진을 떠날 말을 준비해두라는 뜻이었다.

'기어이 전하께서 몽진을 떠나시게 되는구나.'

류성룡은 이항복을 향해 고개를 끄덕거렸다. 이항복이 승정원으로 돌아가자 류성룡은 말을 관리하는 사복시로 걸음을 떼어놓았다. 사방은 이미 캄캄하게 어두워져 있었고, 빗발이라도 뿌리려는지 바람결에 물기가 축축하게 묻어 있었다. 류성룡은 사복시에 어가에 대한 준비를 일렀다.

자정이 지나자 상황은 더욱 심각해져 어가가 도성을 나가기로 결정이 되었다. 선조는 일단 평양으로 떠나기로 하고 세자 광해군이 수행하고, 임해군은 영부사 김귀영과 함께 함경도로, 순화군은 강원도로 떠나기로 결정되었다. 우의정 이양원은 유도대장이므로 도성을 지켜야 하고 류성룡은 도체찰사이므로 한양에 남으라는 영이 떨어졌다.

　"어가가 서행을 한다는 명령이 내려지자 궁중이 텅 비었으니 호종을 하는 사람이 반드시 적을 것입니다. 의주까지 이르면 명나라에 구원을 청하지 않을 수 없습니다. 이러한 때에 명민하고 경험이 많은 신하가 필요한데 좌상 류성룡이 가장 적임이옵니다."

　도승지 이항복이 선조에게 달려가 아뢰었다.

　"하면 어찌하는 것이 좋겠는가?"

　"조정 대신으로 민첩하고 숙달되어 사리에 밝고 외교에 능통한 자는 좌상 한 사람뿐입니다. 지금 한양은 지킬 수가 없는 처지인데 좌상을 한양에 남겨두면 패전한 신하밖에 안 될 것이고 어가를 호종하게 하면 반드시 도움이 되는 일이 있을 것입니다."

　"도승지의 계청을 윤허한다."

　선조가 류성룡에게 어가를 호종하라는 지시를 내렸다. 그러나 대궐에는 임금을 호위해야 하는 위사늘이 보이지 않았다. 류성룡은 군관들에게 영을 내려 내금위장을 불러오게 했다. 내금위장은 집에 있다가 황망히 달려왔다.

"막중한 임무를 띤 내금위장이 대궐을 비우다니 어쩐 일인가?"

류성룡은 불을 뿜을 듯이 내금위장 송하춘을 노려보았다.

"송구하옵니다."

송하춘이 공포에 질려 허리를 숙였다.

"내금위장은 전하의 어가를 호위해야 할 것이오."

류성룡은 송하춘을 엄중하게 질책하고 몽진 준비를 서둘렀다. 백성들이 놀라지 않도록 대궐을 나서는 시간은 새벽으로 잡았다. 위사들은 선조의 어가를 호위하는 것이 죽을 길을 따라가는 일이라도 되듯이 기회를 보아 다투어 달아났다. 그러나 어수선한 가운데도 몽진 준비가 이루어져 어가는 새벽에 대궐을 나와 서쪽으로 길을 잡았다.

선조와 의인왕후, 비빈들이 가마를 탔기 때문에 가마가 10여 대나 되었다. 대신들을 비롯하여 대전 내관과 선전관들은 말을 탔다. 일반 내관과 궁녀들은 걸어서 어가를 따랐다. 어가를 모신 행렬은 수백 명이나 되었으나 대부분 대궐의 환관과 궁녀들이고 대신들은 20여 명밖에 되지 않았다. 어가를 호위하는 위사들은 더욱 적었다.

'어가를 호위하는 위사들이 없으니 큰일이구나.'

류성룡은 어가를 따르면서 호위병이 없어서 걱정했다. 몽진 행렬은 새벽빛이 밝아오는 창덕궁을 떠나 서대문 쪽으로 향했다.

어가가 경복궁 앞을 지날 때 어떻게 알았는지 시가 양쪽에서 백성들이 몰려나와 통곡을 하고 울었다. 류성룡은 이른 새벽인데도 백성들이 몰려나와 통곡을 하자 비감했다. 그러나 몽진은 이제 시작에 지나지 않을 것이다. 일본군이 한양까지 짓쳐 들어오면 어가를 호위하는 위사들까지 모조리 달아날 것이다. 백성들이 길에 엎드려 통곡을 하자 선조의 몽진 행렬이 지체되었다.

"과인이 부덕한 탓이로다."

선조는 몽진 행렬을 재촉하지 못하고 어가에서 눈물을 흘렸다. 망극한 일이다. 국왕인 선조가 울자 비빈들이 소리를 내어 울고 대신들이 통곡했다. 백성들은 선조의 앞을 가로막으면서 울부짖었다. 그러나 몽진을 서두르지 않을 수 없었다. 류성룡이 울부짖는 백성들에게 호령하여 물러서게 하고 어가를 재촉하여 사현에 이르자 동쪽 하늘이 비로소 밝아지기 시작했다. 류성룡이 도성 안을 뒤돌아보자 남대문 안에 이미 불길이 치솟고 있었다. 사현을 넘어 석교에 이르자 빗발이 뿌리기 시작했다. 환관과 궁녀들, 맡은 직책 때문에 피치 못하여 선조의 어가를 따르는 당하관들과 이속들은 걸음을 더디게 놓다가 행렬에서 멀어지면 슬그머니 자취를 감추었다.

'모두 제 살기 위해 임금을 버리고 달아나는구나.'

류성룡은 빗발이 뿌리는 하늘을 보고 탄식했다.

"전하, 신 경기 감사 권징이옵니다."

그때 경기 감사 권징이 달려와서 무릎을 꿇고 절을 했다.

"오, 경기 감사인가? 과인을 호종하라!"

선조가 기뻐하면서 말했다.

"삼가 영을 받들겠사옵니다."

권징이 절을 하고 일어섰다. 벽제역에 이르렀을 때는 빗줄기가 더욱 굵어져 옷들이 흠뻑 젖었다. 어가를 호종하던 관원들은 슬금슬금 꽁무니를 감추었다. 시종들과 대간들까지 사람들의 눈치를 살피며 걷다가 슬그머니 뒤쳐져 자취를 감추었다. 혜음령(惠陰嶺)을 지날 때는 빗줄기가 더욱 굵어져 궁녀들은 울면서 선조의 어가를 따랐다.

"좌상은 이 전쟁을 어찌 보고 있소?"

광해군이 말을 탄 채 류성룡의 옆에 와서 물었다. 광해군의 옷도 빗줄기에 걸레처럼 젖어 있었다.

"아직은 초전이옵니다. 평양에 이르러 군사들을 모아 결전에 임하면 반드시 왜적을 물리칠 수 있을 것이옵니다."

류성룡은 쏟아지는 빗줄기를 응시하면서 대답했다. 빗줄기가 뼛속까지 스며드는 것처럼 차가웠다.

"전하께서 도성을 버리고 몽진을 하는데도 백성들이 근왕을 하겠소?"

"이 나라에는 충신열사가 많습니다. 우리가 왜적에게 밀리고 있는 것은 미처 방비를 하지 않았기 때문입니다. 평양에서 전열을 가다듬어 상하가 합심하여 결전을 치른다면 반드시 승세를 얻을 것입니다."

류성룡이 확신에 차서 말했다.

"그렇게만 되면 얼마나 다행이겠소?"

광해군이 시린 눈빛으로 북쪽 하늘을 바라보았다. 선조의 몽진 행렬은 빗속에서도 계속되었다.

비는 임진강에 이를 때까지 그치지 않고 쏟아졌다. 동파역에 이르자 파주 목사 허진과 장단 부사 구효연이 달려와 임금에게 드릴 음식을 준비했다. 새벽부터 하루 종일 굶주리면서 호위를 한 위사들이 음식 냄새를 맡고 부엌으로 달려가 임금이 먹을 음식을 마구 약탈해 먹었다.

'이런 죽일 놈들이 있나?'

류성룡은 음식을 약탈해 먹는 위사들을 질책할 엄두도 낼 수 없었다. 허진과 구효연은 겁이 나서 도망쳐버렸다. 임금과 비빈들은 간신히 요기를 했으나 호종하는 궁인들이나 대신들은 먹을 것이 없었다.

'먹을 것을 구해 올 수 없다는 말인가?'

류성룡은 역참의 툇마루에 웅크리고 앉아서 잠을 청했다. 캄캄하게 어두운 밤중이라 밖을 출입할 수 없었다. 게다가 배가 고파 잠도 오지 않았다.

"육포를 만들었습니다. 난리 중에 끼니를 거를 일이 많을 것입니다. 그때 육포를 물에 넣고 끓이면 요기가 됩니다. 물을 끓일 수 없으면 찢어서 씹으셔도 됩니다."

류성룡은 향이가 소매 속에 넣어준 육포가 떠올랐다.

'너의 정성은 갸륵하지만 나 혼자 허기를 면할 수는 없구나.'

류성룡은 차마 육포를 뜯어 먹을 수가 없었다.

이튿날 선조의 몽진 행렬은 하루를 꼬박 굶고도 동파를 떠나 개성으로 향하려고 했으나 경기도의 이속과 위사들이 모두 달아나 호위병조차 없었다. 때마침 황해 감사 조인득이 황해도의 군사들을 이끌고 달려왔다. 서흥 부사 남의도 군사를 거느리고 쌀을 가지고 왔다.

"대감, 궁중 사람들이 어제부터 종일 굶주렸는데 오늘도 먹지 못하면 기운이 없어서 호종을 할 수가 없습니다."

호종하던 최언준이 눈물로 호소했다. 궁녀들뿐 아니라 가마꾼들조차 굶주려 선조의 어가를 멜 수 없었다. 류성룡도 어제 새벽부터 아무것도 입에 대지 못했으나 서흥 부사의 군사가 가지고 있던 양식에서 쌀과 좁쌀을 두 말 얻어서 죽을 끓여 굶주린 배를 달래고 출발했다. 5월 초하루 정오가 되자 선조의 몽진 행렬은 초현참에 이르렀다. 황해 감사 조인득이 들판에서 장막을 치고 선조의 몽진 행렬을 맞이했다. 몽진 행렬은 비로소 밥을 얻어먹고 행군을 계속하여 임진강에 이르렀다.

선조는 대신들을 불러 함께 배에 올라탔다.

"내가 경과 같이 경륜이 있는 재상을 썼는데도 난리를 만났구나."

선조가 탄식했다.

"망극하옵니다."

"비가 오니 재상이 병이 들까 걱정이다. 술을 가져오라."

선조는 손수 술을 따라 류성룡에게 주었다. 류성룡은 망극하여 술을 넘기지 못했다.

"국가를 중흥할 길이 있다면 경이 힘써야 할 것이니 경은 모름지기 몸조심을 하라."

선조는 이산해와 류성룡을 불러 손으로 가슴을 두드리며 괴로운 모습으로 입을 열었다.

"이모(李某)야, 유모(柳某)야! 일이 이렇게까지 되었으니 내가 어디로 가야 하겠는가? 꺼리거나 숨기지 말고 속에 있는 생각을 털어놓고 말하라."

선조가 괴로움이 가득하여 질문을 하자 대신들이 차마 답변을 하지 못했다. 선조가 윤두수를 불러 앞으로 나오게 하여 다시 같은 질문을 했다. 여러 신하들이 잎드려 눈물을 흘리면서 대답을 하지 못했다.

"너의 뜻은 어떠한가?"

선조가 이항복에게 물었다.

"거가가 의주에 머물 만합니다. 만약 형세와 힘이 궁하여 팔도가 모두 함락된다면 바로 명나라에 들어갈 수 있습니다."

이항복이 떨리는 목소리로 아뢰었다.

"북도(北道, 함경도)는 군사와 말이 날래고 굳세며 함흥과 경성은 모두 천연적인 요새로 믿을 만하니 재를 넘어 북쪽으로 가는 것이 좋습니다."

윤두수가 아뢰었다.

"이항복의 말이 어떠한가?"

선조가 류성룡에게 물었다.

"안 됩니다. 대가가 우리 국토 밖으로 한 걸음만 떠나면 조선은 우리 땅이 되지 않습니다."

류성룡이 격렬하게 반대했다

"명나라에 내부(內附)하는 것이 본래 나의 뜻이다."

"전하, 그것은 절대로 불가하옵니다."

"신이 말한 것은 곧장 압록강을 건너자는 것이 아니라 극단의 경우를 두고 한 말입니다."

이항복이 아뢰었다. 이항복과 류성룡은 선조 앞에서 맹렬하게 논쟁을 전개했다

류성룡은 어전에서 물러나오자 이항복을 맹렬하게 비난했다. 이항복은 류성룡의 말을 이해할 수 없었다. 그러나 어가가 영변에 이르렀을 때야 이항복은 선조와 중전이 따로 피난을 가게 되고 평

안도 일대의 인심이 수습할 수 없을 정도로 사나운 것을 보고 류성룡의 앞을 내다보는 슬기에 탄복했다. 임금이 국토를 떠나면 백성들도 떠나게 되고 결국은 나라가 망하게 되는 것이다.

"급작스러운 사태에 직면하여 소인이 대세를 그르칠 뻔했습니다. 부끄럽기 한량이 없습니다."

이항복이 류성룡에게 사과했다.

"나도 당시에 명백하게 말하지 못하고 무조건 불가하다고만 했으니 나에게도 실책이 있습니다."

류성룡이 껄껄대고 웃으면서 말했다.

어가는 임진강을 건너 개성에 이르렀다. 선조는 피난을 하면서 이산해를 체직하고 류성룡을 영의정에 제수했다. 그러나 하루도 지나지 않아 그는 마음을 바꾸었다.

"전란을 미리 막지 못하고 적으로 하여금 마치 무인지경을 들어오듯 하게 하였으니 대신들이 어떻게 죄를 면할 수 있겠는가. 민폐가 된다고 하여 예비하지 않아 방비가 허술하게 만든 것은 모두가 성룡의 죄다."

선조는 영의정에 임명된 그날 밤에 전란의 책임이 있다고 하여 류성룡을 파직하고 영의정에 최흥원, 좌의정에 윤두수를 임명했다.

선조는 함경북도 병사 신할을 소환하여 어가를 호종하게 했다. 신할은 신립의 동생으로 무장이었다. 어가가 개성에 이르렀으나 백성들은 성 밖에 모여 웅성거렸다. 임금이 백성들을 버리고 평양으로 몽진을 한다고 하자 민심이 흉흉해지고 있었다. 많은 백성들이 몽둥이를 들고 돌아다니면서 약탈을 하고 불을 질렀다. 선조는 남문에 올라가 백성들을 위로하고 임금에게 할 말이 있으면 하라고 지시했다.

"청컨대 정 정승을 불러 쓰시옵소서."

남문 밖에 엎드려 있던 선비가 아뢰었다. 정철은 이때 강계에 귀양을 가 있었다. 선조는 사람을 보내 정철을 불러오라고 지시했다.

8
북도에 몰아치는
피바람

류성룡은 파직을 당했으나 집으로 돌아갈 수 없었다. 집으로 돌아가면 임금을 버리는 것이 되고 벼슬이 없어도 임금을 호종해야 하는 것이 선비의 올곧은 자세다.

"서애, 우리가 왜적을 들어오게 하였소?"

이선해가 류성룡을 찾아와서 비감한 표정으로 말했다.

"황윤길을 내쳤으니 왜적을 들어오게 한 것이나 다름없지요."

류성룡은 쓸쓸한 표정으로 대답했다.

"우리가 귀양으로 끝나겠소?"

"무슨 말씀입니까?"

"정철이 돌아오면 나를 살려두지 않을 것이오."

"정철도 귀양살이를 했으니 깨달은 바가 있을 것입니다."

"서애는 정철을 두둔했으니 화를 면할 것이오."

"대감도 이 일로 화를 당하지는 않을 것입니다."

"이제 고향으로 돌아갈 생각이오?"

"임금이 위태로운데 어찌 가족을 먼저 생각하겠습니까? 백의로 봉직할 것입니다."

"나는 고향으로 돌아가려고 했는데 서애를 따라 임금을 호종해야 하겠소. 한데 어찌 정철을 살린 것이오?"

"내자가 그리하라고 했습니다."

"부인이 그랬다는 말이오? 참으로 대단하오. 젊은 첩을 얻었다고 하더니 그 여인이오?"

"첩이 아니라 부인입니다."

류성룡은 눈살을 찌푸리면서 말했다. 향이를 한 번도 첩이라고 생각한 적이 없었다.

"기자헌이 부인과 첩을 데리고 왔다고 하오. 처첩과 한방에서 생활하고 있으니……."

이산해가 짓궂은 표정으로 웃음을 터트렸다.

류성룡은 일본군이 파죽지세로 북상하고 있어서 불안했다. 파직이 되었으나 전황을 계속 살폈다. 전선은 점점 북쪽으로 올라오고 있었다. 삼도 순찰사들이 군사들을 이끌고 용인으로 집결했다. 전라 순찰사 이광은 왜란이 일어났다는 사실을 알게 되자 군사들을 동원하여 한양으로 올라오기 시작했다. 그러나 그가 한양 인근에 이르렀을 때 선조가 이미 도성을 떠났다는 소식을 듣고 실망하여 전라도로 돌아갔다. 이때 북청 판관을 지낸 백광언이 공주에 이르러 군사를 해산하려는 이광을 맹렬하게 비난했다.

"임금이 피난을 갔는데 기껏 모은 군사를 해산하는 것은 순찰사로서 도리가 아니오. 이것이 어찌 국록을 먹는 자의 도리라고 하겠습니까?"

전라도의 유림도 이광이 일본군과 싸우지도 않고 돌아오자 일제히 성토했다.

"그렇다면 어찌해야 하는가?"

이광이 우두망찰하여 물었다.

"삼도 순찰사에게 연락하여 왜적을 쳐야 할 것이오. 내가 선봉을 설 것이오."

"좋다."

이광은 백광언이 강경하게 나오자 충청 순찰사 윤국형과 경상 순찰사 김수에게 연락하여 군사를 이끌고 용인에 집결하라고 요구했다. 윤국형과 김수는 쾌히 응낙했다. 조선의 군사들이 용인으로 속속 집결했다. 전라 순찰사 이광이 군사를 모집하면서 용인에 이르자 각 도의 순찰사들이 모은 군사까지 합하여 5만 명에 이르는 대군이 되었다. 조선군은 처음으로 대규모 병력으로 진을 지고 일본군과 대진하게 되었다. 깃발은 처처에 나부끼고 군사들이 움직일 때마다 흙먼지가 구름처럼 일어났다.

"북문 밖 산 위에 적이 있습니다."

군사들이 달려와 이광에게 아뢰었다.

"누가 나가서 적세를 살피겠는가?"

이광이 군사들을 돌아보고 물었다.

"소인이 나가 적을 시험해보겠습니다."

조방장으로 있는 백광언이 말을 타고 달려 나와 소리를 질렀다. 이광은 백광언이 용맹하게 출전을 자원하자 흡족했다.

"소인도 따르겠습니다."

이시례도 달려 나왔다.

"그대들은 선봉을 이끌고 적진으로 가서 대적하라!"

이광이 군사들을 내주고 영을 내렸다.

"예."

백광언과 이시례가 우렁차게 대답하고 선봉군을 이끌고 북두 문을 나가 일본군 적진 앞으로 달려갔다. 그러나 일본군은 진채에서 꼼짝도 하지 않았다. 백광언은 일본군 진루(陣壘) 10여 보 앞에까지 다가가서 활을 쏘았다. 그러나 일본군은 여전히 반응을 보이지 않았다. 백광언은 일본군이 전혀 반응을 보이지 않는 가운데 해가 저물자 군사들을 말에서 내려 쉬게 했다. 일본군은 백광언의 선봉대가 해이해지자 그때서야 진루에서 쏟아져 나와 일제히 공격했다.

"물러서지 말고 적을 막아라!"

백광언과 이시례는 군사들을 독려하면서 맹렬하게 싸웠으나 분사했다.

일본군은 조선군 선봉대를 격파한 이튿날 아침, 파도가 몰아치듯이 조선군을 공격했다. 삼도 순찰사들이 지휘하는 조선군은 지휘 계통도 서 있지 않았다. 일본군이 거대한 함성을 지르면서 벌판을 메우고 달려오자 혼비백산하여 우왕좌왕하다가 대패했다. 각 순찰사들은 허둥지둥 달아나고 군사들은 화포와 병기를 팽개치고 패퇴하여 용인 일대가 조선군 군사들이 버린 군수품으로 길이 메워질 지경이었다. 일본군은 조선군이 버린 군수품에 불을 질렀다. 5만 군사를 잃은 순찰사들은 각 도로 돌아갔다.

일본군은 용인에서 승리하자 질풍처럼 여주로 달려갔다.

도원수 김명원은 한강의 상류 제천정에 주둔하고 있었다. 그는 용인이 무너지고 일본군이 여주에 이르렀다는 보고를 받자 당황했다. 김명원은 화포와 기계를 모두 강물에 집어넣으라는 영을 내리고 도주할 준비를 했다.

"적이 코앞에 이르렀는데 도원수께서 도망을 치면 어떻게 합니까?"

종사관 심우정이 분개한 목소리로 외쳤다.

"닥쳐라! 네가 무엇을 안다고 나서느냐?"

김명원은 눈을 부릅뜨고 호통을 쳤다.

"도원수, 어찌 싸우지도 않고 후퇴한다는 말씀입니까?"

부원수 신각도 김명원을 비난했다. 도원수의 군진은 어수선했다. 그러나 병권을 쥔 사람은 김명원이었다. 김명원이 한강 방어를 포기하고 달아나자 군사들도 뿔뿔이 흩어져 달아났다. 신각은 도성으로 들어가 유도대장 이양원과 합류했다. 이양원은 김명원이 한강을 지키지 않고 철수했다는 소식을 듣자 양주로 퇴각했다. 신각은 이양원을 따라 양주로 퇴각했다.

신각이 이양원을 따라 양주에 이르렀을 때 함경남도 병사 이혼이 보낸 군사가 도착했다. 이양원은 산속 깊이 들어가 주둔하고, 신각은 일본군을 방어할 준비를 서둘렀다. 그때 도원수 김명원이 신각에게 임진강으로 오라는 전갈을 보냈다.

'한강에서 단 한 차례의 싸움도 하지 않은 김명원을 어찌 도원수로 받들 수 있는가?'

신각은 분개하여 김명원의 영을 따르지 않았다. 김명원은 신각이 영을 따르지 않자 도원수로서 군사를 지휘할 수 없으니 신각을 군율에 의해 처벌해달라고 조정에 요구했다.

"오늘날의 폐단은 장사(將士)가 많지 않은 데 있는 것이 아니라 기율이 엄하지 못한 데 있습니다. 부원수 신각은 이미 중대한 명령을 받은 처지이니 한강 싸움에서 패한 뒤에 마땅히 원수 막하로 달려가서 원수의 지휘를 받아야 함에도 어미의 병을 핑계로 도중에서 며칠 동안 숨어 있다가 도검찰사에게로 갔습니다. 제멋대로 오가면서 조정의 명령을 무시하였으니 어찌 도원수의 호령만 어긴 것이겠습니까. 심지어 도원수가 잡아가려 하였으나 버티면서 꼼짝도 않으므로 원수도 어쩔 도리가 없어 장계를 올려서 사실을 진달하는 것입니다. 신각의 명령 불복종이 이 지경에 이르렀으니 부득이 군법을 엄하게 보임으로써 기율을 엄숙하게 하지 않을 수 없습니다."

비변사를 지키고 있던 우의정 유홍이 아뢰었다.

"신각을 어떻게 조치하려 하는가?"

선조가 어눌한 목소리로 물었다.

"군법을 실시해야 하니 선전관을 보내 참수하십시오."

"아뢴 대로 하라."

선조가 허락하자 유홍이 선전관에게 영을 내려 양주로 가서 신각을 참수하라고 지시했다.

신각은 양주에서 흩어진 병사들을 수습하여 일본군을 방어할 준비를 하다가 일본군이 양주에 진주하여 민가를 약탈하고 부녀자들을 겁탈하고 있다는 보고를 받았다. 신각은 즉시 군사들을 이끌고 양주 해령(蟹嶺)에 매복하고 있다가 돌아가는 일본군 수백 명을 기습했다. 일본군은 신각의 느닷없는 습격에 우왕좌왕하면서 달아났다. 신각은 대승리를 거두고 일본군 병사 70명의 수급(首級)을 베어 조정에 승전보를 알렸다.

신각의 승전은 임진왜란 발발 이후에 처음으로 얻은 것이어서 조선 군사들의 사기를 크게 북돋우었다. 그러나 유도대장 이양원은 당시 산골짜기에 있었기에 전방의 보고가 끊겨 있었고, 김명원은 신각이 이양원을 따르자 도망쳤다고 장계를 올려 처벌할 것을 청하여 선전관이 신각의 목을 베러 달려오게 되었다.

신각의 승전보가 올라오자 조정은 발칵 뒤집혔다.

"속히 선전관을 보내 그의 참수를 중지하게 하라."

선조가 영을 내려 신각을 참수하는 일을 중지하게 했다. 선전관은 바람처럼 말을 달려 양주로 갔다. 그러나 선전관이 양주에 이르렀을 때는 이미 먼저 도착한 선전관이 신각을 참수한 뒤였다.

'아아, 일본군과 싸워 이긴 장수의 목을 베어 죽이다니 어찌 이런 일이 있을 수 있는가?'

류성룡은 신각의 억울한 죽음을 전해 듣고 비통했다. 선조의 몽진 행렬은 개성을 떠나 평양에 이르렀다.

한양은 일본군 수중에 들어갔다. 도원수 김명원과 이양원은 싸우지도 않고 한양을 내주었다. 전란이 발발하면서 사대부들이 먼저 도성을 떠나 피난을 가고 다음에 중인들이 바리바리 짐을 싣고 피난을 가서 도성이 텅텅 비었다.

일본군이 한강을 건너 도성에 이르자 거리에는 개미 새끼 한 마리 보이지 않았다. 한양을 점령한 일본군은 서로와 북로로 나누어 진격했다. 서로는 고니시 유키나가가 맡고 북로는 가토 기요마사가 맡았다.

임진강에서는 도원수 김명원과 한응인이 방어선을 구축했다. 김명원은 임진강 곳곳에 군사들을 주둔시키고 임진강 남쪽에 주둔하고 있는 일본군과 대치했다. 김명원은 자신의 장계로 인해 부원수 신각이 억울하게 죽음을 당했다는 사실을 알자 주춤했다.

류성룡은 파직되었기에 군사 작전에 간섭을 할 수 없었다. 그러나 그는 말을 타고 틈틈이 임진강 방어 현장을 돌아보았다. 임진강 방어선은 김명원, 신할, 경기감사 권징이 지키고 있었다.

"임진강은 반드시 방어해야 하네."

류성룡은 신할을 보자 신립의 얼굴이 떠올라 가슴이 아팠다. 신립과 같은 명장이 조령을 방어하지 않은 것은 천려일실이었다. 신립이 조령에서 일본군에게 타격을 가했다면 한양에서 도성을 방어할 여유가 있었을 것이다. 선조는 조령에서의 참패를 물어 류성룡을 파직한 것이다.

"대감, 반드시 설욕을 하여 형님의 원수를 갚겠습니다. 명령만 내려주시면 바로 적진으로 쳐들어가겠습니다."

신할이 부리부리한 눈으로 류성룡을 쳐다보고 말했다.

"병법을 잘 활용해야 하네. 적은 숫자가 많고 우리는 적으니 공격하는 것보다 방어에 치중해야 하네."

"명심하겠습니다. 하나 어찌 왜적을 코앞에 두고 방어만 하라고 하십니까?"

"패전하면 사직이 위태롭네."

류성룡은 신립의 예를 들면서 방어에 치중할 것을 당부했다.

일본군과 조선군은 열흘 가까이 임진강을 사이에 두고 대진하면서 유격전을 전개했다. 강을 건널 때 조선군이 대대적인 공격을 할까 봐 일본군은 유격전만을 전개할 뿐 감히 강을 건널 엄두를 내지 못했다.

"적들이 여막(廬幕)을 불사르고 있습니다."

군사들이 신할에게 달려와 보고했다. 신할이 강 언덕에 올라가 살피자 일본군이 여막을 불사르고 군기(軍器)를 거두어 수레에 싣는 것이 보였다.

"적들이 도망을 치고 있다."

신할은 형 신립이 충주에서 패전한 것을 대신 만회할 생각에 골몰해 있었다. 그는 일본군이 철수하는 것을 보고 기회를 잃어서는 안 된다고 생각했다.

"전군은 들으라! 왜적이 도망을 치고 있으니 강을 건너 총공격을 감행한다."

신할의 명령은 즉시 군중에 울려 퍼졌다.

"장군님, 적들은 한 번의 전투도 치르지 않고 물러가고 있습니다. 이는 패퇴하는 것이 아니라 우리 조선 군사를 유인하려는 것이니 경솔하게 나가서 싸우려고 하면 안 됩니다."

별장 유극량이 신할에게 강을 건너지 말 것을 요구했다.

"닥쳐라! 당장 강을 건너지 않으면 내 목을 먼저 치겠다!"

신할이 눈을 부릅떴다.

"장군님, 적의 함정이 분명하니 강을 건너라는 영을 취소하십시오."

"너는 별장으로서 어찌 그리 비겁하냐! 어찌 도망가는 적을 두려워하느냐? 내가 너의 목을 베어 군사들에게 시범을 보일 것이다."

신할이 칼을 뽑아들었다.

"나는 홍안의 소년이었을 때부터 군인이 되어 온갖 어려움을 극복했는데 어찌 죽음을 두려워하여 진언을 올리겠습니까? 내가 진언을 드리는 것은 장군이 대사를 그르칠까 봐 걱정한 것입니다. 장군이 굳이 공격할 것을 원한다면 내가 먼저 건너겠습니다!"

유극량은 말을 마치자 분개하여 자신의 소속 군사를 거느리고 가장 먼저 강을 건넜다. 신할의 군사들이 북을 치고 배를 준비하여 강을 건너기 시작했다.

"신할의 군사가 강을 건너는데 우리가 어찌 구경만 하고 있을쏘냐?"

경기 감사 권징도 군사들을 휘몰아 임진강을 건너기 시작했다.

"신할과 권징이 강을 건너고 있습니다."

도원수 김명원에게 종사관들이 달려와 보고했다.

"그들이 어찌 함부로 강을 건넌다는 말이냐?"

김명원이 당황하여 부장에게 외쳤다.

"왜적이 도망을 치고 있다고 합니다."

"그것은 우리 군사를 유인하려는 술책일 것이다."

"하면 속히 강을 건너는 것을 중지시키십시오."

"장수들이 내 말을 따르지 않는다."

김명원은 도원수였으나 한강에서의 패전으로 군사들을 지휘하지 못했다. 박충간, 신할, 권징의 군사가 속속 임진강을 건넜을 때 한응인이 거느린 3천 군사도 임진강에 도착했다. 한응인은 박충간, 신할, 권징이 강을 건넜다는 말을 듣고 즉시 군사들에게 강을 건너라는 영을 내렸다.

"안 됩니다. 우리 군사는 압록강에서 달려오느라고 피로에 지쳐 있는 데다가 아직 밥도 먹지 못했고 대오도 정리되지 않았습니다."

별장들이 일제히 한응인의 명령에 반대했다.

"그렇습니다. 우리는 후군이 도착하지 않았습니다."

"닥쳐라! 대장의 명령을 거역하는 자는 참수하겠다."

한응인은 자신이 문신이라고 별장들이 얕보고 명령을 따르지 않는다고 생각하여 노기가 등등했다.

"우리를 참수하는 것은 거역하지 않겠으나 전쟁에 패하면 나라가 어찌되겠습니까? 임진강 방어선이 무너지면 평양이 위태로워집니다."

"적이 우리 조선 군사를 유인하는 것이 분명합니다. 원컨대 하루만이라도 쉬었다가 강을 건너게 하십시오."

별장들이 눈물로 호소했다.

"나는 강을 건너라는 영을 내렸다."

한응인이 칼을 뽑아들었다.

"오늘은 강을 건너면 안 됩니다. 우리는 장군의 손에 죽는 한이 있어도 강을 건너지 않겠습니다!"

별장들이 완강하게 반대하자 한응인은 군관들을 불러 별장 셋을 군중에서 참수했다. 별장들은 더 이상 한응인의 명을 거역하지 못하고 강을 건너기 시작했다. 신할의 군사들과 권징의 군사들은 강을 건너자마자 함성을 지르면서 일본군을 추격했다.

"왜적을 추격하라!"

신할이 질풍처럼 말을 달리면서 칼을 휘둘렀다. 일본군의 한 무리가 깃발을 나부끼며 협곡으로 들어가는 것이 보였다. 신할과 권징의 군사들은 한응인의 군사까지 합류하여 맹렬하게 추격했다. 그때 산 뒤에서 우레와 같은 방포 소리가 들리면서 일본군이 개미 떼처럼 쏟아져 나왔다.

"매복이다!"

조선군은 일본군의 기습을 받자 당황하여 우왕좌왕했다. 대열은 흩어지고 명령은 들리지 않았다. 일본군의 요란한 조총 소리만 천지간에 가득하여 조선 군사들은 피를 뿌리고 죽어갔다.

"나는 오늘 여기서 죽을 것이다!"

유극량은 활을 쏘아 일본군을 쓰러트린 뒤에 백병전을 전개하여 피투성이가 될 때까지 싸우다가 전사했다. 신할도 일본군에게 겹겹이 둘러싸일 때까지 칼을 휘두르면서 사력을 다해 싸우다가 전사했다.

일본군은 우왕좌왕하는 조선 군사들의 뒤를 쫓아와 도륙했다.

한응인과 김명원은 강 건너편에서 조선 군사들이 졸지에 어육이 되는 것을 보고 사색이 되었다.

일본군은 닥치는 대로 조선 군사들에게 달려와 긴 창으로 내리찍었다. 병사들의 처절한 비명 소리가 강 건너편까지 들려왔다. 조선의 병사들은 일본군에게 도륙당하지 않으려고 스스로 몸을 던져 마치 바람에 어지럽게 떨어진 나뭇잎처럼 떠다녔다. 미처 강에 뛰어들지 못한 조선 군사들을 일본군이 뒤쫓아와 긴 창으로 내리찍고 칼로 목을 베었다.

조선 군사들은 변변하게 저항도 하지 못하고 일본군의 창칼에 쓰러져 임진강이 온통 붉은 핏물로 변해 흘러내렸다.

'임진강에 방어선을 구축하고 명나라 군사를 기다려야 하는데 장수들이 함부로 움직여 방어선이 무너졌구나.'

류성룡은 대로하여 팔도도원수 김명원을 질책했다.

"전 영상이 군무에 관여하는 것은 옳지 않습니다."

서인들이 일제히 류성룡을 탄핵했다.

선조는 류성룡에게 군무에는 간여하지 말고 명나라의 사신을 접대하는 일만 하라는 지시를 내렸다.

'나라에 병법을 아는 대신이 없는데 어찌 군무에 간여하지 못하게 하는가?'

류성룡은 선조의 어명에 복종했으나 씁쓸했다. 문신들은 대개 병법을 읽지 않는다. 그러나 류성룡은 오래전부터 병서를 읽어왔다. 특히 일본의 동정이 수상해지자 병법에 깊은 관심을 기울였다. 신립을 도순변사로 삼아 조령을 방어하게 한 일이나 임진강에 교두보를 확보하려는 작전은 모두 류성룡이 세운 것이었다. 그러나 류성룡의 작전은 무모한 장수들로 인해 실패로 돌아갔고 선조는 군무에서 손을 떼게 한 것이다.

'내가 작전에 실패한 것은 용인에 실패했기 때문이다.'

신립이나 이일을 발탁한 것은 완전한 실패였다. 다만 이순신과 권율을 발탁한 것이 어찌 될지 알 수 없었다.

임진강 방어선이 무너지자 선조는 평양으로 몽진하기 시작했다. 류성룡도 이산해와 함께 어가를 따라갔다.

정철도 강계에서 달려와 선조를 호종했다. 이일은 상주와 충주에서 패한 뒤에 강원도 일대를 떠돌다가 평양에 도착했다. 평양은 명성이 높은 장군이 없어서 북병사로 명성을 떨치던 이일이 돌아왔다는 소식을 듣고 기뻐했다. 류성룡도 이일이 왔다는 말에 반가워하면서 그를 만났다. 그러나 이일은 일본군에게 쫓기느라고 패랭이를 쓰고 옷은 누더기를 걸치고 짚신을 신고 있었다.

"명색이 대장이 이게 무슨 행색이오? 평양의 모든 사람들이 그대의 명성을 흠모하여 든든하게 믿고 있는데 이런 모습으로 나타나면 크게 실망할 것이오."

류성룡은 이일의 초라한 행색에 실망했다.

"참으로 딱하오."

다른 대신들도 이일의 모습을 보고 혀를 찼다. 류성룡은 행랑 속에서 첩리(帖裏, 군복)를 꺼내 이일에게 갈아입도록 했다. 이일은 여러 대신들에게 옷가지와 모자를 빌려 입어 간신히 장군의 복색을 갖추었다. 그러나 신발을 벗어 주는 사람이 없어서 여전히 짚신을 신고 있을 수밖에 없었다.

"비단옷에 짚신은 서로 격식이 맞지 않는걸."

류성룡의 말에 좌중이 모두 웃음을 터트렸다. 이일도 머쓱한 표정을 지었다.

조정은 명나라에 구원을 청하는 사신을 잇달아 파견했다. 류성룡은 명나라에서 대군이 구원군으로 올 것에 대비하여 군량을 준비하기 시작했다. 수만 명의 대군이 몰려오면 군량이 가장 큰 문제가 된다.

'평양에서 일본군과 대회전을 치러야 한다.'

류성룡은 평안도 일대에서 군량을 대대적으로 징발했다. 그가 말을 타고 다니면서 직접 군량을 징발한 덕분에 두 달 만에 10만 석을 모을 수 있었다.

'어떤 일이 있어도 평양을 방어해야 한다. 그러나 나는 군무에 간여할 수 없으니 이 일을 어쩐다는 말인가?'

류성룡은 평양 방어의 원대한 작전 계획을 수립했으나 이를 실행할 수가 없었다.

'향이를 못 본 지 벌써 두 달이 되었구나.'

류성룡은 평양의 객사에 누워 잠을 이루지 못했다.

'앞에 강이 있다고 어찌 건너지 못하겠습니까?'

향이는 바둑을 둘 때마다 류성룡에게 영감을 주었다.

'그래. 길이 없으면 돌아가면 되는 거지.'

류성룡은 종사관들에게 자신의 평양 방어 계획을 알리고, 종사관들이 도원수에게 보고하여 평양 방어 계획을 세우도록 했다.

일본군은 두 길로 나누어 공격을 계속하고 있었다. 가토는 한양에 집결했다가 고니시와 헤어져 함경도로 방향을 잡아 진격했다. 고니시는 임진강 방어선을 격파하고 평양을 향해 진격했다.

일본군은 황해도 일대를 무인지경으로 휩쓸면서 평양에 이르렀다. 일본의 대군이 평양 대동강 남쪽에 이르자 평양도 흉흉해졌다. 선조는 평양에서도 또다시 몽진을 할 것을 의논했다.

'평양에서 또 파천을 하면 어디로 간다는 말인가?'

류성룡은 선조와 조정 대신들이 파천을 의논하자 경악했다.

백성들은 임금이 피난을 가려는 논의를 한다는 소문을 듣고 다투어 피난을 갔다. 평양은 집들이 텅텅 빌 정도로 사람이 없었다.

선조는 세자 광해군에게 대동관에 나아가 부로(父老)들을 타이르게 했다.

"전하께서 사세가 부득이하여 평양으로 파천을 했으나 여기서는 한 발짝도 물러서지 않을 것이다. 부로들은 안심하고 생업에 종사하라."

광해군이 대동관 앞에 모인 부로들에게 말했다.

"동궁마마의 말씀만으로는 백성들이 믿지 않을 것이니 성상께서 친히 타이르시는 말씀을 내리셔야 합니다."

부로들이 광해군의 말을 믿을 수 없다고 했다. 이튿날 선조는 대동관에 직접 나가서 부로들을 간곡한 말로 타일렀다. 부로들은 비로소 울면서 절을 하고 물러갔다. 부로들은 각자의 마을로 돌아가자 선조가 평양을 사수한다는 말을 널리 퍼트렸다. 그러자 산으로 달아났던 사람들이 돌아와 성안이 다시 사람들로 가득 찼다.

선조는 다시 평양을 떠날 계획을 세워 백성들이 흥분했다.

"성을 버리려고 도망을 칠 계획이었으면 무슨 까닭으로 우리를 성안으로 불러들여 왜적의 어육이 되게 하는가? 왜적에게 죽을 바에야 나라의 녹을 도적질해 먹는 재신들을 먼저 도륙하여 원수를 갚겠소."

성민들이 흥분하여 류성룡에게 삿대질을 했다.

"들으라. 너희가 힘을 다하여 성을 지키고 있고 전하께서 성 밖으로 나가지 않기를 바라니 지극히 충성스러운 일이다. 그런데 무슨 일로 궁문을 소란하게 하는가. 조정에서도 평양을 사수하기로 결정을 내렸는데 무슨 까닭으로 소란을 피우는가? 왜적이 눈앞에 있는데 우리끼리 싸우려고 하는가?"

류성룡이 낭랑한 목소리로 호령을 하자 앞에 있던 부로 한 사람이 몽둥이를 버렸다.

"소인들은 조정이 이 성을 버리려고 한다는 소문을 듣고 분개하여 망동을 일으킨 것입니다."

"지금은 평양을 죽음으로 지킬 때다!"

"대신께서 어가가 평양을 나가지 않는다고 약속할 수 있겠습니까?"

부로가 흉흉한 눈빛으로 류성룡을 쏘아보았다.

"그렇다. 어가가 평양을 나가겠다면 내가 죽음으로 만류하겠다!"

"지금 대신의 말씀을 들으니 가슴속이 시원합니다."

부로들은 류성룡의 말을 듣고 분분히 흩어졌다. 그러나 일본군이 대동강까지 와 있었기에 대신들이 다시 피난을 갈 것을 청하고 사간원과 사헌부, 홍문관 관원들도 피난을 갈 것을 청했다. 정철도 피난을 가야 한다고 주장했다.

"오늘의 사세는 먼젓번 한양과는 판이하게 다릅니다. 한양은 군사와 백성들이 모두 무너져서 지킬 수 없었으나 평양은 대동강이 있고 민심도 안정되어 있습니다. 또한 중원이 가까우니 며칠만 굳게 지킨다면 명나라에서 구원군이 올 것입니다. 하나 평양을 떠나면 의주에 이르기까지 지킬 만한 땅이 없으니 나라가 망하게 될 것입니다."

류성룡은 강경하게 평양을 사수해야 한다고 주장했다.

"적군이 코앞에 왔는데 어찌 전하를 위험한 평양에 모신다는 말이오?"

정철이 류성룡을 쏘아보면서 소리를 질렀다.

"평시에 내가 생각하기에 공은 의기(義氣)가 강개하여 어려운 일이나 쉬운 일이나 피하지 않는 줄 알았는데 오늘 공이 먼저 피난을 가자고 주장할 줄은 몰랐소."

"하하하! 그렇다면 대감이 평양을 지키겠소?"

"그렇소. 나는 기꺼이 평양을 지킬 것이오!"

류성룡이 주먹을 쥐고 흔들었다.

"다시 피난을 가자는 주장을 하는 자가 있으면 소인이다!"

윤두수가 류성룡의 말에 찬성을 하고 정철을 노려보았다.

"흥! 평양이 떨어지면 어찌할 것이오?"

"아욕차검참영신(我欲借劍斬佞臣)이다!"

그때 윤두수가 남송의 충신 문천상(文天祥)의 칠언율시 한 구절을 외웠다. '내가 칼을 빌려 아첨하는 신하의 목을 베고자 한다'는 뜻이었다. 윤두수의 말을 들은 정철은 화를 벌컥 내고는 소맷자락을 뿌리치며 나갔다. 그러나 류성룡과 윤두수가 반대를 하는

가운데도 선조의 몽진이 결정되었다. 선조는 함경북도가 산세가 험하여 지키기 유리하다는 이유로 북도로 떠나려고 했다.

"전하께서 한양을 떠날 때 서쪽으로 길을 잡은 것은 명나라 군사의 구원을 얻어 한양을 수복하려고 도모한 것인데, 북도로 깊이 들어가면 중간에 적병이 가로막아 명나라에서 오는 소식이 통할 수 없어서 나라를 회복하는 일이 어려워질 것입니다. 또한 적군이 여러 도(道)로 흩어져 침공하고 있는데 북도라고 해서 적병이 없으리라고 생각할 수 없습니다. 전하께서 북도에 들어간 후에도 적병이 계속 따라오면 어디로 피신할 수 있겠습니까? 그러면 여진의 오랑캐 땅으로 피난을 가게 되는데 족장 누르하치가 사나워 안전을 보장할 수 없습니다. 대신들이 북도로 피난을 가기를 주장하는 것은 가족들이 모두 북쪽으로 피난했기 때문입니다. 전하께서는 평양을 떠나시면 안 되옵니다."

"내가 경의 말대로 할 것이다."

류성룡은 평양을 떠나지 않겠다는 선조의 말을 듣고 선화당에서 나왔다. 그러나 류성룡이 어전에서 물러나오자 지사 한준이 북도로 피난할 것을 아뢰었다. 선조는 중전과 궁빈들을 먼저 평양에서 나가게 했다.

날씨는 후텁지근했다. 연광정에서 바라보는 대동강 건너편은 첩첩 산들이 완만하게 누워 있었다. 류성룡은 관서팔경의 하나로 알려진 연광정에서 시린 눈빛으로 강을 응시했다. 일본군은 이미 건너편에 **빽빽하게** 몰려와 있었다. 그때 왜병 한 명이 깃발을 들고 나룻배를 타고 강으로 나왔다. 군사들이 일제히 왜병을 향해 활을 쏘려는 것을 중지시키자 왜병은 모래사장에 흰 깃발을 꽂고 소리를 질렀다. 왜병은 무기를 갖고 있지 않았다.

"누가 나가서 저자를 만나보라."

류성룡이 군사들에게 지시를 했다.

"소인이 나가보겠습니다."

화포장 김생려가 대답을 하고 나룻배를 타고 강으로 갔다. 왜병은 김생려와 반갑게 손을 잡고 어깨를 두드리는 등 호의를 표시한 뒤에 서찰을 건넸다. 김생려가 서찰을 가지고 돌아왔다.

"이는 왜적의 서찰이니 뜯어볼 필요가 없다."

좌의정 윤두수는 서찰을 보려고 하지 않았다.

"서찰을 보지 않으면 무슨 할 말이 있는지 어떻게 알겠소? 서찰을 뜯어봅시다."

류성룡이 말하자 윤두수는 마지못해 서찰을 뜯었다. 서찰에는 '조선국 예조 판서 이공 합하'라고 씌어 있었다. 이덕형이 서찰을 뜯자 강화 회담을 하자는 제안이 있었다. 대신들은 일본의 제안을 논의하여 이덕형을 보내 강 가운데서 회담을 하게 했다.

일본군 대장은 다이라였고 통역은 승려 겐소가 맡았다. 겐소는 임진왜란이 일어나기 전에 이덕형이 예조 판서의 자격으로 부산에서 소 요시모토를 만날 때도 함께 있었다.

"일본이 조선의 길을 빌려 중국에 조공하고자 하는데 조선이 이를 허락하지 않아서 전쟁을 하게 된 것이다."

먼저 다이라가 입을 열었다. 조공을 한다는 것은 실제로 공물을 바친다는 것이 아니라 통상을 하는 것이다.

"중국과 조공을 하겠다면 굳이 조선의 길을 빌릴 필요는 없다."

이덕형이 싸늘하게 말했다.

"지금이라도 한 가닥 길을 빌려주어 일본이 중국에 조공을 할 수 있게 한다면 아무 일이 없을 것이다."

"무슨 소리인가? 일본은 조선을 침략하여 많은 백성들을 죽이고 그런 말을 하는가?"

"조선이 일본의 말을 듣지 않으면 참화를 면치 못할 것이다."

"우리는 불의에 침공을 당했기에 방비할 틈이 없었다. 이제 평양을 굳게 사수하고 사방에서 근왕병이 일어나면 그대들은 일본으로 돌아가고 싶어도 돌아갈 여력이 없을 것이다."

"하하하! 조선은 이제 평양밖에 남지 않았다. 평양을 빼앗기면 어디로 도망을 갈 것인가?"

다이라가 이덕형을 비웃었다.

"우리는 일본을 반드시 물리칠 것이다."

"강화 회담을 할 여지는 없는가?"

"먼저 일본군이 배를 타고 돌아가라. 그 뒤에야 강화 회담을 할 수 있을 것이다."

이덕형과 다이라의 회담은 평행선을 달렸다. 선조는 일본군이 연광정 건너편에 진을 치자 평양을 떠나 영변으로 가기로 했다. 영의정 최흥원, 우의정 유홍, 정철이 호종하고, 좌의정 윤두수와 도원수 김명원은 평양에 남아서 일본군을 방어하라는 어명이 내렸다. 류성룡은 명나라에서 구원군이 오면 접대를 해야 했기에 평양에 남았다.

'임금이 백성들과 한 약속을 지키지 않고 떠나면 어찌할 것인가? 누가 이 나라를 막을 것인가?'

류성룡은 선조가 몽진하는 행렬을 울면서 전송했다.

일본군이 일제히 평양성을 공격하기 시작했다. 평양을 방어하는 조선의 군사들은 3, 4천 명 남짓 되었다. 그러나 일본군은 얼마나 되는지 파악할 수 없었다. 조선의 군사들은 을밀대 근처의 소나무에 흰옷을 여기저기 걸어놓고 전립을 씌워 군사들이 매복하고 있는 것처럼 위장했다. 연광정 반대편의 동대원 언덕에는 일본군이 일자진을 치고 붉고 흰 깃발을 꽂아놓고 있었다. 그 깃발이 만장을 세워놓은 것처럼 펄럭거렸다.

일본군 10여 명이 양각도로 향하기 위해 강물로 접근해 왔다. 그러나 강물이 말의 배까지 차자 망연히 연광정을 쳐다보고 뭐라고 소리를 질렀다. 그러자 6~7명의 일본군이 일제히 성을 향해 총을 쏘았다. 총소리가 웅장하게 울려 퍼지면서 탄환이 강을 건너

성안으로 날아왔다. 조총의 유효 사격거리가 1천 보나 되었다. 성
루의 기둥에 맞은 것은 깊이가 서너 치나 들어갈 정도로 위력이
대단했다.

'참으로 무서운 위력이다.'

류성룡은 조총의 위력에 몸을 떨었다. 그때 붉은 옷을 입은 적
장이 연광정에 서 있는 류성룡과 도원수 김명원, 좌의정 윤두수를
가리키면서 뭐라고 소리를 질렀다.

"저놈이 우리를 향해 조총을 쏠 모양이오."

류성룡이 도원수 김명원에게 말했다.

"하하하! 저놈들이 아무리 귀신같은 재주를 갖고 있다고 해도
우리를 어떻게 맞히겠소?"

김명원이 가슴을 내밀면서 껄껄대고 웃었다. 적장은 점점 앞으
로 오더니 연광정을 향해 조총을 겨누었다.

'위험하다.'

류성룡은 순간적으로 불길한 예감을 느꼈다. 그때 요란한 총성
과 함께 탄환이 귓전을 스치고 지나갔다.

"악!"

류성룡의 뒤에 있던 군사 하나가 피를 흘리며 쓰러졌다.

"군관은 들으라!"

류성룡이 군관 강사익을 불렀다.

"예!"

강사익이 앞으로 나왔다.

"군관은 즉시 방패 안에서 편전(片箭, 짧은 화살)으로 저 적장을 쏘아 쓰러트려라!"

"예."

류성룡의 영을 받은 강사익이 적장을 향해 편전을 쏘았다. 편전은 짧고 작은 화살로 끝이 날카로워 갑옷을 뚫을 수 있었다. 강사익이 쏜 편전은 쉬익 하는 날카로운 파공성을 울리면서 날아가 적장 앞에 떨어졌다. 적장은 멈칫하여 뒤로 물러났다.

"궁수들은 무엇을 하는가? 즉시 배를 타고 나아가 적들에게 현자총을 쏴라!"

김명원이 명령을 내리자 궁수병들이 강으로 달려가 배를 타고 적병들을 향해 현자총을 쏘았다. 현자총은 불화살을 쏘는 화포였다. 현자총에서 서까래 같은 굵은 불화살이 적진을 향해 날아갔다. 적병들이 불화살을 보고 우르르 물러갔다. 류성룡은 일본군이 점점 밀려오고 있다는 것을 알 수 있었다. 일본군은 대군이 몰려오면 대거 평양성을 공격할 것이었다.

"연광정 앞은 강물이 깊고 배가 없어서 적병들이 쉽사리 건너오지 못할 것이오. 하나 상류는 물이 얕으니 적병들이 반드시 수일 내에 건너올 것인데 상류를 잘 지켜야 하오."

류성룡이 김명원에게 말했다.

"이미 이윤덕에게 명하여 지키고 있습니다."

"이윤덕을 어찌 믿고 평양을 방어하겠소?"

류성룡은 김명원이 마음에 들지 않았다. 김명원은 류성룡의 질 책에 대꾸를 하지 못했다.

"공들이 한곳에 모여 있는 것이 마치 무슨 잔치라도 벌이는 것 같소. 흩어져 강을 지켜야 하는데 이러고들 있으면 어떻게 할 것 이오? 공이 상류를 지키는 것이 어떻소?"

류성룡이 순찰사 이원익에게 물었다.

"명령을 내리시면 어찌 힘을 다하지 않겠습니까?"

이원익은 문신인데도 강개한 목소리로 말했다.

"공이 상류에 가서 지키시오."

윤두수가 이원익에게 영을 내렸다. 이원익은 즉시 군사들을 거 느리고 대동강 상류로 달려갔다.

"대감, 평양은 아무래도 함락될 것입니다. 속히 명나라 장수를 영접하여 방어를 해야 할 것입니다. 대감의 임무는 평양을 방어하 는 것이 아니라 명나라 장수를 속히 영접하는 것입니다."

류성룡의 종사관 홍종록이 말했다. 류성룡은 그때서야 종사관 홍종록과 신경진을 거느리고 평양성을 나와 순안을 향해 달렸다. 이튿날 류성룡은 숙천을 떠나 안주에 도착했다. 안주에는 요동 진 부 임세록이 도착해 있었다.

"평양을 방어할 수 있겠는가?"

선조가 박천의 동헌에서 류성룡을 불러 물었다.

"평양은 인심이 안정되어 지킬 수 있을 것으로 보입니다만 명나라 군사가 속히 도착해야 합니다."

"어젯밤에 늙은이와 아이들을 성 밖으로 내보냈다고 한다. 일이 이 지경에 이르렀는데 어찌 방어할 수 있겠는가?"

"신이 평양에 있을 때는 그렇지 않았사옵니다. 대동강은 상류가 물이 얕아서 왜적이 반드시 얕은 곳으로 건널 것입니다. 일단은 능철(菱鐵, 마름쇠)을 상류에 잔뜩 깔아 방비하는 것이 좋을 것입니다."

능철은 끝이 날카롭고 서너 갈래가 지게 만들어 길목이나 물속에 깔아 적을 방어하는 무기였다. 오늘날의 지뢰와 같은 역할을 했다. 류성룡은 평양이 위태로워 선조를 하직하고 대정강에 이르렀다. 날은 이미 저물고 있는데 광통원 쪽에서 군사들이 오고 있었다.

"너희는 어디서 오는 군사들이냐?"

류성룡이 군사들을 불러 세워 물었다.

"저희들은 의주와 용천 등 여러 고을의 군사들이며 병사 이윤덕의 지휘로 평양의 강여울을 지키고 있었습니다."

"하면 어찌 여기로 왔느냐?"

"어젯밤에 수많은 적병이 왕성탄을 건너와 강가에 있던 우리 군사들이 무너지고 이윤덕은 달아났습니다."

류성룡은 군사들의 말에 평양이 함락되었다는 사실을 깨달았다. 그는 급히 길에 엎드려 글을 써서 선조에게 보냈다. 선조는 류성룡의 다급한 기별을 받고 가산으로 행차했다.

평양이 함락된 것은 도원수 김명원의 잘못된 작전 때문이었다. 일본군은 대동강 앞에 이르러 여러 개의 진을 치고 공격할 기색을 보이지 않았다. 도원수 김명원은 여러 날이 지나자 일본군이 방심한 것으로 판단하고 강을 건너 일본군을 기습할 작전을 세웠다.

"누가 삼경에 일본군 진영을 습격하겠느냐?"

김명원이 좌우의 비장들을 둘러보고 물었다.

"소인이 출격하겠나이다."

고언백이 앞으로 나서면서 군례를 바쳤다. 고언백은 교동 향사로 있다가 무과에 급제하여 군관을 역임한 사내였다.

"좋다. 그대는 날랜 병사들을 이끌고 부벽루 아래 능라도로 건너가서 적을 기습하라!"

"예!"

고언백이 토병 임옥경을 거느리고 물러갔다. 고언백은 그날 밤 삼경이 되자 부벽루 아래로 내려가 삼경이 올 때를 기다렸다. 부벽루 아래 각 진에서 차출한 군사들이 집결하기로 되어 있었다. 그러나 약속한 군사들이 모두 집결한 것은 먼동이 터올 시간이었다.

'이런 군사들로 어찌 전쟁을 한다는 말인가?'

고언백은 집결 약속조차 지키지 않는 군사들에게 실망했다. 그러나 부벽루 아래서 배를 저어 일본군 진영 앞으로 몰려갔다.

"격군은 우리가 기습을 마치고 돌아올 때까지 기다리고 있으라!"

고언백은 노를 젓는 사공들에게 지시를 내리고 백사장에 내렸다. 강 언덕에 막사를 세우고 진을 치고 있는 일본군은 보초도 세우지 않고 깊이 잠들어 있었다.

"돌격하라! 일본 놈들을 모조리 베어 죽여라!"

고언백은 모래사장에 이르자 군사들에게 영을 내렸다.

"왜적을 죽여라!"

군사들이 일제히 창칼을 세우고 일본군 막사로 달려 들어갔다.

"죽여라!"

"목을 베고 배를 찔러라!"

고언백은 환두대도를 휘두르며 명령을 내렸다. 조선 군사들은 잠들어 있는 일본군을 창으로 찌르고 칼로 목을 베었다. 피가 뿌려지고 처절한 비명 소리가 난무했다. 일본군은 졸지에 기습을 당해 처절한 비명을 지르면서 나뒹굴었다.

일본군의 막사는 피바다를 이루었다. 그때 후진에 있던 일본군이 조선군이 기습한 것을 알고 조총을 쏘면서 새카맣게 밀려오기 시작했다.

"일본의 대군이 온다!"

"조선 군사들은 퇴각하라!"

고언백은 군사들에게 퇴각 명령을 내렸다. 일본군에 대한 기습은 대성공을 거두었다. 조선군은 일본군 전초 부대를 몰살시키고 3백 필의 말을 노획하여 퇴각하기 시작했다.

"사공은 배를 대라!"

조선 군사들을 실어온 배들이 강 한복판에서 조선군이 퇴각할 때를 기다리고 있었다. 그러나 일본군의 대군이 새카맣게 몰려오자 공포에 질려서 배를 강가에 대지 못하고 강 한복판에서 우물쭈물했다.

"배를 대라!"

고언백이 분개하여 칼을 휘두르며 소리를 질렀다. 그러나 배들은 꼼짝도 하지 않았다. 일본군의 추격은 더욱 맹렬했다. 탄환이 빗발치듯이 날아오기 시작하자 고언백은 대동강으로 뛰어들었다. 수많은 조선 군사들이 일본군의 탄환을 피해 강물로 뛰어들어 죽었다. 수영을 하지 못하는 병사들은 상류로 달아나기 시작했다. 그들은 대동강 상류인 왕성탄으로 달려가 강을 건넜다. 일본군은 조선군이 걸어서 왕성탄을 건너는 것을 보고 상류가 얕다는 것을 눈치챘다. 그날 밤 일본의 대군은 야음을 이용해 왕성탄을 건너서 평양성으로 노도처럼 짓쳐 들어갔다.

"왜적이 왕성탄으로 건너오고 있습니다."

군관들이 달려와 보고하자 김명원은 당황했다. 윤두수도 일본군을 방어할 엄두를 내지 못하고 황망하여 어찌할 바를 모르고 있었다.

"병사 이윤덕이 도주했습니다."

군관들이 다급한 보고를 했다.

"왕성탄으로 적이 건너왔다면 방어할 대책이 없다. 성문을 열어 백성들에게 도피하게 하라!"

김명원이 영을 내렸다. 군사들이 일제히 성문을 열어 백성들을 도피하게 했다. 백성들은 평양을 사수하겠다고 하다가 다시 도주하라고 하자 울부짖으면서 평양을 나섰다. 피난을 가는 백성들로 도성이 메워졌다.

"병기와 화포를 풍월루 아래 못 속에 넣어라!"

김명원은 조선 군사들이 가지고 있던 수많은 병기와 화포를 연못에 가라앉히고 윤두수와 함께 보통문으로 달아났다. 류성룡이 준비해놓은 군량미 10만 석은 손도 대지 못하고 있었다.

'군량을 포기할 것 같으면 백성들에게라도 나누어 주지.'

류성룡은 애써 준비해놓은 군량이 일본군에게 들어가자 허망했다.

순찰사 이원익과 종사관 이호민이 달려와 선조에게 평양이 함락되었다는 사실을 고했다. 이때는 이미 류성룡이 올린 장계가 박천에 도착하여 선조는 부랴부랴 몽진 길에 오르고 있었다.

"왜적이 평양을 함락했으면 장차 사직을 어찌 보전할지 알 길이 없다. 세자는 과인을 호종하지 말고 묘사의 신주를 받들고 다른 길로 가서 사직의 홍복을 도모하라."

비참한 몽진 길이었다. 선조는 앞날을 예측할 수 없자 세자 광해군과 헤어지기로 했다. 대신들은 모두 광해군을 따라갈 것을 원했다.

"영상은 세자를 호종하라."

선조가 영의정 최홍원에게 영을 내렸다.

"황공하옵니다."

"전하, 신도 세자 저하를 따라가겠사옵니다."

우의정 유홍이 아뢰자 선조는 대답을 하지 않았다. 영의정 최홍원을 세자에게 보냈는데 우의정 유홍마저 광해군을 따라가면 선조를 호종하는 대신이 없는 것이다. 선조의 몽진 행렬은 박천의 동헌을 나서서 가산으로 길을 잡았다. 그때 우의정 유홍이 다시 길가에 꿇어 엎드려 하직 인사를 했다. 그러나 선조는 끝내 대답을 하지 않았다. 유홍은 선조가 허락을 내리지 않았는데도 광해군을 따라갔다.

'왕성탄을 방어하지 못했다고 평양성을 그냥 내준다는 말인가? 도원수가 목숨으로 지키지 않고 이럴 수가 있는가?'

류성룡은 김명원에게 실망했다. 김명원은 한양도 지키지 못했고 임진강도 방어하지 못했다. 이제 평양까지 일본군에게 내주었으니 마땅히 군법으로 사형에 처해야 한다. 그러나 김명원을 군법에 따라 사형에 처하라는 명이 내려지지 않았다.

9
바다를 누비는
영웅들

어떻게 이런 일이 일어날 수 있는가. 왜적이 어찌 저토록 많이 몰려왔는가. 경상 우수사 원균(元均)은 바다를 까맣게 메운 일본군의 병선을 보고 목이 마르는 듯한 기분을 느꼈다. 일본군 병선은 장사진을 치고 뭍을 향해 서서히 다가오고 있었다. 창천에 펄럭이는 무수한 깃발과 선단의 거대한 모습을 본 원균은 전의를 잃었다. 그는 타고난 무인이었으나 수전(水戰)에는 문외한이었다. 망망 대해에서 적과 싸우는 것은 자신이 없었다.

"수전은 우리가 왜구보다 약하다. 일본의 선단이 수백 척에 이르니 우리의 병선 몇으로는 감당할 수가 없다."

원균이 옥포 만호 이운룡과 영등포 만호 우치적, 율포 만호 이영남에게 말했다.

"하오면 어찌하실 작정입니까?"

이영남이 분개하여 말했다.

"패할 것을 훤히 알고 적과 싸우는 것은 무리한 일이다."

"어찌 싸워보지도 않고 패한다고 하십니까?"

원균의 비장들이 일제히 반발했다.

"전함과 병기를 모두 바다에 가라앉히고 남해현의 육지로 상륙한다. 즉시 시행하라!"

원균이 영을 내렸다. 수군 병사들은 일본군의 거대한 함대를 보고 기가 질려 있었다. 수군 대장인 원균이 전쟁을 하지 않고 전함과 병기를 바다에 가라앉히라는 영을 내리자 웅성거리면서도 일제히 병기를 바다에 던져 넣고 병선을 가라앉혔다.

"수군은 모두 고향으로 돌아가 성을 지키라!"

원균이 잇달아 영을 내렸다. 경상 우수영 소속 수군 1만 명이 원균의 명령에 따라 해산되었다. 원균은 수군을 해산시키자 옥포 만호 이운룡, 영등포 만호 우치적과 남해현 앞에 머물면서 육지에서 적을 격파하려는 계획을 세웠다.

"사또가 나라의 중책을 맡았으니 의리상 관할 경내에서 죽는 것이 마땅합니다. 이곳은 바로 양호(兩湖, 전라도와 충청도)의 요해처로 이곳을 잃으면 양호가 위태롭습니다. 시금 우리 군사가 흩어지기는 하였지만 그래도 모을 수 있으며 호남의 수군도 와서 구원하도록 청할 수 있습니다."

옥포 만호 이운룡이 원균에게 비장하게 말했다.

"전라 좌수영의 이순신에게 구원을 청하라는 말인가?"

원균이 탐탁지 않은 표정으로 물었다.

"그러하옵니다. 장수가 전쟁터에서 죽어야 하는데 사또께서는 병선을 가라앉히고 수군을 해산하였으니 그 죄를 면하기가 어려울 것입니다. 공을 세우지 않으면 크게 낭패를 당할 것입니다."

이운룡의 말에 원균은 얼굴빛이 변했다. 일본군과 싸우지도 않고 병선을 가라앉힌 것은 장수로서 참수를 당할 만한 죄다.

"좋다. 율포 만호 이영남은 전라 좌수영에 가서 구원을 청하라."

원균이 이영남을 이순신에게 파견했다. 이순신은 정읍 현감에서 전라 좌수영에 부임하자 군적을 정리하고 장비를 일제히 점검했다. 전라 좌수영은 수군의 본영인데도 제대로 된 병선 한 척이 없었다. 이순신은 대대적으로 병선을 수리하기 시작했다. 병선을 수리하는 데 재목을 대지 않는 고을 수령이나 도망을 치는 역부들을 잡아다가 목을 벨 정도로 가혹하게 다루었다. 군사들에게도 화포와 화살을 반질반질 윤이 나게 닦게 하고 철저하게 훈련을 시켰다.

'좌상은 왜적이 반드시 쳐들어올 것이라고 했다. 나를 전라 좌수사에 임명한 것은 그의 포석이라고 했다. 그것은 남해를 반드시 지켜야 한다는 뜻이다.'

이순신은 일본 수군과 효과적으로 싸우기 위해서 거북선을 제작했다. 거북선은 배 위에 판목을 깔아 거북 등처럼 만들고 그 위에는 우리 군사가 겨우 통행할 수 있을 만큼 십자(十字)로 좁은 길을 내고 나머지는 모두 칼과 송곳 같은 것을 줄지어 꽂아놓은 병선이었다. 앞에는 적과 충돌했을 때 위력을 발휘할 수 있도록 밤나무 침목으로 제작했다. 용의 머리를 만들어 입은 대포 구멍으로 활용하고, 뒤에는 거북의 꼬리를 만들어 꼬리 밑에 총 구멍을 설치했다. 좌우에도 총구멍이 각각 여섯 개가 있었으며, 군사는 모두 그 밑에 숨어 있도록 했다.

"포는 어디에서 쏘는가? 전투가 벌어지면 포가 위력을 발휘할 것이다!"

이순신이 거북선을 살핀 뒤에 목공들에게 물었다.

"포를 설치하기가 어렵습니다."

"무슨 소리인가? 당장 포를 설치할 수 있게 병선을 다시 제작하라!"

이순신은 포를 사면으로 쏠 수 있게 했다. 전후좌우로 이동하는 것이 나는 것처럼 빠르게 했다. 싸울 때는 거적이나 풀로 덮어 송곳과 칼날이 드러나지 않게 하고, 적이 뛰어오르면 송곳과 칼에 찔리고 덮쳐 포위하면 화총을 일제히 쏠 수 있게 만들었다. 그리하여 적선 속을 횡행하면서 아군은 손상을 입지 않은 채 가는 곳마다 바람에 쓸리듯 적선을 격파할 수 있도록 제작했다.

이순신은 거북선이 완성되자 수없이 시험을 해보고 마땅치 않으면 다시 제작했다. 그런데 마침내 일본이 대규모 병선을 이끌고 부산을 침략한 것이다.

'왜적은 경상도로 침략했다. 내 관할을 벗어나면 조정에서 이유를 묻지 않고 죄를 물을 것이다.'

이순신은 일본군이 경상도에 침략했다는 소식을 들었으나 구원을 하러 갈 수가 없었다. 그때 경상 우수사 원균의 비장 이영남이 달려와 구원을 청했다.

"원균은 적과 싸워서 패했는가?"

이순신이 좌수영 비장들을 정렬시키고 물었다. 전라 좌수영은 군기가 삼엄했다.

"싸우지 못했습니다."

이영남이 면구스러운 표정으로 말했다.

"싸우지도 않고 구원을 청하다니 그게 무슨 말인가?"

"우수사는 병선과 병기를 모두 바다에 가라앉히고 수군을 해산했습니다."

"이런 변괴가 있는가? 그런데 무슨 명목으로 나에게 와서 구원을 청하는가? 나는 그런 비겁자를 구원할 수 없으니 당장 돌아가라."

이순신은 대로했다. 이영남은 이순신의 호통에 할 말이 없었다. 이영남은 원균에게 돌아와 이순신이 구원을 거절한다는 사실을 알렸다. 그러자 원균은 비통하여 눈물을 흘리고 이운룡에게 다시 이순신을 설득할 것을 요구했다.

"우리 지역을 지키기에도 부족한데 어느 겨를에 다른 도에 가겠습니까? 그러다가 굳게 지키고 있는 전라 좌수영까지 왜적에게 유린당할 수 있습니다."

이순신의 비장들이 원균을 구원하는 것을 일제히 반대했다.

"적을 토벌하는 데는 우리 도(道)와 남의 도가 따로 없습니다. 적의 예봉을 먼저 꺾어놓으면 전라도를 오히려 굳건하게 보전할 수 있습니다. 경상 우수영에 가서 원균을 구하게 진격 명령을 내려주십시오. 우리 수군의 위용을 만천하에 떨칠 기회입니다."

녹도 만호 정운과 군관 송희립이 눈물을 흘리며 이순신에게 진격하기를 권했다.

"이는 조정의 허락이 있어야 하지 않는가?"

이순신이 한숨을 내쉬면서 말했다.

"왜적이 침입을 했는데 어찌 조정의 허락을 구할 수 있겠습니까?"

"좋다. 나 역시 왜적을 칠 기회만을 기다려온 사람이다. 경상도로 가자!"

이순신은 전라 좌수영의 수군을 이끌고 경상도로 달려가기로 결정했다. 전라 좌수영에 수많은 병선들이 집결하고 깃발이 처처에 나부끼면서 출격을 알리는 나팔이 쉴 새 없이 울렸다. 이순신은 출격 준비가 완료되자 거북선의 대장선에 올라탔다.

"깃발을 올려라!"

이순신은 학익진을 펼치고 명령을 내렸다.

"깃발을 올려라!"

이순신의 명령이 복창되자 거북선과 판옥선들에 일제히 깃발이 올랐다.

"출격!"

"출격!"

이순신의 지휘를 받은 거북선과 판옥선들이 일제히 경상 우수영을 향해 나아가기 시작했다. 그들이 경상도 경계에 이르렀을 때 언양 현감 어영담이 수로(水路)의 향도가 되기를 자청했다. 이순신은 마침내 거제 앞바다 한산도에서 원균을 만났다.

"이공!"

원균이 이순신의 두 손을 잡았다.

"참으로 오래간만에 뵙습니다."

이순신은 정중하게 인사를 했다. 원균과 이순신은 어릴 때 마른내에서 병정놀이를 하고는 처음 얼굴을 마주한 것이었다.

"명색이 대장인 내가 병선을 버려 부끄럽소. 내 죄를 씻기 위해 선봉을 설 테니 병선을 좀 빌려주오."

원균은 이순신에게 병선을 빌려 이운룡과 우치적을 선봉으로 삼고 옥포에 이르렀다.

"왜적이다!"

옥포 앞바다에는 일본군 병선 30여 척이 사면에 휘장을 두르고, 기다란 장대를 세워 홍기와 백기를 현란하게 달고 해안에 정박하여 육지를 노략질하고 있었다. 원균이 척후병을 보내 살피게 하니, 왜적들은 육지로 올라가 마을의 집을 불사르고 여자들을 겁탈하여 아비규환의 참상이 벌어지고 있었다. 일본군은 조선의 수군을 발견하고 당황하여 일제히 배에 올라타 노를 저어 바다로 나왔다. 원균은 적들이 바다로 나오기도 전에 맹렬하게 공격을 퍼부었다.

"적을 바다로 유인해야 한다. 바다로 나오기 전에 공격을 하면 육지로 달아나버린다."

이순신은 원균에게 통고하여 바다로 유인하도록 했다.

"적선을 유인하라!"

일본군과 조선 수군은 바다 한가운데서 만나 일대 격전을 벌였다. 조선 수군은 거북선에 화포를 장착하고 있었기에 종횡무진으로 일본군 선단을 누비며 공격을 퍼부어 적선 26척을 불살랐다. 조선 수군은 대승을 거두었다.

"만세!"

조선 수군은 일본 수군을 대파하자 감격에 넘쳐 만세를 불렀다. 전투는 하루 종일 계속되었으나 승리를 서둔 조선 수군의 얼굴에는 피로감이 없었다.

"조선 수군은 내일 다시 노량에서 회합한다. 각 수군은 밥을 먹고 쉬어라!"

이순신이 군령을 내렸다. 바다 위에서 밤을 새울 수는 없었다. 이순신과 원균은 이튿날 노량에서 회합을 하기로 약속하고 헤어졌다. 이순신은 날이 밝자 수군을 이끌고 노량으로 나아갔다. 그러나 시간이 되어도 우수영 장수들은 오지 않고 오히려 임금이 한양에서 나와 서쪽으로 몽진을 떠났다는 소식이 들려왔다. 이순신과 장수들은 북쪽을 향해 통곡을 하고 울었다.

"전하께서 몽진을 떠났다는 소식을 듣고 망극하여 이제야 왔소."

원균은 해 질 무렵이 되자 나타나서 눈이 퉁퉁 부은 얼굴로 말했다.

"저도 소식을 들었습니다."

이순신이 비통한 표정으로 말했다. 상황은 이순신이 생각한 것보다 훨씬 심각했다. 이순신과 원균은 노량진에서 회합하여 적선 1척을 만나 불살라버렸다.

"왜적이다!"

"야산에서 왜적이 백성들을 노략질하고 있다!"

병사들이 산을 가리키면서 소리를 질렀다. 이순신이 황급히 뱃전으로 나오자 바닷가 한 야산에 왜적 1백여 명이 장사진을 치고 있고, 그 아래로는 전선 12척이 벼랑을 따라 죽 정박하고 있었다. 때마침 일찍 들어온 조수가 벌써 빠져나가 바닷물이 얕아져서 큰 배는 나아갈 수 없었다.

"우리가 거짓 퇴각하면 왜적들이 반드시 배를 타고 우리를 추격할 것이니 그들을 바다 가운데로 유인하여 큰 군함으로 합동하여 공격하면 승전할 수 있다. 전군은 퇴각하고 작은 병선은 적선을 유인하라!"

이순신이 군사들에게 명령을 내렸다.

"적이 눈앞에 있는데 당장 공격을 하지 않고 무엇을 하는가?"

원균이 이순신이 수군 전체를 지휘하려고 하자 마땅치 않아 하면서 자신의 수군을 이끌고 공격을 감행하려고 했다.

"공은 병법을 알지 못하니 먼저 공격을 하면 반드시 패전을 할 것이오!"

이순신은 깃발을 높이 들어 배를 돌렸다. 수군의 병선들이 일제히 깃발을 따라 일본군 병선을 유인했다. 1리를 가기도 전에 일본군 병선들이 과연 배를 타고서 추격해 왔다. 이순신은 좁은 해협을 빠져나오자 북소리를 크게 울렸다.

둥둥둥!

북소리가 요란하게 울리기 시작하자 여러 배들이 기다렸다는 듯이 노를 돌려 추격해 오는 일본군 병선과 대진했다. 이순신의 진은 일자진이었다. 일본군 병선과의 거리는 불과 수십 보밖에 되지 않았다. 조선의 수군은 일자로 늘어선 뒤에 일본군의 병선을 에워싸고 일제히 공격을 퍼부었다.

"총통을 쏘아라!"

이순신은 초요기를 높이 세우고 명령을 내렸다. 그러자 일자진으로 펼쳐진 조선의 병선에서 일제히 총통이 발사되었다. 천지를 울리는 총성과 함께 포탄이 날아가 일본 병선에서 불기둥을 일으켰다.

"불화살을 쏴라!"

이순신은 거북선으로 돌진하여 먼저 크고 작은 총통을 쏘아대어 일본군의 배를 모조리 불살랐다. 일본군의 병선이 불타는 연기와 화염이 하늘에 가득하고 일본군이 배에서 뛰어내려 죽은 시체가 바다에 가득했다. 왜적들은 멀리서 바라보고 발을 구르며 울부짖었다.

"배를 적선에 충돌시켜라!"

이순신이 명령을 내렸다.

"격군은 힘차게 노를 저어라!"

조선의 판옥선들은 일제히 일본 병선에 달려가 충돌했다. 일본의 배는 먼바다를 빠르게 항해하기 위해 가볍게 제작되어 있었다. 그러나 조선의 판옥선은 가장 단단한 밤나무와 철로 제작되어 있었다. 조선의 판옥선들이 전속력으로 달려가 일본의 병선들과 충돌했다.

쾅!

마치 산이 무너지는 듯한 거대한 굉음과 함께 일본의 병선들이 종잇장처럼 접히면서 부서져 침몰하기 시작했다. 일본군이 비명을 지르면서 배와 함께 바다에 떨어졌다.

"한 놈도 살려두지 마라!"

이순신은 맹렬하게 전투를 지휘했다. 한창 전투할 적에 철환(鐵丸)이 이순신의 왼쪽 어깨에 명중했다. 이순신은 이를 악물었다. 철환이 박힌 어깨가 떨어져 나가는 것 같은 통증이 엄습해 왔다. 이순신의 어깨에서 피가 흘러내려 발뒤꿈치를 적셨다. 그러나 이순신은 자신이 탄환에 맞았다는 사실을 말하지 않았다.

밤이 되자 이순신은 비로소 군관 이충을 불러 갑옷을 벗기고 탄환을 뽑아내게 했다.

"장군, 탄환이 너무 깊이 박혔습니다."

이충이 얼굴을 찡그리며 말했다.

"관우는 독화살을 뽑으면서도 태연하게 바둑을 두었다고 하는데 무엇을 걱정하는가? 어서 살을 베어내고 탄환을 뽑게."

이순신이 허공을 바라보면서 말했다. 이충이 칼로 살을 베고 탄환을 뽑으려고 하자 탄환이 서너 치나 깊이 박혀 있어서 뼈가 드러났다.

이순신은 류성룡에게 보내는 편지를 썼다. 전라 좌수사로 발탁한 류성룡의 기대에 어긋나지 않았다는 사실을 일러주고 싶었다.

이순신은 조선 수군을 거느리고 당포에 도착했다. 적선 20척이 강 연안에 정박하고 있었다. 그중 큰 배 한 척은 위에 층루를 설치하고 밖에는 붉은 비단 휘장을 드리워놓고 적장이 금관에 비단옷을 입고 손에 금부채를 가지고서 모든 왜적들을 지휘하고 있었다.

"장군, 제가 가서 왜장을 죽이겠습니다."

중위장 권준이 이순신에게 말했다. 이순신은 비단옷을 표표히 날리면서 선수에 서 있는 적장을 노려보았다.

"적장을 죽일 수 있겠는가?"

"장군, 소장에게 공을 세울 수 있는 기회를 주십시오. 소선 3척만 거느리고 가겠습니다."

"좋다! 반드시 성공하고 돌아와라!"

이순신이 빙그레 웃으면서 명령을 내렸다. 권준은 가볍고 빠른 배를 타고 일본군 함대 앞으로 달려갔다. 일본군 함대는 조선 수군 세 척이 달려와 활을 쏘자 일제히 조총을 쏘면서 달려왔다. 권준은 빠르게 도망을 치는 척하다가 갑자기 배를 돌려서 바로 밑으로 돌진하여 충돌했다. 살같이 빠르게 달려오던 권준의 배가 정면으로 충돌하자 일본군 장군선이 크게 흔들렸다. 권준은 적장을 쳐다보고 활을 쏘았다. 시위를 놓자마자 화살이 날아가 적장의 가슴을 꿰뚫었다. 적장이 처절한 비명을 지르면서 거꾸러졌다. 일본군은 혼비백산하여 달아났다. 이틀 후에 다시 당포 앞바다로 나아가자 전라 우수사 이억기가 전선 25척을 거느리고 와 있었다.

"하하하! 좌수사가 혁혁한 공을 세우고 있다는 소식을 듣고 달려왔소!"

이억기가 갑판 위에서 해후하자 큰소리로 웃음을 터트렸다.

"우수사 영감, 어서 오시오!"

이순신은 이억기를 반갑게 맞이했다.

조선 수군은 더욱 사기가 충천했다. 이순신은 사흘 후에 다시 먼 바다로 나가다가 일본군 병선이 고성 당항포 앞바다로 옮겨 정박했다는 보고를 받았다. 이순신은 배 3척을 먼저 보내 형세를 정탐하도록 했다.

"당항포 앞바다에 적선 26척이 있습니다."

정탐선이 돌아와서 보고했다.

"당항포 앞바다에 있는 26척을 먼저 공격한다."

이순신이 명령을 내렸다.

7월 2일, 조선 수군이 당항포 앞바다의 좁은 해협을 지나 겨우 바다 어귀를 나가자마자 바로 포를 쏘아 신호를 보냈다. 그러자 모든 군사들이 일시에 노를 재촉하여 앞뒤를 고기꿰미처럼 연결하여 나아가 소소강에 이르자 적선 26척이 강 연안에 늘어서 있었다. 그중에 큰 배 한 척은 위에 3층 판각을 설치하고 뒤에는 검은 비단 휘장을 드리우고 앞에는 푸른 일산을 세워놓았으며, 휘장 안에는 여러 왜적들이 죽 나열하여 시립하고 있었다.

"적을 공격하는 체하고 유인한다!"

이순신은 처음에 맹렬하게 교전하는 체하다가 거짓으로 패한 척하고 퇴각했다. 충각을 세운 큰 배가 돛을 달고 먼저 달려왔다.

뒤이어 26척의 배 뒤에 숨어 있던 수많은 병선들이 함성을 울리면서 추격해 왔다.

"좁은 해협으로 들어올 때까지 기다려라!"

이순신은 병선을 양쪽으로 정렬시키고 기다렸다. 이내 일본군 병선들이 좁은 해협을 빠져나오기 시작했다.

"공격하라!"

이순신은 그 틈을 놓치지 않고 전 함대에 공격 명령을 내렸다. 조선 수군은 일제히 공격을 퍼부었다. 모든 군사들이 양쪽에서 공격하니 적장이 화살을 맞고 죽었다. 그러자 군사들이 승세를 타 불을 질러 적선 1백여 척을 소각해버리고 왜적의 머리 210여 두를 베었다. 물에 빠져 죽은 적은 그 수효를 다 기록할 수 없었다. 6일에 잔여 왜적을 먼바다에서 추격하여 또 한 척을 불살라버렸다. 9일에는 모든 군사가 전투를 중지하고 본진으로 돌아왔다.

7월 6일에 순신이 이억기와 노량에서 회합하였는데, 원균은 파선 7척을 수리하느라 먼저 와 정박하고 있었다. 그때 적선 70여 척이 영등포에서 견내량으로 옮겨 정박하였다는 보고가 들어왔다.

8일에 수군이 바다 가운데 이르자 일본군이 조선 수군이 강성한 것을 보고 노를 재촉하여 돌아갔다. 모든 군사가 추격하여 가보니, 적선 70여 척이 앞바다에 벌여 진을 치고 있는데 지세가 협착한 데다가 험악한 섬들도 많아 배를 운행하기가 어려웠다.

"한산 앞바다로 적을 유인한다!"

이순신은 적을 유인하여 대파할 계획을 세웠다.

"적이 또다시 유인전술에 말려들겠습니까?"

중위장 권준이 반대했다.

"병법이란 적을 속이는 것이다."

이순신은 전라 우수사 이억기와 경상 우수사 원균의 부장들까지 모아놓고 작전 명령을 내렸다. 전라 우수사 이억기의 부장들은 이순신의 명령을 따르려고 했으나 원균의 부장들은 이순신의 명령을 따르려고 하지 않았다. 그 바람에 이순신의 부장들과 원균의 부장들이 칼을 뽑아들고 싸우려고까지 했다. 그러나 이억기가 나서서 조율하여 이순신의 명령에 따르기로 결정이 되었다. 조선 수군은 진격하기도 하고 퇴각하기도 하면서 일본군 병선들을 유인했다.

"한산도 앞바다로 끌어내라!"

이순신은 섣불리 공격 명령을 내리지 않았다. 일본군이 총출동하여 조선 수군을 추격하여 마침내 한산도 앞바다에 이르렀다.

"전군은 학익진을 치고 적을 공격하라!"

이순신이 기를 휘두르고 북을 치면서 명령을 내렸다.

"학익진이다!"

이순신의 부장들이 일제히 명령을 내렸다. 조선 수군은 함성을 지르면서 나란히 진격하여 크고 작은 총통을 연속적으로 쏘아댔다. 일본군 함대는 한산도의 좁은 해협에 일시에 몰려들어 우왕좌왕했다. 조선 수군은 맹렬하게 공격을 퍼부어 적선 3척을 격침했다. 왜적들이 사기가 꺾이어 조금 퇴각하니 여러 장수와 군졸들이 환호성을 지르면서 발을 구르고 뛰었다. 조선 수군은 예기(銳氣)를 이용하여 불화살과 탄환을 번갈아 발사하여 적선 63척을 모조리 격침시키고 불살랐다.

아비규환의 참상이 벌어졌다.

격침되는 병선에서는 아무리 용맹한 일본군이라도 조총을 발사할 수가 없었다. 일본군 수천 명이 격침되는 배와 함께 가라앉고 바다에 뛰어들어 죽었다. 일본군 4백여 명은 배를 버리고 육지로 올라가 달아났다. 조선 수군은 대승을 거두었다. 이것이 저 유명한 한산도 대첩이다.

7월 10일에 이순신이 수군을 거느리고 안골포에 도착하자 적선 40척이 바다 가운데 벌여 정박하고 있었다. 그중에 첫째 배는 위에 3층 큰집을 지었고, 둘째 배는 2층집을 지었으며, 그 나머지 모든 배들은 물고기 비늘처럼 차례대로 진을 결성하였는데 그 지역이 협착했다. 아군이 두세 차례 유인하였으나 일본 병선은 두려워하여 감히 나오지 않았다. 우리 군사들은 들락날락하면서 공격하여 적선을 거의 다 불살라버렸다. 이 전투에서 3진이 머리를 벤 것이 250여 두고 물에 빠져 죽은 자는 그 수효를 다 기록할 수 없으며 잔여 왜적들은 밤을 이용하여 도망쳤다.

"오늘 밤 우리가 합계하여 승전을 조정에 보고합시다."

원균이 기뻐하면서 이순신에게 말했다.

"승전을 보고하는 것이 무어 그리 급합니까? 우선 파손된 배부터 수리하는 것이 수군 제독이 할 일입니다."

이순신이 냉랭하게 말했다. 원균은 머쓱하여 더 이상 아무 말도 하지 못했다.

"장군, 적과 싸운 것은 우리인데 어찌 원균과 승전한 보고를 함께 올린다는 말입니까? 우리는 그렇게 할 수 없습니다."

이순신의 부장들이 일제히 반대했다.

"전공을 다투는 것은 장수로서 할 일이 아니다."

이순신이 수염을 쓰다듬으면서 말했다. 원균과 공을 다투고 싶지 않았다.

"우리는 장군을 믿고 장군을 따랐습니다. 우리가 목숨을 마다하고 장군을 따른 것은 나라에 공을 세워 그 영광을 얻기 위해서입니다. 조정에 보고를 올리는 것은 우리에게 맡겨주십시오."

부장들이 단호하게 말했다. 이순신은 눈을 지그시 감고 대답을 하지 않았다. 부장들에게 누구보다도 강인한 훈련을 시켜왔으나 그들의 고생에 보상할 길이 없었다. 이럴 때 공을 세웠다는 보고를 하면 나라에서 부장 모두에게 큰 상을 내릴 것이다. 부인들이 승진을 하는 것은 전쟁을 할 때뿐이다.

이순신의 묵인 아래 전라 좌수사의 부장들이 한산대첩의 대승을 조정에 보고했다.

"오오, 우리 수군이 왜적을 크게 물리쳤다고 한다!"

이순신의 군관 이충이 달려와 한산대첩의 승전을 보고하자 선조는 눈물을 흘리며 기뻐했다.

'아아, 내가 포석한 것이 이제야 빛을 보는구나.'

류성룡은 이순신의 수군이 대승을 거두었다는 소식을 듣고 남쪽 하늘을 우러러보면서 감개에 젖었다.

'여해, 왜적에게 철환을 맞았다고 하는데 어깨는 괜찮은가?'

류성룡은 남쪽 하늘을 바라보면서 혼잣말로 중얼거렸다.

바다에서는 수군이 대승을 거두었으나 육지에서는 조선의 군사들이 연일 연전연패를 하고 있었다. 선조는 의주로 몽진을 가고 광해군은 분조를 이끌고 임진왜란을 지휘하기 시작했다. 그러나 북도로 피난을 간 임해군과 순화군을 비롯하여 그들을 따라간 대신들이 일본군에게 포로가 되었다는 소문이 들리면서 조정은 발칵 뒤집혔다.

"왕자들이 왜적에게 체포되었다는데 이 무슨 말인가?"

선조는 어전에서 대신들을 노려보면서 펄펄 뛰었다. 북도로 간 왕자들이 포로가 되었다면 북도가 완전히 일본군의 수중에 들어갔다고 보아야 하는 것이다. 조정 대신들의 얼굴이 하얗게 질렸다.

"지금 소문만 있고 자세한 내막을 알 수 없어서 조사 중에 있습니다."

영의정 최홍원이 아뢰었다. 선조는 왕자들이 체포되었다는 소식에 전신을 부들부들 떨면서 두려워하고 있었다.

'평양 탈환 작전을 펼쳐야 하는데 어떻게 하지?'

류성룡은 왕자들이 포로가 되었다는 소식을 듣고 절망감이 들었다. 그러나 소문뿐이었지 정확한 사실은 확인할 수 없었다.

조정은 침울한 분위기가 감돌았다. 평양이 일본군에 점령되었으나 이순신이 바다에서 연전연승을 거두면서 일본군은 더 이상 진격을 하지 못하고 있었다.

'이산해가 있었으면 나를 밀 텐데……'

이산해는 영의정에서 파직되었으나 평양에서 강원도로 귀양을 갔다.

10월이 되자 경성 판관 이홍업이 오랫동안 적에게 잡혀 있다가 북병사 한극함, 남병사 이영, 임해군, 순화군, 김귀영, 황정욱, 전호군 황혁의 서장과 일본군 대장 가토의 서찰을 가지고 성천에 도착했다.

"왜적이 말하기를 '조선이 땅을 떼어 강화하면 왕자도 되돌려보내고 군사도 철병하겠나'고 하였습니다."

이홍업이 아뢰고 한극함과 이영의 서찰을 바쳤다.

"가토가 말하기를 '일본이 조선과는 오랫동안 이웃 나라의 수

호를 닦아왔으므로 당초부터 침범을 하려는 마음은 없었다. 그런데 대마도주가 거짓말을 지어내어 두 나라 사이를 이간하기까지에 이르렀으므로 이미 죄를 받아 처형되었다. 당초 우리가 온 것은 명나라를 바로 침범코자 하여 귀국의 길을 잠깐 빌리기를 청하여 군행(軍行)이 편하게 하려 함이었다. 그런데 변방을 지키는 신하들이 이런 뜻을 알지 못하고 부산 등지에서 먼저 무기를 썼기 때문에 난리가 벌어지게 된 것이다. 그러나 일본은 원래 살상을 즐기는 마음이 없어 지나는 성읍에서 한 번도 칼날에 피를 묻히지 않았다. 우리에게 사로잡힌 자는 모두 안전하게 보호하고 있고, 임해군과 순화군 두 왕자도 모두 예로써 접대하고 있다. 귀국의 군현(郡縣)은 거의 일본의 소유가 되었으나 대왕이 다시 인국과의 맹약을 맺으려 한다면 그중 한두 도(道)를 귀국에 돌려줄 것은 물론 전처럼 신의를 지킬 것이다'라고 하였습니다."

한극함과 이영의 서찰이었다. 가토의 서찰은 조선 국왕에게 한두 도(道)를 떼어주어 왕자들과 함께 편안하게 살게 해줄 테니 항복을 하라는 치욕적인 내용으로 이루어져 있었다. 선조는 서찰을 읽자마자 기둥에 머리를 짓찧으면서 통곡을 하기 시작했다.

임해군과 순화군이 포로가 되어서 우는 것이 아니라 일본군에게 쫓기는 신세가 비참하여 운 것이다.

"전하!"

대신들도 일제히 울음을 터트렸다. 내관들도 울고 궁녀들도 울었다. 정주의 행재소는 울음바다가 되었다. 류성룡도 천 길 벼랑으로 굴러 떨어지는 것 같아 눈물을 흘렸다. 함경도 일대가 적에게 유린되었다면 남은 것은 평안도뿐이다. 일본의 대군이 휘몰아쳐 오면 조선은 멸망한다. 류성룡은 행재소에서 나와 비틀대는 걸음으로 정신없이 걷기 시작했다.

"나리."

류성룡이 한참을 걷는데 종사관 신경진과 군관들이 따라오고 있었다.

"조선은 장차 어찌 되는 것입니까? 이대로 멸망하는 것입니까?"

신경진의 목소리에 울음이 가득 묻어 있었다. 류성룡은 우뚝 걸음을 멈추었다.

"명나라 구원병이 곧 올 것이다. 구원병이 오면 일본군을 격파할 수 있을 것이니 만반의 준비를 갖추어야 한다. 명군이 올 때까지 죽음으로 왜적을 막을 것이다!"

류성룡은 주먹을 움켜쥐었다. 목숨이 다할 때까지 싸워야 한다. 성 하나만 남아 있더라도 끝까지 싸워야 한다. 이대로 물러설 수는 없다. 류성룡의 가슴 깊은 곳에서 맹렬한 투지가 불타올랐다.

류성룡은 군관 6명과 패잔병 19명을 데리고 정주에 이르렀다. 류성룡은 임해군과 순화군이 일본군에게 포로가 되었다는 소식을 듣고 절치부심하면서 대책을 수립하기 시작했다. 어떻게 하든지 일본군을 몰아내야 했다. 선조는 정주에 있었다. 선조가 평양을 떠난 이후 난민들이 순안, 숙천, 안주, 영변, 박천을 습격하여 곡식을 약탈했다.

류성룡은 명나라 군사가 하루빨리 도착하기만을 간절하게 빌었다. 함경도와 평양이 일본군의 수중에 떨어졌기 때문에 자칫하면 의주까지 빼앗길 가능성이 있었다. 그렇게 되면 조선의 전 국토를 일본군에게 빼앗기는 것이다. 조선에 남은 것이라고는 대동강 이북의 손바닥만 한 평안도뿐이었다.

"평양이 왜적에게 유린되었으니 이를 어찌하는가?"

선조는 망연자실하여 허공을 바라보고 있었다.

"조만간 명군이 들이닥칠 것입니다. 성상께서는 안심하십시오."

류성룡이 머리를 조아리고 아뢰었다.

"왜적이 정주까지 들이닥칠 것이 아닌가?"

"우선은 의주로 몽진하시옵소서. 신이 어떻게 하든지 왜적을 막겠나이다."

"그대는 정주에 머물러 있으라."

선조의 어가가 다시 의주를 향해 몽진을 했다. 류성룡은 선천 쪽으로 방향을 잡아서 떠나가는 선조를 향해 무릎을 꿇고 절을 올렸다. 류성룡은 선조의 어가가 멀어져 보이지 않자 연훈로로 돌아와 울었다.

명나라 군사가 오는 일 외에는 왜적을 막아낼 비책이 없었다. 군관과 19명의 군사들도 떠나지 않고 길가의 버드나무에 말을 매어놓고 비감한 표정을 짓고 있었다.

저녁 무렵이 되자 몽둥이를 든 난민들이 정주 성내를 휩쓸고 돌아다녔다.

"대감, 아무래도 난민들이 창고를 습격할 것 같습니다."

종사관 홍종록이 아뢰었다.

"이럴 때일수록 민심이 안정되어야 하는데 백성들이 난민이 되어가면 어찌하는가……."

류성룡은 중국에 고급사(告急使)를 파견했다. 고급사는 급한 일을 알리는 사신이었다.

"난민의 숫자가 점점 많아지고 있습니다."

"난민의 숫자가 더 많아지기 전에 제압해야 한다."

류성룡은 군관을 불러 군사들을 지휘하여 난민들을 잡아오게 했다. 군사들이 난민 9명을 잡아왔다.

"저자들을 발가벗겨서 조리를 돌리도록 하라!"

류성룡이 엄격하게 영을 내렸다. 군사들이 난민 9명을 발가벗겨서 뒤로 묶은 뒤에 거리로 끌고 나가서 소리를 질렀다.

"창고를 약탈하는 도적은 사로잡아 죽여서 목을 매달 것이다!"

군사들이 호통을 치자 난민들이 공포에 질려서 뿔뿔이 흩어져 달아났다.

"정주 판관 김영일이 평양에서 도망을 친 후 창고에서 곡식을 도적질하여 바닷가에 있는 처자에게 보냈다고 합니다."

"그자를 잡아들이라."

류성룡이 영을 내렸다. 군사들이 일제히 달려가 정주 판관 김영일을 잡아왔다.

"너는 무장의 몸으로 싸움에 지고도 죽지 않았으니 마땅히 참수를 해야 한다. 게다가 그 죄를 모르고 관청의 곡식을 도적질하는가? 이는 명나라 군사를 먹일 군량이지 사사로이 네가 먹을 군량이 아니다!"

류성룡은 참수할 권한이 없었기에 김영일에게 곤장 60대를 때렸다. 이때 평양에서 윤두수와 김명원이 왔다. 윤두수는 선조가 정주에 머물러 있으라고 했는데도 지시를 따르지 않고 곧장 선조를 찾아갔다. 류성룡은 김명원과 이빈을 정주에 있게 하고 선조의 어가를 따라 용천으로 갔다. 그리고 종사관 홍종록을 시켜서 명나라에서 오는 구원병들을 위해 군량을 준비하라고 이른 후 다시 어가를 따라 의주에 이르렀다.

명나라에는 신점이 사신으로 가서 옥하관에 머물면서 밤낮으로 구원을 청하고 있었다. 명나라는 일본이 전쟁을 일으킨 지 두 달 만에 평양이 함락되고 선조가 의주에 이르자 조선이 일본을 끌어들여 명나라를 치려는 것이 아닌가 의심하고 있었다.

신점은 명나라의 병부상서 석성을 만나 간절하게 청했다.

신점이 사신의 임무를 마치고 통주에 이르자 고급사인 우승지 정곤수가 들이닥쳤다.

조선은 다급했다. 선조는 나라를 버리고 명나라에 귀부하겠다는 사신을 잇달아 보냈다.

7월이 되자 명나라에서는 요동 부총병 조승훈이 군사 5천 명을 거느리고 압록강을 건너왔다. 류성룡은 정신없이 전쟁을 지휘해야 했기 때문에 온몸이 지쳐 있었다. 그는 마침내 걷지도 못할 정도로 병을 앓아 명나라 군사를 접대하는 것이 주 임무였는데도 움직일 수가 없었다. 열이 치솟고 한기가 엄습해왔다. 류성룡은 농가의 방에 누워 끙끙 앓았다.

'내가 이대로 죽는 것인가?'

죽음을 생각하자 슬픔이 치밀어 눈물이 흘러내렸다. 가족들의 얼굴이 떠올라왔다. 아아, 어머니는 어디에 계시고 아이들은 어떻게 지내고 있는가. 헤어질 때 변변하게 사랑한다는 말 한마디 해주지 못한 향이는 어찌 지내고 있는 것일까.

밖에서는 삭풍이 불고 있었다. 앙상하게 메마른 가지를 흔드는 바람은 귀곡성처럼 음산하게 류성룡의 귓전을 울렸다. 류성룡은 음산한 비바람 소리에 선잠을 잤다.

'아버님……'

어디선가 그를 부르는 소리가 애잔하게 들렸다. 류성룡이 퍼뜩 놀라서 깨어나자 밖에는 눈보라가 세차게 몰아치고 있었다.

'아버님……'

류성룡을 부르는 소리는 밖에서 들리고 있었다.

'누구냐?'

류성룡은 밖을 향해 벌컥 소리를 질렀다.

'아버님, 소자 위옵니다.'

'위냐? 네가 어인 일이냐?'

'아버님, 배가 고프옵니다. 춥고 배가 고프옵니다.'

류성룡은 문을 벌컥 열어 젖혔다. 눈보라가 몰아치는 농가의 뜰에 낡고 해진 옷을 입은 위가 오도카니 서 있었다.

'위야, 추운데 거기서 무엇을 하느냐?'

아버님은 당상관의 지위에 있는데 우리 식구는 어찌 이리 춥고 배가 고픈 것입니까?

'위야!'

'아버님, 어머님도 배가 고파서 병이 들었습니다.'

위가 원망이 가득한 눈빛으로 그를 쳐다보았다.

'위야!'

류성룡은 목이 메어 위를 부르다가 잠과 꿈에서 깨어났다. 눈을 뜨자 사방이 칠흑처럼 어두운 가운데 문풍지를 흔드는 바람 소리가 스산하게 들리고 있었다. 꿈이었구나. 류성룡은 등줄기가 축축하게 젖어 있는 것을 느꼈다. 아직 밤이 깊지 않았는지 밖에서 두런두런 떠드는 소리가 들렸다.

"풍원부원군이 결국 쓰러졌어."

"평안도가 좁다 하고 일대를 헤매고 다녔으니 오죽하겠나?"

류성룡은 눈을 감았다. 위가 죽은 일이 떠올랐다. 몸이 아플 때마다 죽은 위가 떠오르는 것은 제대로 먹이지도 못하고 입히지도 못했기 때문일 것이다. 언젠가 흰 쌀밥이 먹고 싶다면서 위가 투정을 부린 일이 있었다. 그때 류성룡은 위를 회초리로 때렸다. 그때 위는 울면서 원망이 가득한 눈빛으로 류성룡을 보았었다.

'위야, 애비를 용서해라.'

류성룡은 위를 생각하자 목이 메고 눈물이 흘러내렸다.

이튿날 류성룡은 병이 깊으니 종사관 신경진을 시켜서 명나라 군사를 접대하는 일을 사직하게 해달라고 청했다. 선조는 좌의정 윤두수에게 그 임무를 맡겼다.

'좌상이 이 일을 맡으면 안 된다. 임금님이 계신 행재소에 정승이 하나도 없어서야 될 말인가?'

류성룡은 명나라 사신을 접대하는 일을 윤두수에게 맡기자 병이 극도로 악화되어 있는데도 어전에 나아갔다.

"전하께서 계신 곳에 현임 정승이 한 사람도 없어서는 안 됩니다. 신이 명나라 장수를 안내하는 임무를 맡았으니 비록 죽는 한이 있이도 나가서 일을 보겠습니다."

류성룡이 아뢰었다.

"경은 몸조리를 해야 하지 않는가?"

선조가 망연한 표정으로 류성룡을 굽어보았다. 전쟁을 겪느라고 선조의 얼굴도 해쓱해 있었다.

"나라가 위급한데 어찌 신의 몸을 생각할 겨를이 있겠나이까?"

"경에게 약을 하사할 것이다. 모쪼록 명나라 사신을 잘 접대하여 왜적을 물리치게 하라."

"망극하옵니다."

류성룡은 선조의 허락을 받자 엉금엉금 기다시피 명나라 군사를 위한 군량을 준비하러 나갔다. 류성룡이 간신히 말을 타고 소곳역에 이르자 이속과 군사들이 모두 흩어져 인적을 찾을 수가 없었다. 군관을 시켜 조사를 하자 겨우 몇 사람을 데리고 왔다.

"나라에서 평일에 너희에게 은혜를 베푼 것은 지금 같은 때에 쓰고자 한 것이다. 나라가 이토록 위급한 때에 도망을 가면 어디로 갈 것인가? 명나라 군사가 곧 도착할 텐데 너희가 공을 세워야 하지 않느냐?"

류성룡은 간곡하게 타이르고 공명책을 만들어 앞에 있는 자들의 이름을 적었다.

"잘 들어라. 여기에 기록된 자들은 임금께 아뢰어 상을 받게 될 것이나 이 기록에 빠져 있는 자들은 전쟁이 끝난 뒤에 역적이 되어 벌을 받게 될 것이다."

류성룡이 공명책을 선전하자 도망을 갔던 자들이 다투어 들어왔다.

"소인들은 잠시 볼일이 있어서 자리를 비운 것뿐입니다. 어찌 감히 신역을 피하려 하겠습니까? 소인들을 공명책에 적어주십시오."

백성들이 다투어 말했다. 류성룡은 백성들을 다루는 방법을 알게 되어 여러 곳에 공문을 보내 공명책을 비치하도록 했다. 류성룡은 공명책 덕분에 많은 역부를 동원할 수 있었다. 역부들은 공명책에 이름이 오르기를 바라 스스로 나와서 명나라에서 오는 군사들을 위해 숙소를 짓거나 솥과 가마를 걸고 군량을 운반했다.

'아아, 이렇게 하면 굳이 역부들을 잡아다가 매를 때리지 않아도 되겠구나.'

류성룡이 다시 정주에 이르렀을 때였다.

명군의 선봉은 유격장군 사유(史儒)였고 대장은 조승훈이었다. 조승훈은 요동에서 새롭게 일어서고 있는 여진을 격파하여 명성을 떨치고 있는 용맹한 인물이었다. 명군은 류성룡이 미리 군대가 움직일 수 있도록 길을 닦은 탓에 쉬지 않고 행군하여 가산에 이르렀다.

"아직도 평양에 왜적이 있는가?"

소승훈이 가산에서 길을 인도하는 조신군 군사들에게 물었다.

"예, 그대로 있습니다."

"하하하! 왜적이 그대로 있다고 하니 하늘이 나에게 큰 공을 세우게 하려는 것이다!"

조승훈은 호탕하게 웃음을 터트리고 평양으로 진군하라는 영을 내렸다. 명군은 순안에서 삼경이 될 때를 기다렸다가 야습을 감행했다. 평양은 장대비가 세차게 쏟아지고 있었다. 빗줄기가 폭우로 변해 쏟아지자 일본군은 평양성의 성루에 보초조차 세우지 않았다. 명군은 평양성의 칠성문으로 진입했다. 그러나 성안은 골목이 좁고 꼬불꼬불한 길이 많아서 기마병인 명군이 제대로 달릴 수가 없었다.

"적이다! 일제히 사격하라!"

일본군은 성안에 매복하고 있다가 일제히 조총을 발사했다.

"함정이다. 왜적이 매복하고 있다!"

명군의 선봉에 서 있던 유격장군 사유가 경악하여 소리를 질렀다. 그러나 사유는 일본군의 맹렬한 사격을 받고 전사했다. 명군은 일대 혼란에 빠져 우왕좌왕했다. 세차게 쏟아지는 폭우 속에서 일본군은 명군과 말들을 공격하여 몰살시켰다.

"퇴각하라! 퇴각!"

조승훈이 비로소 퇴각 명령을 내렸으나 평양성을 공격했다가 살아 돌아온 병사는 수백 명밖에 되지 않았다. 조승훈은 일본군이 추격을 하지 않는데도 순안과 숙천을 지나 안주까지 단숨에 달아났다.

"우리 군사가 평양을 공격하여 적병을 많이 죽이기는 했으나 불행하게 유격장군 사유가 전사했다. 이는 날씨가 좋지 않아 일어난 일이니 병사를 더 보충하여 다시 올 것이다. 너희 재상 류성룡에게 동요하지 말라고 하라."

조승훈이 역관을 시켜 류성룡에게 전달했다.

"명군이 패했습니다."

종사관 신경진이 류성룡에게 달려와 보고했다. 류성룡은 평양 지도를 살피다가 고개를 들어 하늘을 쳐다보았다.

"5천 군사로 어찌 일본군을 격파하겠는가? 명군이 전략도 없이 공격을 했으니 실패하는 것은 당연하네. 물러가 쉬어라."

류성룡이 손을 내저었다. 신경진은 고개를 갸우뚱했다.

'오늘도 밤을 새우실 것인가?'

류성룡은 며칠째 평양 지도만 들여다보고 있었다.

10
의병이
일어나다

서도는 겨울이 일찍 오고 있었다. 류성룡은 단풍이 붉게 물들었던 산에 낙엽이 떨어져 앙상한 나뭇가지들이 삭풍에 몸을 떠는 것을 무연히 바라보았다. 전쟁 중에도 산들이 타는 듯이 붉고 들판이 황금빛으로 물들어 있었으나 어느 사이에 눈발이 날리는 겨울이 와 있었다. 안주는 북쪽이라 10월이면 눈이 내리고 강추위가 몰아쳐 왔다.

명나라는 조승훈이 패하자 주춤했다. 일본군도 함경도를 유린하고 평양성을 점령했으나 명나라가 참전한 후로는 더 이상 진격을 하지 않았다. 이순신이 바다에서 일본의 병선을 대거 격침한 이후 일본군의 보급과 병력 보충이 원활하지 않았다. 류성룡은 매일같이 일본군을 격파할 전략을 짜는 데 골몰했다.

'오늘따라 날씨가 몹시 춥구나.'

류성룡은 평양 지도를 들여다보다가 깜박 잠이 들었다. 꿈속에서 류성룡은 배꽃이 하얗게 핀 명례방 집 뜰에서 향이와 바둑을 두고 있었다. 배나무를 심은 것은 기축년의 일인데 3년도 되지 않아 꽃이 활짝 핀 것이다.

"중앙이 위험한데 어찌 어지럽게 사방팔방에 포석을 하는 것이냐?"

류성룡은 향이의 괴상한 포석에 미간을 찌푸렸다.

"호호. 사방팔방에 포진을 하니 중앙에 포진한 대마들이 어지러워하지요."

향이가 배꽃처럼 하얗게 웃었다. 나중에 알게 되었지만 향이의 아버지는 조선 제일의 국수였다. 향이를 무릎에 앉히고 어릴 때부터 바둑을 가르쳤다. 향이는 불행하게 아버지가 죽자 류성룡의 첩이 된 것이다.

그때 무슨 소리가 들려 류성룡은 잠에서 깨어났다. 처소겸 정청으로 쓰는 기와집 앞에 있는 은행나무에서 노랗게 물든 은행잎이 우수수 떨어지고 있었다.

'향이는 어떻게 지내고 있을까?'

노란 은행잎을 보자 향이가 입었던 노랑저고리가 생각났다. 향이를 처음 보았을 때 그녀는 다홍치마와 노랑 저고리를 입고 있었다.

'중앙에 있는 대마를 어지럽게 하기 위해 사방팔방 포석을 한다고?'

향이의 얼굴을 떠올리자 저절로 입언저리에 미소가 감돌았다.

'그래. 전국에 의병을 일으키는 거야.'

류성룡은 섬광처럼 계책 하나가 떠올랐다,

'왜적이 주춤하고 있을 때 의병이 일어나 유격전을 전개하면 왜적은 더욱 어려워질 것이다.'

류성룡은 섬광처럼 계책이 떠오르자 즉시 전국에 보내는 격문을 작성하기 시작했다.

"지난 사월 열사흘, 왜적이 남도를 유린하고 풍우처럼 한양으로 짓쳐 올라오니 망극할 사 임금께서 서도로 몽진을 하시게 되었다. 전국의 유림, 승려, 속인을 비롯하여 모든 생민들은 들으라. 태조께서 조선을 창업한 지 어언 2백 년. 일찍이 이런 참화는 없었다. 어찌 이 아름다운 금수강산을 왜적에게 노략당할 것인가. 다행히 명군이 구원하여 평양 수복을 목전에 두었으니 의를 아는 자는 일어서라. 임금이 풍우 속에 몽진을 하는데 이 나라 신민이라면 어찌 목숨을 아끼겠는가. 너희가 한양과 평양의 뒤에서 왜적을 치면 왜의 주력이 당황하게 될 것이고, 명군이 평양을 수복하고 내쳐 한양을 수복하게 될 것이다. 이 격문은 각 도에 보내고 각 도는 격문을 필사하여 고을에 보내고, 고을은 의사들에게 보내 창의의 깃발을 높이 들게 하라."

류성룡은 격문을 각 도에 내려보냈다. 류성룡이 보낸 격문은 각 도를 거쳐서 고을 구석구석까지 보내져 금강산 표훈사에 있는 승려 사명당에게까지 보내졌다. 사명당은 중종 때 승과에 입격했으나 그 무렵 금강산의 표훈사에서 불경을 공부하고 있었다. 그는 류성룡의 격문이 도착하자 불탑 위에 올려놓고 눈물을 흘렸다.

"들으라! 이 격문은 임금을 호종하고 있는 전 영의정 서애 류성룡 대감의 격문이다. 그분은 벼슬에서 파직되었는데도 고향으로 돌아가지 않고 어가를 호종하고 있다. 서애 대감이 말씀하시기를 승려와 속인을 가리지 않고 군사를 일으켜 왜적을 물리치라고 하셨다."

사명당은 비통한 목소리로 승려들에게 말했다. 승려들이 모두 눈물을 흘렸다.

"우리는 이제 왜적을 치기 위해 승군을 조직할 것이다. 금강산에 있는 모든 사찰에 연통을 하여 표훈사로 모이라고 하라!"

사명당은 순식간에 1천 명의 승군을 조직하여 일본군을 공격하기 시작했다. 의병은 전국 곳곳에서 일어났다.

류성룡은 다시 정주로 갔다. 선조는 의주에서 정사를 보고 광해군은 박천 일대에서 분조를 설치하여 조선의 군사들을 지휘했다.

12월 1일, 명나라의 대군이 얼어붙은 압록강을 건너 속속 조선 땅으로 들어오기 시작하여 한시도 정주에 머물러 있을 수가 없었다. 명군은 선봉 5천 명과 제독 이여송이 4만 3천 명을 거느리고 조선에 들어왔다.

'명군이 도착했으니 평양을 먼저 수복해야 한다.'

류성룡은 전신이 팽팽하게 긴장되는 것을 느꼈다. 이제는 일본군과 일전을 벌일 때가 온 것이다. 때마침 전시사령부나 마찬가지인 비변사가 선조에게 류성룡을 도체찰사에 임명해달라고 청했다.

"풍원부원군 류성룡이 안주에 머물면서 군사를 지휘하고 있는데 마땅한 직책이 없어 군령이 서지 않습니다. 류성룡을 도체찰사에 임명하여 각 군의 일을 총독하게 하소서."

선조는 비변사의 청을 받아들여 벼슬도 없이 봉직하던 류성룡을 전시 총사령관이나 다름없는 도체찰사에 임명했다.

'마침내 나에게 기회가 왔구나.'

류성룡은 도체찰사에 임명되자 본격적인 전략을 세우기 시작했다. 명군이 5만이나 되었으므로 평양성을 충분히 수복할 수 있을 것이고, 평양성을 수복하면 즉시 일본군을 추격하여 전멸시킬 계획을 세웠다. 그러나 우선은 명군의 군량을 공급하는 일이 급선무였다.

류성룡은 안주에서 군관 성남에게 지시하여 수군장 김억추에게 평양에서 적군을 공격할 준비를 하게 했다.

"반드시 6일 안으로 전령을 보내도록 하라."

류성룡은 성남에게 엄중하게 지시했다. 그러나 수군장 김억추에게 달려간 성남은 6일이 되어도 돌아오지 않았다.

"너는 어찌하여 6일이 지나도 전령을 보내지 않느냐?"

류성룡은 노기가 충천하여 군관 성남을 추궁했다.

"그럴 리가 없습니다. 소인이 강서 병사 김순량을 시켜 보고하게 했습니다."

성남이 의아한 표정으로 대답했다.

"김순량을 불러와라!"

류성룡이 추상같은 지시를 내리자 성남이 김순량을 데리고 왔다.

"김순량은 들으라! 너는 군관 성남이 전령을 보내라는 영을 내렸는데 네가 보낸 전령은 누구이며 어디 있느냐?"

류성룡이 김순량을 노려보면서 호통을 쳤다. 류성룡의 호통에 안주성 동헌의 서까래가 쩌렁쩌렁 울렸다.

"소인은 전령을 보내라는 지시를 받지 못했습니다."

김순량은 당황하여 어쩔 줄을 모르다가 꿇어 엎드려 대답했다.

"아뢰옵니다. 김순량은 거짓을 고하는 것이 분명하옵니다. 순량이 전령을 가지고 나간 지 며칠이 지나 소 한 마리를 끌고 와서 제 무리들과 잡아먹기에 사람들이 소가 어디서 났느냐고 묻자 순량은 '내 소인데 친척 집에 맡겨두었다가 찾아온 것'이라고 말했습니다. 지금 생각해보니 종적이 의심스럽기 짝이 없습니다."

성남이 류성룡에게 군례를 갖추고 말했다. 류성룡은 김순량을 가만히 노려보았다. 김순량은 사색이 되어 어쩔 줄을 모르고 있었다. 눈알을 빠르게 움직이는 것이 무엇인가 교활한 꾀를 궁리하고 있는 것이 틀림없어 보였다.

"저놈을 형틀에 매달아서 곤장을 쳐라!"

류성룡이 군관들에게 지시를 내렸다. 군관들이 일제히 달려들어 김순량을 형틀에 묶고 곤장을 치기 시작했다.

"대감, 살려주십시오."

성남은 곤장을 몇 대 맞지 않았는데도 부들부들 떨었다.

"전령을 어찌했는지 사실대로 고하라!"

류성룡의 목소리는 서릿발이 내릴 것처럼 싸늘하고 눈에서는 퍼렇게 불길이 뿜어져 나와 보는 사람들의 오금이 저릴 정도였다.

"대감, 소인을 용서해주십시오. 소인이 왜적의 첩자 노릇을 하였습니다."

"뭐라? 왜적의 첩자?"

류성룡은 가슴이 철렁했다. 군관들도 일제히 웅성거렸다.

"그날 소인이 군관 성남에게 전령과 비밀 공문을 받아 평양성으로 가서 왜장에게 바치니 왜장이 소 한 마리를 상으로 주었습니다. 또한 왜적의 첩자인 서한룡에게는 명주 다섯 필을 주고 다른 비밀을 탐지하여 보름 안으로 보고하면 더 많은 상을 주겠다고 하였습니다."

김순량이 울면서 말했다.

"첩자 노릇을 한 자가 너 하나뿐인가?"

"대략 40여 명이 되는데 순안, 강서 여러 진에 흩어져 있고, 숙천, 안주, 의주에 이르기까지 발길이 닿지 않는 곳이 없습니다."

류성룡은 일본군이 조선인들을 첩자로 이용하는 것에 놀라 즉시 선조에게 장계를 올려 보고하고, 김순량을 목 베어 죽였다. 김순량의 입에서 나온 첩자들의 이름을 각 부대에 통고하여 모조리 잡아들이도록 했다.

한겨울의 강추위 속에서 압록강을 건넌 명나라의 대군이 평양을 향하기 시작했다. 류성룡은 조선군 총사령관 자격으로 이여송을 찾아가 만났다. 이여송은 요동 벌판에서 혁혁한 명성을 날린 군벌답게 풍채가 당당했고, 명군은 깃발과 병기가 삼엄하여 정예병이라는 것을 알 수 있었다.

"장군, 이것은 평양의 지도입니다."

류성룡은 명군이 평양을 공격할 때 요긴하게 사용할 수 있도록 평양 지도를 보여주면서 유리한 진격로를 설명해주었다. 이여송은 크게 기뻐하면서 류성룡이 일러준 진격로에 붉은 점을 표시했다.

"왜병들이 믿는 것은 조총뿐인데 우리는 대포가 있소. 우리 대포의 포탄은 5~6리를 족히 날아가니 왜적을 치는 것은 문제가 없습니다."

이여송이 유쾌하게 웃음을 터트렸다.

류성룡이 순안에 있을 때 승려 휴정과 사명당이 승군을 이끌고
왔다.

"오오, 서산대사와 송운대사가 아니오?"

류성룡은 그들과 반갑게 인사를 나누고 명군과 함께 평양을 공
격하라는 지시를 내렸다. 서산대사는 법명이 휴정이고, 송운대사
는 법명이 사명당이었다. 그들은 류성룡의 격문을 받고 일본군과
곳곳에서 전투를 벌이면서 순안까지 달려온 것이다.

"대감의 격문을 받고 절에서 불도에만 정진할 수가 없었습
니다."

사명당이 류성룡에게 공손하게 합장을 했다.

"고승들이 나라를 위해 떨치고 일어났으니 왜적은 반드시 멸망
할 것이외다!"

류성룡은 사명당의 손을 잡고 파안대소했다. 명군과 조선군 사
이에 합동 작전회의가 열렸다. 이여송은 강화 회담을 미끼로 일본
군 장수들을 유인하여 살해한 뒤에 일제히 공격을 하겠다는 작전
을 세웠다. 류성룡은 일본군의 퇴로를 차단하는 작전을 제시했다.

"왜적의 퇴로를 차단하는 것은 조선군이 맡으시오."

이여송이 류성룡에게 말했다.

"좋습니다."

류성룡은 이여송과 굳게 약속을 하고 조선군 진영으로 돌아왔다. 류성룡이 이끄는 도체찰사 진영은 평양성 총공격을 앞두고 긴장이 물결치고 있었다. 류성룡은 종사관들과 전략회의를 열었다.

　　"명군은 이여송이 총지휘를 하고 있으나 남병과 북병으로 이루어져 있다. 특히 남병은 강력한 대포를 가지고 있어서 평양성을 함락시키는 것은 쉬울 것이다. 그렇게 되면 왜적은 대패하여 퇴각을 할 것인즉, 우리 조선 군사들이 퇴로에 매복하고 있다가 섬멸해야 할 것이다."

　　류성룡이 좌중을 둘러보고 말했다.

　　"일본은 승승장구했습니다. 과연 명군에게 패하겠습니까?"

　　종사관 홍종록이 불안한 표정으로 물었다.

　　"무슨 소리인가? 명군의 남병은 화력이 막강하다고 하지 않는가?"

　　"일본군이 설사 퇴각을 한다고 해도 조총을 가지고 있습니다. 우리가 퇴로를 막으면 군사들이 많이 다칠 것입니다."

　　"하면 퇴각하는 일본군을 그대로 두라는 말인가?"

　　"아닙니다. 일본군이 퇴각하면 명군과 합동으로 추격을 하는 것이 유리합니다."

　　"그것은 병법을 모르는 소리다. 나의 전략은 평양의 왜적만 소탕하려는 것이 아니라 함경도에 있는 왜적과 한양의 왜적까지 일거에 섬멸하려는 것이다. 평양의 적이 모조리 소탕되면 한양에는 왜장이 단 한 명뿐인데, 이 여세를 몰아 한양을 수복하면 함경도에 있는 적들은 독 안에 든 쥐가 된다. 이것은 전쟁을 끝내려는 대계(大計)다!"

류성룡이 부리부리한 눈으로 좌중을 쏘아보자 종사관들이 일제히 고개를 숙였다.

"왜적의 퇴로를 차단하는 장수에 누가 좋겠는지 추천하라!"

"황해도 좌방어사 이시언과 우방어사 김경로가 적임입니다."

신경진이 이시언과 김경로를 천거했다.

"이시언은 쓸 만한데 김경로가 과연 막중한 일을 해낼 만한가?"

"좌방어사와 우방어사는 조정에서 임명하는 당상관들입니다. 그들에게 엄하게 신칙할 수밖에 없습니다. 게다가 체찰사께서는 평안도를 맡고 계시니 황해도 관리들을 감독할 수 없습니다."

신경진의 말에 류성룡의 얼굴이 붉어졌다.

"닥치라! 나라의 운명을 좌우하는 일전을 벌이는데 관할이 무슨 상관인가? 종사관들은 즉시 이시언과 김경로에게 영을 전하라! 신흠은 받아쓰라!"

류성룡이 종사관 신흠에게 영을 내렸다.

"명군은 5만이나 되고 평양에 있는 일본군은 기껏해야 1만 명 남짓밖에 되지 않는다. 황해도 방어사 이시언과 김경로는 평양성 남쪽에 매복하고 있다가 왜적이 패하여 퇴각하면 요격하도록 하

312

라! 적군은 굶주리고 지쳐서 싸울 엄두도 내지 못할 것이니 대승을 거둘 수 있을 것이다!"

류성룡이 말하자 신흠이 빠르게 붓을 놀려 군령을 만들었다. 류성룡은 군관 성남을 시켜 비밀리에 이시언과 김경로에게 군령을 통지했다. 그러나 김경로가 류성룡의 명을 따르지 않고 황해도 일대에서 분탕질을 하는 일본군을 막는다는 핑계로 매복을 하지 않았다. 류성룡은 김경로가 명령을 따르지 않자 군관 성남을 보내 김경로를 독려했다. 그러나 김경로는 황해도 순찰사 유영경의 공문이 당도하자 기다렸다는 듯이 그를 호위하러 재령으로 건너갔다.

이여송은 부총병 사대수에게 지시하여 명나라가 일본과 화친을 맺기를 원한다고 심리전을 펼쳤다.

심유경은 직접 일본군이 진을 친 평양성에 들어가 담판을 짓는 시늉을 하고 일본군 장수들을 심유경이 주둔하고 있는 순안으로 초대했다. 일본군 진영에서는 심유경의 방문에 답방하는 형태로 일본 장수가 20명의 군사를 거느리고 순안에 왔다. 계사년 정월 초하루였다.

사대수는 이들에게 술을 대접하여 취하게 만든 뒤에 매복한 군사들로 하여금 일제히 기습을 히게 했다. 일본군은 당황하여 매복한 명군과 싸우려고 했으나 일본 장수가 사로잡히고 군사들은 순식간에 도륙을 당해 살아 달아난 자는 불과 3명이었다.

이여송이 거느리는 명군은 평양과 지척인 숙천에 당도해 있었다. 류성룡은 이여송과 함께 명군이 평양성을 향해 총공세를 취하는 것을 지켜보았다. 명군은 즉시 평양성을 포위하고 일제히 공격했다.

"명군이다!"

일본군은 평양성의 성루에 붉은 깃발과 흰 깃발을 꽂아놓고 일제히 반격을 하기 시작했다.

"대포를 발사하라!"

이여송은 군진에서 영을 내렸다. 이여송의 명을 받은 명군이 일제히 대포를 발사하자 천지를 울리는 포성과 함께 평양성의 성벽이 무너져 내리고 불기둥이 치솟았다. 명나라의 대포에서 발사된 포탄이 떨어질 때마다 일본군은 산산조각으로 찢어져 공중으로 날아올랐다. 명군의 대포는 엄청난 위력을 발휘하고 있었다.

"불화살을 쏴라!"

명군은 대포를 발사하여 일본군의 사기를 떨어뜨린 뒤에 일제히 화전을 쏘았다. 평양성은 명군의 불화살로 화염이 충천했다.

"명군은 성벽을 오르라!"

명군의 선봉장 낙상지와 오유충이 말을 타고 군사들에게 호령했다. 그러자 명군이 일제히 함성을 지르며 성벽을 기어오르기 시작했다. 전투는 치열하게 전개되었다. 일본군은 사생결단의 각오로 방어에 나섰다. 그러나 명군은 성벽을 기어오르다가 떨어져 죽으면 뒤따르는 군사가 시체를 밟고 올라가 공격을 계속했다. 명군은 한 치도 물러서지 않았다. 일본군의 칼과 창이 고슴도치 털처럼 성벽에 **빽빽**한데도 명군은 공성을 계속했다.

"퇴각하라! 내성으로 퇴각하라!"

일본군은 마침내 외성에서 물러나 내성으로 퇴각했다.

명군은 외성을 점령하고 내성을 공격했다. 일본군은 완강하게 저항했다. 이여송은 일본군이 완강하게 저항을 하자 궁지에 **빠진** 일본군이 마지막 발악을 할까 봐 두려워 성 밖으로 퇴각하여 대포를 발사하기 시작했다.

명군이 퇴로를 열어준 것이다.

일본군은 명군이 포위망을 풀자 그날 밤 일제히 성을 나와 얼어붙은 대동강을 건너 퇴각하기 시작했다. 일본군의 주력은 평양에 있었다. 서로를 집중적으로 공격한 고니시 유키나가, 소 요시모토, 겐소, 다이라는 패배한 군사들을 거느리고 비참한 후퇴의 길에 올랐다. 그들은 명군이나 조선의 군사들이 혹시라도 매복을 하고 있지 않을까 우려하여 극도의 긴장 상태에 빠져 있었다.

"대체 우방어사는 무엇을 하고 있는가?"

황해도 좌방어사 이시언은 퇴각하는 일본군을 추격했으나 수적으로 열세여서 대오에서 낙오한 일본군 60여 명의 목을 베었으나 퇴각하는 일본군의 퇴로를 차단하고 섬멸하지 못했다. 일본군은 조선 군사들이 공격을 하지 않자 한양까지 내쳐 퇴각했다.

'이런 절호의 기회를 놓치다니 어찌 이럴 수가 있는가?'

류성룡은 퇴각하는 일본군을 섬멸하지 못했다는 보고를 받자 땅을 치고 아쉬워했다. 조선 군사들이 고니시를 습격하여 죽이거나 사로잡았다면 함경도에 있는 가토 기요마사는 완전히 고립되어 저절로 사로잡게 될 것이고 남쪽에 있는 일본군은 장수를 잃었으므로 오합지졸이나 다를 바 없었을 것이었다.

'아아 김경로가 대사를 그르쳤구나.'

류성룡은 자신의 전략이 실패하자 피눈물을 흘렸다.

"황해도 우방어사 김경로는 명을 받은 이래 일곱 고을의 군사를 모아 멀리 재령에 있으면서 한 번도 힘을 다하여 싸우지 않아, 신이 여러 차례 거듭 경계하였으나 전혀 마음을 고쳐먹지 않았습니다. 명나라 군사가 평양에 도착할 터였으므로 중도에서 도망하여 돌아가는 적을 맞아 끊는다면 모조리 섬멸할 것을 기약할 수 있었습니다. 때문에 군관을 보내 분명하게 알리고 황주에 와서 이시언의 군사와 함께 힘을 합하여 차단하도록 했습니다. 그런데 경로는 황주에 도착하자마자 봉산의 적이 여염(閭閻)을 분탕질한다고 칭탁하고 갑자기 되돌아가버렸습니다. 만약 경로가 그곳에 조금 머물렀다가 그와 힘을 합하여 앞뒤로 협공하였다면, 평양의 적은 응당 한 명의 기병도 돌아가지 못하였을 것입니다. 그런데 이러한 절호의 기회를 버렸으니 참으로 분통한 일입니다. 명나라 장수도 차단하지 못한 것을 대단히 책망하며 노여워하여 율에 의거하여 죄를 다스리게 하였으나, 황해도의 일은 신이 관할하는 바가 아니므로 감히 군령을 세우지 못하였습니다. 조정에서 급속하게 율에 의거하여 처단하셔서 군령을 엄숙하게 하소서."

류성룡은 고니시를 살려 보낸 것이 너무나 아쉬워 김경로를 처단해달라고 선조에게 장계를 올렸다. 선조는 즉시 선전관 이순일을 보내 김경로를 참수하려고 했다. 류성룡은 김경로를 사형에 처하겠다고 이여송에게 알렸다.

"김경로의 죄는 본래 사형에 처해야 된다. 다만 경성을 수복하지 못했으니 장사(將士) 한 사람이라도 아쉬운 실정이다. 내가 곧 국왕께 서찰을 보내 용서를 청하겠다."

이여송이 류성룡에게 김경로를 처형하지 말 것을 요구했다.

"적을 살려 보낸 자를 어찌 처형하지 않는다는 말입니까?"

류성룡이 이여송에게 항의했다.

"모름지기 경로로 하여금 여기에 와서 머리를 조아려 사죄하고 공을 세워 속죄하도록 하라."

"군율을 엄하게 하지 않을 수 없습니다. 경로의 죄는 본래 사형에 해당되는데 특별히 장관(將官)이기 때문에 감히 노야(老爺)에게 먼저 고하지 않을 수 없었습니다. 그의 죄는 도저히 용서하기 어렵습니다."

"그렇기는 하나 지금은 우선 용서하여 그로 하여금 공을 세우게 하는 것이 좋소."

이여송이 끝내 반대하자 류성룡은 김경로를 처형할 수 없었다.

'고니시를 잡았더라면 전쟁을 끝낼 수 있었을 텐데 참으로 아쉽구나.'

류성룡은 김경로로 인해 전쟁이 계속된다고 생각하자 통탄했다. 그러나 명군은 평양성을 수복할 수 있었다. 명군은 일본군이 패퇴하자 승세를 몰아 남진을 하기 시작했다.

"우리 대군이 앞으로 진격하는데 군량과 마초가 없으니 체찰사는 속히 앞으로 가서 우리 군사의 군량과 마초를 준비해주시오."

명군 제독 이여송이 류성룡에게 말했다. 류성룡은 이여송의 말을 듣고 종사관들과 군관들을 거느리고 남쪽으로 달리기 시작했다. 명나라의 선봉군은 이미 대동강을 건너 남하하고 있었다. 명군의 선봉군이 길을 가득 메우고 있어서 류성룡은 앞으로 나아갈수가 없었다. 류성룡은 샛길을 이용하여 그날 밤에 중화에 이르고 다시 말을 달려 삼경이 되어서 황주에 이르렀다. 황주에 이르는 길은 일본군이 곧바로 패퇴한 뒤여서 집집마다 불타고 거리가 텅비어 있어서 사람들이 보이지 않을 정도로 황폐하게 변해 있었다.

"너는 즉시 황해 감사 유영경에게 달려가 군량 운반을 재촉하라!"

류성룡은 군관들에게 공문을 써서 보냈다. 명군에게 군량을 지원하지 않으면 일본군과 싸울 수가 없었다.

"너는 평안 감사 이원익에게 달려가 전투할 수 있는 장정들을 모아서 평양에 있는 군량을 황주로 보내도록 하라!"

류성룡은 날이 훤하게 밝을 때까지 군관들을 지휘했다. 류성룡이 명군에게 한양으로 진격할 것을 재촉하자 명군은 평양성을 나와 남쪽으로 행군하기 시작했다. 류성룡은 그들의 진격로를 확보하기 위해 종사관들과 군관들을 거느리고 한양을 향해 달리기 시작했다. 류성룡이 임진강에 이르자 얼음이 녹아 건널 수가 없었다.

"대감, 이 일을 어찌하는 것이 좋겠습니까?"

종사관들이 망연한 표정으로 흐르는 임진강을 바라보았다.

"경기 수사는 어디에 있는가? 명군이 건널 수 있도록 배를 준비해두어야 하지 않는가?"

류성룡은 경기 수사 이빈을 잡아오게 했다.

"너는 어찌 미리 준비를 하지 않았는가?"

"송구하옵니다. 명군이 이토록 빨리 진격을 해올 줄 몰랐습니다."

이빈이 당황하여 머리를 조아렸다.

"닥쳐라! 명군이 진격할 수 있도록 미리 준비를 하지 않았으니그 죄가 크다! 이빈을 형틀에 묶고 곤장을 쳐라!"

류성룡은 이빈에게 곤장을 때리게 하고 장단 부사 한덕원과 우봉 현령 이희원에에 장정들을 동원하여 칡넝굴을 베어 오게 했다. 장정들이 산으로 몰려가 무수한 칡넝굴을 베어 왔다.

"대감, 칡넝굴을 어디에 쓰려고 하십니까?"

종사관 신경진이 물었다. 류성룡은 신경진의 물음에 대꾸하지 않고 장정들이 베어온 칡덩굴로 동아줄을 만들게 했다. 이내 어른 팔뚝처럼 굵은 동아줄이 열다섯 다발이나 만들어졌다. 류성룡은 군사들에게 동아줄을 잡고 임진강을 건너 거대한 기둥을 설치하고 동아줄을 묶게 했다. 동아줄과 동아줄을 막대로 빗살처럼 잇게 했다. 그러나 동아줄이 너무 길어서 가운데가 활처럼 휘어져 물에 잠겼다.

"이것은 공연히 사람들의 기운만 빠지게 한다. 가운데가 물에 잠기니 어떻게 다리가 되겠는가?"

사람들이 비로소 류성룡이 부교를 가설하려고 한다는 사실을 알고 투덜거렸다. 류성룡은 1천 명의 군사들에게 지시하여 막대로 동아줄을 몇 번이나 꼬았다. 그러자 동아줄이 점점 팽팽하게 당겨지면서 물에 잠겼던 동아줄이 떠올랐다. 류성룡은 팽팽하게 당겨진 동아줄을 바위와 흙으로 덮어 고정시키고 물 위에 있는 동아줄에는 버드나무와 싸리나무, 갈대를 얹고 그 위에 다시 흙을 덮게 했다.

부교(浮橋)가 완성되었다. 부교를 만들기 위해 동원된 백성들과 군사들이 모두 임진강에 놓인 부교를 보고 환호했다.

"오오, 이 다리를 누가 만들었는가?"

명나라 이여송은 나무로 만든 다리보다 더 튼튼한 부교를 보고 찬탄했다.

"우리의 재상 유 체찰사께서 만드셨습니다."

"과연 유 재상은 하늘이 낸 분이오."

명나라 군사들은 류성룡이 만든 부교로 말을 타고 건너고 화포와 병기를 운반했다. 그러나 5만에 이르는 대군이 모두 부교로 건널 수는 없었다. 명군은 상류로 우회하여 임진강을 건넜다.

일본군은 황해도 일대와 경기도 일대에 주둔하고 있던 군사들을 모두 한양으로 집결시켰다. 이여송은 개성까지 진격했으나 일본군이 한양을 철통같이 방어하고 있다는 말을 듣고 더 나아가지 않았다.

한양은 참혹하게 변해가고 있었다. 평양에서 명군에게 패하여 퇴각한 일본군은 한양에 이르자 분풀이를 하듯이 한양에 남아 있는 백성들을 닥치는 대로 학살하기 시작했다. 부녀자들을 겁탈하고 남녀노소를 가리지 않고 목을 베어 한양 곳곳이 시체로 즐비했다. 백성들의 통곡하는 소리가 밤마다 그치지 않았다.

"제독, 속히 한양으로 진격해야 하오."

류성룡은 이여송에게 한양으로 진격할 것을 촉구했다. 그러나 이여송은 임진강을 건넌 뒤에도 차일피일 미루면서 진격을 하지 않다가 정월 24일이 되어서야 파주에 이르렀다.

"그대는 명군과 함께 선봉으로 진격하라!"

류성룡은 고언백에게 영을 내렸다. 고언백은 명군 부총병 사대수와 함께 벽제역 남쪽 여석령에서 일본군과 마주쳤다. 고언백과 사대수는 일본군을 맹렬하게 공격하여 1백 명의 목을 베었다.

"부총병과 조선 장수가 왜적 1백 명의 목을 베었습니다."

군사들이 달려와 이여송에게 보고했다.

"대군은 남아 있고, 마군 1천 명은 나를 따르라!"

이여송은 말 탄 군사 1천 명을 거느리고 여석령으로 달려갔다. 이때 일본군은 여석령 뒤에 1만의 대군을 매복시키고 있었다. 그러나 앞에는 불과 2~3백 명만 나와 있게 하여 명군을 유인했다.

"적들은 얼마 되지 않는다! 저놈들의 목을 베라!"

이여송은 공을 세우기 위해 마군에게 영을 내렸다. 그러자 마군이 일제히 달려가 일본군과 접전을 벌이기 시작했다. 일본군과 명군이 치열하게 접전을 벌일 때 갑자기 사방에서 함성이 들리면서 1만 명의 일본군 대군이 명군을 향해 일제히 공격을 퍼부었다.

"함정이다! 후원군을 불러라!"

이여송은 당황하여 대군을 불러오라는 지시를 내렸다. 그러나 대군이 이여송을 구원하러 오기도 전에 1천 명에 이르는 명나라 군사들은 일본군에 의해 모조리 도륙되었다. 이여송은 간신히 포위망을 탈출하여 군영으로 돌아왔다. 일본군은 혹시라도 함정이 있을까 우려하여 더 이상 추격을 하지 않았다.

이여송은 파주까지 퇴각했다. 그는 패전한 사실을 류성룡에게 알리지 않았으나 밤이 깊어가자 술을 마시고 전사한 친지의 죽음을 슬퍼하면서 울기까지 했다. 이여송은 이튿날 동파로 퇴각하려고 했다. 류성룡은 우의정 유홍과 도원수 김명원, 그리고 순변사 이빈을 거느리고 이여송에게 달려갔다.

"병가에서 승패는 흔히 있는 일인데 장군은 어찌 한 번의 패배로 퇴각하려고 하십니까? 적이 방심한 틈을 타서 공격하면 승리할 수 있으니 퇴각하는 것은 옳지 않습니다."

류성룡이 이여송에게 항의했다.

"우리 군사가 어제 적병을 많이 죽였으나 비 때문에 땅이 질어서 군사를 주둔시키기가 불편하오. 동파로 돌아갔다가 기회를 보아 다시 진격할 것이오."

이여송이 계면쩍은 표정으로 얼버무렸다.

"퇴각하면 적에게 기회를 주는 셈이니 군사를 물려서는 안 됩니다."

"한양에 있는 왜적이 20만이나 되는데 어떻게 진격을 하겠소?"

"적병이 어찌 20만이나 된다는 말입니까? 적병은 고작 2~3만밖에 되지 않습니다."

"내가 어찌 알겠는가? 이는 너희 조선인들이 하는 말이다."

이여송은 류성룡이 계속 퇴각을 반대하자 불같이 역정을 내면서 물러가라고 소리를 질렀다. 그러나 류성룡은 계속 퇴각하지 말 것을 주장했다. 그러자 명나라 징수 장세작이 칼을 뽑아들고 위협을 하면서 순변사 이빈을 발길로 차기까지 했다.

"듣거라! 비가 날마다 크게 내려 며칠 동안에 병들어 죽은 말이

1만 필에 이른다. 왜적이 퇴각하면서 온 산에 불을 질러 산들이 풀한 포기 없는 민둥산이 되었다. 이러한 상황에서 어떻게 진격을 하는가?"

이여송은 류성룡의 말을 귀담아듣지 않고 군사들을 철수시켜 개성으로 돌아갔다. 류성룡은 동파에 머물면서 이여송에게 계속 사람을 보내 진격을 하라고 촉구했다.

"날씨가 좋아져 길이 마르면 당연히 진병할 것이다."

이여송은 류성룡의 말에 진저리를 치면서 이와 같이 대답했다. 명나라의 5만 대군이 개성에 주둔하면서 군량이 턱없이 부족해졌다. 류성룡은 군량이 부족하지 않도록 담당 관리들을 매일같이 채근했으나 매일매일 5만 명의 군량을 확보하는 일은 여의치 않았다. 이여송이 지휘하는 명군 장수들은 일본군과 싸울 의사가 없어서 군량을 핑계로 철군할 것을 주장했다.

"조선의 도체찰사 류성룡, 호조 판서 이성중, 경기 좌감사 이정형을 잡아들이라!"

이여송이 명군에 명령을 내렸다. 류성룡은 이여송의 군막으로 끌려가 뜰아래 무릎이 꿇려졌다.

"대군이 멀리서 와서 너희 나라를 구원하고 있는데 군량조차 마련하지 못하고 있으니 너희를 군법으로 다스리리라!"

이여송이 류성룡에게 호통을 쳤다.

"군량을 미처 준비하지 못한 것은 우리의 과실이오. 할 말이 없으니 죽이시오."

류성룡은 이여송에게 목숨을 구걸하고 싶지 않았다.

"어찌하여 군량을 제때에 확보하지 못했는가?"

"군량을 확보하기 위해 매일같이 관리들을 채근하고 있소. 하나 전쟁 중이라 하루쯤 늦어지는 것뿐이오."

류성룡은 명나라의 일개 장수에게 무릎을 꿇어야 한다고 생각하자 비참하여 눈물을 흘렸다. 이여송은 류성룡이 눈물을 흘리는 것을 보자 민망하여 명군 장수들을 책망했다.

"너희가 전날에 나를 따라 서하를 공격할 때는 며칠을 굶어도 돌아가자는 말을 하지 않더니 조선에 와서 군량이 일시적으로 보급되지 않았다고 해서 감히 돌아가자는 말을 하는가? 갈 사람은 가라. 나는 황제의 명을 받았으므로 마땅히 적과 싸우다가 죽어 시체가 되어 돌아갈 것이다!"

이여송이 호통을 치자 명나라 장수들이 그때서야 사과했다. 류성룡은 이여송에게서 풀려나자 개성 경력 심예겸에게 군량을 준비하지 못한 죄를 물어 곤장을 쳤다. 다행히 강화도에서 군량을 실은 배 수십 척이 도착한 덕분에 위기를 넘길 수 있었다.

"유 재상에게 면목이 없소. 우리 명군은 남병과 북병으로 구성되어 있어서 이런 사단이 일어나고 있는 것이오. 재상에게 욕을 보여 미안하오."

이여송은 밤에 류성룡을 불러 술을 대접하면서 위로했다.

일본군은 평양에서 패퇴한 이후에 대대적인 반격을 준비하여 함경도에 있던 가토가 평양으로 내려오고 고니시가 한양에서 짓쳐 올라온다는 소문이 흉흉하게 나돌았다. 이여송은 그 소문이 나돌자 기다렸다는 듯이 병력을 평양으로 철수시켰다.

11
행주대첩

하늘이 암암한 잿빛으로 가득하더니 기어이 눈발이 날리기 시작했다. 류성룡은 군막에서 눈발이 자욱하게 날리는 하늘을 쳐다보았다. 평양성을 수복한 이후에 전쟁은 소강상태로 들어가 있었다.

날씨는 고르지 않았다.

한겨울인데도 빗줄기가 장대하게 쏟아지더니 어느덧 햇살이 조는 듯이 따뜻해지고, 그러는가 하면 진눈깨비가 펄펄 날리고 있었다. 류성룡은 평양성을 수복한 이후에 간신히 가족들의 소식을 들을 수 있었다. 노모가 형 류운룡과 함께 무사히 피난 중에 있고 부인 향이와 아이들도 무진 고생을 하면서 피난을 했으나 무탈하다는 소식만 간신히 들을 수 있었다.

'향이가 보고 싶구나.'

류성룡은 부인 향이가 아이들을 데리고 고단한 피난살이를 하고 있을 생각을 하자 가슴이 저렸다.

'어서 빨리 전쟁을 끝내야 한다.'

류성룡은 한시바삐 일본군을 격파해야 한다고 생각했다. 그는 평양에 사람을 보내 이여송에게 진군을 하여 한양을 수복할 것을 재차 촉구했다. 그러나 이여송은 날씨를 핑계로 움직이려고 하지 않았다. 명나라 총병 사대수가 진눈깨비 속에서 류성룡을 찾아왔다.

"어서 오십시오."

류성룡은 사대수를 정중하게 맞이했다. 사대수는 명군 장수들 중에서 가장 신임할 만한 사람이었다.

"오다가 보니 길가에 죽은 여인네의 시체가 있는데 어린아이가 기어가서 죽은 어미의 젖을 빨고 있었습니다."

사대수가 아이를 안고 류성룡에게 말했다.

"참으로 참혹한 일입니다. 그러니 한시바삐 왜적을 물리쳐야 할 것입니다."

류성룡은 사대수의 품에 안긴 어린아이를 보고 목이 메어왔다. 향이가 낳은 아이들도 이와 같은 고생을 하고 있을지 모른다고 생각하자 눈물이 핑 돌았다.

"하늘도 근심하고 땅도 슬퍼할 것입니다."

사대수도 비통한 표정으로 말했다.

"어떻게 하든지 기민을 구휼해야 하지 않겠습니까?"

사대수가 어두운 기색으로 말했다. 일본군이 침략을 한 지 벌써 2년째로 접어들고 있었다. 백성들은 일본군에게 쫓겨 다니느라고 농사를 짓지 못했고, 천 리의 강산이 황폐하고 굶어 죽는 사람들이 길에 낙엽처럼 많았다. 난민들은 류성룡이 동파에 있다는 말을 듣고 류성룡을 향해 몰려왔다.

"군량을 실은 배가 남쪽에 있기는 한데 이는 명나라 군사들에게 먹일 것이라 근심스럽습니다."

류성룡은 백성들이 굶어 죽어가고 있는 현실이 안타까웠다.

"굶어 죽는 인민을 구휼해야 합니다."

사대수는 근심이 가득한 표정으로 기민에 대한 이야기를 하다가 돌아갔다. 류성룡은 기민들을 살릴 걱정에 잠을 이루지 못했다. 그때 전라도의 소모관(召募官, 모집 관리) 안민학이 겉곡식 1천 석을 가지고 동파로 왔다.

"때마침 겉곡식이 왔구나!"

류성룡은 크게 기뻐하고 선조에게 장계를 올려 기민을 구휼할 것을 청했다.

"굶어 죽는 백성들이 즐비하여 차마 볼 수가 없사오니 전하께서 이들을 구휼하라는 영을 내리소서."

류성룡의 장계를 받은 선조가 허락했다. 류성룡은 선조의 허락이 떨어지자 즉시 전 군수 남궁제를 감진관(監賑官, 흉년에 굶주린 백성들을 구휼하는 책임을 맡은 관리)에 임명하여 솔잎으로 가루를 만들어 쌀가루 한 홉을 섞어 물에 타서 먹이게 했다. 그러나 류성룡이 기민들을 구휼한다는 소문이 퍼져 굶주린 백성들이 대거 몰려와 양식이 모자랐다. 사대수가 군량 30석을 보내와 백성들을 구휼하는 데 쓰게 했다.

'사대수는 중국인이지만 훌륭한 장수다.'

류성룡은 사대수의 인품에 감탄했다.

4월이 되자 빗줄기까지 뿌리기 시작했다. 류성룡은 빗소리에 섞여 백성들이 신음하는 소리를 들으면서 잠을 이루지 못했다. 이튿날 류성룡이 잠에서 깨어나 밖을 살피자 굶어 죽은 사람들이 즐비했다. 류성룡은 백성들이 비참하게 죽어 있는 모습을 보고 가슴이 타는 것 같았다.

'전쟁을 하루빨리 끝내야 한다.'

류성룡은 광주 목사로 있는 권율을 전라도 순찰사에 임명하여 일본군과 싸우게 했다. 권율은 군사들을 이끌고 오산의 독산성에 웅거했다. 가토 기요마사는 권율이 독산성에 진을 치자 대군을 이끌고 와서 공격을 하기 시작했다. 권율은 관군을 총동원하여 독산성을 방어했다.

"저 산에는 분명히 물이 없을 것이다. 그러니 포위만 하고 있으면 저절로 항복할 것이다."

가토는 권율을 조롱하기 위해 물을 한 지게 올려 보냈다.

"흥! 가토가 독산성에 물이 없다는 것을 눈치챘구나. 그러나 적을 속이는 묘책이야말로 병법이라고 할 수 있다."

권율은 가토가 보낸 일본군을 돌려보냈다.

"왜적이 잘 보이는 곳에 말들을 세우고 쌀을 바가지에 담아서 끼얹도록 하라!"

권율이 조방장 조경에게 명령을 내렸다.

"장군, 말을 세워놓고 쌀을 끼얹으라니 그게 무슨 말씀입니까?"

조경이 의아한 표정으로 물었다.

"쌀은 하얘서 멀리서 보면 흡사 물로 말을 목욕시키는 것같이 보인다. 왜적에게 독산성에 물이 풍부한 것처럼 보이게 하려는 위장이다."

권율이 빙그레 웃으며 말했다. 조경은 그때서야 권율의 지략을 꿰뚫고 말들을 산등성에 끌어내어 쌀을 끼얹게 했다.

"조선군이 말을 목욕시키는구나. 그렇다면 독산성에는 물이 풍부하니 장기적인 항전으로 들어갈 수 있다. 공연히 성을 공격해서 시일을 끌 필요는 없다."

가토는 권율에게 속아 독산성을 포위했던 군사들을 철수시켜 한양으로 돌아갔다. 이때부터 오산의 독산성은 세마대(洗馬臺)라는 이름으로 불린다.

도체찰사인 류성룡 밑에는 문신으로 뛰어난 신흠, 무신으로 충주에서 전사한 신립 장군의 아들 신경진, 정여립 역모 사건에 연루되어 국문을 당할 때 류성룡의 구원을 받은 문신 홍종록 등 쟁쟁한 종사관들이 있었다. 신흠은 문서 업무를 맡고, 신경진은 군무를 맡고, 홍종록은 군수품 조달과 각 군영의 연락을 맡고 있었다.

　"이제는 한양 탈환 작전을 전개해야 한다."

　류성룡은 연광정에 종사관들을 소집하고 전략회의를 했다.

　"명군이 퇴각을 했는데 가능하겠습니까?"

　신경진이 부리부리한 눈으로 류성룡을 응시했다. 그는 신립 장군이 전사하자 류성룡이 선전관으로 특채한 인물로, 류성룡이 자신의 종사관으로 데리고 왔다.

　"조선군은 이제 전쟁 준비가 갖추어져 가고 의병도 곳곳에서 봉기하고 있다. 권율은 어디에 있는가?"

　류성룡이 홍종록을 돌아보고 물었다.

　"독산성에 있습니다."

　"권율을 양천으로 이동시키라."

　"예."

　"전국의 의병들은 남한산성으로 집결시켜라."

　"예."

　홍종록이 군례를 바치고 물러갔다. 홍종록은 권율에게 달려가서 도체찰사 류성룡의 명령을 전달했다.

"명군이 한양을 공격하면 우리는 남쪽에서 호응해야 한다. 우리 군사가 머물 수 있는 양천에 산성이 있는지 찾아보라."

권율이 조방장 조경에게 명령을 내렸다. 이에 조경이 양천에서 한강을 건너 병력을 주둔시킬 만한 장소를 물색하다가 행주산성을 발견하고 권율에게 보고했다. 권율은 조경이 보고한 행주산성으로 주둔지를 옮길 것을 결정하고 조경에게 목책을 세우게 하고 나서 은밀하게 군사를 행주산성으로 이동하기 시작했다.

"장군, 어찌하여 산성에 웅거하는 것입니까? 명군이 동파에 있다고 하니 명군과 합세하여 한양을 공격해야 할 것이 아닙니까?"

부장들이 권율에게 물었다.

"그것은 지략이 아니다. 명군이 동파에서 공격하고 우리가 남쪽에서 호응하도록 왜적이 그냥 두겠는가? 왜적은 반드시 우리를 먼저 공격할 것이니 험준한 산성에 의거하여 방어해야 하는 것이다."

"하면 명군과 합동 작전을 전개하지 않을 작정입니까?"

"명군이 한양을 공격하면 우리도 곧바로 한양을 공격한다. 우리의 군사만으로는 한양에 총집결한 왜적을 격파할 수 없다. 적을 알고 나를 알아야 백진백승을 한다."

권율은 병사 4천 명을 선발하여 전라도 병사 선거이에게 금천에 주둔하여 서울의 적을 견제하게 하고, 소모사 변이중은 양천에

주둔하여 행주산성과 금천 중간 위치에서 일본군을 견제하도록
했다. 그런 다음 권율은 행주에서 성책을 쌓으면서 일본군과의 일
전을 준비했다.

류성룡은 변이중을 통해 권율에게 화차(火車) 3백 량을 지원
했다.

일본군은 척후병을 파견하여 조선의 군사들이 행주산성에 집
결하고 있다는 보고를 받았다.

"앞과 뒤에 적을 두고 있을 수 없다. 먼저 행주산성의 조선군을
격파하라!"

고니시가 우키타에게 명령을 내렸다.

2월 12일 새벽 6시, 일본군은 총대장 우키타를 비롯한 7개 대
대, 3만여 병력으로 행주산성으로 파도처럼 밀려오기 시작했다.
소모사 변이중과 선거이가 대경실색하여 군사들을 이끌고 행주산
성으로 들어왔다.

"적을 두려워할 필요 없다. 군사들과 성민이 합심하여 적을 막
는다면 충분히 격파할 수 있다!"

권율은 비장한 각오로 군사들을 독려했다.

일본군은 여러 겹으로 행주산성을 포위하고 일제히 공격을 감
행했다. 권율의 병사들은 일제히 활을 쏘고 화차로 불화살을 쏘아
댔다. 일본군은 조총을 쏘면서 개미 떼처럼 몰려왔으나 조총의 탄
환은 토제(土堤, 진흙으로 쌓은 둑)에 박혀 효력을 발휘할 수 없었다.

행주산성의 성책은 이중으로 되어 있었다.

"수차석포(水車石砲)를 쏴라!"

권율은 불화살이 떨어지자 자신이 개발한 포를 발사하게 했다. 그러나 일본군은 개미 떼처럼 몰려왔다. 행주산성의 군사들은 화살이 떨어지자 백병전을 전개했다. 이때 부녀자들이 긴 치마를 잘라 짧게 만들어 입고 돌을 날랐다. 행주산성의 전투는 치열하게 전개되었다.

일본군은 마침내 무수한 시체를 남기고 퇴각했다. 권율은 수많은 전리품을 노획하고 2백 명에 이르는 일본군의 사지를 찢어서 소나무에 매달았다. 이어 고산 현감 신경희를 보내 승전보를 아뢰었다.

"적의 숫자는 얼마인가?"

선조는 크게 기뻐하면서 신경희를 인견하고 하문했다.

"3만에 불과하였습니다."

"이른바 산성이란 곳은 지세가 싸움터로써 합당한가?"

"일면은 강가고, 삼면은 구릉으로 되어 있습니다."

"그곳에 성이 있는가?"

"먼저 녹각을 설치한 뒤에 흙과 돌로 성을 쌓았습니다."

"적은 기병이던가, 보병이던가?"

"기병과 보병이 서로 섞였습니다. 11일에 정탐군을 보냈는데 모악현에서 적을 만나 해를 당한 자가 8~9명이나 됩니다. 그날

적 2개진이 성산에 나와 진을 쳤는데 한 진의 수효는 거의 5~6백 명에 이르렀습니다. 이튿날 적이 들판을 뒤덮으며 나왔는데 그 숫자를 알 수 없었습니다."

"성 위에서 무엇으로 방어했는가?"

"창이나 칼로 찌르기도 하고 돌을 던지기도 하였으며 혹은 화살을 난사하기도 했는데, 성중에서 와전되기를 '적이 이미 성 위에 올라왔다'고 하자, 성중의 군졸이 장차 무너질 지경에 이르렀습니다. 그런데 권율이 몸소 시석(矢石)을 무릅쓰고 명령을 듣지 않는 자 몇 명을 베고 독전하기를 마지않으니, 적군이 진격해 왔다 물러갔다 하기를 8~9차례나 하였습니다."

"적이 쏜 것 중에는 우리나라 화살도 있었는가?"

"편전에 맞은 자가 많았으니 적군 중에 필시 우리나라 사람이 투입되어 전쟁을 돕는 것 같았습니다."

"여러 진의 장수들 중 구원하지 않은 자는 누구였는가?"

"양천 건너편에는 건의 부장 조대곤이 있고, 심악에는 추의장 우성전이 있었으나 모두 와서 구원하지 않았습니다."

"그들의 형세가 와서 구원할 수 있었는가?"

"배를 타면 와서 구원할 수 있었습니다."

"여러 장수들이 멀지 않은 곳에 있어 형세가 구원할 수 있었는데도 구원하지 않았으니 극히 통분합니다."

심희수가 옆에 있다가 아뢰었다. 선조가 고개를 끄덕거렸다.

"오늘의 일은 천행입니다. 여러 장수들이 서로 구원하지는 않았으나 역시 여러 장수들의 성세가 서로 의지하고 있었기에 명군이 이미 물러갔는데도 적들은 그 유무를 알 수가 없으므로 이튿날 다시 오지 않은 것입니다. 이 또한 천행입니다. 전라도 군사가 비록 정예라고는 하지만 경계를 넘으면 힘써 싸우지 않았는데 이번에는 특별히 죽기로써 싸웠으니, 이것은 반드시 장수가 독전한 공입니다."

심희수가 권율의 공을 칭송했다.

"그날 묘시부터 신시에 이르도록 싸우느라 화살이 거의 떨어져 가는데 마침 충청 병사 정걸이 화살을 운반해 와 위급을 구해주었습니다."

신경희가 아뢰었다.

"적의 용병을 당할 만하던가?"

"이번 전투에서는 적이 화살을 맞아 죽는 자가 줄을 잇는데도 오히려 진격만 하고 후퇴하지를 않았으니 이것이 감당하기 어려운 점이었습니다. 전투 시에는 돌을 사용하는 것이 가장 좋은데 그곳에는 돌이 많았기에 모든 군사들이 다투어 돌을 던져 싸움을 도왔습니다."

"네가 거의 죽을 뻔했구나."

"권율이 직접 독전하며 진정시켰기 때문에 군사들은 모두 죽기로써 싸웠습니다. 장수가 먼저 동요했다면 군사들은 모두 물에 빠져 죽었을 것입니다.”

“내장검을 권율에게 준 것은 명령을 어기는 자를 참하게 하려 한 것이다. 너는 돌아가거든 율에게 '군율을 어긴 자를 몇 사람이나 베었는가?' 라고 내가 한 말로 전하라.”

선조가 영을 내렸다.

“군율에 해이하면서 사기를 진작할 수 없습니다. 이번 권율의 승첩은 실로 하늘이 도운 것으로 거의 전군이 함몰될 뻔하다가 끝내 대승을 거둘 수 있었습니다. 구원하지 않은 여러 장수들은 마땅히 군율로써 처단해야 합니다.”

“권율이 이미 도순찰사가 되었으니 병사 이하는 스스로 처단할 수가 있다.”

“그러하옵니다.”

“아군의 전사자는 묻어두었는가?”

“거두어 장사 지낼 사람이 있는 자는 거두어 장사 지냈으나, 없는 사람은 묻어두고 나무를 꽂아 표를 했습니다.”

“적은 도망갈 뜻이 있는가?”

“경성에서 온 자들이 모두들 말하기를, '적들은 혹 돌아가고 싶은 생각이 있어도 형적을 드러내지는 않는다' 라고 하였습니다.”

“적은 매우 교활하다.”

선조는 류성룡에게 모든 군대를 통솔하라는 영을 내렸다.

일본은 명군이 평양성을 수복하고 전국 각지에서 의병이 일어나 공격을 감행하자 곤경에 처했다. 권율이 행주에서 대승을 거둔 것도 일본군에게 큰 타격을 주었다. 일본군은 방어만을 거듭하다가 임진강에 있는 조선의 수군에 밀사를 보내 화친을 청했다. 의병장 김천일이 류성룡에게 일본의 뜻을 보고했다.

"이여송은 이미 일본과 싸울 의사가 없는데 일본이 화친을 하자고 하면 반드시 들어줄 것이다."

류성룡은 일본과의 화친을 원하지 않았다. 그는 사대수에게 화친할 것을 요구하는 일본군의 서찰을 보냈다. 사대수가 일본군의 서찰을 이여송에게 보내자 이여송이 심유경을 일본군 진영에 보냈다.

"화친하는 것은 좋은 계책이 아니니 적군을 치는 것만 못합니다."

류성룡은 이여송에게 화친을 반대하는 뜻을 분명하게 했다.

"나 역시 화친하는 것을 반대하오."

이여송이 답장을 보내왔다. 그러나 이여송은 류성룡 몰래 일본군과 화친을 협상하기 시작했다. 류성룡은 행주대첩의 승리로 도원수에 임명된 권율이 파주에 이르자 그의 군영으로 가서 군사에 대한 문제를 논의했다.

일본군과 명나라는 협상을 거듭했다. 류성룡은 명군이 일본군과 화친 협상을 맺는 것이 마음에 들지 않았다. 류성룡은 파주에서 동파로 돌아오다가 초현리에서 총병 사대수의 가신을 만났다. 류성룡은 사대수의 인품을 존경했기에 서로 읍을 하고 지났다. 그가 얼마 가지 않았을 때 중국인 셋이 말을 타고 다급하게 달려왔다.

"체찰사가 어느 분이오?"

중국인들이 류성룡 일행을 보고 소리를 질렀다.

"내가 체찰사인데 무슨 일인가?"

류성룡은 어리둥절하여 중국인에게 물었다.

"속히 말을 돌리시오."

"대체 무슨 영문인가?"

"어서 말을 돌리시오."

중국인들은 류성룡의 질문에 대꾸조차 하지 않고 류성룡의 말에 채찍질을 가했다. 류성룡의 말은 채찍을 맞고 개성을 향해 질풍처럼 달리기 시작했다. 종사관과 군관들이 깜짝 놀라서 류성룡의 뒤를 따르기 시작했다. 그러나 중국인들은 세차게 채찍질을 가해서 류성룡의 말을 달리게 하여 종사관과 군관들이 따라잡을 수 없었다. 종사관 신경진과 군관 김제만이 간신히 류성룡의 뒤를 따라왔다. 류성룡은 청교역을 지나 토성 모퉁이에 이르렀다. 그때 성안에서 또 한 사람이 말을 타고 달려왔다. 그들은 말을 탄 중국인과 귓속말로 이야기를 나누더니 류성룡에게 다가와 길게 읍했다.

"체찰사 나리, 이제는 가셔도 됩니다."

중국인이 공손하게 말했다.

"대체 이게 무슨 일인가?"

"나리를 위하여 한 일이었습니다."

중국인들이 절을 하고 돌아갔다. 류성룡은 어리둥절하여 그날 밤 개성에 머물렀다. 이튿날 동파에 있던 이덕형으로부터 서찰이 왔다.

"이여송의 부하 한 놈이 체찰사께서 왜적과의 화친을 반대하여 명나라 사신과 왜적들이 오가는 것을 방해하기 위해 임진강의 배를 모두 거두어 갔다고 이여송에게 보고했습니다. 그러자 이여송이 대로하여 체찰사 대감을 잡아다가 죽이려고 했습니다. 이를 들은 중국인들이 체찰사를 구하기 위해 개성까지 강제로 달려가게 한 것입니다. 다행히 이여송의 부하 이경이 임진강을 둘러보고 배가 그대로 있는 것을 발견하여 이여송의 오해가 풀렸으니 돌아오셔도 됩니다."

이덕형의 서찰을 본 류성룡은 씁쓸하게 웃었다. 이여송은 류성룡이 강화를 반대한다고 미워하고 있었다.

명나라의 유격장군 척금과 전세정이 류성룡과 김명원, 이정형을 불렀다.

"왜적이 포로가 된 왕자들과 대신들을 석방하고 남쪽으로 물러가겠다고 하오. 그러니 공격을 하지 않겠다고 약속을 한 뒤에 그들이 한양을 비우면 추격하여 공격하는 것이 어떻겠소?"

전세정이 류성룡에게 물었다. 류성룡은 이여송이 전세정과 척 금에게 지시하여 자신의 의중을 떠보려는 술책이라는 사실을 간파했다.

"왜적을 공격하지 않을 수 없소. 이는 이여송이 강화를 맺으려는 것이 아니오?"

류성룡은 전세정을 쏘아보면서 퉁명스럽게 내뱉었다.

"그렇소. 조선이 무엇 때문에 강화를 맺는 것을 반대하는 거요?"

"왜적이 항복을 하기 전에는 결단코 강화를 맺을 수 없소."

"그렇다면 너희 국왕은 무엇 때문에 도성을 버리고 달아났는가?"

전세정이 벌컥 화를 냈다.

"국도를 옮겨 다시 회복하는 것은 불리한 전세를 역전시키기 위한 방편일 뿐이오."

류성룡은 일본과 강화를 맺는 것을 완강하게 반대했다. 전세정은 화를 내고 돌아갔다. 그러나 류성룡이 반대를 하는데도 명나라와 일본은 강화 회담을 계속하여 마침내 일본이 한양을 버리고 퇴각하기 시작했다.

초여름 산들바람이 불고 있었다. 명군의 대오는 길게 행렬을 이루고 성안으로 들어갔다. 음력 4월 20일, 류성룡은 명나라 대군을 따라 한양으로 들어갔다. 지난해 4월 30일 새벽 도성을 떠난 지 꼬박 1년 만에 한양으로 입성하는 길이었다. 성안은 불과 1년 만에 완전히 폐허로 돌변해 있었다. 류성룡은 말에 앉아서 폐허로 변한 한양을 둘러보았다. 명군과 조선군이 입성하는 것을 본 백성들이 하나둘씩 폐허에서 기어 나왔다. 백성들은 모두 굶주리고 병들어 귀신의 형상을 하고 있었다.

"참으로 망극한 일입니다. 우리 백성들이 사람이 아니라 귀신 꼴을 하고 있지 않습니까?"

종사관 신경진이 비통한 목소리로 말했다. 음력 4월이라 날씨는 찌는 듯이 더웠다. 거리 곳곳에 죽은 사람과 말의 시체가 나뒹굴고 있어서 시체 썩는 냄새가 코를 찔렀다. 관청과 민간의 집들은 모두 불에 타서 잿더미밖에 남아 있지 않았다.

"나라를 유린당하는 일이 이토록 비참한 것이다."

류성룡은 얼굴을 찌푸리며 말했다.

"체찰사 나리."

류성룡을 발견한 백성들이 몰려나와 통곡을 하고 울었다.

"모두 일어나시오."

류성룡은 신발을 하고 귀신 같은 모습을 하고 있는 백성들을 보고 눈물이 핑 돌았다.

"왜적은 떠나기 한 달 전부터 관청과 민가를 불태우고 재물을 약탈했습니다. 또한 부녀자들을 겁탈하고 목 베어 죽였습니다. 성 안에 있던 백성들 중에 살아남은 자는 기껏해야 백 명 중 하나도 되지 않습니다."

60대의 노인이 가슴을 두드리면서 울었다.

"명군과 우리 군사가 한양을 수복했으니 다시는 이런 일이 없을 것이오. 돌아가서 숙소를 정비하고 가족들을 장례 지내도록 하시오."

류성룡은 노인을 위로하여 돌려보냈다. 이내 조선군과 명군이 한양으로 입성했다. 류성룡은 이여송에게 가서 일본군을 추격할 것을 요구했다.

"적병이 한양에서 철병했으나 아직 멀리 가지는 못했을 것입니다. 속히 추격해야 합니다."

이여송은 한양에 입성하여 쉬려다가 류성룡의 말을 듣고 벌레 씹은 표정을 했다.

"적병을 추격하다니 무슨 말이오?"

"적병은 남쪽으로 퇴각하면서 우리 백성들을 유린할 것입니다."

"그 말은 옳소. 그러나 적병을 추격하여 몰살하려고 해도 한강에 배가 없지 않소?"

"노야께서 추격할 의사가 있다면 소인이 강에 나가서 배를 모으겠습니다."

"좋소. 유 재상이 배를 모으면 우리가 추격을 하겠소."

이여송이 허락하자 류성룡은 종사관들을 거느리고 한강으로 달려갔다. 그는 이미 경기 우감사 성영과 경기 수사 이빈에게 영을 내려 한강에 배를 준비시켜 80여 척이나 강가에 모여 있었다.

'이제는 이여송이 진격하지 않고는 견딜 수 없을 것이다.'

류성룡은 이여송에게 달려가 배를 준비해놓았다고 알렸다. 이여송이 떨떠름한 표정으로 영장 이여백에게 1만의 군사를 주고 한강을 도하하게 했다. 이여백은 군사들을 이끌고 한강으로 나왔다.

류성룡은 명나라 군사들이 한강을 도하하는 것을 한강 둔치에서 바라보았다. 군사들은 계속 배를 타고 강을 건너 어느덧 절반이나 건널 즈음 이여백의 군영이 갑자기 소란스러워졌다.

"무슨 일인지 알아보라."

류성룡이 종사관 신경진에게 지시했다. 신경진이 이여백의 군영으로 달려갔다가 돌아왔다.

"이여백 장군이 발병이 나서 회군한다고 합니다."

"발병이 나다니 그게 무슨 소리인가?"

"이여백 장군은 한양에 돌아가 병을 고친 뒤에 왜적을 추격한다고 합니다. 벌써 가마를 타고 성안으로 돌아가고 있습니다."

류성룡은 이여백이 일본군을 추격할 의사가 없다는 사실을 알았다. 이여백이 성안으로 돌아가자 강을 건넌 명군도 되돌아와 일본군을 추격하려는 류성룡의 계획은 실패로 돌아갔다. 류성룡은 한양으로 돌아와 이여송을 계속 졸랐다. 이여송을 실질적으로 감독하는 위치에 있는 송응창에게도 서찰을 보내 일본군을 추격해야 한다고 누차 재촉했다.

송응창은 5월이 되어서야 이여송에게 패문을 보내 일본군을 추격하라는 지시를 내렸다. 이여송은 5만 군사를 이끌고 문경까지 진출하여 진채를 구축했다.

명나라와 일본은 이때 본격적으로 강화 회담을 개시하여 가토에게 포로로 잡혀 있던 임해군과 순화군, 황욱과 황혁이 풀려났다.

12
도요토미 히데요시와 싸운
진주의 열사들

도요토미 히데요시는 명나라와 강화 회담을 전개하면서 임진년에 진주성에서 패한 일을 복수하라는 지시를 일본군에 내렸다. 일본군이 진주성에서 패한 것은 명장 김시민 때문이었다.

임진년 5월 하순, 김해를 장악한 일본군은 창원으로 나아가 전라도로 진입하려 했으나 권율이 이치(배고개)에서 막는 바람에 실패했다. 일본군은 작전을 바꾸어 남해안을 따라 바다와 육지를 동시에 진격하는 수륙 협공 작전을 전개하려고 했으나 이순신이 한산도에서 일본 수군을 대파하여 수군이 움직일 수 없는 처지에 이르렀다. 일본군은 육로로 진격하여 진해와 고성을 점령하고 진주로 육박하여 진주가 위기에 빠졌다.

김시민은 진주 판관이었으나 임진왜란이 일어나자 목사 이경과 함께 지리산으로 피신했다가 이경이 병으로 죽자 목사직을 대리하면서 피난했던 성민들을 수습하여 진주성으로 돌아왔다.

"우리가 피한 것은 목사의 지시에 의해서다. 나라가 풍전등화의 위기에 빠졌는데 천험의 요새를 지키지 않으면 나라를 어떻게 보전하겠는가? 모두 죽기로 방어하고 성을 지키라!"

김시민이 군사들과 백성들을 모아놓고 독려했다.

김시민은 철저하게 전투 준비를 했다. 김시민은 판관 성수경, 곤양 군사 이광악 등과 함께 군사들을 훈련시키고 대포를 준비했다. 김시민이 거느린 군사는 불과 3800명. 일본군은 10배에 이르는 3만여 명이나 되었다.

곽재우는 선봉장 심대승에게 북산에 올라가 횃불을 들고 나팔을 불며 방포하면서 성중에다 대고 "전라도의 원병 1만여 명과 의령의 홍의장군이 합세하여 내일 아침에 와서 적을 죽이기로 하였다"고 크게 외치게 했다. 성안에 있는 사람들 역시 크게 외치면서 서로 호응했다.

김준민은 결사대 80여 명을 거느리고 단계현에 이르러 관사를 불태우는 일본군을 공격했다. 조응도는 남강 10리 밖에 이르러 멀리서 형세를 이루고 있으면서 왜적에게 유격작전을 전개했다.

"들어라! 왜적이 비록 우리보다 숫자가 많다고 하나 우리는 충분히 격파할 수 있다! 《손자병법》에 이르기를 적의 숫자가 많으면 험준한 지세를 이용하여 적을 막는다 하였으니 우리는 진주성에서 적을 격파할 것이다!"

김시민은 전투가 임박하자 군사들을 독려했다. 적에게는 숫자가 많아 보이게 하기 위하여 성안의 부녀자들에게도 남장을 하게 했다.

"조선군은 불과 4천 명밖에 되지 않는다! 일거에 적을 공격하라!"

일본군은 고니시와 가토의 지휘 아래 일제히 공격을 하기 시작했다. 일본군은 함성을 지르면서 한밤중에 동문, 북문, 서문으로 나누어 일제히 공격을 감행했다.

"왜적을 향해 활을 쏴라!"

"비격진천뢰를 던져라!"

김시민은 성루에서 직접 군사들을 독려했다. 성벽을 기어오르려던 일본군은 조선군의 화살에 맞으면서도 파도가 몰아치듯이 거세게 공격을 감행했다.

"사다리를 밀어내라!"

김시민은 일본군이 긴 사다리를 세우고 성벽을 기어오르려고 하자 돌을 굴리고 뜨거운 기름을 끓여서 쏟아부었다. 일본군은 김시민이 완강하게 저항하자 일단 성벽을 기어오르는 것을 포기하고 성 밑에 징직을 쌓아놓고 불을 질렀다. 일본군이 불을 피우자 연기가 하늘을 가렸다. 일본군은 연기를 피워 조선군의 시야를 가린 뒤에 또다시 일제히 성벽을 기어올랐다. 김시민은 성루를 뛰어

다니며 독전하다가 이마에 철환을 맞았다.

"북문이 뚫리고 있다! 북문을 공격하라!"

일본군은 북문으로 노도처럼 밀어닥쳤다.

"진천뢰를 던져라!"

이광악이 북문을 지키다가 군사들에게 명령을 내렸다. 조선 군사들이 진천뢰에 불을 붙여 일본군에 던졌다. 진천뢰를 처음 본 일본군은 가까이 다가와 구경을 하다가 천지를 울리는 듯한 굉음과 함께 진천뢰가 폭발하자 산산이 찢겨져 공중으로 날아갔다.

"물러서라!"

일본군은 진천뢰의 위력을 보고 공포에 떨었다. 진천뢰가 한 번 터질 때마다 일본군 수십 명이 불기둥과 함께 날아갔다. 그러나 진천뢰는 얼마 되지 않았다. 일본군은 다시 개미 떼처럼 몰려왔다.

"활을 쏘고 돌을 던져라!"

이광악은 피를 토하듯이 절규했다. 조선의 군사들은 처절한 혈전을 전개했다. 여기저기서 군사들이 비명을 지르며 나뒹굴었다. 죽여도 죽여도 일본군이 개미 떼처럼 성벽에 붙어서 올라왔다.

'저놈이 일본의 장수로구나!'

이광악은 군사들을 독려하다가 비단옷을 입은 일본군이 양견마(兩牽馬)를 타고 군사를 지휘하면서 돌진해 오는 것을 발견하고 활을 쏘았다. 화살이 맹렬한 파공성을 일으키면서 날아가 적장의 가슴에 꽂혔다. 적장이 말에서 굴러 떨어지자 일본군이 갑자기 시체를 메고 철군하기 시작했다.

최덕량은 서문을 방어하고 있었다. 서문에도 수천 명의 일본군이 조총을 쏘면서 돌진해 왔다.

"활을 쏴라!"

최덕량은 칼을 뽑아들고 군사들을 지휘했다. 서문에서도 일본군과 조선군은 치열한 전투를 전개했다.

일본군은 진주성을 공격하고 있을 때 사방에서 의병이 배후를 공격하자 당황했다. 일본군은 배후의 의병 때문에 성 밖에 있는 1천여 채의 집을 불사르고 신시에 포위를 풀고 물러나 함양의 들판으로 퇴각했다.

이날의 전투는 밤부터 시작하여 새벽까지 계속되었다.

해가 뜨면서 검은 구름이 하늘을 덮고, 뒤이어 번개가 치고 비가 쏟아져 천지가 캄캄한 가운데 서로의 군사와 말 울음소리, 그리고 총성과 호각 소리만 요란한 아비규환이 벌어졌다. 진주성 동문 신성과 북문 밖 격전장에는 일본군의 시체가 쌓여 언덕을 이루었다. 시체 중 일부는 일본군이 끌어가서 민가에 불을 지르고 그 불길 속에 집어 던져 화장했다. 적장의 시체는 자루에 넣어 가지고 달아났다.

진주성 전투는 임진 3대 대첩의 하나로 일본군의 사망자가 장수 3백 명, 병사 1만여 명에 이르렀다. 김시민은 진주성에서 대승을 거두었으나 교전 중 이마에 맞은 탄환 때문에 얼마 후에 죽었다.

도요토미는 임진년의 이와 같은 패배를 설욕하고 경상남도 일대에 주둔하는 일본군의 안전을 확보하고자 진주성에 총공격 명령을 내린 것이다.

일본 장수 중 고니시는 강화를 맺으려고 했고, 가토는 강화를 반대하여 대립했다. 가토는 도요토미 앞에서 진주성을 공격하여 점령하겠다고 호언을 하고 조선으로 돌아왔다. 진주성이 위기에 몰리자 송응창이 심유경을 꾸짖었다.

"네가 왜적으로 하여금 바다를 건너 돌아가게 하고 왕자를 데리고 돌아오겠다고 호언을 했는데 왜적이 여전히 조선에 있으면서 노략질을 그치지 않으니 너는 당장 적의 진영으로 들어가 분명하게 노략질을 그치라고 명하라. 만약 그렇게 하지 않으면 나는 병부에 알려 너의 죄를 끝까지 추궁하고 용서하지 않을 것이다."

심유경은 당황하여 도원수 김명원에게 서찰을 보냈다.

"일본이 진주를 공격하는 것은 저들이 지난해에 이곳에서 매우 많이 피살되었고 바다에서 이순신에게 패해 원한을 품고 있었는데 조선의 군사가 풀을 베는 왜병을 죽였기 때문에 가토가 공격을 하는 것이다. 내가 고니시를 만나니 그가 내게 말하기를 '진주의 백성들로 하여금 공격의 예봉을 피하게 하라. 공격하는 일본군도 성이 텅 비고 사람이 없는 것을 보면 즉시 철병하여 동쪽으로 돌아올 것이다'고 하였다. 그러니 조선은 진주성을 비워놓아라!"

심유경이 김명원에게 말했다.

"고니시의 말에 따르면 '일본의 공격은 진주에서 끝날 것이다'라고 했습니다."

수행 통사 이유열이 김명원에게 보고했다. 그러나 그 말을 믿을 수도 없고, 화친을 반대하는 것이 조정의 뜻이었기에 한 치도 물러설 수 없었다.

"우리는 진주성을 비울 수 없다. 진주의 사태가 위급하니 힘을 다해 구원해주기를 바란다."

김명원과 순찰사 한효순이 심유경에게 말했다.

"행장과 하루 동안 꼬박 이 문제를 간절하게 말했는데 행장의 생각도 나의 생각과 같았다. 그러나 가토의 기세가 대단하여 끝내 돌이키지 않으니 어쩌겠는가. 다른 방책은 없다. 진주에 있는 장수들로 하여금 성을 비우고 잠시 동안 피하게 하는 방법밖에 없다. 나의 말을 따르지 않는다면 어찌하겠는가."

심유경이 고니시의 제안을 전했다. 그러나 조선은 진주성을 비우지 않았다. 일본이 진주성을 공격할 것이라는 소문이 퍼지자 의병장 김천일이 군사 3백 명을 거느리고서 6월 24일 진주로 달려왔고, 충청 병사 황진이 7백 명, 경상 우병사 최경회가 5백 명, 의병장 고종후가 4백 명, 부장 장윤이 3백 명, 의병장 이계련이 1백여 명, 의병장 변사정의 부장이 3백 명, 의병장 민여운이 2백 명의 군사를 거느리고 달려와서 진주 목사 서예원과 김준민, 이종인 등과 진주성 방어에 대해 집중적으로 의논했다. 진주성에는 태풍 같은 전운이 감돌았다.

7월 19일에는 전라 병사 선거이와 홍계남 등이 군사를 거느리고 와서 적진을 살폈다.

"왜적은 엄청나게 많은 군대를 동원하고 있는데 우리의 군사는 적으니 물러가서 내면(內面)을 지키는 것이 낫다."

선거이와 홍계남이 말했다.

"적을 두고 어디로 물러나자는 것이오. 우리는 죽어도 진주성을 방어하겠소. 그대들도 힘을 합쳐 진주성을 방어해야 하오!"

김천일이 강력히 저지했다. 그러나 선거이와 홍계남은 진주성을 나가 운봉에 진을 쳤다. 7월 21일에 일본군 2백여 기가 진주 동북쪽 산상에 출몰했다. 진주성을 방어하는 군사들은 숨을 죽이고 적진을 주시했다. 긴장된 하루가 지나고, 22일 진시에 적 5백여 기가 북산에 올라와 열진(列陣)했다.

"놈들이 병위(兵威)를 과시하고 있다."

진주성은 팽팽한 전운이 감돌았다. 일본군이 진을 펼친 산 뒤에서 우레와 같은 함성이 들려왔다. 사시에는 적의 대부대가 북산으로 올라와 2기로 나누어 1기는 개경원의 산허리에 진을 치고, 1기는 향교 앞길에 진을 쳤다.

'놈들은 개미 떼처럼 숫자가 많다.'

서예원은 진주성에서 적진을 바라보고 숨이 막히는 듯한 기분이 들었다. 가만히 있어도 손에서 땀이 배어나와 끈적거렸다. 가슴은 세차게 뛰었다. 아아, 하필이면 왜적이 진주성을 공격해 오다니. 서예원은 일본군을 막을 생각을 하자 공포가 엄습해왔다. 군사들을 지휘해야 하는데도 다리가 후들후들 떨리고 소름이 돋았다. 적진에는 검은 깃발이 삼엄했다. 일본군은 간간이 함성을 지르고 일제히 깃발을 흔들어 진주성의 조선 군사들을 위협했다.

"돌격하라!"

마침내 일본군이 함성을 지르며 진주성을 향해 달려오기 시작했다.

"활을 쏴서 적을 막아라!"

서예원이 군사들에게 영을 내렸다. 조선 군사들이 일제히 활을 쏘았다. 화살이 빗발치듯이 날자 일본군의 선봉군이 비명을 지르며 나뒹굴었다. 일본군도 일제히 조총을 쏘기 시작했다. 그러나 진주성 위에서 조선군이 맹렬하게 활을 쏘자 일본군은 군대를 거두어 물러갔다. 그러나 일본군은 공격 부대를 바꾸어 다시 맹렬하게 돌진해 왔다. 일본군의 조총 탄환이 빗발치면서 성루에서 활을 쏘던 조선 군사들도 비명을 지르며 나뒹굴었다. 일본군은 초저녁에 다시 신격해 와서 한참 동안 크게 싸우다가 2경에 물러갔고, 3경에 다시 진격해 와서 5경이 되어서야 물러갔다. 전투는 치열했다. 진주성을 방어하는 조선의 군사들은 7월 23일 낮에 세 차례 공격해 온 것을 세 번 물리쳤고, 밤에 또 네 차례 공격해 온 것을 네 번 격퇴했다.

'아아, 왜적이 어찌 이렇게 끝없이 공격을 하는 것인가?'

서예원은 파도가 몰아치듯이 사나운 일본군의 공격에 진저리를 쳤다. 벌써 조선군 군사들이 피를 흘리며 나뒹굴고 부상당한 병사들이 울부짖는 소리가 귓전을 울렸다. 아수라의 참혹한 정경이 펼쳐지고 있었다. 하루 동안 꼬박 계속된 전투에 조선 군사들은 지쳐서 쓰러졌다. 그러나 일본군은 잠시도 공격을 멈추지 않았다. 일본군이 야음을 이용해 일시에 함성을 질러대자 천지가 진동하는 것 같았다.

"왜적을 막아라!"

서예원은 병사들을 독려했다. 일본군은 개미 떼처럼 진주성을 공격했다. 진주성의 조선 군사들은 울면서 일본군을 향해 활을 쏘았다. 진주성 밑에 활에 맞아 죽은 일본군의 시체가 산처럼 쌓이자 일본군이 다시 물러갔다.

7월 24일에 일본군의 증원군이 흙먼지를 구름처럼 일으키면서 밀려와 마현과 동편에 진을 쳤다. 25일에 적이 동문 밖에 흙을 메워 언덕을 만들고 그 위에 토옥(土屋)을 세우기 시작했다. 일본군은 진주성보다 더 높은 토옥을 세워 위에서 내려다보면서 공격을 하려고 하고 있었다.

"놈들이 토옥을 쌓고 있다!"

진주성의 조선 군사들은 당황했다. 일본군은 토옥이 완성되자 진주성을 내려다보면서 탄환을 비처럼 퍼부었다. 조선의 군사들이 처절한 비명을 지르며 죽어갔다.

"일본보다 더 높은 토구(土丘, 언덕)를 쌓아라!"

충청 병사 황진이 목이 터져라 외쳤다. 조선의 군사들은 황진의 명령을 받아 성안에 토구를 쌓기 시작했다. 황진은 초저녁부터 밤중까지 전복과 전립을 모두 벗고 병사들과 함께 몸소 돌을 짊어지고 날랐다.

"병사께서 손수 돌을 나르신다. 우리도 병사를 돕자."

진주성 안의 남녀 백성들이 감격하여 눈물을 흘리며 돌과 흙을 날랐다. 남녀 백성들이 모두 흙과 돌을 나르자 하룻밤 만에 토구를 축조할 수 있었다.

"현자총통을 배치하라!"

황진은 토구에 현자총통을 배치하게 했다. 현자총통은 사정거리가 8백 보에서 1500보에 이르는 화포로, 철환을 동시에 1백 발을 발사할 수 있었다.

"현자총통 발사!"

황진이 명령을 내리자 일제히 현자총통이 발사되었다. 일본군이 쌓은 토옥은 현자총통에 의해 순식간에 붕괴되었나. 일본군은 그날 밤에도 세 차례나 맹렬하게 공격을 해왔으나 황진이 격퇴했다.

7월 26일, 일본군은 나무로 궤짝을 만들어 생가죽을 씌워 각자 그 궤짝으로 방패를 삼아 탄환과 화살을 막으면서 달려와서 진주성을 헐기 시작했다. 황진은 성안에서 큰 돌을 밑으로 떨어뜨리고 화살을 빗발처럼 쏘아대게 하여 일본군을 격퇴했다. 일본군은 온갖 방법을 동원하여 진주성을 공격했다. 동문 밖에 큰 나무 기둥 두 개를 세워 그 위에 판옥(板屋)을 만들어 깔고는 불화살을 진주성 안으로 쏘아댔다. 성안의 초가집이 일시에 연달아 불에 타서 연기와 불꽃이 하늘까지 뻗쳐올랐다.

목사 서예원은 겁을 먹고 당황하여 사색이 되었다.

"목사가 군사를 지휘하면서 두려워하면 어찌하는가? 이 많은 군사는 누구의 지시를 따르는가?"

의병장 김천일이 대로하여 의병 부장 장윤을 가목사로 삼았다. 조선 군사는 지치기 시작했다. 이때 날씨가 좋지 않아 궁시(弓矢)가 모두 느슨하게 풀렸다.

전투는 더욱 치열하게 전개되었다. 7월 27일이 되자 일본군은 동문과 서문 밖 다섯 군데에 토구를 쌓은 뒤에 성안을 내려다보고 맹렬하게 탄환을 쏘아댔다. 성안에서 죽은 조선 군사가 3백여 명이나 되었다. 일본군은 큰 궤짝으로 사륜거를 만들어 적 수십 명이 각각 철갑을 입고 궤를 옹위(擁衛)하고 나와서 철추로 성문을 뚫으려 했다.

"이놈들아, 감히 어디로 들어오려고 하느냐?"

김해 부사 이종인은 성벽을 기어오르는 일본군을 향해 달려가 잇달아 5명의 적을 베어 죽였다. 일본군은 혼비백산하여 도주했다. 성안의 사람들도 기름을 부은 횃불을 계속 던져 일본군이 타죽었다.

7월 28일, 여명에 이종인이 지키던 성곽을 순찰하자 성이 무너지려 하고 있었다. 전날 밤에 서예원이 경비를 소홀히 하여 일본군이 성을 뚫은 것이다.

"목사는 어찌 경비를 했기에 성이 무너지려고 하는가? 이러고도 목사라고 할 수 있는가?"

이종인이 대로하여 서예원을 질책했다.

일본군이 또다시 북을 치고 함성을 지르면서 맹렬하게 진주성을 공격했다. 조선의 군사들은 화살이 떨어지고 군량이 고갈되었다. 그러나 황진은 군사들을 독려하면서 처절한 혈전을 전개했다.

"오늘 싸움에서 죽은 적이 1천여 명은 충분히 될 것이다."

황진이 성안을 굽어보며 말하는데 성 밑에 잠복해 있던 일본군이 위로 대고 철환을 쏘았다. 그 철환이 목판에 비껴 맞고 튕겨 나와서 황진의 왼쪽 이마에 맞았다. 진주성을 필사적으로 방어하던 충청 병사 황진이 어이없이 분사했다.

"장군!"

진주성의 병사들은 모두 무릎을 꿇고 통곡했다.

7월 29일, 조선의 장수들은 황진을 대신하여 서예원을 순성장에 임명했다. 그러나 서예원은 전쟁을 지휘할 만한 기상을 갖고 있지 않았다. 서예원은 공포에 질려서 전립도 벗은 채 말을 타고 눈물을 흘리며 성안을 순행했다.

"진주성을 방어할 순성장이 눈물을 찔찔 짜니 이게 무슨 꼴인가? 서예원이 군정을 경동시키니 당장 참수하라!"

경상 우병사 최경회가 대로하여 서예원을 참수하려고 했다. 그러자 제장들이 일제히 만류했다.

진주성은 장윤을 순성장으로 임명했으나 얼마 되지 않아 장윤도 일본군의 탄환에 맞아 전사했다.

전투는 치열했다. 밤이 깊어지면서 비까지 내려 악천후 속에서도 조선군은 처절한 혈전을 치렀다. 전투는 밤을 지나 낮까지 계속되었다. 미시에 비로 인하여 동문 쪽의 성이 무너지자 일본군이 개미 떼처럼 올라오기 시작했다.

"병사들은 나를 따르라!"

이종인이 피투성이가 되어 병사들에게 소리를 지르고 창과 칼을 들고 육박전을 전개했다. 병사들도 이종인의 뒤를 따라 처절한 육박전을 전개했다. 일본군의 시체가 산더미처럼 쌓이자 가까스로 물러갔다. 그러나 일본군은 총공세를 감행하고 있었다. 마침내 진주성 서북문이 뚫렸다. 일본군은 거대한 함성을 지르며 돌진해 들어왔다. 서북문을 지키던 의병들이 일제히 흩어져 촉석루로 퇴각했다. 일본군이 성으로 올라와서 칼을 휘두르며 날뛰자 서예원이 먼저 달아나고 군사들이 모두 흩어졌다. 이종인은 탄환을 맞아 장렬하게 전사했다.

의병장 김천일은 온몸이 상처투성이였다.

"장군, 성을 방어하기는 틀렸습니다. 우선 피하여 후일을 도모하십시오."

병사들이 김천일을 부축해 일으키면서 피하기를 권했다.

"나는 이곳에서 죽을 것이다."

김천일은 꼼짝도 하지 않고 앉아 있다가 아들 김상건과 더불어 서로 끌어안고서 진주 남강으로 몸을 던져 죽었다.

"참으로 장렬하다!"

가토는 며칠 동안 치열한 공방전을 벌여 가까스로 점령한 진주성에 입성하자 탄복했다. 성안에 죽은 자가 자그마치 6만여 명이나 되어 그들이 얼마나 치열하게 저항했는지 알 수 있었다. 일본군은 진주성을 점령한 뒤에 인근의 백성들을 모두 학살했다. 촉석루에서 진주 남강의 북안까지 쌓인 시체가 서로 겹치고, 청천강에서부터 옥봉리와 천오리까지 죽은 시체가 강 가득히 떠내려갔다.

일본군은 진주성을 파괴하여 평지를 만들었다.

그리고 이날 밤, 일본군은 남강이 한눈에 내려다보이는 진주성 촉석루에서 기생들을 불러놓고 축배를 들었다. 조선인들이 저참하게 학살을 당한 모습을 목격한 기생 논개는 왜병을 끌어안고 진주 남강으로 꽃잎처럼 몸을 던져 의기(義妓)가 되었다.

13
길고 긴
전쟁

명나라와 일본군은 휴전 협상을 벌이고 있었다. 선조는 한양이 수복되고 일본군이 경상남도 일대의 남해안으로 철병하자, 한양을 향해 내려오면서 명나라와 일본군이 휴전 협상을 벌이는 것을 못마땅하게 여겼다. 그는 도체찰사로 전시 총사령관을 맡고 있는 류성룡이 휴전 협상을 주도하고 있는 것이 아닌가 하고 의심하기 시작했다.

명나라가 일본과 협상을 계속하자 선조는 손수 명군의 총책임자인 경략 송응창을 찾아가 강화를 해서는 안 된다고 강경하게 주장하려고 했다. 그러나 송응창은 선조가 찾아오는 것을 반대하며 왕승은 통판이 광통원에서 선조를 마중하게 했다. 선조는 좌의정 윤두수와 여러 대신들을 거느리고 왕승은을 만났다.

"경략이 사세의 이해와 용병의 진퇴를 국왕께 상세히 여쭈려고 하였는데 언어가 분명하지 않을 것이 염려되어 나에게 말을 전하도록 부탁하였습니다. 국왕께서는 말씀을 하십시오. 내가 경략에게 보고하겠습니다."

왕승은이 예를 갖추어 인사를 했다.

"중국의 장관이 군사를 거느리고 멀리 해외에 나와 친척을 이별하고 고향은 버린 채 비바람을 무릅쓰고 굶주림을 겪은 지 이미 시일이 오랩니다. 만약 이러다가 행여 중요한 일을 그르친다면 황제에게 명을 받은 장수는 책임을 추궁당할 것입니다."

선조가 눈물을 흘리며 말했다.

"용병의 방도가 용이하지 않습니다."

왕승은이 탐탁지 않은 표정으로 대답했다.

그때 좌의정 윤두수가 백관을 거느리고 뜰아래 꿇어앉아 울부짖었다.

"우리나라의 신민이 밤낮으로 명군이 왜적을 토벌하기를 바라고 있는데, 이제 와서 원수를 갚지 않는다면 어찌 이 세상에 얼굴을 들고 다닐 수가 있겠습니까. 강화를 허락한다면 우리나라의 신민은 죽을 곳을 얻게 된 것이니 다시 무엇을 하려 하겠습니까?"

윤두수가 왕승은에게 호소했다. 왕승은이 난처한 표정을 짓고 있다가 입을 열었다.

"군사는 만전을 기하는 것이 중요하므로 쉽게 말할 수 없습니다. 국왕은 이런데도 기어코 경략을 만나려고 하시니까?"

"이 민망하고 절박한 뜻을 경략에게 호소하고 나서 돌아오겠소."

선조가 냉랭한 표정으로 말했다. 선조의 말은 류성룡에게도 전달되었다.

'가족조차 만나지 못하고 1년 동안 오로지 일본을 격파하는 일만 해온 나에게 임금이 이럴 수가 있는가?'

류성룡은 선조가 의심을 하자 쓸쓸했다. 그는 이여송에게 일본을 추격하라는 요구를 수차례나 했고, 이여송은 그로 인해 류성룡을 죽이려고까지 했다. 그런데도 선조는 류성룡을 의심하고 있는 것이다.

"류성룡의 사람됨은 내가 자세히 아는데, 적을 헤아려 승리로 이끌어가는 것은 그의 장기가 아니다. 처음에 군량을 담당하는 대신의 직책을 맡았는데, 요사이 하는 것을 보니 강화한다는 말을 듣고는 한 번도 적을 치고 원수를 갚자는 언급을 하거나 명장 앞에서 머리를 부수며 쟁변하는 일이 없고, 강화의 말을 당연하게 여기는 것 같았다. 임무를 받은 뒤로 한 번도 기이한 계책을 세워 적을 격파한 적이 없으니 아마도 끝내는 일을 실패시킬 듯하다. 나의 생각에는 권율과 고언백, 조호익 등 몇몇 사람에게 위임하여 족할 듯하다."

선조가 류성룡을 비판하는 말을 했다.

이여송이 류성룡을 비난했다.

"삼가 황명을 받들어 그대의 소방(小邦)이 왜적에게 함락당하여 군신이 파천하고 인민이 피난하는 것을 염려해서 특별히 대장(大將)에게 명하여 각 진(鎭)의 관병을 거느리고 멀리 바다와 산을 넘어 위태로움을 구제하려고 했다. 그런데 12월 25일 강을 건넌 이후로 조선국의 수신(首臣)인 류성룡, 윤두수 등을 자세히 살펴보니, 와신상담하여 왜적을 섬멸해 수치를 씻을 생각은 않고 사가(私家)에서 편히 지내며 마음대로 술을 마시고 즐긴다."

이여송이 서찰을 보내 류성룡과 윤두수를 맹렬하게 비난하자 조정이 발칵 뒤집혔다.

"이것은 명나라 조정을 업신여기는 것일 뿐만 아니라 또한 스스로 국왕을 속이는 것이니 심히 패란(悖亂)하고 모멸함이 심하다. 그러므로 조정에 알려 요동으로 돌아가 그대들이 망하도록 내버려두어 나라 있는 자가 다시 나라를 잃게 하고 집안을 가진 자가 집 없는 슬픔을 당하게 하는 것이 마땅하다."

류성룡은 이여송이 자신을 도체찰사직에서 추방한 뒤에 일본과 화친을 하려는 음모라는 것을 눈치챘다. 류성룡은 사면에서 적을 맞이한 셈이었다.

이에 앞서 류성룡은 극심한 병을 앓았다.

'왜 이렇게 몸이 으슬으슬 떨리지?'

명군을 따라 한양에 입성한 지 사흘째 되었을 때 류성룡은 갑자기 몸에 한기가 일어나는 것을 느끼고 숙소로 돌아왔다. 몸이 불덩어리처럼 달아오르고 맹렬한 한기에 이빨이 딱딱 부딪쳤다.

'내가 이제 죽는구나.'

류성룡은 손가락 하나 움직일 힘이 없자 천장을 물끄러미 응시하면서 탄식했다. 군관들이 의원들을 데려오고 탕약을 지어 올렸으나 류성룡의 병은 쉽사리 낫지 않았다. 눈을 뜨면 팔다리를 베어내는 듯한 기이한 통증이 엄습했고, 눈을 감으면 천 길 벼랑으로 추락하는 듯한 아득한 절망감이 엄습해왔다.

"아무래도 체찰사 나리께서 돌아가실 모양이야. 열흘째 의식을 회복하지 못하니 양지바른 곳에 묻을 준비를 하세."

"선영이 있을 텐데 우리가 어찌 체찰사 나리의 무덤을 준비한다는 말인가?"

"이 난리 통에 어떻게 선영을 찾아가겠나?"

어느 날 류성룡은 군관들이 두런거리는 소리에 눈을 떴다. 이상하게 머릿속이 명징하게 맑았다.

'내가 죽을 모양인가?'

류성룡은 죽는다고 생각하자 허망했다. 그러나 맑은 정신이 계속되고 시장기가 느껴졌다.

"밖에 누구 있느냐?"

류성룡이 일어나 앉아 밖을 향해 소리를 질렀다.

"나리!"

군관들이 깜짝 놀라서 방으로 달려 들어왔다.

"시장하구나. 먹을 것이 있느냐?"

류성룡이 한 달여 만에 깨어나 군관들이 차리는 밥을 먹고 면경을 보았다. 눈이 우묵하게 들어가 있고 햇빛을 보지 못한 얼굴이 창백하여 귀신 같았다.

류성룡은 이여송을 찾아가 남쪽으로 진격할 것을 촉구하고 행재소로 장계를 올렸다. 선조는 류성룡을 호남, 영남, 충청 체찰사에 임명했다.

선조는 류성룡을 영의정에 임명했다. 류성룡은 몇 번이나 영의정을 사직하는 상소를 올렸다.

'전하께서 내가 은밀하게 강화를 추진한다고 해놓고 영의정에 임명하는 것은 무슨 뜻인가?'

류성룡은 선조의 의중을 헤아릴 수 없었다. 그러나 류성룡이 도체찰사로 영남 일대를 순찰하면서 군사를 감독하고 있을 때 선조는 궁지에 몰려 있었다. 명나라의 대신들은 일본의 침략을 받은 조선이 허약해 스스로 붕괴될 것을 우려하여 분할역치(分割易置, 국토를 분할하고 임금을 바꾸어 다스림)를 해야 한다는 주장을 제기한 것이다. 그러나 병부 상서 석성이 반대하여 칙령을 받은 사신을 보내 선유(宣諭)하고 조선의 사정도 살피라는 황제의 어명이 떨어졌다.

"우리 조정이 속국을 대접하는 은의를 중지할 것이니 지금부터 국왕은 환도하여 나라를 다스리라. 하나 다른 변란이 발생하여도 나는 국왕을 위하여 도와주지 않을 것이다."

명나라 사신 사헌(司憲)이 황제의 칙령을 읽자 선조의 얼굴은 하얗게 변했다. 칙령의 표현은 완곡했으나 사실상 선조에게 국왕의 자리에서 물러나라는 뜻을 포함하고 있었다. 선조는 비틀대는 걸음으로 돌아와 류성룡을 불렀다.

"내일은 사신을 만나 왕위를 사양할 것인즉 경과 서로 만나보는 것은 오늘뿐이오. 비록 밤이 깊었으나 경과 이별의 잔을 나누고자 하오."

선조가 내관을 불러 주안상을 내오라 이른 뒤에 말했다.

'전하께서는 나에게 이 일을 해결하라고 하시는 말씀이구나.'

류성룡은 선조의 의중을 눈치챘다. 선조가 궁지에 몰려 류성룡에게 도움을 청한 것이다.

"전하, 칙서는 명나라가 우리나라를 경계하고자 하는 것일 뿐 다른 의도가 없습니다."

류성룡이 조용히 아뢰었다.

"옛말에 영웅이 헛되게 죽는 것이 애석하다고 하였는데, 경과 같이 빼어난 인재가 나같이 부덕한 군주를 만나 영명을 얻지 못했으니 참으로 애석한 일이오."

류성룡은 선조의 말에 소름이 끼치는 듯한 기분이 들었다.

"신이 대신의 지위에 있으면서 국사가 이 지경에 이르렀으니 실로 죄를 면할 길이 없습니다."

"옛날에 공자도 나라가 위급함을 구하지 못했는데 경이 어찌 학문이나 식견이 옛사람만 못하겠는가? 단지 나같이 우매한 군주를 섬겼기 때문이오."

"망극한 말씀 듣기가 민망하옵니다."

"이 잔의 술을 마시고 이별하오."

선조가 류성룡에게 술잔을 하사했다. 류성룡은 엎드려 절을 하고 술잔을 받아 마셨다.

경략 송응창은 요동에서 선조가 덕망을 잃었으니 세자에게 전위해야 한다고 명나라 황제에게 아뢰었다. 선조는 명나라 대신들의 탄핵을 받아 어쩔 수 없이 왕위를 세자 광해군에게 물려주어야 하는 처지가 된 것이다.

명나라 사신 사헌을 따라 나온 총병 척금은 선조를 물러나게 하려고 여러 가지 음모를 꾸몄다. 척금은 류성룡을 비밀리에 초대하여 10가지 조항을 통고했다. 셋째 조항은 선조가 세자에게 왕위를 물려주어야 한다는 것이었다. 류성룡은 현왕을 몰아내고 그 아들이 왕위에 오르는 것은 옳지 않다고 오랫동안 척금을 설득했다.

척금은 류성룡의 도도한 언변에 감동했다. 사헌과 척금은 사신의 임무를 마치고 돌아가면서 류성룡이 조선의 산하를 다시 만들었다고 말했다.

대신들이 모두 류성룡의 외교술에 탄복했다.

"공은 피나는 정성을 다하여 중국인을 설득하여 임금의 위(位)를 안정되게 했다. 공은 얼굴빛도 변하지 않고 소리 하나 내지 않으면서 국가의 기반을 태산같이 튼튼하게 다졌다. 일이 모두 끝난 뒤에는 입을 막고 그 당시 일을 말하지 않으니 신기로운 공을 세우는데도 고요히 처리하여 애초에 일이 없었던 듯했다."

한준겸이 남긴 기록이다. 그러나 선조는 명나라 사신이 돌아간 뒤에도 국왕의 자리에서 물러나겠다는 뜻을 거두지 않아 대신들을 어리둥절하게 했다. 대신들은 격렬하게 전위를 반대했다.

선조는 류성룡과 오랫동안 이야기를 나눈 뒤에 전위를 두 달 동안 미루겠다고 말했다.

'전하는 앞으로도 걸핏하면 전위를 하겠다고 하실 것이다.'

류성룡은 선조가 일단 전위를 뒤로 미루자 씁쓸한 표정을 짓고 어전에서 물러나왔다. 선조와의 길고 긴 싸움이 일단 매듭이 지어진 것이다.

일본과 명나라는 조선을 젖혀두고 강화 회담을 계속했다.

류성룡은 잿더미가 된 도성을 수리하고 일본을 몰아내기 위해 군사를 조련하기 시작했다. 아직도 일본군은 부산 일대와 남해안에서 물러가지 않고 있었다.

류성룡은 대궐 인근에서 숙직을 하다가 먹절골에 집을 마련했다. 하회에 있던 향이와 아이들이 국왕이 환도하자 한양으로 돌아온 것이다.

"난리를 맞이하여 죽은 자가 많은데 이렇게 무사하게 돌아오니 신령이 돌보신 듯하오."

류성룡은 향이의 손을 잡고 감격하여 말했다.

"나리를 다시 뵈올 수 있으니 꿈만 같습니다."

향이가 류성룡의 품에 안겨서 눈물을 흘리며 말했다.

류성룡은 해가 바뀌자 다시 한열증을 앓았다. 오한과 고열이 두 달 동안이나 계속되어 류성룡은 몇 번이나 의식을 잃었다. 류성룡은 사직상소를 올렸다.

세월은 화살과 같이 흐른다. 일본은 아직도 물러가지 않았으나 덧없는 세월이 한 해 두 해 흘러갔다. 류성룡은 남해안 일대에서 웅거하고 있는 일본군을 몰아내기 위해 군량을 저축하고 군사들을 조련할 것을 선조에게 건의했다. 선조는 류성룡이 건의하는 것을 모두 받아들였으나 류성룡의 시책을 비판하는 사대부들이 나타나기 시작했다.

류성룡은 사직하고 고향으로 돌아가겠다고 아뢰었다.

일본과 명나라의 강화 회담이 결렬되었다. 도요토미는 14만의 병력을 동원하여 조선을 침략하라는 명을 일본군에 내렸다. 고니시가 대군을 이끌고 거제도에 상륙하고, 해가 바뀌자 가토가 대군을 이끌고 서생포에 상륙했다. 조선은 또다시 전운에 휩싸였다.

고니시는 제해권을 장악한 이순신을 제거하기 위해 모략을 했다. 이에 이순신은 사간원의 탄핵을 받게 되었다.

"통제사는 순신이 아니면 맡을 수 없습니다. 지금 사태는 위급하기 짝이 없어서 장수를 바꾸면 크게 낭패를 당할 것입니다. 한산도를 지키지 못하면 호남을 지킬 수 없습니다."

류성룡은 선조에게 간곡하게 아뢰었다.

"비변사가 어찌 아첨만 하는가?"

선조는 오히려 비변사를 질책했다. 류성룡은 수차례에 걸쳐 이순신을 해임해서는 안 된다고 간청했으나, 선조는 류성룡에게 경기도를 순찰하라는 어명을 내려 조정에서 내보내고 대신들을 행궁으로 불러 이순신을 통제사에서 해임하고 한양으로 압송하게 했다.

'순신을 치는 것은 나를 치기 위한 음모에 지나지 않는다.'

류성룡은 누군가 자신의 목을 조여오고 있는 듯한 낌새를 느낄 수 있었다. 류성룡은 도체찰사로 경기도 일대를 순찰하고 돌아오자 다시 사직서를 냈다. 사직서를 내지 않으면 탄핵을 받아 죽음에 이르게 될 것이다.

'물러날 때 물러날 줄 알아야 현명한 사람이다.'

류성룡은 정유년에만 세 번 차를 올리고 다섯 번 사직상소를 올렸다. 그러나 선조는 류성룡의 사직을 허락하지 않았다.

'결국은 내가 오명을 뒤집어쓰게 되는가?'

류성룡은 선조가 사직을 허락하지 않자 쓸쓸했다.

정유년 2월 26일, 이순신이 한양으로 압송되자 일본은 대대적으로 조선을 침략하기 시작했다. 일본은 임진년과 달리 정유재란에서는 전라도 일대를 대대적으로 휩쓸었다. 일본군이 휩쓸고 간 전라도 일대는 폐허로 돌변했다.

일본군은 5만 6천 명의 대병력으로 남원을 공격했다. 남원은 전라 병사 이복남, 남원 부사 임현, 조방장 김경로, 광양 현감 이춘원이 군사를 거느리고 수성에 나섰고, 명나라의 부총병 양원은 약 3천 명의 군사로 남원을 방어하기로 결정했다. 일본군이 전라도를 휩쓸면서 북상하기 시작하자 의병과 백성들이 대거 몰려와 남원성에는 1만 명의 사람들이 들끓었다.

8월 13일, 북상 중이던 일본군은 장군 우키다 히데이에와 고니시의 지휘하에 남원성을 일제히 공격했다. 정유재란으로 재침을 한 일본군은 화포와 조총으로 중무장을 하여 남원성을 치열하게 공격했다.

조명 연합군은 사흘 동안 처절한 전투를 벌였으나 압도적인 일본군의 공세 앞에 1만여 명의 군사들과 성민들이 장렬하게 전사했다. 양원은 간신히 탈출을 하여 한양으로 돌아갔다. 일본군은 사흘 동안의 맹렬한 전투 끝에 남원성을 점령하자 보복이라도 하듯이 사체의 코를 잘라 갔다. 남원에 있는 '만인의총'은 바로 정유재란 때 일본군을 맞이하여 장렬하게 전사한 조선 군사들과 백성들을 기리기 위한 것이다.

명나라는 정유재란이 발발하자 제독 이여송과 경략 송응창을 소환하고, 주사 정응태와 경리 양호를 파견했다.

남원을 점령한 일본군은 파죽지세로 북상했다. 류성룡은 도체찰사가 되어 일본군을 방어하기 위해 전력을 기울였다. 명군은 직산 북방 소사평 홍경원에서 일본 장군 구로다 나가마사의 군대와 접전을 벌여 대파했다. 일본군은 목천현과 청주를 향하여 퇴각했다. 류성룡은 조선 군사들에게 이를 추격하게 하여 구로다는 직산에 주둔하면서 분탕질하다가 마침내 패하여 동래로 철수했다.

양호는 울산의 도산성(島山城)으로 달려갔다.

가토는 영천과 경주에서 울산으로 가고, 모리 히데모도는 밀양에서 양산으로 가고, 구로다는 동래로 들어왔다.

가토는 울산에 주둔하면서 해변에 도산성을 신축했다. 직산에서 대승한 명나라 경리 양호는 여세를 몰아 군사 4만 5천 명을 이끌고 남하하여 울산에 이르렀다.

류성룡은 경주에서 울산으로 가서 양호를 격려했다. 류성룡은 도원수 권율에게 양호를 도우라고 지시했다. 조명연합군은 마침내 도산성을 향해 대대적인 전투를 감행했다. 가토는 성안에서 농성을 하면서 조명연합군에 대항했다. 조명연합군은 화포와 화살을 비 오듯이 쏘아대 일본군을 공격했다. 가토의 일본군은 고립되어 양식이 떨어지고 우물이 말라 사상자가 늘어갔다.

"적군의 구원병이 오기 전에 신속하게 공격해야 하오."

류성룡은 전투 상황을 지켜보다가 양호에게 말했다.

"무슨 말이오? 성안에 양식이 떨어졌으니 포위만 하고 있어도 저절로 항복할 것이오."

명나라 장수들이 류성룡의 제안을 거절했다.

"지금 공격하지 않으면 반드시 패퇴할 것이오!"

류성룡이 장수들을 쏘아보면서 말했다.

"그렇다면 조선군이나 공격을 하게 하시오."

명나라 장수들이 류성룡을 비웃었다. 류성룡은 권율에게 지시하여 조선 군사들에게 도산성을 공격하게 했다. 고니시나 구로다가 군사를 이끌고 구원하러 오면 모든 일이 수포로 돌아가는 것이다.

권율은 조선 군사들에게 총공격 명령을 내렸다. 그러나 날씨가 좋지 않았다. 한겨울인데도 울산은 비가 쏟아지더니 강추위가 몰아쳤다.

조선 군사들은 대대적인 공격을 감행했으나 살을 에는 듯한 추위 때문에 많은 희생자가 발생했다.

류성룡은 권율에게 지시하여 조선의 군사들을 퇴각시켰나.

해가 바뀌자 류성룡이 예상한 대로 구로다의 군사가 도착하고, 고니시가도 군사들을 이끌고 들이닥쳐 명군을 공격했다. 명군은 구로다와 고니시의 배후 공격을 받아 대패하여 경주로 철수했다.

선조는 정응태가 한양에 도착하자 서대문에 있는 모화관에서 영접했다.

"국왕께서 독서를 많이 하시어 평소에 문묵(文墨)을 좋아하신다고 들었습니다. 문묵의 일이 아름다운 것이기는 하지만 무비(武備)도 갖추지 않으면 안 됩니다."

정응태가 교만하게 선조에게 충고했다.

"우리나라는 상국에서 동방으로 흘러온 교화를 힘입어 문화(文華)만을 숭상하고 무예는 좋아하지 않습니다. 과인은 어릴 적부터 병이 많아서 학문을 하지 못했습니다."

"태평시대에는 문묵을 숭상하는 것이 좋지만, 전시에는 마땅히 무비를 장려해야 합니다."

"교시가 간절하니 매우 감사합니다."

선조는 정응태에게 예단을 증정했다.

"국왕의 후의에 매우 감사합니다. 그러나 지금까지 종이 한 장도 받지 않았는데 이제 와서 받을 수는 없습니다."

정응태가 선조의 예단을 사양했다.

정응태는 예물을 사양했으나, 경략사 양호를 비방하는 상주문을 중국 천자에게 올리면서 평지풍파를 일으켰다. 조선 조정은 느닷없이 정응태가 양호를 탄핵하자 어리둥절했다. 이덕형은 진실을 알기 위해 양호를 찾아갔다.

"정응태는 교활한 자입니다."

양호는 정응태를 격렬하게 비난했다. 양호와 정응태는 뜻밖에 자신들끼리 비난하고 모함하고 있었다. 조선은 양호를 위해 이원익을 중국에 파견했다. 정응태는 양호를 변명하기 위해 조선이 이원익을 파견했다는 사실을 알게 되자 불같이 역정을 내면서 조선의 국왕 선조를 모함하는 상주문을 명나라 황제에게 보내 조선을 발칵 뒤집어놓았다.

"속번(屬藩, 조선)의 간사함은 증거가 있고, 적당의 음모는 이미 드러났습니다. 신이 협강(夾江)의 중주(中洲)에 행차하여 콩과 기장이 무성한 것을 보고 길 가는 요동 사람에게 물었더니, '이곳은 기름진 땅이어서 수확이 서쪽 지방보다 몇 배나 된다. 전년에 조선이 요동 백성과 쟁송(爭訟)하자, 요동 도사가 여러 차례 단안을 내렸는데, 조선 사람들이 불평을 가지더니 만력 20년에 끝내 저들 나라에 세거하는 왜인을 사주하여 군사를 일으켜서 함께 천조를 침략함으로써 요하 동쪽을 탈취하여 고구려의 옛 지역을 회복하려 하였다'는 등의 말을 하기에, 신은 놀라움과 괴이함을 금하지 못하였습니다. 지금 조선 국왕이 충신들과 백성들에게 포학하고 주색에 빠져 있으면서 감히 왜적을 꾀어 침범하게 하여 천조를 우롱하였고, 다시 양호와 한패가 되어 떼 시어 천사를 속였습니다."

정응태의 상주문을 읽은 선조는 전신을 부들부들 떨었다. 명나라의 장수가 조선의 국왕을 모함한 것은 전례가 없는 일이었다.

"조선에 대해서는 긴급하게 조사하라고 전에 여러 번 조칙을 내렸다. 동방의 일은 조사를 끝내고 돌아오는 날에 공과 죄가 스스로 밝혀질 것이므로 정응태는 다시 번거롭게 진언할 필요가 없다. 쓸데없는 분분한 말은 모두 허락하지 않는다."

천자는 조선을 조사하게 하고 새로운 군무 경략사에 만세덕을 임명하여 파견했다. 그러나 조선이 명나라를 배신하고 일본을 끌어들여 명나라를 칠 것이라는 정응태의 상주문에 선조는 문을 닫아걸고 비통해했다.

"지금 정응태가 모함한 것을 보니 대체로 우리나라가 바른 말로 양호를 구원하려고 한 까닭에 이런 분풀이를 한 것이다. 나는 진실로 이런 일이 있을 줄 알았다. 대저 사람이 천지 사이에 살면서 길흉화복을 순리대로 받아들일 뿐이니 정응태의 모함은 나의 털끝 하나도 움직이지 못할 것이다. 나는 왜적의 침략을 받아 나라는 부서지고 집안이 결딴나서 정신없이 흩어져 떠돌게 되었지만, 신하의 절의를 굳게 지켜 마치 물이 백 번 꺾여 흘러도 반드시 동쪽으로 흐르는 것과 같아서 만 번 죽어도 후회하지 않을 것이다. 간사한 자가 멋대로 날뛰어 모함을 했지만 우리 천자가 이 악귀의 속마음을 환히 비추어 보도록 하지 않을 수가 없다. 나는 양호를 위하여 죽을 것이니 죽더라도 남은 영광이 있어서 지하에서도 웃을 것이다."

선조가 비망기를 내렸는데 너무나 비통했다. 그러나 선조가 일본을 끌어들여 명나라를 공격할 것이라는 모함을 변명하지 않을 수 없었다. 조선에서는 시급하게 명나라에 보낼 사신을 차출하기로 결정했다. 류성룡은 사신으로 누구를 보내야 할지 걱정이 되었다. 국왕이 관련된 사안이라서 명망이 높은 사신을 보내야 했다.

"영상 대감, 명나라에 들어가 정응태의 모함을 해명해야 하지 않습니까. 지금 정승 세 분 중 이원익은 양호를 변명하기 위해 연경에 들어가 있고, 우의정 이덕형은 순천에 있습니다. 그러니 영상께서도 중국에 들어갈 수가 없으니 누구를 보내는 것이 좋겠습니까?"

이조 판서 홍진이 관안(官案, 관리 명부)을 가지고 와서 류성룡에게 물었다.

"전한 김신국, 집의 황정철, 병조 정랑 윤홍이 좋을 듯한데 나머지 한 사람은 누구로 했으면 좋을지 모르겠소."

"지평 이이첨이 재간이 있으니 좋을 것 같습니다."

류성룡은 사신으로 갈 사람들 네 사람의 이름을 적어 선조에게 보고했다. 그런데 갑자가 삼사가 물 끓듯 하고 있었다. 류성룡은 삼사가 갑자기 논쟁이 분분한 이유를 이해하지 못했다.

"정응태에게 전하께서 모함을 당했는데 어찌 시임 대신이 가지 않는다는 말입니까? 지금 이 변무(辨誣, 변명하는 일)의 일은 잠시라도 늦출 수가 없습니다. 도성에 있는 대신이 한두 사람이 아닌데 이런 큰 변고를 당하여 가지 못할 사람이 누구이기에 간사하게 피할 길을 꾀하여 시일을 지연하기를 마치 평소의 예(例)에 따라 연경에 가는 것과 같이 한단 말입니까? 군부를 위하여 악명을 깨끗이 씻는 일을 정말 이렇게 늦추고 소홀히 해야 하겠습니까?"

이이첨이 스스로 파직을 요구했다. 이이첨은 정인홍의 문인으로 부수찬이었다. 류성룡은 이이첨이 스스로를 파척하는 소를 올리자 비로소 아차 하는 생각이 들었다. 이이첨은 시임 대신(侍任大臣, 현직 대신)이라고 하여 류성룡을 겨냥하고 있었다.

"이것을 사신의 명단이라고 올렸는가?"

선조는 류성룡이 이이첨을 사신으로 추천하자 벌컥 화를 냈다. 류성룡은 선조의 답을 받자 망연했다.

"지금은 군신 상하가 누명을 깨끗이 씻는 일이 매우 중하고도 급합니다. 그런데 이른바 대신이란 사람이 대수롭지 않게 생각하고 있으니 통분하게 여기지 않는 사람이 없습니다. 신의 잘못이 더욱 크니 신의 직을 파척하소서."

승문원 정자 유숙이 류성룡을 탄핵하는 상소를 올렸다. 류성룡은 선조의 위기를 빌미로 자신을 조정에서 쫓아내려는 음모가 진행되고 있다는 것을 짐작했다.

바람이 일자 꽃들이 분분히 날렸다. 도요토미는 단정하게 앉아서 창밖을 무연하게 응시했다. 일본군은 조선에서 수렁에 빠져 있었다. 14만의 대병력으로 또다시 조선을 침공했으나 명나라와 조선 연합군의 방어에 막혀 1년이 가까워도 일본군은 조선의 도읍 한양을 함락하지 못하고 있었다. 의외의 상황이었다. 6년 전 일본군이 노도처럼 조선을 공격했을 때와는 판이하게 달랐다.

조선에 출정한 다이묘들은 일본으로 돌아오기를 고대하고 있었다. 그러나 일본으로 철병하라는 지시를 내릴 수가 없었다. 일본을 통일한 도요토미가 다이묘들을 지배할 수 있는 것은 전쟁이라는 극한 상황으로 몰고 가고 있었기 때문이다. 조선 정벌에 성공하지 못하고 돌아오면 호시탐탐 기회만을 노리는 다이묘들이 반란을 일으킬 것이다.

'도쿠가와 이에야스……'

도요토미는 신음처럼 낮게 뇌까렸다. 그가 가장 두려워하는 인물이 지장(智將)이라고 불리는 도쿠가와였다. 그는 이번에도 조선에 출병을 하지 않았다.

명나라와 일본의 강화 회담도 결렬되었다. 고니시는 강화에 뜻을 두고 있고, 가토는 전쟁을 계속하기를 바라고 있다. 조선에 영지를 확보하려는 다이묘들도 가토와 뜻을 같이하고 조선 침략에 앞장을 섰다.

초전은 일본의 완벽한 승리였다. 일본은 조선 해안에 상륙하자 단숨에 부산진성과 동래성을 함락하고 한 달 만에 조선의 도읍 한양에 이르렀다. 조선의 국왕, 선조는 평양을 거쳐 의주로 피난을 갔다. 가토는 함경도로 진격하여 국왕의 두 아들을 포로로 잡았고, 고니시는 평양을 점령했다.

'이제는 조선을 일본의 속방으로 만들고 요동을 거쳐 명나라로 진격할 것이다.'

도요토미는 오사카 성에 앉아서 명나라로 진격하려는 야심을 불태웠다. 그는 전쟁 본부가 있는 나고야에 가서 직접 출전하는 병사들을 격려했다. 그러나 명나라가 5만 군사를 이끌고 구원군을 보내오고 바다에서 일본군이 조선의 수군 제독 이순신에게 참패를 하면서 전황이 달라졌다.

진주성에서의 패배, 행주산성에서의 패배도 일본군에게는 뼈아픈 일격이었다. 그러나 가장 두려운 것은 바다에서 이순신에게 무참하게 요격을 당한 일이었다.

일본군은 병력과 병기를 보충하는 일에 큰 타격을 받았고, 평양에서 주춤할 수밖에 없었다. 이순신은 잇달아 일본 병선을 격침하여 제해권이 조선에 완전히 넘어가고 말았다.

조선의 내륙에서 전쟁을 하고 있는 일본군은 당황했다. 고니시가 명나라와 강화 회담을 추진한 것도 그러한 까닭이었다.

"조선 해군이 우리의 보급로를 막고 있다. 조선에 있는 우리 일본군이 위험하다."

조선 정벌에 참여한 다이묘들이 도요토미에게 불만을 털어놓기 시작했다.

"이순신을 제거하면 제해권은 우리가 되찾을 수 있다."

도요토미는 이순신을 공략할 계획을 세워야 한다고 생각했다.

"제해권을 어떻게 찾아옵니까?"

"이순신을 요격하라."

도요토미는 이순신을 암살하는 자객들을 조선에 파견했다. 그들은 전라도에서 이순신을 죽이려고 했으나 실패하고 그의 고향 아산에 가서 아들과 조카를 살해했다. 이순신은 더욱 분개하여 일본군 병선을 대대적으로 공격했다.

"이순신을 제거하라."

도요토미는 고니시에게 명령을 내렸다. 고니시는 도요토미의 명령을 받자 간첩 요시라를 파견하여 공작을 벌이기 시작했다. 이순신이 그들의 공작에 걸려들어 한양으로 압송되고 원균이 조선 수군을 총지휘하게 되었다.

가토는 조선 해안 일대에서 조선 수군을 유인하기 시작했다. 그러나 원균은 일본의 공작을 눈치채고 군사들을 출동시키지 않다가 도원수 권율에게 곤장을 맞았다.

원균은 비통하게 조선 수군을 이끌고 가토를 사로잡기 위해 출정을 하다가 일본군의 수륙 양면 작전에 말려들어 병선을 모두 잃고 병사들도 전멸을 당했다.

"하하하! 조선이 우리의 공작에 말려들었다. 바다를 일본이 장악했으니 조선에 총공세를 가하라!"

도요토미의 명령이 떨어지자 일본군은 대대적으로 조선을 침공했다. 정유재란이었다. 일본군은 임진년에는 전라도 일대를 공격하지 못했으나 원균이 죽자 전라도를 무인지경으로 휩쓸었다.

조선에서는 당황하여 이순신을 다시 삼도 통제사에 임명하고 일본군과 대적하게 했다. 도요토미는 이순신이 버티고 있다 하더라도 충분히 조선을 점령할 수 있을 것이라고 생각했다. 그러나 뜻밖의 복병이 도요토미에게 찾아왔다.

도요토미는 갑자기 병이 들어 일어나지 못하게 되었다.

'아아, 조선을 정벌하려는 순간에 이 무슨 재앙인가?'

도요토미는 비감했다. 무엇보다 걱정이 되는 것은 조선의 정벌이 아니라 애첩 요도기미에게서 낳은 어린 아들 히데요리에게 자신의 지위를 물려줄 수 있느냐 하는 점이었다. 도요토미가 오다 노부나가가 죽자 그의 아들을 제거하고 일본의 권력을 장악했듯이 그가 죽으면 누군가 어린 아들을 죽이고 권력을 장악할 것이다. 그는 자신의 자리를 어린 아들에게 고스란히 물려주고 싶었다.

도요토미에게는 첫째 부인에게서 낳은 히데나가라는 아들이 있었으나 어렸을 때 죽고, 히데쓰구를 후계자에 임명했다. 그러나 히데요시에게서 히데요리가 태어나면서 히데쓰구는 후계자 자리를 위협받게 되었다. 히데쓰구가 반란을 일으키려고 한다는 소문도 들려왔다. 도요토미는 애첩 요도기미에게서 낳은 아들을 애지중지하고 있었다.

도요토미는 마침내 히데쓰구를 고야 산에 유폐시켰다가 자결하게 했다. 히데쓰구가 자결하자 그의 머리를 베어서 성문에 내걸고 어린 세 아들과 부인, 애첩 등 일가 30여 명도 히데쓰구의 시체 앞에서 참살했다. 도요토미는 히데쓰구의 무덤에 '역적 히데쓰구 묘'라고 비석을 세웠으나 일본인들은 그 무덤을 축생총(畜生塚, 짐승의 무덤)이라고 불렀다. 도요토미는 병세가 점점 악화되자 5대로와 5봉행을 머리맡에 불러 자신의 후사를 당부했다. 생각해보면 일본을 통일하고 조선을 침략한 일이 한갓 부질없는 일이었다.

'이슬처럼 생겨났다가 이슬처럼 사라지는 것이 인생이다. 세상의 부귀가 덧없구나.'

일본의 최고 통치자이자 조선을 침략하여 무수한 인명을 살상한 도요토미는 조선에 출병한 병력을 모두 회군시키라는 유언을 남기고 죽었다. 도요토미가 조선에 출병한 병력을 철병시키라는 유언을 남긴 것은 도쿠가와를 경계하기 위해서였다.

14

남쪽 고향에도 수일을 버틸
끼닛거리가 없습니다

도요토미의 죽음은 조선에도 커다란 파장을 몰고 왔다. 고니시를 비롯하여 일본군을 이끌고 있는 다이묘들은 도요토미 이후의 일본의 권력 변화에 촉각을 곤두세웠다. 그들은 남해안 일대로 신속하게 철군하면서 일본으로 철병할 준비를 하기 시작했다.

도요토미의 죽음이 명군에 알려지고 명군의 경리 접반사인 이덕형이 소식을 듣고 선조에게 보고했다.

"어제 저녁에 명나라의 경리가 작은 첩지(貼紙)를 내놓으면서 '양산 군수의 치보(馳報)에 따르면 도요토미가 이미 죽었으므로 각 일본군이 전쟁을 중지하고 철군 명령이 떨어지기를 기다려 바다를 건너가려고 한다' 하였습니다. 그러므로 즉시 적당한 관리를 차출하여 적의 동태를 정탐해서 보고하게 해야 합니다."

이덕형의 보고를 받은 선조는 기쁘면서도 믿어지지 않았다.

"도요토미가 정말 죽었다고 하더라도 또 다른 도요토미가 한없이 많으니 죽었다고 죽은 것으로 보아서는 안 된다."

선조는 믿으려고 하지 않았다. 그러나 도요토미의 죽음은 사방에서 전해져 왔다.

'그래, 이제 내 할 일은 끝났어.'

류성룡은 그렇게 생각했다. 그렇잖아도 임금이 위기에 처해 있는데도 명나라에 사신으로 가지 않는다는 탄핵이 극심했다. 선조도 류성룡을 보는 눈이 좋지 않았다. 평생을 곁에서 모시고 임진왜란 7년 동안 전쟁을 총지휘했는데도 자신이 명나라 정응태로부터 비난을 받자 류성룡을 고깝게 보고 있었다.

'일본은 철병을 할 것이 분명하니 나도 고향으로 돌아가야 한다.'

류성룡은 고향으로 돌아가고 싶었다. 어느덧 그의 머리는 반백이 되어 있었다. 류성룡은 명나라로 가겠다고 자원을 하지 않았다. 처음에 사헌부와 사간원에서 시작된 류성룡에 대한 탄핵이 홍문관까지 이어졌다.

류성룡을 탄핵하는 무리들은 정인홍, 이이첨, 유숙 등이었다. 그들은 조목과 이산해의 조정을 받고 있다는 소문이었다.

'조목이 어찌 나를 탄핵하는 것인가?'

조목과는 30년 동안 우정을 지켜왔다. 퇴계 이황의 제자로 영남 일대에서 신망이 높은 조목은 류성룡과 오랜 교분을 나누면서 편지를 주고받은 것도 수십 통이나 되었다. 명나라의 경리 양호의 군문에는 류성룡을 비방하는 투서가 빗발쳤다.

류성룡은 탄핵이 빗발치듯이 쏟아지자 사직상소를 올렸다.

"삼가 하찮고 어리석은 신이 국가의 용서받기 어려운 죄명을 입었기에 두렵고 민망하여 머리를 들고 우러러 슬피 호소하지 않을 수 없었습니다. 대저 임금이 욕을 당하면 신하가 임금을 위하여 죽는 것은 신하로서의 큰 절의이니 신이 어둡고 용렬하기는 하지만 어찌 이를 모르겠습니까. 다만 신하는 스스로 죄 없는 경우에 처한 뒤에야 국가를 위하여 일을 맡을 수가 있습니다. 밝으신 전하께서는 속히 신의 관직을 체직하고 신이 형벌을 받도록 하여 사람들의 여론에 답하소서."

류성룡은 진심으로 조정에서 물러나고 싶었다. 탄핵이 온건할 때 물러나야 죽음을 당하지 않는다. 죽음이 두려운 것은 아니나 그가 죽으면 수많은 사람들이 연루되어 죽음을 당하게 될 터였다.

류성룡이 탄핵을 받고 있는데도 대신들은 입을 다물고 있었다.

"류성룡이 평소 행한 일에 있어서 마음 씀이 간사한지 바른지는 논할 겨를이 없고, 다만 근일의 일로 말한다면 그가 영의정이 되어 오래도록 국정을 잡고 임금의 총애를 받은 것이 지극하다고 할 수 있습니다. 그런데 하루아침에 임금께서 망극한 슬픔을 당해도 당초부터 사신으로 가기를 자청하지 않았으니, 이미 국가를 위해 목숨을 바치는 의리를 망각한 것입니다. 류성룡을 파직시키라 명하소서."

류성룡에 대한 탄핵이 더욱 맹렬하게 일어났다. 류성룡은 영돈령부로 갔다. 영돈령부에는 뜻밖에 이이첨과 문홍도, 이경전이 앉아 있고, 정인홍까지 와 있었다. 정인홍은 조목과 교분을 나누고 있다. 류성룡이 영돈령부로 들어서자 이산해를 비롯하여 긴장하는 기색이 역력했다.

"그대는 누구인가?"

류성룡이 도포를 입은 사내를 눈짓으로 살피면서 물었다. 조복을 입지 않고 영돈령부에 들어오는 것은 드문 일이었다.

"성균관 생원 이호신입니다."

이호신이 당황한 표정으로 대답했다.

"북인이 모두 모여 있구면."

류성룡이 그들을 한눈으로 쓸어보면서 말했다. 이산해가 북인의 영수고, 이이첨을 비롯한 그들은 한 무리다. 어느 사이에 조정의 삼사를 모조리 장악하고 있다. 다만 조정에서 벼슬을 하지 않고 있는 정인홍이 영돈령부에 와 있는 것이 기이했다.

"영남에서 학명이 쟁쟁한 내암 선생께서 한양에 올라오신 줄은 몰랐습니다. 월천 선생께서는 안녕하신지요?"

류성룡이 허리를 숙여 인사를 하면서 말했다. 정인홍의 꼬장꼬장한 낯빛이 일시에 변했다. 정인홍은 기개가 강패하다는 인물평을 듣고 있다. 남명 조식의 수제자로 자신이 옳다고 생각하면 물불을 가리지 않는다. 한때 율곡 이이의 문하에도 출입했고, 임진왜란이 일어나자 의병을 일으켜 경상도 일대를 방어하여 명성을 떨쳤다.

"그것은 오랫동안 교분을 나눈 대감이 더 잘 알 것이 아니오?"

정인홍은 말투조차도 찌르듯이 날카로웠다.

"하하하! 월천 선생이 30년 우정을 끊었으니 한 번 웃고 한 번 탄식합니다."

류성룡은 호탕하게 웃음을 터트린 뒤에 이이첨을 싸늘한 눈빛으로 쏘아보았다. 성균관 생원 이호신이 영돈령부에 와 있는 것은 이이첨의 사주를 받기 위해서일 것이다. 이이첨은 류성룡의 서슬 퍼런 눈빛을 대하자 지레 겁을 먹고 고개를 숙였다.

"대감, 그래, 끝내 나를 죽이실 것입니까?"

류성룡이 이산해를 지그시 살피면서 말했다.

"허허허, 영상께서는 그 무슨 말씀이시오?"

이산해가 허연 수염을 쓰다듬으면서 헛기침을 했다.

"그래, 이 정국을 어디까지 끌고 갈 셈이오?"

류성룡이 이산해를 쏘아보면서 물었다. 이산해와 담판을 짓는 것이 좋다. 오랫동안 정치를 같이 했으니 타협이 잘 이루어지면 죽음은 면할 수 있을 것이다. 죽음이 두려워서가 아니라 일족이 참변을 당하는 일이 두려웠다.

"혹시 류성룡을 만만하게 보시는 것은 아닌지요?"

류성룡의 눈에서 시퍼런 불길이 뿜어졌다.

"당치 않은 말씀이오. 천하의 서애를 누가 만만하게 본다는 말씀이오?"

이산해가 펄쩍 뛰는 시늉을 하면서 말했다.

"승정원의 일은 알고 계시는지요?"

류성룡이 승정원에 들어갔을 때 승지들이 일어나서 인사를 하지 않은 일이 있었다. 그때 류성룡은 선조에게 아뢰어 승지들을 모두 갈아치웠다. 이산해는 류성룡의 윽박지르는 말에 우물쭈물하고 있었다.

"내가 원하는 것은 피를 묻히지 말아달라는 것이오."

류성룡은 이산해에게 못을 박듯이 말하고 밖으로 나왔다. 밖에는 어느덧 스산한 빗줄기가 뿌리고 있었다. 류성룡이 이산해에게 다짐을 받았는데도 탄핵이 계속되었다.

"영의정 류성룡은 수상이 되었으니 변고의 소식을 들은 당초 즉시 스스로 가기를 청하여 황제께 호소하여 억울함을 깨끗이 씻어야 하건만, 지금 그는 '다른 동료가 모두 나가 있고 나만 혼자 있다'고 하여, 또 '몸이 너무 쇠약하여 사신으로 가는 일을 감당할 수 없다'고 하여, 억울함을 씻는 긴급한 일을 끝내 지체케 하였으니 파직시키라 명하소서."

정언 이유홍이 아뢰었다.

"성룡이 조정의 권력을 움켜쥐고 영동과 영남 여러 고을의 모든 역(驛)에 친척들을 배치하였습니다. 그리고 이른바 도감을 설치하여 훈련시키는 것으로 칭탁하고 이익을 모두 취하여 베, 곡식, 생선, 소금, 축산, 가죽, 뿔 등에 이르기까지 모두 사적으로 친한 사람을 시켜 관리하게 하였습니다. 서울에 있는 집이 겉으로는 비록 소박한 것처럼 보이지만 남모르게 뇌물이 오가고 안동의 사저에는 선물 꾸러미가 줄을 이었으니 교활한 작태가 하늘을 찌르고 있습니다."

성균관 생원 정급 등이 연명으로 상소를 올렸다. 류성룡은 성균관 생원 정급의 상소에 뇌물을 받고 축재를 했다는 내용이 들어 있자 전신을 부르르 떨었다. 기축옥사로 피바람을 불러일으킨 정철도 탄핵을 받았을 때 탐비(貪鄙)하다는 비판은 받지 않았다. 그런데 류성룡은 생원 정급으로부터 부정축재를 했다는 비판을 받은 것이다.

사헌부는 류성룡을 파직시킬 것을 잇달아 아뢰었다. 선조는 마침내 류성룡을 체직(遞職, 물러나게 하는 것)하고 이원익을 영의정에 임명했다. 그러나 삼사는 일제히 들고일어나 류성룡을 파직할 것을 요구했다.

류성룡은 체직이 되자 서둘러 안동으로 돌아갈 것을 결심했다. 한양에 있어봐야 득 될 것이 없었다.

"풍원부원군 류성룡은 간사한 자질에다 간교한 지혜로 명성과 벼슬을 도둑질하여 사람을 해쳐도 사람들이 알지 못하고 세상을 속여도 세상이 깨닫지 못하였으니, 이것이 그 평생의 심술입니다."

사간원은 류성룡의 모든 치적을 깎아내렸다.

15
한산섬
달 밝은 밤에

바람은 점점 쌀쌀해지고 있었다. 이순신은 한산도의 열선루에 올라 바다를 무연히 응시했다. 달빛은 차고 파도는 높았다. 일본에서는 도요토미가 죽고 권력 투쟁이 치열하게 전개되고 있다는 소문이 들렸다.

"원(元) 장군, 내가 그대의 원한을 갚아주리다."

이순신은 바다를 응시하면서 낮게 중얼거렸다. 원균이 죽은 지 얼마나 된 것일까. 이제는 원균의 원수를 갚아줄 때가 왔다고 생각했다.

고니시는 왜교에 진을 치고 있었다. 그들은 조선인 포로들을 석방하고 돌아갈 길을 열어달라고 조선과 명나라에 요구했다. 명나라의 진린 제독은 일본군이 무사하게 돌아가도록 길을 열어주라고 했으나 이순신은 격렬하게 반대했다. 전쟁을 일으켰으면 그에 대한 책임을 져야 한다.

일본은 악독한 짓을 너무나 많이 저질렀다. 수많은 백성들을 도륙하고 부녀자들을 겁탈했다. 일본군이 한바탕 노략질을 하고 지나간 마을은 백성들의 시체가 즐비했다. 전공을 올리기 위해 코를 베어 간 시체들은 차마 눈을 뜨고 볼 수가 없을 정도로 흉측했다.

"일본군이 돌아갈 수 없도록 철저하게 감시하라!"

이순신은 삼도의 수사들에게 엄중하게 군령을 내렸다. 육지에서는 권율이 지휘하는 조선의 군사들을 비롯하여 명군이 왜교에 진을 치고 있는 일본군을 포위하고 있었다. 고니시는 바다와 육지에서 포위되어 있었다.

일본에서는 도요토미가 죽으면서 치열한 권력 투쟁이 전개되었기에 고니시를 구하러 올 병력이 없었다. 고니시는 사면초가의 위기에 몰려 있었다.

"장군, 철병하는 왜적을 굳이 몰살시켜야 할 이유가 있습니까?"

수사들은 일본군이 최후의 발악을 할까 봐 두려워하고 있었다.

"왜적은 우리의 원수들이다. 죽이지 않으면 반드시 다시 쳐들어올 것이다."

"하나 저들이 발악을 하면 우리의 희생도 적지 않을 것입니다."

"내가 죽는 한이 있어도 왜적들을 하나도 살려 보내서는 안 된다!"

이순신이 단호하게 말했다. 그때 이순신의 조카 완이 허겁지겁 열선루로 달려 올라왔다.

"큰일 났습니다. 영상 대감이 대간들의 탄핵을 받고 있다고 합니다."

이완이 이순신에게 말했다.

"영상이 탄핵을 받다니 그게 무슨 소리냐? 무슨 일로 탄핵을 받았다고 하느냐?"

이순신은 깜짝 놀라서 이완을 쏘아보았다.

"처음에는 강화를 했다고 탄핵을 하더니, 지금은 명나라에 진주사로 가지 않았다고 하여 탄핵을 한다 합니다."

"영의정이 진주사를 가는 법이 어디 있느냐? 진주사는 좌의정 이덕형이 가지 않았느냐?"

"명나라의 장수 정응태가 전하께서 명에 반란을 일으키려고 했다고 모함을 했다 합니다. 전하께서 모함을 받고 있는데 영의정이 자원하여 가지 않았다는 것이 탄핵의 이유입니다."

"그것이 탄핵이 될 만한 일인가?"

"영상 대감을 치려는 북인들의 음모인 것 같습니다."

"북인이란 누구를 말하는 것인가?"

"이이첨이 주축이 되고 있다고 합니다."

"이이첨이 끝내 이런 짓을 저지른다는 말인가?"

이순신은 탄식했다. 그러나 바다에서 일본군을 지키고 있는 이순신으로서는 할 수 있는 일이 아무것도 없었다. 자신이 모함을 받아 백의종군을 하고 있을 때 류성룡은 이원익과 정탁을 동원하여 이순신을 구원했었다.

'어쩌면 영상이 스스로 원한 것인지 모른다.'

이순신은 류성룡으로부터 얼마 전에 편지를 받은 일이 있었다. 그때 류성룡은 전쟁이 끝나면 향리에 돌아가 몸을 돌보면서 후학을 양성하겠다고 했다. 류성룡도 7년 동안의 긴 전쟁으로 몸과 마음이 지쳐 있었다.

"……여해, 혹여 전쟁이 끝나 우리가 그때까지 죽지 않고 살아 있다면 하회에 가서 술을 마십시다. 부용대에 올라서 강을 내려다보면 시심(詩心)이 절로 우러나올 것이오."

류성룡의 편지에는 이순신을 향한 정이 묻어나 있었다.

'그래, 전쟁이 끝나면 야인으로 돌아가리라.'

이순신은 류성룡의 편지를 받고 그렇게 생각했다. 그런데 류성룡은 전쟁이 끝나기도 전에 탄핵을 받은 것이다.

"시국 일이 어찌 이 지경에까지 이르렀는가?"

이순신은 류성룡이 파직되어 향리로 돌아갔다는 소식을 들은 날 술에 취해 통곡을 하고 울었다. 이순신은 류성룡을 생각하자 쓸쓸했다. 임진왜란이 일어나자 도체찰사가 되어 누구보다 왜적과 열심히 싸운 인물이 류성룡이 아닌가. 나라를 위하여 그토록 몸을 돌보지 않고 일을 해온 류성룡에 대한 탄핵은 이순신을 참담하게 했다.

백의종군 영을 받았을 때 이순신은 비참했다. 그러나 류성룡이 보내온 한 통의 서찰이 이순신의 심기를 굳게 했다.

"여해, 누구나 영욕이 있는 법입니다. 여해나 내가 국가의 녹을 받으면서 출사를 한 것은 위로는 어진 임금을 받들고, 아래로는 백성들을 어버이처럼 돌보기 위한 것입니다. 우리가 무슨 영광을 바라겠습니까? 때를 기다리면 반드시 오욕을 씻을 때가 있을 것입니다."

이순신은 류성룡의 서찰을 받고 흐느껴 울었다. 류성룡은 그의 비통한 심중을 너무나 깊이 꿰뚫고 있었다. 조정에서는 원균이 죽자 이순신을 다시 통제사에 발탁했다. 이순신은 권율의 군영에서 통제영이 있는 한산도로 와 병선이 겨우 12척밖에 남아 있지 않은 것을 보고 경악했다. 조정에서 지리멸렬한 수군을 해체하라는 지시를 내렸다.

"지금 신에게는 아직도 12척의 병선이 남아 있습니다. 비록 병선의 숫자는 적지만 죽을힘을 다하여 싸우면 오히려 승리할 수 있습니다."

일본군 수군은 이순신이 통제사에 임명되자 그를 추적하여 죽이려고 바다를 샅샅이 수색하고 돌아다녔다. 이순신은 일본군의 추적을 피하면서 수군을 훈련하고 병선을 수리하기 시작했다. 특히 일본군에게 위협적인 대포를 제작하는 데 심혈을 기울였다.

이순신은 8월 18일 회령포에 이르러 칠천량에서 패해 온 전선 10척을 거두었고, 그 후 2척이 더 회수됨으로써 12척이 되었다. 명량해전을 앞두고 다시 1척을 수리하여 13척이 되었다. 이순신은 일본군을 서해로 유인하여 격파할 계획을 세웠다. 9월 16일, 이순신은 13척의 전선을 이끌고 지형이 험난하고 협소한 명량해협으로 2백여 척의 일본 함대를 유인, 격파하여 대승을 거두었다.

"죽고자 하면 오히려 살고, 살고자 하면 도리어 죽는다."

이순신은 울돌목에서 수군에게 비장하게 말했다. 일본군은 바다의 순류를 타고 명량의 작은 해협으로 밀려 들어왔다. 이순신은 초요기를 세우고 치열하게 싸웠다. 2백 척에 이르는 일본 수군은 좁은 해협에서 일시에 공격을 할 수 없었기 때문에 하루 종일 치열한 격전을 치러야 했다. 이순신은 바닷물이 역류하기 시작하자 수세에서 공세로 전환하여 치열한 공격을 전개했다. 일본 수군은 전선 31척이 파괴되고, 장군 구루시마 미치후사 이하 10명이 죽고, 토우도우 다카도라는 부상을 당했고, 모리 다카마사는 물에 빠졌다가 구제되는 참패를 당했다.

"이순신을 반드시 죽여라!"

일본군은 이를 갈면서 이순신을 추격했으나 이순신은 조선의 함대를 당사도로 옮겨 추적을 피했다.

이순신은 퇴각하는 일본군을 격파하기 위해 명나라의 진린 제독과 공동 작전을 전개하기로 합의하고 관음포로 나아갔다. 병선은 명나라와 조선이 합쳐 146척이었고, 병력은 수군이 2만에 이르렀다. 일본군은 병선이 3백여 척이었다.

"조선이 우리가 철병하는 것을 막겠다면 우리도 좌시하지 않을 것이다!"

고니시는 일본에서 가장 뛰어난 다이묘의 한 사람이었다. 그는 이순신이 바다를 가로막으려고 하자 전군을 동원했다.

"원수를 없앤다면 죽어도 여한이 없을 것이다. 오늘이야말로 사생결단을 내리는 날이다."

이순신도 비장한 각오를 했다.

1598년 11월 18일 새벽 2시, 조선 수군과 일본 수군은 마침내 노량에서 격돌했다. 노량은 좁은 해협이었다. 이순신은 해협에 배들을 가득 세워놓고 일본군을 향해 포를 발사하기 시작했다. 전투는 처절하게 전개되었다. 이순신은 초요기를 세우고 병사들을 독려하여 치열하게 싸우기 시작했다. 일본 수군은 조선 수군의 대대적인 공격에 2백 척이 파괴되고 수만 명의 병사들이 물에 빠져 죽었다.

일본군의 시체와 부서진 배의 나무판자, 무기 또는 의복 등이 바다를 뒤덮고 떠 있어 물이 흐르지 못하였고 바닷물이 온통 붉었다.

조선 수군도 막대한 피해를 입었다. 가리포 첨사 이영남, 낙안 군수 방덕룡, 흥양 현감 고득장 등 10여 명의 지휘관들이 일본군과 치열한 전투를 벌이다가 탄환을 맞아 죽었다.

"왜적을 한 놈도 살려 보내지 마라!"

이순신은 선상에서 맹렬하게 수군을 독려했다. 고니시도 이순신을 격파하고 일본으로 돌아가려고 하고 있었기에 치열한 접전이 전개되었다. 북 소리와 비명 소리가 어지럽게 난무하는 가운데 일본군이 쏘아대는 조총 소리도 콩 볶듯이 요란했다. 이순신은 조선 수군이 일본군에게 밀리는 듯하자 초요기를 높이 세우고 칼을 휘두르면서 군사들을 독전했다. 그때 요란한 총성과 함께 한 발의 유탄이 이순신의 가슴을 꿰뚫었다. 이순신은 화끈한 통증을 느끼면서 가슴을 내려다보았다. 가슴에서 선혈이 주르르 흘러내리고 있었다.

'아…….'

이순신은 자신도 모르게 갑판에 주저앉았다.

"아버님!"

이순신의 아들 회가 울려고 하고, 군사들은 당황했다. 이순신은 눈을 뜨고 손을 내저었다. 유탄이 꿰뚫은 가슴에서 피가 콸콸 대고 흘러내리면서 눈앞이 흐릿해져 왔다. 아아, 내가 이제 죽는 것인가. 아직 일본군을 격파하지 못했는데 내가 죽어야 한다는 말인가. 아산에 있는 아내의 얼굴이 떠오르고 무수한 전쟁 장면들이 주마등처럼 망막을 스쳐 지나갔다.

이순신은 눈을 감았다.

이순신은 노량해전을 승리로 이끌고 장렬하게 전사했다. 곁에 있던 병사들이 일제히 무릎을 꿇고 흐느껴 울기 시작했다.

"병사들은 울음을 멈추라! 장군이 전사했다는 것이 알려지면 안 된다!"

부장 이문욱이 곁에 있다가 옷으로 이순신 장군의 시체를 가려 놓고 북을 치며 진격했다. 마침내 일본군이 대패하여 물러갔다.

병사들은 그때서야 이순신이 죽었다는 사실을 알고 통곡했다. 이순신이 전사했다는 부음이 전파되자 호남 일도(一道)의 사람들 이 모두 통곡했다. 노파와 아이들까지도 그의 죽음을 애통해하면 서 울었다.

16
전원으로
돌아가는 길

　바람이 차가웠다. 류성룡은 파직을 당하자 묵사동에서 왕십리로 이사했다. 왕십리는 성 밖이었다. 류성룡이 영의정에 있을 때는 수많은 사람들이 찾아오느라고 문전성시를 이루었으나 대간의 탄핵이 격렬해지자 화가 미칠 것을 두려워하여 절친한 인물들도 발길을 뚝 끊었다. 우의정 이항복만이 비변사에 있다가 류성룡이 낙향한다는 말을 듣고 찾아왔다.

　"백사가 나를 찾아오다니 이게 어쩐 일이오? 백사는 대간들이 두렵지 않소?"

　류성룡이 호탕하게 웃으면서 물었다.

　"하하하! 제가 대감을 전송하고자 하는데 천하에 누가 욕을 하겠습니까?"

이항복은 준비해 온 술을 따르고 류성룡을 위로했다.

류성룡은 이항복과 석 잔의 술을 마시고 작별한 뒤에 행차를 서두르게 하여 용진을 건너 양근에 이르렀다.

류성룡은 도미천에 이르자 말에서 내렸다. 도미천을 지나면 다시는 한양으로 돌아오지 못한다.

류성룡은 선조가 있는 삼각산 쪽을 무연히 바라보았다. 선조를 보필한 것이 어언 32년이다. 명종 때 과거에 급제하여 벼슬길에 나아갔으니 40년 가까이 벼슬에 있었던 셈이다. 그러나 남아 있는 것이라고는 탐비했다는 오명밖에 없었다.

"전하, 부디 성군이 되소서."

류성룡은 삼각산 쪽을 향해 절을 한 뒤에 시를 한 수 지었다.

고향으로 돌아가는 길이 천 리인데
임금의 깊은 은혜는 40년이었네
도미천에 말을 멈추고 머리를 돌려 바라보니
종남산의 빛은 옛날과 같구나

류성룡은 다시 돌아오지 못할 한양을 바라보고 시를 지었다. 양근의 성덕리에 머물러 전대를 살피자 돈이 하나도 남아 있지 않았다.

"이런, 이런 낭패가 있나?"

류성룡은 혀를 찼다. 그러나 누구에게 손을 내밀 처지가 못 되었다.

"아버님, 아무래도 고향에 노복을 보내야 하겠습니다."

아들 여가 말했다.

"고향이라고 쌀이 있겠느냐?"

"다만 며칠 먹을 것이라도 있을지 모릅니다."

류성룡은 고향에 사람을 보내 양식을 가져오게 했다. 양근에 이르자 평소에 알고 지내던 김언수와 친척이 쌀 몇 말을 주어 걸음을 재촉했다. 아들 여와 단, 진은 걸어서 류성룡의 말을 따랐다. 영의정을 지낸 류성룡의 낙향 길이 일반인들의 행차보다 더욱 쓸쓸했다. 그들은 엎어지고 넘어지면서 고향으로 돌아가기 시작하여 여드레 만에 충주에 이르렀다.

"재상이 왔으니 내 만나고 가겠소."

이때 명나라 장수 오서린이 근처에 있다가 류성룡이 행차했다는 말을 듣고 부하를 보내 말을 전했다.

"나는 죄인의 몸이라, 삼가 대인을 만날 수 없소."

류성룡은 오서린의 청을 거절했다. 충주를 떠나 덕산으로 향할 때는 산길이 좁고 험한 데다가 눈보라까지 사납게 몰아쳤다. 류성룡의 행차는 사방이 칠흑처럼 감감하여 움직일 수가 없었다.

"부싯돌을 쳐서 횃불을 밝혀라. 임진 난리도 겪었는데 이까짓 눈보라를 견디지 못하는가?"

류성룡이 하인들에게 지시했다. 하인들이 간신히 횃불을 밝히고 걸음을 재촉하여 덕산에 이르렀다. 류성룡은 도심촌에 가서 어머니 김씨에게 큰절을 했다.

"내 아들이 집에서는 효자였고 나라에서는 충신인데 이렇게 탄핵을 받으니 어쩌는가?"

김씨가 류성룡의 손을 잡고 울었다. 사가촌의 가로숲에서 류성룡을 낳은 지 어언 60년이 된다. 사가촌의 정기를 받았는지는 알 수 없었으나 류성룡은 일인지하만인지상인 영의정을 지내고 낙향했다. 그런데 빈한하기가 어찌 일개 중인들만도 못한가. 80을 넘긴 김씨는 아들 류성룡의 손을 잡으면서 하염없이 울었다.

"어머님을 뵈올 수 있는 것을 소원했는데 이렇게 뵙게 되니 저로서는 다행한 일입니다."

류성룡은 어머니가 비록 늙었으나 만난 것이 꿈만 같았다.

12월 6일, 류성룡은 정인홍의 문인 정언 문홍도가 탄핵을 하자 삭탈관작 되었다. 삭탈관작은 벼슬이나 작위를 모두 없애 평민으로 만드는 것이다.

류성룡은 날이 따뜻해지자 옥연서당에 나아가 책을 읽고《징비록》을 집필하기 시작했다.《징비록》은 임진왜란을 겪은 류성룡이 다시는 이러한 외침을 받지 않아야 한다는 뜻으로 난리 중에 틈틈이 기록한 것을 정리한 저서다. 먼저 자서(自序)라고 큼직하게 쓴 뒤에 이어 유장한 필체로 적어나가기 시작했다.

징비록자하(懲毖錄者何) 기란후사야(記亂後事也) 기재란전자(其在
亂前者) 왕왕적기(往往赤記) 소이본기시야(所以本其始也)……

《징비록》이란 무엇인가. 임진왜란이 발생한 후의 일을 기록한
것이다. 더러 임진왜란 전의 일을 기록한 것은 그 발단을 정확하
게 기록하기 위한 것이다……

류성룡은 스스로 머리말을 적었다.

언젠가 일본은 다시 쳐들어온다. 《징비록》은 그때를 위해 과거
를 반성하고 철저하게 준비를 하자는 것이다.

류성룡은 쉬지 않고 붓끝을 놀렸다. 그렇잖아도 달필인 류성룡
은 빠르게 글을 썼다. 류성룡은 날이 가고 달이 가는 줄도 몰랐다.
향이가 옆에서 시중을 들었다. 향이는 그림자가 움직이듯이 조용
조용 옆에서 먹을 갈고 붓을 매었다. 향이가 붓을 맬 줄 아는 것은
집이 필동이라고도 불리고 묵사동이라고도 불리는 먹절골에 살았
기 때문이다. 그곳에는 먹을 만드는 승려들과 붓을 만드는 필공들
이 많이 살았다.
"나리."
향이가 옆에 다소곳이 앉아 있다가 궁금한 표정으로 말했다.

"무슨 일이오?"

"서책의 제목이 왜 하필이면《징비록》입니까?"

"나의 지난 잘못을 뉘우쳐 뒤에 오는 환난에 대비한다는 뜻이오."

"그래서 징비입니까? 첩은 왜 징비인지 몰랐습니다."

향이가 잔잔하게 웃으면서 말했다.

"《시경》의 〈주송(周頌, 주나라를 찬양하는 노래)〉에 있소."

"소징(小懲)이라는 장(章)에 있지 않습니까? 첩이 한번 읽어봐도 되겠습니까?"

향이는 늘 류성룡의 옆에 있었기 때문에《시경》도 줄줄이 외고 있다.

"하하하, 조선에 여사가 있다고 했는데 그대도 여사의 반열에 들겠구려."

류성룡이 유쾌하게 웃으면서 말했다. 여사란 여자 선비를 말하는 것으로 문장을 하는 여자들에 대한 극존칭이다. 류성룡은 조선에서 여사라고 불릴 만한 사람으로 허균의 누이 허난설헌과 승지 조원의 첩 이옥봉을 본 일이 있다. 허난설헌은 죽었으나, 조원의 첩 이옥봉은 어찌 되었는지 알 수 없다. 다만 조원이 기축옥사에 걸려들었을 때 류성룡이 신원을 해준 일이 있다. 조원의 동료인 윤국형은 류성룡과도 절친한 교분을 나누었다. 허난설헌이 시집을 엮었을 때는 류성룡이 발문을 써준 일도 있다.

"나리도 참……."

향이가 곱게 눈을 흘긴 뒤에 무릎을 세우고 앉아서 부채로 한가하게 입을 가리고 소징 편을 읊기 시작했다. 류성룡은 소징을 읊는 향이의 모습이 마치 하늘에서 내려온 선녀처럼 아름답다고 생각했다.

> 내가 스스로 경계하는 것은 후환을 대비하는 것일세
> 나는 벌[蜂]로 하여금 스스로 독한 침을 구하게 하지 않으려네
> 처음에는 도충(桃蟲)에 지나지 않지만 큰 새 되어 펄펄 날고 싶었네
> 그러나 많은 어려움을 감당 못해 나는 여전히 여뀌풀 위에 앉아있네

여뀌풀은 신고(辛苦)한 것을 비유한다. 도충(桃蟲)은 복숭아나무 벌레로 초료라고도 불린다. 벌레처럼 아주 작은 새인데, 자라면 수리새처럼 커진다는 전설의 새다.

향이는 소징을 읊고 나자 류성룡을 물끄러미 쳐다보았다. 류성룡은 깊은 회한을 가지고 있는 것이 분명했다. 그 회한이 가슴에 겹겹이 쌓여서 책의 제목을 《징비록》이라고 붙인 것이다.

도충이나 신고함을 나태나는 여뀌 료(蓼)는 여전히 그가 고통스럽게 살고 있다는 것을 비유하는 것이다. 전아한 선비로서 빈한하

게 한평생을 살았는데도 탐비했다는 오명을 썼으니 얼마나 가슴이 아프겠는가. 안동 일대에서 학문으로 존경을 받고 퇴계 이황에게 하늘이 낸 사람이라는 칭송을 받았던 류성룡은 무엇보다도 탐비했다는 모함을 견딜 수 없었을 것이다.

"왜 그렇게 나를 보고 있소?"

"퇴계 선생이 하류청청(河柳靑靑) 하라고 했는데 과연 그리될 것입니다."

"나를 알아주는 사람은 그대뿐이구려."

류성룡이 향이의 섬섬옥수를 잡아당겨 가슴에 안았다. 향이의 풍성한 머리숱에서 동백기름 냄새가 풍기고 옥양목 저고리 안에서는 향긋한 육향이 풍겼다.

어느 날 류성룡은《징비록》을 저술하다가 밖으로 나왔다. 옥연정사를 둘러싼 숲에 바람이 지나가는 소리가 스산했다. 달빛은 희다 못해 푸른빛을 띠고 있다.

"나리, 바람이 차옵니다."

향이가 정주간에서 나오다가 류성룡을 발견하고 말했다.《징비록》을 집필하면서 몸이 부쩍 허약해진 류성룡이었다.

"달빛이 참으로 좋지 않소?"

류성룡이 향이의 아름다운 얼굴을 살피며 넉넉한 미소를 띠었다. 참으로 오랫동안 살을 맞대고 같이 살았구나. 열일곱 살의 꽃다운 나이에 나에게 시집을 왔으니 벌써 그 세월이 어디인가. 그러나 향이는 여전히 싱그러운 젊음을 갖고 있다.

경상도 관찰사 한준겸이 류성룡을 찾아와 인사를 드리겠다고 했으나 류성룡은 사양했다. 영남의 선비들도 류성룡이 삭탈관작을 당하자 일제히 상소를 올리려고 했다. 류성룡은 그들에게 편지를 보내 만류했다. 이산해에게 단단히 일러두지 않았는가. 죽이지만 않으면 고향에서 책이나 쓰고 후학이나 양성하겠다고. 몸이 좋지 않아 후학을 가르치는 일은 뒤로 미루고 있었으나 저술을 멈추지는 않았다.

선조는 류성룡이 삭탈관작 되어 향리로 돌아가자 허전했다. 오랫동안 그를 자주 보았는데 머나먼 안동 땅으로 떠나게 했으니 쓸쓸했다.

선조는 여러 해가 지나자 류성룡의 삭탈관작을 회복시켜주라는 어명을 내렸다. 그러자 삼사에서 일제히 반대했다.

'이놈들이 아직도 붕당을 하고 있다니……'

선조는 어둠을 노려보면서 주먹을 움켜쥐었다. 언젠가는 이놈들을 모조리 숙청해버릴 것이라고 생각했다.

3월이었다. 옥연정사에 복숭아꽃이 만개했다. 류성룡은 오랫동안 봉숭아꽃을 애완하고 소나무와 대나무를 심었다. 그해 겨울, 류성룡의 형 류운룡이 갑자기 앓아누웠다. 류성룡은 형의 집에 가서 정성으로 병구완을 했다. 그러나 류성룡이 병구완을 한 보람도 없이 해가 바뀌자 류운룡은 눈을 감았다.

"형님!"

류성룡은 통곡을 하고 울었다. 생과 사는 뜬구름 같은 것이다. 8월에 어머니마저 돌아가시자 류성룡은 더욱 비통했다.

류성룡은 해가 바뀌자 염근(廉謹, 청백리)에 이름이 올라가게 되었다.

"이분을 청백리로 올리지 않으면 세상에 청백리가 어디 있겠는가?"

이항복은 류성룡을 청백리에 천거하여 간신이라는 누명을 벗겨준 것이다.

류성룡은 하회마을이 수해를 입자 서미동에 초가삼간을 짓고 이사했다. 서미동의 초가 옆에서 물이 흘러나왔는데, 물이 맑고 얕아서 물을 끌어다가 조그만 연못을 만들고 주위에 꽃을 심었다. 12월 11일, 류성룡은 시집간 누이가 죽자 아들들의 만류를 물리치고 찾아가 곡을 하고 돌아왔다가 병이 악화되었다. 그날은 풍설이 몹시 차가웠다. 해가 바뀐 1월, 류성룡은 시를 한 수 지었다.

숲 속에 새 한 마리 쉬지 않고 우는데
문밖에서 나무 베는 소리가 정정하게 들리누나
한 기운이 모였다가 흩어지는 것도 우연이기에
평생 동안 부끄러운 짓을 한 것이 후회스러울 뿐
권하노니 자손들아, 반드시 삼가라

충효 밖의 사업은 반드시 없는 것이니

류성룡의 병은 점점 악화되었다. 그러자 선조가 내의를 내려보내고 선비들이 줄지어 찾아왔다. 4월이 되자 류성룡은 찾아오는 손님들을 일체 사절했다.

"이제는 안정(安靜)에서 조화(造化)로 돌아갈 것이다."

류성룡은 허공을 향해 말했다. 향이에게나 자식들에게 할 말은 많이 있으나 달리 당부를 하지 않았다. 조화는 자연을 말한다. 모든 것이 자연에서 태어나 자연으로 돌아가지 않는가. 부질없는 삶을 반추하는 것도 공허한 일이고 뜬구름 같은 일이다. 그래도 평생을 가까이 모신 임금에게 죽기 전에 유차(遺箚, 죽은 뒤에 올리는 상소)를 작성하지 않을 수 없다. 류성룡은 향이에게 먹을 갈게 하고 붓을 잡았다.

……신(臣) 류성룡은 돈수백배하고 삼가 아뢰옵니다……

아아, 임금에게 마지막 소를 올리는데 어찌하여 눈물이 비 오듯이 흘러내리는 것일까. 왜적이 침입해 왔을 때 빗속에서 몽진을 하던 일이며 명군(明軍)을 따라 전국을 누비면서 군사들을 독려하던 일이 눈에 밟힐 듯이 망막에 어른거렸다. 질풍노도와 같은 세월이었다. 류성룡은 억지로 유차의 초안을 작성하고 자리에 누웠다.

이제는 움직일 기력조차 없다. 그런데도 문밖에는 빗줄기가 장대질을 하고 열어놓은 방문으로 비구름에 둘러싸인 청정한 산들이 보였다. 이제는 저 산속에 묻혀야 한다고 생각했다. 어쩌면 한 줌의 흙이 되거나 먼지가 될 것이고, 불가에서 말하는 것처럼 한낱 미물로 다시 태어날 수 있을 것이다. 그러나 나를 기억하지 못하는 미물이 무슨 소용인가.

5월 6일이 되자, 류성룡은 자리에서 일어나 앉아서 내의를 불렀다.

"멀리서 와서 병을 간호하니 고맙소."

류성룡은 내의원의 수고를 치하했다.

"당치 않은 말씀입니다. 대감을 수발할 수 있어서 평생의 기쁨으로 생각합니다."

내의원이 황송한 듯이 절을 했다. 류성룡은 대청에 자리를 깔게 한 뒤에 북향하여 네 번 절을 하고 자리에 앉아서 숨을 거두었다.

"대신이 죽으니 내가 몹시 슬프다."

선조는 류성룡의 부음을 받자 동부승지 이유홍을 보내서 장례를 치르게 했다. 세자 광해군도 동궁전의 관리를 보내 류성룡의 죽음을 애도했다. 류성룡의 죽음이 알려지자 한양의 사대부들이 일제히 묵사동에 있는 류성룡의 집에 빈소를 차리고 곡을 했다.

높은 관리가 죽으면 3일 동안 조회를 중지하고 시장을 철시하는데 한양의 상인들은 4일 동안 철시했다.

"우리가 어진 백성을 잃은 것은 어린아이가 어머니를 잃은 것과 같다."

상인들은 안동을 향해 절을 하면서 울었다.

류성룡의 장례에는 사대부들이 4백 명이나 몰려들어 장례비용을 마련할 수 없었다. 이에 한양의 사대부들과 조정의 이속들이 스스로 부의금을 거두어 장례비를 마련해서 안동으로 내려보냈다.

류성룡은 수동리 뒷산에 묻혔다.